Marjorie Buckingham: JENNIFER

MARJORIE BUCKINGHAM

Jennifer

VERLAG SCHULTE + GERTH, ASSLAR

Die englische Ausgabe erschien unter dem Titel
„In all these things“ im Verlag Oliphants Ltd., London

Aus dem Englischen von Joachim Hoene

ISBN 3-87739-953-3
1. Taschenbuch-Auflage Februar 1977
2. Taschenbuch-Auflage Oktober 1977
3. Taschenbuch-Auflage Mai 1978
4. Taschenbuch-Auflage März 1979
5. Taschenbuch-Auflage Juli 1980
6. Taschenbuch-Auflage August 1981
7. Taschenbuch-Auflage Februar 1983
8. Taschenbuch-Auflage August 1984
9. Taschenbuch-Auflage Mai 1985
10. Taschenbuch-Auflage April 1986
Umschlaggestaltung: Gisela Scheer
Foto: ZEFA
Druck: Elsnerdruck, Berlin
Printed in Germany

1

„Bis bald, Mutti, ich muß jetzt gehen.“ Jennifer nahm ihre Handschuhe und ihre Handtasche und blieb einen Augenblick in der Tür stehen. „Ich muß mich um sieben mit Doreen treffen.“

Frau Deane legte ihren Wandteppich hin und wandte sich ihrer achtzehnjährigen Tochter zu, die in diesem Augenblick ungeduldig mit dem Fuß an die Wohnzimmertür stieß. „Ein reizendes Mädchen“, dachte sie in mütterlichem Stolz.

Ja, Jennifer sah wirklich sehr hübsch aus in ihrem gutsitzenden Tweedmantel, während das helle Seidenkopftuch, das sie lässig um ihr dunkles Lockenhaar gebunden hatte, die feinen Konturen ihres Gesichtes besonders klar betonte.

„Komm nicht so spät nach Hause, Jennifer“, sagte sie laut, „du bist in letzter Zeit sehr oft recht spät gewesen — und dazu ist heute Sonntag.“

Jennifer warf den Kopf hoch. „Und seit wann machst du dir etwas aus dem Sonntag?“ entgegnete sie schlagfertig. „Es ist ein Wunder, daß du nicht wieder anfängst, zur Kirche zu gehen.“

Anton Deane legte das Buch, in dem er gelesen hatte, beiseite und langte nach einem Holzscheit. „Na ja, junge Dame“, mahnte er, „du brauchst dich nicht so aufzuspielen. Deine Mutter hat ganz recht: du bist schon zu viele Abende bis spät ausgewesen. Wenn du nicht achtgibst, werde ich dir den Ball im nächsten Monat streichen.“

„Ach nein“, lachte Jennifer trotzig, „ich möchte doch sehen, ob ihr oder sonst irgendwer mich aufhalten kann! Ich lebe nur noch für diesen Ball. Und es sind noch drei

Wochen! Na ja", fügte sie lebhaft hinzu, „ich muß jetzt weg. Erwartet mich, wenn ich wieder da bin. Wiedersehen."

Sie warf ihnen eine Kußhand zu, und wenig später hörten sie die Haustür hinter ihr zuschlagen.

„Hm", Anton Deane machte es sich in seinem Sessel wieder bequem und stützte seine Füße auf das Gitter vor dem offenen Kamin, „das Mächen wird langsam ein Problem für uns, Julia."

„Es wird schon noch alles gut mit ihr werden, mein Lieber", sagte seine Frau beschwichtigend. „Sie ist doch noch so jung und möchte ihr Leben genießen. Sie hat später noch Zeit genug, um sich häuslich niederzulassen."

Herr Deane schien von dieser Feststellung nicht sonderlich beeindruckt. „Wo geht sie eigentlich heute abend hin? " wolte er wissen.

„Ach, ich denke, da ist eine Party, die einer der Jungens gibt. Einer aus ihrem Bekanntenkreis, weißt du."

„Nun, sie täte besser daran, zu einer anständigen Zeit nach Hause zu kommen, sonst wird es Ärger geben", murmelte er, mehr zu sich selbst, als er sah, daß Julia sich wieder ganz ihrer Näharbeit zuwandte.

Anton Deane war ein merkwürdiger Mann. Er pflegte nicht viel zu sagen, und es war schwierig, zu erfahren, was er wirklich dachte. Seine Kollegen kannten ihn als einen erfolgreichen Geschäftsmann, der rücksichtslos seinen Vorteil zu wahren wußte; seine Familie kannte ihn als einen ruhigen, aber pflichtbewußten Gatten und Vater. Er sorgte großzügig für ihr äußeres Wohl, doch gelegentlich zeigte er eine unerwartete Besorgnis über ihr Benehmen und ihre Lebensweise; es schien, als verberge sich hinter seinem verschlossenen Äußeren die leise Ahnung, daß sich seine Pflicht gegenüber der Familie nicht in der Sorge für ein gutes Heim, gute Kleider, gute Erziehung und freizügiges Taschengeld erschöpfte.

Aber Julia war sehr zufrieden. Sie hatte ein schönes Heim; sie konnte sich elegante Kleidung leisten, und jetzt, da ihre Kinder heranwuchsen, hatte sie viel Zeit für gesellschaftliche Verpflichtungen. Sie war wirklich eine stolze Mutter. Rodger, der Älteste, folgte den Spuren seines Vaters und war mit seinen einundzwanzig Jahren ein vielversprechender junger Buchhalter. Philip, der Jüngste, war erst sechzehn, aber er hatte so viele Schulfreunde, daß sie ihn selten sah, außer zu den Mahlzeiten. Und dann Jennifer! Julia setzte große Hoffnungen auf Jennifer. Sie war fest entschlossen, sie in die besten Kreise einzuführen. Jennifer war ein reizendes Mädchen und allseits sehr beliebt. Eines Tages würde sie sich gut verheiraten — mit einem, der standesgemäß gut zu ihr paßte — und Julia hatte schon Pläne, die sich als sehr weitreichend erweisen sollten. Der große Ball in drei Wochen stand bevor! Alles, was Rang und Namen hat, würde dort vertreten sein, und sicherlich sollte nicht Julia Deane daran schuld sein, wenn ihre Tochter nicht alle Sympathien im Sturm eroberte! Und Jennifer . . .

Jennifer eilte die Straße hinab zu der Ecke, an der sie sich mit Doreen Jackson verabredet hatte. Es war schon sieben Uhr durch, und sie haßte es, unpünktlich zu sein.

Doreen kam gerade die Straße herunter. „Nicht so eilig, Jenn!“ rief sie. „Die Jungens sind noch gar nicht hier.“ Als Doreen ihre Freundin eingeholt hatte, fuhr sie fort: „Es scheint so, als seien sie uns entwischt.“

Doreen und Jennifer waren schon seit ihrer gemeinsamen Schulzeit befreundet. Eigentlich gleichaltrig, sah Doreen mit ihrem blonden Haar und dem auffälligen Make-up um Jahre älter aus, und sie übernahm gewöhnlich die Führung, wenn es galt, ein neues gesellschaftliches Abenteuer zu wagen.

„Puh, ist das ein kalter Abend!“ Jennifer schlug gegen den rauhen Wind ihren Mantelkragen hoch. „Nicht länger als zehn Minuten bleibe ich hier frierend stehen!“

„Sie können ja noch kommen“, sagte Doreen hoffnungsvoll, „ich weiß es — komm, wir warten hier — da stehen wir nicht so im Wind.“ Sie stellten sich dicht beieinander in den Eingang einer kleinen wettergeschützten Vorhalle, die nicht weit von der Straßenecke entfernt war. Die inneren Türen waren geschlossen, aber der Klang von Musik war deutlich zu hören.

„Klingt so, als sollten wir hier beim Warten Unterhaltung bekommen“, bemerkte Jennifer trocken, „hör mal!“

„Vielleicht ist es Gemeinschaftssingen“, meinte Doreen heiter, „wenn sie nicht bald kommen, könnten wir ja hineingehen.“

„Warum eigentlich nicht“, unterbrach sie eine angenehme, freundliche Stimme, „drinnen ist es nämlich wärmer!“ Sie waren so völlig überrascht durch das Erscheinen eines jungen Mannes mit einem Gesangbuch in der Hand, daß sie gar keine Worte fanden, um Einwände zu erheben; sie ließen sich durch die grünen Türen hineinführen und fanden sich auf der hintersten Bank im Saal einer Missionsgemeinde wieder.

„Wir sind jetzt richtig drin“, flüsterte Doreen, „es ist eine Kirche.“

Es war so etwas wie ein Gottesdienst, zweifellos. Jennifer reizte es zum Lachen. Was würden die zu Hause wohl sagen, wenn sie sie hier sehen könnten? Hier war nichts von der reichen, prunkvollen Kathedrale, an die sie sich aus Kindheitstagen erinnerte, aber über dem Podest war in großen, deutlichen Lettern zu lesen „CHRISTUS STARB FÜR UNS“.

Der Saal war nahezu besetzt, meistens junge Leute, wie Jennifer bei einem kurzen Blick in die Runde bemerkte.

Vorne erhob sich gerade ein Mann; offensichtlich wollte er eine Predigt halten. Seine suchenden Augen glitten in einem Augenblick über seine Zuhörer, und Jennifer fühlte plötzlich, daß sein fester Blick auf sie gerichtet war. In dem Augenblick kam ihr die Gewißheit, daß alles, was er jetzt sagen würde, für sie persönlich bestimmt war.

„Wir könnten geradesogut hierbleiben“, flüsterte sie ihrer Begleiterin zu. Da begann der Mann vorn auch schon zu sprechen.

„Ich habe nicht die Absicht, euch heute abend eine Predigt zu halten, Freunde“, begann er in einer schlichten, ernsten Art, die Jennifer sofort ergriff und sie zu aufmerksamem Zuhören zwang, „ich möchte nur einige Minuten lang über einige der herrlichsten Worte in der Bibel zu euch sprechen. Der Apostel Johannes hat sie vor vielen, vielen Jahren geschrieben, aber sie sind heute genauso wahr wie damals: ‚Wir lieben ihn, weil er uns zuerst geliebt hat‘. Und heute abend möchte ich diese Worte zu meinem ganz persönlichen Zeugnis machen und euch sagen: Ich liebe ihn, weil er mich zuerst geliebt hat.“

Jennifer hörte wie gebannt zu, wie er kurz die Geschichte seines früheren Lebens erzählte; wie er sich immer weiter von Gott entfernt hatte und in ein selbstsüchtiges Trachten geriet. Dann hatte er eines Tages in einer ähnlichen Versammlung wie dieser hier erfahren, daß er trotz aller seiner Sünden von dem Herrn Jesus Christus, dem Sohn Gottes, geliebt wurde. Aus Liebe habe Jesus sich selbst am Kreuz auf Golgatha für die Sünden des jungen Mannes dahingegeben.

Jennifer vergaß alle Verabredungen für diesen Abend, ja, sie vergaß auch das Mädchen neben sich, so hörte sie diesem Mann zu, der den wahren Sinn des Kreuzes zu erklären versuchte.

Natürlich hatte sie von Christus gehört — sie glaubte sogar, daß er auf Erden gelebt hatte und von denen, die ihn haßten, hingerichtet wurde. Aber niemals hatte sie bisher gehört, daß er bei seiner Kreuzigung die Sünde der Welt auf sich nahm,und daß er tatsächlich sein Leben dahingab, um die Welt zu retten, weil er die Welt liebte . . . weil er diesen Mann liebte, der da vorn sprach . . . diese Leute, die in dieser Halle saßen . . . weil er sie, Jennifer Deane, liebte!

„Nun frage ich euch: Liebt ihr ihn? “ fuhr der Prediger fort. „Selbst wenn ihr auf diese Frage mit Nein antworten müßtet, ändert das nichts an der Tatsache, daß er euch liebt und daß er auch eurer Sünden wegen ans Kreuz ging. Bisher habt ihr für die Freuden der Sünde gelebt; ihr habt ihm in seiner Liebe und Barmherzigkeit den Rücken gekehrt. Vielleicht habt ihr es wirklich nicht besser gewußt und es bisher niemals erfahren, daß der Herr Jesus euch so sehr geliebt hat."

Jennifer mußte hart schlucken. Das war die Wahrheit, was er gesagt hatte, jedes Wort. Sie hatte sich manchmal gefragt, was sie wohl tun würde, wenn sie Gott Auge in Auge begegnen müßte, aber sie hatte es im betäubenden Wirbel der Vergnügungen zu vergessen gesucht. Sie war bis zu ihrer Schulentlassung regelmäßig zur Kirche und Sonntagsschule gegangen, aber niemals hatte sie etwas Derartiges gehört. Dies war für sie etwas völlig Neues.

Und während der Prediger versuchte, das Leiden des Heilandes am Kreuz, das makellose Lamm Gottes, „zur Sünde gemacht", um eine sündige Welt zu erlösen, seinen Hörern bildhaft deutlich zu machen, wurden Jennifer die Augen geöffnet. Sie sah sich entblößt von all ihrem Glanz, den sie bei Menschen genoß, als ein durch und durch schuldiger Mensch im Angesichte Gottes. Dort am Kreuz streckten sich zwei Arme nach ihr aus, um sie zu retten. Jennifer verlor jeden Sinn für Zeit und Raum; ihr Herz pochte rasend und die Gedanken jagten sich in ihrem Hirn.

Der Prediger war zum Schluß gekommen, und eine junge Frau stand auf, um zu singen. Jennifer hatte noch nie eine Stimme gehört, die sie so tief angerührt hätte, und diese Worte — diese Worte:

„Da war einer, der wollte für mich sterben,
daß ich Unwürdiger sollte Leben erben,
den Pfad des Kreuzes wollte er beschreiten,
alle Schulden meines Lebens zu begleichen."

Die Versammlung war zu Ende. Der Prediger ging zum Ausgang, um den Leuten beim Hinausgehen noch die Hand zu geben.

„Komm schon, Jennifer", sagte Doreen ungeduldig, „daß wir nur bald hier rauskommen!"

Jennifer erhob sich und folgte ihrer Freundin in dem Strom der Menge, die sich langsam zur Tür hin bewegte.

„Guten Abend.“ Der Prediger nahm ihre Hand und drückte sie freundlich. „Sie sind fremd hier? “

Seine leuchtenden Augen schauten sie durchdringend an. Ihr Blick wurde unsicher.

„J-ja“, stammelte sie, „aber Sie müssen gewußt haben, daß ich heute hierherkomme; denn alles, was Sie in Ihrer Predigt sagten, war auf mich gemünzt.“

Er zog sie beiseite. „Ich wußte nicht, daß Sie kommen“, sagte er schlicht, aber bestimmt, „der Herr aber wußte es; er gab mir diese Botschaft für Sie. Der Herr hat heute abend zu Ihnen geredet. Sagen Sie, haben Sie ihn als Ihren Heiland angenommen? “

Jennifer schaute blaß und gequält zu ihm auf und begegnete seinen forschenden Augen.

„Das ist mir alles so neu“, sagte sie unsicher. „Ich habe es vorher nie gehört. Ich wußte nie, daß Jesus für mich starb. Ich möchte wissen — ich möchte Sie fragen, ob Sie eine Bibel für mich hätten, so daß ich das alles für mich selbst noch einmal lesen kann? Natürlich haben wir zu Hause irgendwo eine“, fügte sie hastig hinzu, „aber ich glaube, ich weiß nicht, wo ich sie finden könnte.“

Er lächelte, als er ein Neues Testament, mit einer besonderen Aufschrift versehen, vom Bücherregal nahm. „Dieses hier können Sie gern haben. Die Verse, die Sie suchen, sind alle besonders gekennzeichnet. Wenn Sie über all diese Fragen irgendwann einmal mit mir sprechen wollen, würde ich mich freuen, Ihnen helfen zu dürfen. Ich heiße Ransome, Pastor Ransome.“

„Danke“, sagte Jennifer und griff hastig nach dem Buch.

„Morgen abend findet hier wieder eine Versammlung statt, wenn Ihnen daran liegt, zu kommen“, fuhr er fort. „Ich werde für Sie beten. Leben Sie wohl. Gute Nacht, und Gott segne Sie!“

„Ich danke Ihnen!“ sagte Jennifer noch einmal.

Draußen auf der Straße, eilte sie zu Doreen hinüber, die ungeduldig am Bordstein stand. „Komm doch endlich, Jennifer“, sagte sie schroff. „Diese Bude geht mir auf die

Nerven. Was in aller Welt hast du dort noch zu tun gehabt?"

„O, ich habe ihn um eine Bibel gebeten, daß ich das alles noch einmal für mich lesen kann. Doreen, war es nicht wunderbar, was er uns heute abend gesagt hat?"

Doreen zuckte mit den Schultern. „Das hat mich nicht getroffen" sagte sie leichthin. „Komm, wir trinken ein Glas Malzmilch und vergessen das alles. Und wenn ich diese Jungens das nächste Mal sehe — "

Sie gingen in die Milchbar und Doreen bestellte. Aber Jennifer machte keinen Versuch, ihr Glas auch nur anzurühren; so sehr war sie in ihr aufgeblättertes Testament vertieft.

„Doreen, hier ist es — schau her!" rief sie plötzlich aus. „Hier steht es schwarz auf weiß: ‚Christus Jesus kam in die Welt, Sünder zu retten, unter denen ich der erste bin.' Doreen, das gilt mir!"

Doreen stellte ihr Glas hin und schaute ihre Freundin fragend an. Auf deren Gesicht lag ein Glanz, den sie noch nie gesehen hatte, und ihre Stimme klang ungewohnt heftig. Doreen war plötzlich beunruhigt.

„Jennifer, du denkst doch nicht ernstlich daran, fromm zu werden?" fragte sie bestürzt.

Nach einer Pause antwortete Jennifer. „Nein, Doreen", sagte sie langsam, „es ist mehr als das. Es geht darum, daß ich Jesus Christus als meinen Retter annehme."

„Jennifer, sei doch nicht dumm!" rief die andere erregt. „Das kannst du doch nicht machen. Was werden die Leute sagen? Was werden deine Freunde von dir denken? Und was werden deine Eltern sagen? Wenn du wirklich tust, was dieser Prediger da sagt, wirst du noch eine richtige alte ‚Betschwester' werden. Ein Mädchen wie du kann doch gar nicht leben ohne Tanz und Parties und andere schöne Dinge!"

Jennifer stand auf und sah der anderen offen ins Gesicht.

„Ja", sagte sie ruhig, „bisher meinte ich auch immer, ich

könnte ohne meine Vergnügungen nicht leben, aber das scheint mir jetzt gar nicht wesentlich zu sein. Doreen, ich habe es mir gründlich überlegt. Ich werde jetzt heimgehen.“

Doreen sah, daß hier jeder Einwand zwecklos war; verärgert begleitete sie ihre Freundin an die Tür.

„Vielleicht ist es das beste, was du tun kannst“, wagte sie noch zu äußern, „schlaf erst mal drüber, morgen läßt es sich wahrscheinlich vernünftiger mit dir reden.“

Schweigend gingen sie zur Haltestelle.

„Ich warte noch, bis deine Bahn kommt, Doreen“, begann Jennifer. aber ihre Begleiterin schnitt ihr mit einer ungeduldigen Handbewegung das Wort ab.

„Laß mich in Ruhe“ sagte sie kühl, „geh lieber nach Hause und lies deine Bibel.“

Jennifer zuckte unter dieser spöttischen Bemerkung zusammen, aber im Augenblick hatte sie keine Antwort darauf. Ihr Herz war zu voll. Ein unangenehmes Schweigen stand zwischen ihnen.

„Na schön“, sagte sie schließlich, „gute Nacht!“ Sie wandte sich rasch um und eilte nach Hause.

2

Als Jennifer die Pforte öffnete, bemerkte sie, daß das Licht im Wohnzimmer noch brannte. Die Familie mußte noch auf sein. Aber natürlich, es war noch früh — etwas nach neun Uhr. Rodger und Philip waren wohl zu Hause und unterhielten sich mit ihren Freunden. Sie fühlte sich nicht imstande, ihnen gerade jetzt zu begegnen. Allein wollte sie sein. Vielleicht konnte sie leise hinaufgehen, ohne gesehen zu werden; denn niemand würde sie jetzt erwarten. Sie öffnete leise die Haustür und trat in den Flur. Die Tür zum Wohnzimmer stand offen; nun wußte sie, daß sie die Ihrigen nun doch begrüßen mußte; denn es war unmöglich, die Treppe ungesehen zu erreichen.

„Wer ist da? “ hörte sie ihren Vater rufen.

‚Ach, ich bin es nur“, antwortete Jennifer und kam näher. Alle waren da — Rodger und seine Freundin, Philip und einer von seinen Klassenkameraden, und Vater und Mutter.

„Jennifer, was ist denn los? “ rief Frau Deane erstaunt. „Fehlt dir etwas? “

Jennifer versuchte zu lachen. „Ach was, natürlich nichts. Du hast doch selbst gesagt, ich sollte früh zurück sein, nicht wahr, Mutter? “

Frau Deane lehnte sich in die Polster zurück. „Na ja, aber — “

„Wohl zuviel für dich, Mutti? “ meinte Rodger, in einem Tonfall, der dem seines Vaters sehr ähnlich war. Er drehte sich in der gönnerhaften Art des „großen Bruders“, die Jennifer immer in Wut brachte, zu ihr um. „Was ist denn passiert, Schwesterlein? Wolltest du heute ein braves, kleines Mädchen sein — oder ist die Party ins Wasser gefallen?" Bei diesen Worten zwinkerte er dem Mädchen, das neben ihm auf dem Sofa saß, bedeutungsvoll zu.

Jennifer merkte, wie sie rot wurde. „Ach nein" – sie suchte einen gleichgültigen Tonfall zu heucheln –, „es hat überhaupt keine Party stattgefunden."

„Wo bist du denn dann gewesen?" fragte ihr Vater neugierig dazwischen.

Jennifer ging hinüber zum Kamin und wärmte ihre Hände am offenen Feuer; sie wollte es sich gut überlegen, ehe sie zu antworten versuchte. Sie sah, wie Claire Neilson hinter der vorgehaltenen Hand Rodger eine Bemerkung zuflüsterte, während die Eltern vielsagende Blicke tauschten. Philip und Peter Thompson erwarteten mit jungenhafter Begeisterung das lustige Schauspiel, das nun folgen würde.

„Nun, um ehrlich zu sein, ich bin in der Kirche gewesen." Jennifer wandte sich um und blickte sie bei diesen Worten fest an.

„Kirche?"

Das Wort kam unwillkürlich von allen, die im Zimmer waren, als wollten sie es nicht glauben, während Rodger lauthals lachte.

„Hoffentlich hast du auch für mich gebetet, meine Liebe", sagte er in gespielter Demut.

„Nein, ich habe noch nicht einmal an dich gedacht, Rodger", antwortete sie ruhig, „ich war zu sehr damit beschäftigt, für mich selbst zu beten." Es lag etwas Ungewöhnliches in ihrem Tonfall; darum richteten sich jetzt wieder alle Blicke mit besonderem Interesse auf sie. Philip, der Jüngste, brach als erster das Schweigen.

„Das Gebetbuch hast du dir wohl als Andenken mitgenommen", sagte er erheitert und wies dabei auf das Buch in ihrer Hand.

Jennifer hielt es hoch, daß es alle sehen konnten.

„Es ist eine Bibel, ein Neues Testament", erklärte sie. „Ich habe es bekommen, um einiges für mich nachzulesen. Ihr könnt euch gar nicht denken, was da alles drinsteht. Bis heute abend habe ich es auch nicht gewußt." Sie fing an zu blättern. „Ich muß euch das mal vorlesen — "

„Jennifer!" fuhr schneidend Anton Deane dazwischen. „Bringe das Buch raus; und laß dich nie wieder damit sehen!"

Jennifer stockte der Atem. „Aber Vater, warum denn? Sicher ist doch nichts Schlimmes dabei, die Bibel zu lesen!" Sie hatte zwar Ablehnung erwartet, aber nicht so jäh und gewaltig.

Die Augen ihres Vaters wurden schmal. „Du wirst bitte sofort tun, was ich dir gesagt habe", sagte er kurz und bestimmt.

Jennifer nahm das Buch wieder an sich. „Gut, dann gehe ich in mein Zimmer und lese", sagte sie. „Ich kann doch wohl in meinem Zimmer tun, was ich will? "

Er kniff die Lippen zu einem schmalen Strich zusammen.

„Wenn ich jemals das Buch hier irgendwo zu Gesicht bekomme, werde ich es ins Feuer werfen!" sagte er zornig. „Du nimmst dir viel heraus, Jennifer! Du solltest wohl lieber schlafengehen, damit man morgen wieder vernünftiger mit dir reden kann."

Frau Deane blickte die beiden besorgt an. Schon immer hatte sie den Tag gefürchtet, da Jennifer und ihr Vater aneinandergeraten würden, weil jeder seinen Willen durchsetzen wollte. Beide waren sie sehr willensstark, und Jennifer würde es nie verwinden, hinausgeschickt zu werden. Aber jetzt schien sie irgendwie anders zu sein. Sie blickte nicht trotzig wie früher.

„Schon gut, Vater", sagte sie ruhig, und auf ihrem Gesicht stand ein Ausdruck der Erleichterung. „Ich gehe wirklich gern. Gute Nacht miteinander."

Im nächsten Augenblick war Jennifer fort, aber die Gesellschaft im Wohnzimmer schien sich überhaupt nicht wohlzufühlen, nachdem sie gegangen war. Wenig später verabschiedeten sich die Besucher, und schließlich gingen alle zur Ruhe.

Kaum hatte Jennifer ihr Zimmer erreicht und die Tür hinter sich geschlossen, setzte sie sich auf die Bettkante, um in dem Neuen Testament zu lesen. Welch eine Erleichterung, endlich allen aus dem Weg zu sein! Langsam und nachdenklich blätterte sie Seite um Seite um, getrieben von einer unsichtbaren Macht, die sie selbst nicht verstehen konnte. Ihr Blick schien auf diejenigen Verse auf jeder Seite gezogen zu werden, die besonders gekennzeichnet waren. Jennifer hatte auch früher schon die Bibel gelesen, aber niemals hatte sie diese Verse bemerkt oder wenigstens niemals ihr wahre Bedeutung erkannt. Sogar jetzt fiel es Jennifer schwer, den tiefen Sinn mancher Stelle zu erfassen. „Denn so sehr hat Gott die Welt geliebt, daß er seinen eingeborenen Sohn gab, damit alle, die an ihn glauben, nicht verloren werden, sondern das ewige Leben haben. Denn Gott hat seinen Sohn nicht gesandt in die Welt, daß er die Welt richte, sondern daß die Welt durch ihn gerettet werde.“ — „Wer an den Sohn glaubt, der hat das ewige Leben, wer dem Sohn nicht glaubt, wird das Leben nicht sehen, sondern der Zorn Gottes bleibt auf ihm.“

Der Zorn Gottes . . . sie wußte: das war etwas, was sie verdient hatte, . . . dem sie nicht entkommen konnte . . . Aber, was hatte der Prediger gesagt? Der Herr Jesus Christus hatte den Zorn und das Gericht Gottes am Kreuz getragen, so daß sie frei ausgehen konnte.

Jennifer blätterte zurück und begann vom Anfang zu lesen, von Jesu Geburt, seinem Leben, seinem Leiden und seinem Tod. Natürlich war sie mit dieser Geschichte vertraut, aber sie hatte nun einen neuen Sinn für sie bekommen. Beim Lesen sah sie Jesus deutlich vor sich, verraten, gefangengenommen, zu Unrecht angeklagt, verspottet, geschlagen. Jennifer sah Jesus, nicht als einen guten Menschen, der in die Hände seiner Feinde gefallen war, sondern als den Sohn Gottes, der freiwillig sein Leben dahingab, weil er verlorene und schuldige Menschen liebte! Und als sie von dem Urteil gegen ihn las — „des Todes schuldig“

—, wußte sie es: Er hatte ihren Platz eingenommen. Er war ohne Sünde — sie aber war des Todes schuldig ... Ach, wie konnte Jesus Jennifer so lieben!

Noch einmal sah Jennifer den kleinen Saal der Missionsgemeinde vor sich, wo sie diese wunderbare Geschichte gehört hatte. Jede Einzelheit des Gottesdienstes stand deutlich vor ihrem Bewußtsein. Sie hörte wieder Pastor Ransomes drängende Frage: „Haben Sie ihn schon als Ihren Heiland angenommen?" Und sie wußte: diese Frage muß entschieden werden, ein für allemal, noch heute abend. Dem Anspruch Jesu Christi auf ihr Leben mußte sie mit einem klaren Ja oder Nein begegnen — in dieser Nacht noch!

Das Buch entglitt ihren zitternden Fingern. Sie wollte ja sagen. Warum zögerte sie dann? Es schien ein folgenschwerer Schritt zu sein. Sie stellte sich vor Augen, was ein solcher Schritt für sie bedeuten würde. Wenn sie Jesus Christus als ihren Heiland annahm, so mußte sie alles, was bisher ihr Lebensinhalt war, aufgeben. Wenn sie ihn jedoch zurückwies, so lehnte sie damit ihre einzige Hoffnung auf ewiges Leben ab.

Jennifer stand vor der größten Entscheidung, die jemals ein Mensch zu treffen hat, eine Entscheidung, deren Ergebnis ewiges Leben oder Tod ist. Tränen stiegen ihr in die Augen, und ihr Herz schlug wie wild. Nur einen kleinen Augenblick zögerte sie noch, dann fiel sie neben ihrem Bett auf die Knie.

„Ach, Herr Jesus" — mühsam brachte sie die Worte hervor —, „ich habe gesündigt — ich bin eine Sünderin — und ich weiß, daß du gestorben bist, um mich zu retten. Ich erkenne dich nun als meinen Heiland an. O Herr, nimm mich, wie ich bin, und reinige mich von meiner Sünde."

Eine ganze Zeit lag sie schluchzend auf den Knien; ihr rebellisches Herz, das von der Liebe des Gekreuzigten angerührt worden war, kämpfte noch einen letzten Kampf, aber unsichtbar an ihrer Seite stand der Eine, der gekommen ist, zu suchen und zu retten, was verloren ist. Er barg auch dieses verlorene Schaf, das er gesucht hatte, in seinen Armen, und es herrschte wieder Freude bei den Engeln Gottes über einen Sünder, der zu Gott heimgekehrt war.

Der Kampf war entschieden. Der Aufruhr in ihrem Herzen legte sich. Ein Friede, den sie vorher nie gekannt hatte, durchströmte sie . . .

Jennifer schlief gut, nachdem sie schließlich in ihr Bett gefunden hatte, aber sie wurde mit dem Licht des neuen Tages wach. Nein, es war kein Traum — es war Wirklichkeit! Mit einem Satz war sie aus dem Bett und trat ans Fenster, um den neuen Tag zu begrüßen. Sie hätte am liebsten vor Freude laut gesungen. Niemals hatte sie den Garten so herrlich gesehen: die Bäume über und über mit Blüten beladen, der frische Tau auf den Gräsern, ja, sogar die Vögel schienen süßer zu singen als sonst.

Sie griff nach dem Neuen Testament. War es Zufall, daß sie gerade die Seite aufschlug, wo die Worte standen „Ist jemand in Christus, so ist er eine neue Kreatur; das Alte ist vergangen, siehe, es ist alles neu geworden"?

Jennifer strahlte. Sie mußte etwas tun, um ihrer neugefundenen Freude Ausdruck zu geben, aber was? „Vater wird nicht wünschen, daß ich darüber rede", dachte sie, „vielleicht kann ich es ihnen auf andere Weise zeigen . . . " Sie könnte ihnen eine Tasse Tee ans Bett bringen. Rasch zog sie sich an und ging hinunter in die Küche. Der Wecker klingelte gewöhnlich um sieben, also hatte sie noch fast zwanzig Minuten Zeit.

Jennifers Gesicht war sehenswert, als sie ihr Tablett hinauftrug; sie hatte ein frisches Tuch aufgelegt, und darauf zwei Tassen und die Teekanne mit dem heißen Tee. Zweimal klopfte sie an die Schlafzimmertür. „Herein", hörte sie eine verschlafene Stimme.

„Einen schönen guten Morgen!" rief sie ihren Eltern fröhlich zu. „Hier habe ich eine Überraschung für euch. Setzt euch auf und trinkt eine Tasse Tee."

Anton und Julia Deane setzten sich gleichzeitig im Bett auf und rieben sich die Augen, als wollten sie sich vergewissern, daß das, was sie sahen, keine Einbildung, sondern Wirklichkeit war.

„Jennifer, wie lieb von dir!“ Frau Deane lächelte sie dankbar an.

„Nun, wenn dies das Ergebnis deines Kirchenbesuches ist“, meinte Anton mit einem schiefen Lächeln, „solltest du meinetwegen jede Woche gehen.“

„Ja, Vater, das habe ich auch vor.“ Sie ging zum Fenster hinüber und zog die Rolläden hoch. „Seht, ist es nicht ein herrlicher Morgen? “

„Du bist sehr fröhlich heute morgen, Jennifer“, sagte die Mutter mit leisem Argwohn; denn sie erinnerte sich noch lebhaft an die Szene im Wohnzimmer am vergangenen Abend.

Jennifer kam herüber und ließ sich auf der Bettkante nieder. „Hört mal, ihr beide“, begann sie eifrig, „ich bin heute morgen ein anderer Mensch als sonst. Ich habe etwas gefunden, jemanden — für den ich leben will.“

Ihre Mutter wandte ihr einen wissenden Blick zu. „Jennifer“, rief sie, „ich glaube tatsächlich, du hast dich verliebt!“ Jennifer lächelte. „Nun ja, Mutter, es ist schon so, nur nicht in dem Sinne, wie du es meinst.“

Julia Deane schüttelte den Kopf. „Wenn du nur nicht so in Rätseln reden würdest, meine Liebe“, seufzte sie etwas ungeduldig.

Jennifer blickte von einem zum anderen. Ihre Mutter war neugierig; ihr Vater zeigte offenes Mißfallen. Jennifer fühlte instinktiv: Ihr Vater wußte genau, was sie sagen wollte.

Sie versuchte zu sprechen, aber ihr schien ein Kloß im Hals zu stecken, der ihre Worte nicht herauslassen wollte. Wie konnte sie sich ihnen jemals verständlich machen?

„Es hat wirklich alles erst gestern abend angefangen, als wir zum Gottesdienst in den Saal gingen“, begann sie unsicher. „Ich — ich wußte bis dahin nicht, daß Gott mich liebt — uns alle — so sehr liebt. Und dann, als ich das alles las, wie der Herr Jesus Christus litt und starb, um mich zu retten, ach, ich weiß selbst nicht, wie es kam, aber ich habe ihn als meinen Heiland anerkannt und ihm mein Leben übergeben. Das ist alles."

Sie blickte ihre Eltern mit leuchtenden Augen an, aber keiner sagte ein Wort. Ein bedeutungsvolles Schweigen! Ihre Mutter war offensichtlich bestürzt, aber ihr Vater blickte sie kühl, ja feindselig an. Jennifer stand auf; hier konnte sie nichts mehr sagen. So nahm sie die Tassen und verließ leise das Zimmer.

„Anton, was in aller Welt redet sie da?" wollte Julia wissen, als sie ihre Sprache wiederfand.

„Ach, sie ist von einer verrückten Idee besessen", murmelte er. „Sie wird darüber hinwegkommen, Julia."

„Das will ich hoffen", erwiderte sie sichtlich besorgt.

„Im Geschäft werden sie es ihr schon bald austreiben", fügte er hinzu, „warten wir es ab!"

3

An diesem Morgen kam Jennifer früh ins Geschäft. Der Fahrstuhlführer, Joe, wie sie ihn nannten, war sichtlich überrascht. Er hatte sich so daran gewöhnt, daß Punkt neun Uhr Fräulein Deane keuchend und ganz außer Atem in den Fahrstuhl gestürzt kam, um noch die fünfte Etage zu erreichen, daß er kaum seinen Augen traute, als sie am Montagmorgen halb neun Uhr vor ihm stand.

„Nanu, Sie sind aber früh heute, Fräulein Deane", bemerkte er humorvoll. „Sie sind doch wohl keine Schlafwandlerin?"

Jennifer lachte. „Nun, Joe", wehrte sie ab, „ich brauche es Ihnen nicht unter die Nase zu reiben, aber ich meine, es war für mich an der Zeit, ein neues Leben zu beginnen, nicht wahr?"

Er blickte sie scharf an, als die Tür sich schloß und der Fahrstuhl sich in Bewegung setzte. Von allen Mädchen, die in dem Haus arbeiteten, meinte er Jennifer Deane am besten zu kennen. Er wußte, sie kam immer so an, daß sie nur noch wenige Sekunden Zeit hatte, aber wenn sie beide zusammentrafen, hatte sie immer ein heiteres Wort für ihn. Und die anderen Mädchen in ihrer Abteilung unterhielten sich immer über Jennifer, so daß er immer einige Bruchstücke ihres Gespräches mit aufschnappte, obwohl er selten seinen Polsterschemel im Fahrstuhl verließ.

Er hielt sie für eines der beliebtesten Mädchen am Platz.

„Nun", begann er nachdenklich, als der Fahrstuhl zum Halten kam, „ich meine, es schadet keinem von uns, ab und zu ein neues Leben zu beginnen — und ich schätze, Sie haben es bereits getan." Bei diesen Worten blickte er ihr prüfend ins Gesicht, als versuche er, darin etwas zu entdecken, daß er nicht näher bestimmen konnte.

„Sie haben es beinahe erraten“, gab sie zu, als sie in den Gang hinaustrat, „aber ich sage Ihnen, Joe, es ist nicht nur so ein neuer Anfang, sondern ich habe ein völlig neues Leben begonnen.“

Joe schüttelte den Kopf, als sich ihre Schritte entfernten. „Ich konnte die Frauen noch nie verstehen“, murmelte er bei sich selbst, „aber ich glaube, mit ihr ist wirklich etwas geschehen.“

Jennifer war heute morgen die erste in Zimmer 526. Fünf andere arbeiteten noch in ihrer Abteilung, drei Mädchen in ihrem Alter, Linda, Dawn und Rita, dann Fräulein Rundle, ihre Vorgesetzte, und die kleine Rose Wilson, die Jüngste, gerade von der Schule gekommen, und erst ein paar Monate hier. In der Regel ging es in Zimmer 526 friedlich zu. Keiner war übertrieben fleißig; es blieb viel Zeit, ausgiebig über private Dinge zu schwatzen. Besonders am Montagmorgen wurde bis zur Frühstücks-Teepause nicht viel getan, weil es so viel über das zu erzählen gab, was die einzelnen am Wochenende erlebt hatten.

Jennifer hatte alles noch einmal überdenken müssen. Sie erinnerte sich, daß sie am Sonnabend eine Arbeit als fertig beiseitegelegt hatte, aber sie war nicht besonders gut geraten, so beschloß sie, das Schriftstück noch einmal mit der Maschine abzuschreiben, bevor es ins Hauptbüro befördert wurde. Sie setzte sich an ihre Maschine und war ganz in ihre Arbeit vertieft, als die anderen hereinkamen.

„Du lieber Himmel, Jennifer!“ Dawn Anderson rang nach Luft, als sie die Tür öffnete, gefolgt von Linda Turner. „Du an der Arbeit — und das fünf vor neun!“

Linda sank auf einen Stuhl. „Das ist zuviel für mich“, sagte sie schwach.

Jennifer blickte auf. „Ich glaube wohl, daß es euch ein wenig schockiert“, lächelte sie, „aber laßt euch nicht beunruhigen. Ich möchte diesen Bericht nur noch einmal ins Reine schreiben; er ist am Sonnabend in der Eile sehr schlecht und fehlerhaft geworden.“

Sie schauten sich verblüfft an, als Jennifer auf ihrer Maschine weiterschrieb. Wenige Minuten später war auch der Rest der Zimmer-Belegschaft eingetroffen, und Jennifer stand im Mittelpunkt neuer Angriffe ihrer erstaunten Kolleginnen, die ihre spöttischen Bemerkungen über sie machten.

Sogar die Jüngste konnte es sich nicht verkneifen, ihr lächelnd eins auszuwischen. „Machen Sie Überstunden, Fräulein Deane? “ Es klang ziemlich skeptisch.

„Ja, Rose, das ist jetzt geschafft; jetzt kann ich mit dieser Arbeit zufrieden sein!“ Bei diesen Worten nahm Jennifer das letzte Blatt aus der Maschine.

„Das ist heute das erste Mal, daß Sie sich aus Ihrer Arbeit ein Gewissen machen“, bemerkte Fräulein Rundle.

„Jenn, das laß man lieber bleiben“, sagte Rita Johnson gedehnt, als sie sich an ihren Schreibtisch setzte, „du wirst uns allen noch Schwierigkeiten machen.“

„Ach, reg dich nicht auf, Rita“, warf Dawn dazwischen, „wie ich Jennifer kenne, wird das nicht lange dauern; sie wird sicher nicht jeden Tag alles doppelt schreiben.“

„Nun, ihr kennt mich ja sehr gut“, gab Jennifer verwirrt zu, „aber ich werde euch alle überraschen — ich bin jetzt genau in der richtigen Stimmung, zu arbeiten.“

Aber alle anderen hatten offensichtlich keine Lust dazu. Sie schauten alle fragend zu Jennifer hinüber, als warteten sie auf eine Erklärung für ihr ungewöhnliches Benehmen. Das sah ihr doch sonst gar nicht ähnlich, sich am Montagmorgen nach Arbeit zu fühlen!

„Was ist denn mit dir übers Wochenende passiert, Jenn? “

Das war die Frage, der man nicht ausweichen konnte! Jennifer fühlte sich plötzlich elend und leer. Am liebsten wollte sie ihnen über ihr Erlebnis in der vergangenen Nacht nichts sagen. Niemals hatte sie über religiöse Dinge gesprochen, und es würde ziemlich schwer zu erklären sein. Und, davon abgesehen, es würde die anderen auch kaum interessieren.

„Wie ist denn die Party gewesen?" — „Was ist geschehen? War etwas Besonderes los?"

Jennifer fühlte sich dieser Lage nicht gewachsen! Sie wußte ja selbst kaum, was mit ihr geschehen war; wieviel weniger konnte sie es dann anderen klarmachen. Sie bat Jesus im stillen um Kraft; gleich kam eine große, innere Ruhe über sie, über die sie selbst erstaunt war. Sie lehnte sich in ihrem Stuhl zurück und blickte sie alle frei an.

„Ich will euch die ganze Geschichte von Anfang an erzählen", begann sie. „Die jungen Männer sind uns gestern abend entwischt, darum waren wir auf keiner Party; stattdessen gerieten Doreen und ich zufällig in einen Saal, in dem gerade ein Gottesdienst stattfand, eine Missionskirche, wie sie es nennen. Jedenfalls hörte ich dort einiges, was mir zu denken gab."

„Ich nehme an, man hat dich dort bekehrt, Jenn, stimmt's?" In Ritas Stimme schwang leiser Spott.

Jennifer blickte auf. Keiner sagte etwas, nur waren aller Augen auf ihr Gesicht gerichtet, das mit einem Mal sehr ernst wurde.

„Ganz recht, Rita", sagte sie bestimmt. „Ich bin an diesem Morgen ein anderer Mensch. Ich weiß selbst nicht, wie ich es euch erklären soll — es ist alles noch so neu — aber gestern abend, als ich von dem Gottesdienst nach Hause kam, habe ich das alles in der Bibel noch einmal nachgelesen, und ich habe nun Jesus Christus als meinen Heiland angenommen. So, jetzt wißt ihr's."

Jetzt war es endlich heraus. Jennifers Augen leuchteten, als sie in die Runde blickte; der Ausdruck auf ihrem Gesicht schien den anderen die Sprache zu verschlagen. Eine Zeitlang blieb es still im Raum.

„Jennifer", rief schließlich Linda aus, „du sagst und tust wirklich die unmöglichsten Dinge. Du willst uns doch nicht etwa erzählen, daß du eine fromme Jungfer werden willst?"

Jennifer lächelte. „Vielleicht hast du recht — aber ich werde dabei sehr glücklich werden, Linda."

„Religion mag ja manchmal ganz gut sein", erklärte Fräulein Rundle, „aber man braucht sich deswegen doch nicht gleich verrückt zu machen. Es würde Ihnen gewiß nicht schaden, ein wenig öfter zur Kirche zu gehen, aber wenn es anfängt, ins private Leben einzugreifen, nun, das geht dann doch wohl zu weit!"

„Ist die Bibel nicht voller Widersprüche? " Dawn pflegte sich jedesmal mit diesen Worten zu verteidigen, wenn das Gespräch auf religiöse Fragen kam.

„Ich weiß es wirklich selbst nicht", gab Jennifer zu. „Ich habe noch nicht genug darüber gelesen, um das sagen zu können. Aber ich werde es lesen und es euch dann sagen."

„Ich habe gar keine Zeit, zur Kirche zu gehen; außerdem sind mir zu viele Heuchler dabei", sagte Linda verächtlich, „darum gehe ich lieber erst gar nicht hin!"

Nun mischte sich auch die kleine Rose ins Gespräch: „Was ich schon immer sage: Wie kann man beweisen, daß es Gott überhaupt gibt? "

„Das hast du eben gut gesagt, Kleine!" äußerte Rita anerkennend. „Alle diese Fragen und Probleme um Gott und Religion sind mir zu kompliziert. Ich führe ein anständiges Leben; freilich genieße ich auch die Freuden, die das Leben bietet, aber ich werde auch immer etwas Gutes tun und einem armen Schlucker aus der Patsche helfen, wenn ich Gelegenheit dazu habe. Mehr kann doch von einem nicht verlangt werden!"

Jennifer hätte jetzt gern so gut in ihrem Neuen Testament Bescheid gewußt wie Pastor Ransome, aber im Augenblick fiel ihr nur ein einziger Vers ein.

„Rita, ich habe auch erst gestern abend entdeckt, daß nicht dein Tun darüber entscheidet, ob du selig wirst", sagte sie ernst. „Wir sind alle schuldig vor Gott, und Jesus Christus kam in die Welt, um die Sünder selig zu machen — so steht es in der Bibel."

„Nun fangen Sie hier bloß nicht an, eine Predigt zu halten — die ist hier fehl am Platz", erwiderte Fräulein

Rundle, „wenn wir eine hören wollen, dann können wir ja zu Ihrer Missionskirche gehen."

„Ich wünschte, es wäre so", sagte Jennifer eifrig. „Heute abend ist wieder eine Versammlung. Ich gehe hin, wenn eine von euch mitgehen möchte? "

Aber keine nahm ihre Einladung an; so ging sie allein. Nur wenige Menschen waren zu der Versammlung gekommen. Pastor Ransome stand an der Tür, als hätte er sie schon erwartet. Er erkannte Jennifer wieder und streckte ihr die Hand hin.

„Ich freue mich, Sie zu sehen", sagte er sofort. „Ich wußte, daß Sie kommen."

„Herr Ransome, ich muß Ihnen etwas Wunderbares erzählen!" Dabei strahlte Jennifer über das ganze Gesicht.

„Gott sei Dank!" Er zog sie beiseite und lud sie ein, etwas abseits von dem Kreis der anderen Platz zu nehmen. „Sie werden mir gar nichts zu erzählen brauchen, es steht ja alles auf Ihrem Gesicht geschrieben. Aber ich möchte es dennoch von Ihnen hören."

Wieviel leichter fiel es ihr, mit diesem Mann zu sprechen, als mit ihren Eltern oder den Mädchen an ihrem Arbeitsplatz. Als Jennifer offen all das aussprach, was ihr nun so lieb geworden war, erfuhr sie zum ersten Mal, wie alle Glaubenden durch das Band der Liebe Christi auf geheimnisvolle Weise miteinander verbunden sind.

Sie erzählte ihm alles, wie es gestern abend gewesen war, als sie nach Hause kam; wie wunderbarer Friede in ihr Herz einzog, als sie sich ganz dem Herrn Jesus Christus auslieferte und welche Erfahrungen sie am ersten Tag nach ihrer Bekehrung gemacht hatte.

„Ich habe mich sehr geschämt, als ich meinen Kolleginnen nicht antworten konnte", bekannte sie. „Sie drangen mit so vielen Argumenten auf mich ein, und ich hatte nicht genug Bibelkenntnisse, um ihnen treffend antworten zu können."

Der Prediger lächelte freundlich. „Natürlich konnten Sie das nicht", versuchte er sie zu ermutigen, „Sie haben doch eben erst den Anfang mit Christus gemacht. Jetzt müssen Sie im Glauben aufgebaut werden; Sie brauchen geistliche Nahrung, um in der Gnade Gottes und seiner Erkenntnis zu wachsen: dann werden Sie den anderen besser Zeugnis geben können. Heute abend haben wir unser Bibelstudium; jeden Mittwochabend kommen wir zum Gebet zusammen. Beides könnte Ihnen sehr hilfreich sein, wenn Sie dazu kommen können."

„Sicher will ich." Jennifers Antwort kam ohne Zögern.

Pastor Ransome stellte sie der Gruppe von Christen vor, die auch gekommen waren, und Jennifer fühlte sich gleich wie zu Hause. Es war ihr, als hätte sie diese Menschen schon seit Jahren gekannt.

Die Zeit ging zu rasch vorbei. Man gab ihr eine vollständige Bibel. Sie war zwar nicht so erfahren wie die anderen, mit ihr umzugehen, aber da man ihr etwas dabei half, konnte sie doch beim Aufschlagen der verschiedenen Bibelstellen mithalten. Sie hörte eifrig zu, wie der Prediger das Bibelwort auslegte. „Unser Erbe in Christus" lautete sein Thema, das er dem ersten Kapitel des Epheserbriefes entnommen hatte.

Er sprach von der Erlösung durch das Blut Christi, indem er zunächst von den vielen verschiedenen Formen und Arten der Erlösung ausging, von denen das Alte Testament spricht; dann von der Vergebung der Sünden, die dadurch möglich wurde, daß Jesus, „der keine Sünde kannte, für uns zur Sünde wurde"; von dem ungewöhnlichen Reichtum seiner Gnade — Gnade, die nach seiner Verheißung für jede Not ausreicht; von der Kraft, die in der menschlichen Schwachheit zur Vollendung kommt.

Jennifer war tief bewegt. Es wurde ihr bewußt, wie wenig sie bis jetzt von der Erlösung, die ihr durch Gott geschenkt worden war, wußte. Sie fühlte ein großes Verlangen, mehr über ihren großen Retter Jesus zu erfahren.

„Erzählen Sie mir doch noch mehr", bat sie, als die Stunde zu Ende war. „Ich möchte noch mehr darüber hören!"

4

Mit der ihr eigenen Gründlichkeit begann Jennifer nun ihr neues Leben. Ihr Eifer und ihre Begeisterung ließen keinen Raum für andere Dinge; all ihre früheren Interessen und Verpflichtungen waren vergessen. Sie war nur noch von dem einen Wunsch beseelt, das Wort Gottes besser kennenzulernen.

Sie hatte in jener Woche drei Versammlungen besucht und war dann jedesmal bis spät in die Nacht in ihrem Zimmer aufgeblieben, um das Gehörte nachzuschlagen und sich bestätigen zu lassen. Das alles nahm sie völlig in Anspruch und strengte sie sehr an; Jennifer machte die Entdeckung, daß ihr Geist zwar willig war, aber das Fleisch oft schwach; und damit mußte man nüchtern rechnen.

Bei der Arbeit ging auch nicht alles so leicht. Vor ihrer Lebenswende hatte sie an ihrer Umwelt nichts Falsches entdecken können, jetzt aber gab es Dinge, die sie bekümmerten, verwirrten und störten. Einige der Mädchen bedienten sich einer Sprechweise, die sie selbst früher als lustig angesehen hatte, aber jetzt schien ihr dies fast unerträglich. Manche Kolleginnen taten ihre Arbeit derart flüchtig und oberflächlich, daß es der Firma gegenüber nicht treulich gehandelt war. Dies bekümmerte und ärgerte Jennifer, obgleich sie bis vor kurzem noch selbst in derselben Sache schuldig geworden war.

Dann entdeckte sie bei sich so viel Unentschlossenheit in Dingen, die sie früher ohne Zögern getan hätte. Pastor Ransome hatte ihr den Rat gegeben, der sicherste Weg sei immer: „Im Zweifel etwas lieber nicht tun.“ Das war alles schön und gut, soweit es ihr eigenes Handeln betraf, denn so konnte sie durch manche Gefahren und Versuchungen einen geraden Kurs steuern. Aber ihren Mitarbeiterinnen gegenüber war diese Handlungsweise durchaus nicht befriedigend, denn sie wollten natürlich immer genau wissen, warum sie sich so entschied.

Was die Sache noch schlimmer machte, war, daß sich alle an den Wetten für den Großen Preis von Melbourne beteiligten, und Jennifers Name wurde selbstverständlich mit auf die Wettliste gesetzt; nur mit großer Mühe konnte sie erreichen, daß er wieder gestrichen wurde, nachdem sie selbst mit sich zu Rate gegangen war, ob sie hierbei teilnehmen sollte oder nicht. Diese Entscheidung führte natürlich zu heftigen Angriffen und Diskussionen.

„Was soll denn daran schlecht sein?" erwiderten sie schließlich. „Alle machen doch mit!"

Und Jennifer blieb keine andere Erwiderung darauf als: „Ich bin eine Christin, und deshalb kann ich's nicht mitmachen."

Ach, hätte sie mehr sagen können! Aber die anderen waren ihr schon zahlenmäßig hoffnungslos überlegen und brachten die schwerwiegendsten Argumente herbei.

Außerdem war Jennifer so sehr damit beschäftigt, sich selbst immer wieder im Blick auf das zu prüfen, was sie dürfe und was nicht, daß sie kaum Zeit fand, über das Thema selbst nachzudenken. Alle schienen ängstlich darauf bedacht zu sein, sie etwas tun zu lassen, was sie eigentlich nicht tun dürfte.

Die Welt ist sehr wankelmütig, wie Jennifer sehr bald entdecken mußte. Heute behandelt sie dich, als wärest du ihr Abgott, und morgen schon wie einen Feind. Lebst du nach einer bescheidenen Norm des Lebens, wird sie dich verurteilen; versuchst du aber, eine höhere Lebensnorm anzustreben, wird sie alles tun, um dich zu entmutigen.

Ein entschlossener Zug in ihrem Wesen jedoch half Jennifer, „darüber hinwegzukommen". Sie machte sich nichts daraus, ihre Beliebtheit bei den anderen eingebüßt zu haben. Es bekümmerte sie nicht, daß die anderen ihr einheizten und ihre bissige Kritik an ihr ausließen. Aber

Jennifer war ja immer noch ein Mensch; darum konnte diese Spannung, der sie dauernd ausgesetzt war, nicht ohne Wirkung auf sie bleiben.

Wenn Jennifer nach Hause kam, erging es ihr gewöhnlich auch nicht besser. Vielleicht war es auch nur ihre Müdigkeit nach den schweren Anforderungen des Tages, die an sie gestellt wurden; aber sie fand, daß ihre Familienangehörigen sie abends reizten und schikanierten. Wenn sie sich auch hoch und heilig vorgenommen hatte, ruhig und gelassen zu bleiben, so endete es meistens doch damit, daß sie „hochging", wie sie es nannten. Jennifer fühlte sich wegen dieser heftigen Ausbrüche sehr beschämt. Heute abend auf dem Weg nach Hause war ihr Kinn vorgeschoben und ihre Fäuste geballt, um es bildhaft zu sagen: Sie war fest entschlossen, ihre Gefühle und ihr Temperament unter Kontrolle zu behalten, komme, was da wolle!

Im Verlauf dieses Tages hatte es nicht viel gegeben, das sie den Ihren berichten konnte. Das machte ihr Sorge. Sie konnte sie nicht ins Vertrauen ziehen darüber, wie man sie ständig im Geschäft belästigte und quälte, so daß sie es dann oft für das Klügste hielt, gar nichts zu erzählen.

„Ich weiß wirklich nicht, was seit einiger Zeit in dich gefahren ist", stellte ihre Mutter verärgert fest, als die ganze Familie beim Essen saß. „Ich kann kein vernünftiges Wort mehr aus dir herausbringen."

„Mutter, das ist aber nicht nett von dir, so was zu sagen!" wehrte Jennifer ab. „Ich habe doch wirklich versucht . . . "

„ . . . uns allen eine kalte Dusche zu verpassen", brummte Philip, indem er in seinen Pudding einhieb, „du gehst mir auf die Nerven mit deinem ewigen Singen und Beten!"

„Wenn du dich durchaus unglücklich machen willst, ist das ja deine eigene Angelegenheit", bemerkte Rodger in dem Bewußtsein, mit seinen 21 Jahren schon viel Lebenserfahrung zu haben. „aber ich gäbe etwas darum, wenn ich erfahren könnte, warum du uns alle mit unglücklich machen willst."

„Aber ihr versteht mich nicht", begann Jennifer wieder, „ich bin ja gar nicht unglücklich — ich bin sehr glücklich."

Aber obwohl sie es gar nicht wollte, klangen diese Worte doch wenig überzeugend, und so brachen die anderen in höhnisches Gelächter aus.

„Nun, wenn du so etwas ‚glücklich sein' nennst — dann bin ich es schon lange!" kicherte Philip.

„Ach was", fuhr Rodger in seiner aufreizenden Art fort, „du und deine Kirche! Heute hat mir jemand von einem Mann erzählt, der in eine der größten Kirchen der Stadt geht — einem größeren Gauner kannst du überhaupt nicht mehr begegnen."

Das war zuviel! Jennifer hielt den Atem an, und ihre Wangen färbten sich dunkelrot. „Was weißt du schon über die Kirche? " entgegnete sie aufbrausend. „Ihr seid mir gerade die Richtigen — selbst nicht zur Kirche gehen wollen, aber über die anderen herziehen, die es tun!"

„Ist das die Art, wie gute Christen ihr Temperament in Zaum halten? So was hab ich gern!" bemerkte Rodger sarkastisch. „Ein gutes Vorbild für arme Sünder, wie ich einer bin!"

Jennifers Augen füllten sich mit Tränen des Zorns und der Scham. Wieder hatte sie versagt, und ausgerechnet, wo sie so sehr versucht hatte, ruhig zu bleiben. Welch ein armseliges Zeugnis gab sie für ihren Herrn! Mußte das immer so weitergehen, mit einer Niederlage nach der anderen? War dies der Lohn all ihrer ehrlichen Bemühungen?

„Es tut mir leid!" Jennifer schluckte nur mühsam die Tränen hinunter.

„Jetzt müßte dich mal dein Missionar sehen", bemerkte Frau Deane scheinheilig. „Ich glaube, du bist so fromm, wenn du dorthin gehst, daß sie denken, du könntest nicht bis drei zählen. Die sollten dich mal zu Hause erleben!"

„Alle hacken sie auf mir herum", versuchte Jennifer abzuwehren.

Anton Deane, der sich bis jetzt ganz seinem Essen gewidmet hatte, hob den Kopf und blickte sie alle scharf und drohend an. „Jetzt habe ich aber genug von diesem Streiten über religiöse Fragen!“ sagte er barsch. „Ich möchte davon nichts mehr hören! Hast du mich verstanden, Jennifer? “

Jennifer atmete schwer. „Jetzt reicht’s mir aber! Soll ich etwa schuld sein? Ich habe nicht damit angefangen!“

„Du bist schuld daran!“ Anton Deane legte seinen Serviettenring hörbar auf den Tisch, als wolle er damit seinen Worten größeren Nachdruck verleihen. „Wir hatten Ruhe und Frieden hier, bis du heimkamst, den Kopf voller dummer Gedanken. Je eher du das alles wieder vergißt, desto besser für uns alle!“

Gerade in dem Augenblick klingelte das Telefon. Frau Deane sprang auf, um abzuheben. „Wenn es wieder eine von deinen Freundinnen ist, Jennifer, die anruft und wissen will, warum du nicht mit ihnen ausgehst, muß ich aber lachen!“ rief sie über die Schulter zurück, als sie die Doppeltür zur Diele öffnete. Am Tisch waren alle in gespannter Erwartung.

„Es ist Doreen“, verkündigte Frau Julia einen Augenblick später, „vielleicht kann sie dir wieder Vernunft beibringen.“

Jennifer erhob sich schweigend und ging in die Diele. Sie traute sich selbst nicht zu, jetzt zu reden.

„Ich meine, wir sollten eine Zeitungsannonce aufgeben“, sagte Rodger eben, „dann wird es jeder wissen: ‚Gebetsversammlungen rangieren vor Parties.‘“ Das Lachen verstummte sogleich wieder; Jennifer wußte, jetzt waren alle gespannt darauf, wie ihr Gespräch enden würde.

„Ja, Doreen — bin selbst am Apparat. Morgen abend? Nein, ich gehe nicht hin. Nein, ich will nicht! Außerdem bin ich ja schon drei Abende nicht dagewesen. Nein, ich bleib zu Hause Gut, wir gehen zusammen essen, nächste Woche einmal. Ja, ich möchte gern mit dir einmal alles bereden. Mach’s gut, bis dann!“

Jennifer legte den Hörer auf die Gabel zurück und blieb einen Augenblick unentschlossen im Türrahmen stehen. Sie fühlte sich plötzlich schwach und voller Furcht. Sie konnte eben jetzt nicht wieder ihrer Familie unter die Augen treten; sie hatte genug durchgemacht. Sie wußte: wenn sie wieder hineinging, würde sie wieder ihre Beherrschung verlieren oder in Tränen ausbrechen — oder beides. Ging sie nicht zurück, würden sie sagen, daß sie eingeschnappt sei, oder meinen, sie gäbe sich geschlagen . . .

Aber Jennifer wußte ja selbst, daß sie geschlagen war! Wieder einmal waren alle ihre guten Vorsätze völlig zunichte geworden! Sie hatte sich angestrengt wie noch nie zuvor, um sich selbst zu beherrschen, aber sie war dabei gescheitert, elend gescheitert . . .

Jennifer drehte sich plötzlich auf dem Absatz herum und rannte durch die Diele und die Halle die Treppe hinauf in ihr Zimmer. Sie schloß die Tür fest hinter sich zu, warf sich auf ihr Bett und begann herzzerbrechend zu schluchzen. Was hatte man nun davon, schien ihr jemand einzuflüstern, was nützte das alles?

Sehr gut wußte sie, was sie tun sollte, aber sie war so machtlos, es wirklich zu tun. Auf diese Weise konnte man im Leben nicht glücklich werden. Früher war sie besser dran gewesen — zumindest hatte es keinen inneren Kampf darum gegeben. Aber hier war es ein lang andauernder Kampf, und sie zog jedesmal den kürzeren. So konnte es bei ihr nicht weitergehen.

Aber Jennifer konnte sich jetzt auch nicht zum Gebet aufraffen. Es erschien ihr sinnlos, jetzt dem Herrn Jesus zu sagen, daß es ihr leid täte, und ihn um Vergebung zu bitten — und dann wahrscheinlich hinzugehen und dasselbe doch wieder zu tun. Sie schämte sich zu sehr, ihm immer wieder mit derselben Geschichte zu kommen; dennoch hatte sie die dunkle Ahnung, daß er doch alles über sie wußte. Welch eine erbärmliche Zeugin war sie für Jesus, und sie hatte doch so Wunderbares und Großes vorgehabt!

Jennifer wußte nicht, wie lange sie so dagelegen hatte, aber allmählich legte sich der Sturm in ihrem Innern. Doch dann hörte sie eine Stimme zu sich reden, gleichsam aus der Stille ihres erschöpften Herzens heraus, eine Stimme, die ihr Dinge einflüsterte, die sie in große Unruhe versetzte.

So fühlte sie sich nicht nur geschlagen und tief enttäuscht, sondern geriet in tiefe Verzweiflung. Wie konnte sie schließlich überhaupt sicher sein, daß sie gerettet war? Wenn sie wirklich eine Christin wäre, müßte sie sicher ganz anders empfinden als jetzt! Vielleicht war alles doch nur eine Selbsttäuschung.

Und sie solle doch einmal an all das denken, was sie im Begriff sei, aufzugeben, fuhr die Stimme fort. Lohnte es sich darum? All die guten Freunde, die sie verlor — all die guten Gelegenheiten, die sie nun verpassen würde? Vielleicht hatte sie alles doch ein wenig überstürzt — sie hätte die Kosten vorher überschlagen sollen! Natürlich war es nicht zu spät, jetzt noch umzukehren, versuchte ihr die Stimme flüsternd einzureden. Schließlich hatte sie wirklich verleugnet . . .

Jennifer setzte sich im Bett auf und griff nach ihrer Bibel. Ja, gewiß hatte sie ihren Herrn verleugnet, wie sie sich heute daneben benommen hatte, aber — war sie die einzige, die ihn verleugnet hatte? Nein, nein, das konnte nicht sein. Irgendwo in der Bibel stand doch eine Geschichte; von einem, der den Herrn verleugnet hatte — ah, jetzt erinnerte sie sich. Petrus war es gewesen. Das mußte sie lesen! Fieberhaft blätterte sie, bis sie an die Stelle im 22. Kapitel des Lukasevangeliums kam. Ja, Petrus hatte seinen Herrn verleugnet, Petrus war auch in Wut geraten . . . „und der Herr wandte sich um und blickte Petrus an — und Petrus gedachte an die Worte Jesu . . . und ging hinaus und weinte bitterlich."

Nachdenklich klappte Jennifer das Buch zu. „Der Herr blickte Petrus an . . . " Was stand in dem Blick geschrieben? Sie hätte es gern gewußt! War es ein Blick voller Verachtung — Zorn — Enttäuschung? Es mußte unendliche Liebe und Güte in diesem Blick des Heilandes gewesen sein, die das Herz des Petrus in solcher Weise anrührte!

Gedemütigt durch ihr Versagen, erschöpft von ihrem

Kampf mit sich selbst, wandte sie ihren Blick nach oben, einen neuen Funken von Glauben im Herzen, und blickte ihrem Heiland voll ins Gesicht. Und sie fand, daß er noch derselbe war. Er wußte um alles — er verstand sie — er war auch bereit, ihr zu vergeben. Jennifer kniete vor ihrem Bett nieder und bekannte Jesus alles im Gebet. Schließlich stand sie in der Gewißheit auf, daß ihre Schuld vergeben sei; denn „wenn wir unsere Sünden bekennen, so ist er treu und gerecht, daß er uns die Sünde vergibt und reinigt uns von aller Untugend".

In dem Augenblick wurde Jennifer bewußt, daß Jesus ihr mehr bot als Vergebung für ihre Sünde und Niederlage. Er stand unsichtbar neben ihr, bereit, ihr Macht über die Sünde zu geben, Sieg in der Versuchung und die Freude, daß er bei jedem Schritt ihres Weges bei ihr ist. So mußte das wirkliche Christenleben sein, immer mit ihm zu gehen! Wenn sie nur wüßte wie sie zu solch einem gesegneten Leben käme!

Pastor Ransome würde ihr helfen können — sie würde ihn anrufen und morgen abend zu ihm gehen.

5

Jennifer ging über den gepflegten Weg eines kleinen Vorgartens auf ein Haus zu, das etwas erhöht von der Straße in einer Reihe anderer Häuser stand, und klingelte. Es war schon fast dunkel geworden, aber sie sah, daß der Garten hübsch und gepflegt war. Auch das kleine Häuschen war von der Straße her schmuck anzusehen. Frau Ransome öffnete, eine freundliche mütterliche Frau, ihr leicht ergrautes Haar lose im Nacken zusammengehalten.

„Jennifer, sind Sie es?“ Sie öffnete die Tür so weit sie konnte. „Ich nehme an, Sie möchten meinen Mann sprechen. Kommen Sie nur herein!“

Jennifer trat in den Flur. „Ich vermute, er hat zu tun“, begann sie zögernd, „aber ich wollte ihn aufsuchen in einer Angelegenheit, die mir arg zusetzt.“

Frau Ransome lächelte. „Er ist niemals so sehr beschäftigt, daß er nicht Zeit hätte, zu helfen, wo Not ist“, sagte sie beruhigend. „Da kommt er ja schon!“

Pastor Ransome kam ihr mit ausgestreckter Hand entgegen.

„Die Stimme kam mir so bekannt vor“, sagte er warm. „Kommen Sie nur in mein Arbeitszimmer.“

Er geleitete sie in ein kleines, schlicht eingerichtetes Zimmer und wies ihr einen bequemen Stuhl dicht am Feuer an, das hell in dem offenen Kamin brannte. Nichts war hier besonders reich und üppig, bemerkte Jennifer auf den ersten Blick, aber der ganze Raum strahlte eine eigentümliche Wärme aus, die aber nicht von dem Feuer herkam. Jennifer fühlte sich gleich um vieles leichter. Der Pastor nahm seine Bibel vom Kaminsims und rückte sich einen Stuhl von der anderen Seite des Feuers heran.

„Nun, Jennifer, was bedrückt Sie? " war seine freundliche Frage, während seine klaren Augen forschend auf ihrem recht blassen Gesicht ruhten.

Jennifer hatte ihm viel zu erzählen. Sie schilderte ihm die Schwierigkeiten, mit denen sie im Geschäft zu tun hatte, seitdem sie Christus angenommen hatte. Dann sprach sie über die Art und Weise, wie zu Hause sich alle gegen sie stellten und wie sie trotz all ihrer guten Vorsätze immer wieder am Ende in die Auseinandersetzung geriet, weil sie in gereizter Stimmung war. Dadurch blieb ihr Zeugnis für den Herrn wirkungslos.

„Ich fühlte mich gestern abend so jämmerlich elend", bekannte sie ihm. „Ich weiß, es war schrecklich dumm von mir, aber ich habe mich tatsächlich gefragt, ob es sich überhaupt lohnt, daß man versucht, ein Christ zu sein; und ich hätte gern gewußt, ob ich überhaupt gerettet bin!"

Er nickte verständnisvoll. „Der Teufel redet immer so mit uns, wenn wir am Boden liegen. Aber denken Sie zuallererst daran, daß Sie nicht versuchen, ein Christ zu sein, sondern Sie sind es, weil Sie in Christus sind und weil Sie ihm Ihr Leben übergeben haben. Ihr Gerettetsein vor Gott hängt nicht von Ihren Gefühlen oder sonst etwas anderem ab, was Sie tun. Nein, es hängt vielmehr von dem vollbrachten Werk des Christus ab; darum können Sie dessen so sicher und gewiß sein. Hören Sie!"

Er blätterte in seiner Bibel, bis er an den zweiten Timotheusbrief kam. „Hier stehen die wunderbaren Worte ‚Wenn wir nicht glauben' — das heißt, wenn wir untreu sind —, ‚so bleibt Er doch treu, denn Er kann sich selbst nicht verleugnen'."

Jennifers Züge hellten sich auf. „Den Vers muß ich mir anstreichen", sagte sie eifrig, indem sie ihren Stift hervorholte. „Aber, bitte, sagen Sie mir, was soll ich tun, wenn ich weiß, was ich eigentlich tun müßte, und es auch will, und es dann irgendwie doch nicht kann. Ich weiß, es klingt sehr töricht, wenn ich es so sage, aber Sie können sich nicht vorstellen, wie sehr ich mich anstrenge und doch immer wieder scheitern muß."

Pastor Ransome lächelte ihr ermutigend zu. „Sie werden froh sein, wenn ich Ihnen jetzt sage, daß Sie nicht die einzige sind, der es so ergangen ist. Wir werden einige Verse aus Römer 7 lesen, und Sie werden sehen, daß der Apostel Paulus selbst einmal in solch einer unglücklichen Lage war.

Sie schlugen Römer 7 auf, und Jennifer war erstaunt, daß dieses Kapitel genau ihre eigene Erfahrung wiedergab. Hätte Jennifer ihr eigenes Tagebuch geschrieben, hätte sie die Sache kaum wortgetreuer beschreiben können. „Denn das Gute, das ich will, das tue ich nicht; aber das Böse, das ich nicht wollte, das tue ich . . . " Wie sehr konnte sie ihm nachfühlen, wenn er ausrief: „Ich elender Mensch! Wer wird mich erlösen? "

„Sagen Sie mir, wie wurde er mit alledem fertig? "

„Den Schlüssel dazu gibt er uns im letzten Vers dieses Kapitels: ‚Ich danke Gott durch Jesus Christus, unseren Herrn.' Und das Zeichen des Sieges erlangt er im nächsten Kapitel, wo er erklärt: ‚Wer will uns scheiden von der Liebe Christi? Trübsal oder Angst, oder Verfolgung, oder Hunger, oder Blöße oder Gefahr oder Schwert? Ja, in dem allen überwinden wir weit durch den, der uns geliebt hat. "

Als Pastor Ransome diese Verse gelesen hatte, hielt er die aufgeschlagene Bibel in seiner Hand, ohne ein Wort zu sagen. Er blickte still in die Flammen, aber Jennifer erkannte an seinem Gesichtsausdruck, daß er nicht nach den sichtbaren Dingen blickte, die das menschliche Auge sehen kann, sondern nach den unsichtbaren, die ewig sind. Sie wagte nicht, dieses Schweigen zu brechen. Die Gottesworte klangen noch in ihren Ohren nach.

„Verfolgung — Gefahr — Angst", begann Pastor Ransome schließlich wieder in seiner bedächtigen Art, als wollte er das Gewicht jedes dieser Worte noch einmal hervorheben. „Sollte eines von diesen uns von Christus trennen? Nein!" Er konnte bei diesen Worten die sieghafte Freude in seiner Stimme nicht verbergen. „In all diesen Dingen überwinden wir weit. Das ist nicht nur ein bloßer

Sieg — sondern wir sind mehr als Sieger, wohlgemerkt!"

„Warum muß ich dann aber so oft unterliegen?" rief Jennifer verzweifelt.

„Ja, das ist die Frage, die jedem Christen schwer zu schaffen macht. Wie können wir mehr als Sieger sein? Hier steht es: Wir sind mehr als Sieger ‚durch ihn, der uns geliebt hat'. Unser Herr ist es, der uns Sieg gibt, Jennifer", fügte er schlicht hinzu, „ich sage Ihnen geradeheraus, daß ich selbst die Wahrheit dieser Worte tausendfach erprobt habe. Ich lebe nun schon viele Jahre im Glauben an den Herrn Jesus und habe auch meinen Anteil an Problemen, Versuchungen und Enttäuschungen gehabt; aber ich preise seinen Namen, weil er mir in all diesem den Sieg gegeben hat. Auch Sie werden manche Versuchungen durchstehen müssen, aber denken Sie immer daran, daß auch Ihnen diese Verheißung gilt ‚in all diesen Dingen überwinden wir weit durch den, der uns geliebt hat'."

„Aber wie kommt dieser Sieg?" Jennifers Augen waren gespannt auf ihn gerichtet.

„Nicht dadurch, daß Sie kämpfen und dauernd gegen sich selbst angehen, sondern daß Sie diesen Kampf dem Herrn überlassen, daß er die Schlacht für Sie gewinnt. Das Geheimnis dabei ist, ganz nah bei ihm, ja in ihm zu bleiben."

Jennifer schüttelte den Kopf. Pastor Ransome sprach mit solcher Zuversicht und Gewißheit, aber ihr Geist tappte noch im Dunkeln. Nur ganz schwach konnte sie die Bedeutung solcher Worte ahnen.

„Nun, lassen Sie es mich noch etwas anders erklären", fuhr er fort. „Als Sie den Herrn Jesus als Ihren Heiland annahmen, wurden Sie wiedergeboren, aber dieses neue Leben in Ihnen beschwört nun einen Kampf mit dem alten, sündigen Leben herauf. Aber Sie müssen diesen Kampf nicht allein durchfechten, weil der Feind Ihnen zu stark ist. Alles, was Sie zu tun haben, ist: Reichen Sie dieses Problem an Jesus weiter und trauen Sie ihm zu, daß er für Sie kämpft und Ihnen den Sieg gibt."

„Ach so, Sie meinen also . . . “ Jetzt begann es Jennifer endlich zu dämmern. „Sie meinen also, daß er alles unter seine Kontrolle bekommt? “

„Wenn Sie es ihm überlassen“, antwortete er rasch. „Der Heilige Geist ist in Ihr Herz gekommen, um dort zu wohnen, seit Sie an Christus glauben; aber es hängt sehr viel davon ab, ob Sie ihn nur so wie einen Gast behandeln oder ihm die völlige Herrschaft über Ihr Leben einräumen. Sehen Sie, es ist ein großer Unterschied, ob Sie die Zügel Ihres Lebens selbst fest in der Hand behalten oder ob Sie Jesus zu Hilfe rufen, wenn Sie in Not kommen, und ihn Ihr Leben gestalten und lenken lassen. Dann können Sie sagen: ‚Nicht ich, sondern Christus lebt in mir‘ “

„Wenn Sie es so ausdrücken, klingt es sehr leicht“, sagte Jennifer nachdenklich. „Nach alledem, glaube ich, kann der Herr ein gut Teil mehr tragen als ich.“

„Selbstverständlich, er kann's. Er ist so geduldig und kann soviel ertragen. Er wird allen Spott und Tadel, den Ihnen die Welt ins Gesicht schleudern mag, auf sich nehmen und für Sie tragen.“

Jennifer lächelte. „Dann glaube ich, daß er auch mit Rodgers Sticheleien fertig wird, die mich immer ganz krank machen.“

„Es gibt nichts, was ihm zu schwer ist“, sagte Pastor Ransome. „Aber verstehen Sie mich nicht falsch. Das Heil Ihrer Seele steht hier nicht in Frage — das wurde ein für allemal am Kreuz des Heilands entschieden. Jesus rettet Sie, wenn Sie ihn als Ihren Retter anerkennen, aber bewahren kann er Sie nur, wenn Sie sich in jedem Augenblick ihm übergeben und ihm Ihr Vertrauen schenken. Wenn es dann zu neuem Kampf kommt, sagen Sie ihm nur: ‚Herr, dies ist dein Kampf, du kannst mir Sieg verleihen!‘ “

„Ich will es versuchen“, sagte Jennifer leise.

„Dann wollen wir unsere Abmachung im Gebet besiegeln“, sagte der Pastor.

Beide knieten sie am Kamin nieder: sie betete zögernd und zaghaft, um ihr Herz, ihre Gedanken und ihren Willen der völligen Herrschaft Jesu auszuliefern; er aber empfahl sie in seinem Gebet seinem Herrn, der allein vor dem Fall bewahren und uns untadelig vor den Thron des himmlischen Vaters stellen kann.

In den darauffolgenden Jahren sollte sich Jennifer noch oft voll Dankbarkeit und Freude an jenen Abend erinnern. Durch all die vielen und wechselhaften Szenen ihres Lebens, die ihren Weg überschatteten, sollte sie dieses Versprechen immer und immer wieder erneuern. Aber Gott hat in seiner Weisheit und Vorsehung die Zukunft vor unseren Augen verborgen; so konnte Jennifer sich mit der Gegenwart freuen und die Zukunft ganz ihm überlassen.

Frau Ransome brachte ein Tablett mit heißem Kaffee und Toastbrot.

Der Pastor hatte sich nun dem 6. Kapitel des Römerbriefes zugewandt, und sie sprachen miteinander über die Taufe der Glaubenden, wie es bei Paulus zu lesen ist: „Darum sind wir mit ihm begraben durch die Taufe in den Tod, damit wir, gleichwie Christus von den Toten auferstanden ist durch die Herrlichkeit des Vaters, so auch in einem neuen Leben wandeln."

Jennifer sah nun den Weg, den sie im Gehorsam gehen sollte, klar vor sich und wollte um keinen Preis Zeit verlieren. Sie war bereit, gleich beim nächsten Taufgottesdienst, der auf den kommenden Sonntagabend festgelegt worden war, dabei zu sein.

„Sie sollten Ihre Mutter bitten, daß sie zu dieser Versammlung mitkommt", schlug Frau Ransome vor.

„Meine Mutter", entfuhr es Jennifer, „ich fürchte, Sie kennen meine Mutter nicht."

„Zu diesem besonderen Anlaß kommt sie vielleicht doch", wandte der Pastor ein. „Sie könnten sie auf jeden Fall fragen; wir werden dafür beten und alles in des Herrn Hand legen."

Zu Jennifers großem Erstaunen hatte ihre Mutter nicht viel dagegen einzuwenden, als Jennifer mit diesem Vorschlag an sie herantrat.

„Nun gut“ gab sie, wenn auch etwas unwillig, zu, „ich kann ja ruhig einmal hingehen und sehen, was es mit all diesem Getue auf sich hat. Was hast du vor? “

Jennifer war beinahe außer sich vor Freude, aber sie war sich darüber im klaren, daß man in dieser Situation besonders sorgfältig vorgehen mußte. So machte sie erst gar keinen Versuch, ihre Gefühle zu verbergen.

„Ach, das wirst du schon selbst sehen können, Mutter“, antwortete sie geheimnisvoll.

Am Sonntag klappte im Hause Deane alles so, als ob es vorbereitet wäre Rodger und Philip gingen beide auswärts essen. Ihr Vater bekam einen unerwarteten Anruf, der ihn nötigte, in geschäftlichen Dingen am Nachmittag nach Geelong zu fahren. So blieben Jennifer und ihre Mutter allein daheim. Jennifer bereitete ein besonders delikates Mittagessen, das sie in dem sonnigen Alkoven des Eßzimmers auftrug.

Später räumte sie den Tisch ab und besorgte den Abwasch, während ihre Mutter sich eine Weile ihrer sorgfältigen Toilette widmete. So war Julia Deane in denkbar bester Stimmung, als sie sich mit ihrer Tochter zusammen auf den Weg zur Missionskirche machte.

Dort angekommen, machte sie kein Hehl daraus, daß ihr die schlichte Bauart und einfache Ausstattung des Raumes mißfiel. Aber der Gedanke, daß sie wohl die bestangezogene Frau in dieser Versammlung sei, entschädigte Frau Deane ein wenig dafür.

Jennifer stellte ihre Mutter Frau Ransome vor, die sich um sie kümmerte, während Jennifer sich zurückzog, um die nötigen Vorbereitungen zu ihrer Taufe zu treffen.

Jennifer erinnerte sich später nicht mehr an alle Einzelheiten jenes Gottesdienstes, aber das Bewußtsein der Nähe und Gegenwart ihres Herrn würde sie nie vergessen. In ihrem Herzen hatte sie die Gewißheit, daß er immer da sein würde. Manchmal könnte sie vielleicht in ihrer Kurzsichtigkeit auf der Suche nach ihm im Dunkeln umhertappen; aber sie würde es immer wissen, daß er bei ihr sei, daß er sie fände, selbst dann, wenn sie ihn nicht finden könnte.

Man sagte Jennifer hernach, daß sie mit strahlendem Gesicht das Bekenntnis ihres Glaubens an Jesus Christus als ihren persönlichen Heiland gesprochen habe. Dann hatte die Gemeinde ein Lied gesungen, dessen Worte wie ein Siegel waren:

„Begraben mit Christus, erwecket mit ihm,
was bleibt mir da noch zu tun?
Nur keinen Kampf mehr und eigenes Mühn,
nur leben, Jesus zum Ruhm."

Jennifer wußte, daß in dem Wasser selbst keine besondere Wirkung lag, aber sie wußte auch, daß sie in einer geheimnisvollen Weise durch diesen schlichten Akt des Gehorsams, die Taufe an sich geschehen zu lassen, mit dem gekreuzigten und auferweckten Herrn eins geworden war. Hinfort würde sie stets mit ihm leben.

6

Die Reaktion der Mutter auf den Gottesdienst ließ nicht lange auf sich warten.

„Also wirklich, Jennifer", begann sie ungeduldig, als sie auf dem Heimweg waren, „ich weiß nicht, was dieser ganze Wirbel eigentlich soll. Und wo du dich jetzt erfolgreich vor aller Öffentlichkeit lächerlich gemacht hast, hoffe ich sehr, daß du dich allmählich beruhigst und wieder ein normales Leben führst."

„Es war sehr lieb von dir, daß du mitgekommen bist", wagte Jennifer zu äußern. Sie versuchte alles, was zu einem Streit führen könnte, zu vermeiden.

„Ja", Julia Deane wandte sich ihrer Tochter zu, „ich ging zur Kirche, um dir einen Gefallen zu tun — nun wirst du auch mir einen Gefallen tun."

„Ja, warum nicht, Mutter? " kam die etwas verblüffte Antwort. „Was denn? "

„Du wirst es gleich hören!" Siegesgewiß klang ihre Stimme:„Du kommst am Sonnabend mit mir auf den Ball!"

Jennifer stockte der Atem. Der Ball! Natürlich, den hatte sie ja ganz vergessen!

„Aber, Mutter", wehrte sie ab, „ich kann doch nicht gehen — jetzt."

„Du kannst nicht? " Frau Deane schüttelte den Kopf. „Du meinst wohl, du willst nicht? "

Jennifer gab keine Antwort.

„Ich will ja nicht sagen, daß ich besser in der Bibel Bescheid wüßte als manche Leute", fuhr Julia fort, „aber ich meine, da steht doch irgend etwas davon, daß Kinder ihren Eltern gehorchen sollen. Schließlich bin ich deine Mutter. Ich bestehe darauf, daß du hingehst!"

„Aber Mutter“, wehrte Jennifer ab, „ich möchte wirklich nicht! Es würde mir gar keine Freude machen. Um ehrlich zu sein: ich hatte den Ball völlig vergessen.“

„Was für ein Unsinn! Bis dir diese deine Religion in den Kopf stieg, hast du überhaupt von nichts anderem geredet. Ich weiß nicht, was seitdem in dich gefahren ist. Du enttäuschst mich sehr, Jennifer!“

„Ach, du verstehst mich nicht, Mutter!“ Jennifer versuchte verzweifelt, es ihrer Mutter zu erklären. „Alles hat sich geändert, seit ich zu Christus kam. All diese Dinge können mich jetzt nicht mehr reizen.“

„Es ist ein Wunder, daß du nicht deine Sachen nimmst und ganz in die Kirche umziehst“, war die zornige Antwort. „Du gehst schon oft genug dahin, du meine Güte! Du hast wirklich bisher viel Freiheit genossen, meine Liebe, und es ist an der Zeit, daß du einmal etwas mir zu Gefallen tust. Ich bestehe darauf, daß du auf den Ball gehst — und außerdem erfordert es auch unsere gesellschaftliche Stellung, daß du dabei bist!“

Mittlerweile hatten sie das Haus erreicht, und Frau Deane blickte ihrer Tochter besorgt ins Gesicht, als sie die Haustür öffnete. Jennifer gab keine Antwort, und Julia hätte gern gewußt, welche Gedanken ihr durch den Kopf gingen. Sie konnte sich nicht denken, daß Jennifer ihr die Stirn bieten würde. Sie schien nachdenklich, aber keineswegs verwirrt oder ängstlich.

Frau Deane, die ihre Tochter die letzten Wochen sehr genau beobachtet hatte, empfand über Jennifers wachsendes Interesse an der Kirche steigende Besorgnis, aber sie hatte sich klugerweise entschlossen, den rechten Zeitpunkt abzuwarten. Sie fühlte es instinktiv: wenn sie Jennifer nur dazu brächte, jetzt auf den Ball zu gehen, würde sich das Problem von selbst lösen, und wenn Jennifer wieder einmal eine Kostprobe von dem gesellschaftlichen Leben bekommen könnte, an dem sie sich früher immer so freute, dann würden seine Verlockungen sich als stärker erweisen als ihre neuen Bindungen. Dessen war sie sicher.

„Und ich habe es so eingerichtet, daß ich dich an dem Abend einigen sehr einflußreichen Leuten vorstellen kann“, fuhr sie fort. „Jennifer, du weißt, daß ich große Pläne mit dir habe. Und gestern habe ich gehört, daß auch die Lyntons auf dem Ball sein werden. Ist das nicht toll? “

„Ja.“ Jennifer war mit ihren Gedanken weit fort. Sie hörte zwar das eifrige Reden ihrer Mutter, aber ihr Geist wandte sich Dingen zu, die größer und wichtiger waren; so schenkte sie den Worten ihrer Mutter wenig Beachtung.

„Sie sind eine sehr nette Familie — ziemlich wohlhabend, glaube ich. Und sie sagen, John ist so ein netter, junger Mann. Er hat eben seine Militärdienstzeit bei der Luftwaffe beendet — drei Jahre ist er in Island drüben gewesen.“

„Wirklich? “ Jennifer kostete es Überwindung, jetzt ihre Aufmerksamkeit wieder der Mutter zuzuwenden. Immer noch waren ihre Gedanken bei der Missionskirche und dem Lied, das sie im Gottesdienst gesungen hatten:

„Mein Jesus, dich lieb ich, ich weiß, du bist mein;
für dich tausch' all' Freuden der Sünde ich ein . . . “

Frau Deane sah ein, daß jetzt wenig Aussicht bestand, Jennifers Interesse zu wecken; sie ging nach oben, um sich umzuziehen. Jennifer bereitete indessen das Abendbrot und etwas Heißes zum Trinken. Die Mahlzeit verlief ziemlich schweigsam, da jede von ihnen ihren eigenen Gedanken nachzuhängen schien. Es ging schon auf zehn Uhr zu, als Jennifer sich anschickte, schlafen zu gehen; aber Julia nahm ihre Handarbeit vor und machte es sich auf dem Sofa bequem.

„Geh du ruhig schlafen“, sagte sie freundlich, „ich bleibe noch auf, bis Vater kommt — ich denke, er müßte bald hier sein. Und die Jungen sind ja auch noch nicht da.“

Jennifer wünschte „gute Nacht“ und zog sich in das Heiligtum ihrer eigenen vier Wände zurück. Sie wollte allein sein, um alles noch einmal zu überdenken.

Seltsam, so sagte sie sich, daß sie den Ball vergessen hatte, während er doch noch vor wenigen Wochen das größte Ereignis in ihrem Leben zu sein schien. Seltsam, daß sie alle Lust an eben der Sache verloren haben sollte, die einst ihr ganzes Interesse in Anspruch nahm. Jennifer hatte auch nicht den leisesten Zweifel über ihre Haltung zu dieser Sache. Sie kannte das Treiben dieser Welt gut genug, um sich darüber klar zu sein, daß es Orte gibt, wo die Christen nicht hingehen können, ohne ihr Zeugnis für Christus aufs Spiel zu setzen.

Ihr Entschluß stand fest: Sie ging nicht auf den Ball. Aber der Krach mit ihrer Mutter — damit wurde es dann ernst! In der Vergangenheit hatte sie ein gutes Maß an Freiheit genossen, indem sie geschickt die Eltern gegeneinander ausspielte War der eine gegen sie, brachte sie es gewöhnlich fertig, den anderen auf ihre Seite zu bekommen; das bedeutete: sie setzte schließlich stets das durch, was sie wollte.

In diesem Falle aber, das wußte sie genau, würden sich beide gegen sie einig sein. Und wenn sie ihnen trotzdem widerstand . . . Jennifer holte tief Luft. Sie war sicher, daß sie diesmal recht hatte. „Wer Vater oder Mutter mehr liebt als mich, der ist meiner nicht wert . . . " Diese Worte, die sie gerade an diesem Morgen in ihrer stillen Zeit in der Bibel gelesen hatte, kamen ihr jetzt in den Sinn.

Ja, wenn es darauf ankam, zwischen Christus und ihrem Elternhaus zu wählen, dann wußte sie, was sie tun würde. Auch wenn dies den völligen Abschied von Elternhaus und Familie bedeuten sollte, sie würde Christus an die erste Stelle setzen!

Je mehr dieser Gedanke sich bei ihr festsetzte, desto besser gefiel er ihr. Sie sah sich schon mit dem Koffer aus dem Hause gehen und dem Elternhaus und der Familie Lebewohl sagen — vielleicht für immer. Sie sah sich schon zu der Zahl jener Tapferen gezählt, die alles verlassen hatten, um Christus zu folgen, und sie fühlte, daß sie damit einen wahrhaft edlen Schritt ins Auge faßte.

Vielleicht würde sie auch gerade dann den Herrn noch besser bezeugen können, wenn sie aller Hindernisse zu

Hause enthoben war. Sie könnte vielleicht sogar eine Mietwohnung bei einer christlichen Familie bekommen, wo man jeden Abend die Bibel las und mit der ganzen Familie betete . . .

Sie schaute sich im Zimmer um und berechnete sich schon im Geist, was sie alles mitnehmen würde. Die Seidenmatten auf dem Frisiertisch hatte sie selbst gearbeitet, und die kleine Kristallvase, die Doreen ihr geschenkt hatte.

Aber sie würde ihren kleinen Nachttisch und ihre Bücherregale vermissen, ja, sie würde viele Dinge vermissen. Niemals war sie bisher von zu Hause weggewesen, außer an Sonntagen, und es würde einen ziemlichen Bruch in ihrem Leben geben; aber es blieb ihr keine andere Wahl.

Auf jeden Fall wollte Jennifer alles noch mit Pastor Ransome besprechen, ehe sie den endgültigen Schritt unternahm, obwohl sie jetzt schon sicher war, er würde ihr voll zustimmen.

Am anderen Tag bemühte sich Jennifer sehr, alles zu vermeiden, was im Umgang mit der Mutter eine Krise herbeiführen könnte.

Als sie am Abend zur Bibelstunde ging, hatten sich daher keine weiteren Verwicklungen ergeben. Jennifer hatte die Bibelstunden so liebgewonnen wie die Gottesdienste an den Sonntagen. Es war ihr eine Freude, über der aufgeschlagenen Bibel zu sitzen und zu hören, wie ihre wunderbaren Wahrheiten erklärt wurden. Sie meinte, gar nicht genug davon bekommen zu können.

Das Bibelstudium befaßte sich jetzt mit dem 5. Kapitel des Epheserbriefes. Bezeichnenderweise stellte Pastor Ransome an diesem Abend nur Vers 11 heraus: „Habt keine Gemeinschaft mit den unfruchtbaren Werken der Finsternis."

Mit klaren und ernsten Worten wies er darauf hin, wie das Licht keine Gemeinschaft mit der Finsternis haben kann. Ebenso kann der Glaubende, der wiedergeboren ist, keine wirkliche Gemeinschaft mit der Welt haben, die den Herrn der Herrlichkeit gekreuzigt hat. Der Christ muß so leben, wie es seiner hohen Berufung in Jesus Christus entspricht, und all seine Neigungen den göttlichen Dingen zuwenden.

Jennifers Herz schlug schneller, als sie dies hörte; und als er sie auf 2. Korinther 6 verwies, strich sie sich den Vers, den er vorlas, doppelt an: „Darum gehet aus von ihnen und sondert euch ab, spricht der Herr, und rühret kein Unreines an . . . " Ja, sie hatte recht, sagte sie sich.

Nach der Versammlung sprach sie den Pastor an, der ihr aufmerksam zuhörte. „So fürchte ich, ich werde wohl mein Haus und meine Eltern verlassen müssen, wenn ich Christus folgen will", schloß sie endlich. Entschlossenheit lag in diesen Worten.

Pastor Ransome machte ein ernstes und nachdenkliches Gesicht. „In einem gewissen Sinn hat Ihre Mutter schon recht. Die Bibel sagt wirklich, du sollst deinen Vater und deine Mutter ehren."

Jennifer blickte ihn mit weit aufgerissenen Augen an.

„Was, Sie meinen doch nicht etwa, daß ich auf den Ball gehen soll? "

Er schüttelte den Kopf. „Sicher nicht. Aber ich meine, Sie sollten auf keinen Fall Ihr Elternhaus verlassen."

Sie wehrte sich dagegen, in echte Ratlosigkeit gestürzt: „Aber ich habe doch gestern noch eine Stelle gelesen, wo der Herr sagt, wir müssen ihn höherstellen als sogar Vater und Mutter."

„Das stimmt schon, aber dieser Vers bedeutet nicht, daß Sie Ihren Pflichten davonlaufen können. Es passiert schon manchmal — glücklicherweise nicht zu oft —, daß Christen gezwungen werden, sich zwischen Christus und ihrer Heimat entscheiden zu müssen, aber vor eine solche Wahl sind Sie nicht gestellt worden. Sie sind nicht aufgefordert worden, Christus ganz zu entsagen, nicht wahr? "

„Nein, das nicht", mußte sie zugeben, „aber man hat etwas von mir verlangt, das ihm keine Ehre machen würde."

„Sie haben die Freiheit, nein zu sagen, wenn Sie bereit

sind, die Strafe für den Ungehorsam auf sich zu nehmen.“

Sie erwiderte seinen festen Blick, ohne dabei unsicher zu werden, aber sie sagte nichts.

„Ich kann mir auch nicht denken, daß man Sie auffordern wird, das Haus zu verlassen, wenn Sie in dieser Sache den Gehorsam verweigern, aber man könnte Ihnen eine härtere Strafe auferlegen, derart, daß es Ihr gesamtes Leben erheblich erschweren würde.“

Jennifer schwieg, in tiefe Gedanken versunken.

„Ich glaube sicher, daß Sie recht haben“, sagte sie endlich. „Es wäre leichter, das Elternhaus zu verlassen, als zu bleiben und die Strafe durchzuhalten. Daran hatte ich bisher noch nicht gedacht.“

„Und dann ist da noch etwas“, fuhr er fort, „wenn Sie von zu Hause weggingen, wer würde dann dasein und den Herrn bezeugen? Wer würde den anderen den Weg zum Glauben an Jesus Christus zeigen? “

„Niemand!“ Jennifer schüttelte den Kopf. „Aber auch so kann ich nicht viel tun.“

„Aber der Herr kann viel durch Sie wirken“, fügte er rasch hinzu. „Er macht keine Fehler. Er hat Sie dort hingestellt, weil er Sie dort braucht. Er sagt uns nicht, daß der Weg leicht sein wird, aber wir haben immer das Wort von Römer 8, Vers 37.“

Sie lächelte. „In alledem überwinden wir weit durch den, der uns geliebt hat“, zitierte sie, ruhige Gewißheit in der Stimme. „Ich denke, an diese Verheißung muß ich mich immer wieder einmal erinnern!“

„Da ist ein kleines Wort in diesem Vers, das Sie sich bitte merken wollen. Es heißt „in alledem“; das heißt: mitten in all diesen Dingen. Sie wollten ihnen entfliehen, nicht wahr? Sehen Sie, der Sieg wird uns nicht versprochen, wenn wir versuchen, den Schwierigkeiten aus dem Wege zu gehen. Wir „überwinden weit“ gerade dort, wo wir uns befinden.“

„Ja, das sehe ich ein“, sagte sie tapfer. „Und vielen Dank auch für Ihren guten Rat. Ich wollte Ihnen auch noch einmal sagen, daß das, was Sie heute abend beim Bibelstudium über das abgesonderte Leben gesagt haben, mir sehr viel geholfen hat. Wenn ich an die Jahre denke, die ich nutzlos vertan habe, muß ich mich sehr schämen."

Es war, als zöge einen Augenblick lang ein Schatten über sein Gesicht, und seine Stimme war sehr freundlich, als er weitersprach. „Ja, das kann ich sehr gut verstehen. Jeder Christ, dem ich begegne, hat einen Punkt in seinem Leben, den er sehr bedauert, nämlich den, daß er in seinem Leben nicht schon früher zum Heiland kam. Aber Sie sind noch jung, und ich bin sicher, der Herr hat noch viel Arbeit für Sie — wenn Sie ihm nicht davonlaufen", fügte er mit einem merkwürdigen Lächeln hinzu.

Sie erwiderte sein Lächeln und streckte ihm die Hand hin. „Ich will tapfer darauf zugehen, mit Gottes Hilfe" sagte sie schlicht. „Gute Nacht."

Er ging mit zur Tür und legte ihr eine Hand ermutigend auf die Schulter. „Wir werden weiter für Sie beten, und der Herr wird mit Ihnen sein. Er hat gesagt: ‚Ich will dich nicht verlassen noch versäumen.' Gute Nacht!"

Jennifer ging den ihr nun schon vertrauten Weg von der Missionskirche nach Hause. Es war eine wundervolle Nacht. In ihrem Kopf hämmerte es, da war die kühle Nachtluft die rechte Erfrischung. Der Mond war über den Dächern aufgegangen, eine volle, runde Lichtscheibe, die einen sanften Silberschimmer auf die stillen Straßen warf.

Jennifer blickte auf. Eine klare Nacht, aber am östlichen Himmel waren keine Sterne zu sehen, denn das helle Mondlicht hatte sie völlig überschattet. So war es auch im Leben, überlegte sie. Schwächere Lichter verblaßten, wenn das Licht des Lebens aufstrahlte, und sie wußte es, in der festen Gewißheit des Glaubens: sie würde niemals im Finstern wandeln . . .

Zu Hause angekommen, fand sie ihre Eltern noch am offenen Kamin sitzen.

Philip beendete eben seine Schulaufgaben; Rodger war ausgegangen.

„Du kommst reichlich spät heute abend", brummte ihr Vater, als sie ins Zimmer trat. „Wie steht es mit meiner Tasse Kaffee?"

„In zehn Minuten sollst du sie haben", sagte Jennifer heiter. Und getreu ihrem Versprechen brachte sie das Tablett in erstaunlich kurzer Zeit an.

„Das nenne ich schnelle Arbeit", sagte Philip voller Anerkennung.

Mit einem selbstzufriedenen Lächeln blickte Frau Deane zu ihrem Jüngsten hinüber. „Du wirst am Samstag abend allein zu Hause bleiben müssen, Philip. Jennifer geht mit uns auf den Ball."

Jennifer hielt die Luft an und setzte die Kaffeekanne ab.

Drei Augenpaare waren auf sie gerichtet. Ohne Angst blickte sie ihnen entgegen.

„Es tut mir leid, Mutter", sagte sie ruhig, „aber ich gehe nicht mit auf den Ball."

Julia Deane straffte sich. „So willst du mir also trotzen?" Bei diesen Worten wurden ihre Lippen schmal.

Jennifer schaute blaß, aber entschlossen drein, als sie dem feindseligen Blick ihrer Mutter begegnete. „Es tut mir leid, Mutter, aber in diesem Fall werde ich dir den Gehorsam verweigern müssen", sagte sie bestimmt.

Frau Deane drehte sich heftig herum. „Wenn du nicht mit auf den Ball gehen willst, dann wirst du auch nicht mehr zu der Kirche gehen. Von jetzt an verbiete ich dir, auch nur in die Nähe dieser Kirche zu gehen. Anton, habe ich damit nicht recht?" schloß sie und wandte sich dabei an ihren Mann.

„Recht hast du", entgegnete er mit selbstgefälligem Lächeln.

Wie betäubt schaute Jennifer von einem zum anderen. Sie öffnete ihren Mund, aber brachte kein Wort über die Lippen. Also auf diese Weise versuchten sie, ihr beizukommen — sie verboten ihr, zu den Versammlungen zu gehen, die sie so sehr liebte. Eine schlimmere Strafe hätten sie sich nicht ausdenken können. Sie hofften natürlich, sie würde lieber einwilligen, auf den Ball mitzugehen, als ihrer Verbindungen zur Kirche beraubt zu werden. Als sie den ersten Schock überwunden hatte, fühlte Jennifer einen tiefen Frieden im Herzen, den auch dieser schwere Schlag nicht hatte trüben können. Mochten sie ihr nur den Umgang und die Gemeinschaft mit ihren christlichen Freunden nehmen — sie hatte einen noch größeren Freund; ihr Verhältnis zu ihm zu beeinträchtigen, hatten sie keine Macht. Dieses Gefühl der Sicherheit gab ihr das innere Gleichgewicht und ihre Haltung zurück.

„Nun?" Die Stimme der Mutter klang fordernd, ungeduldig.

„Was hast du dazu zu sagen?"

Philip setzte seine Tasse auf dem Lateinbuch ab und machte es sich in seinem Stuhl bequem, um die weitere Entwicklung abzuwarten. Das hier versprach aufregend zu werden — er hatte lebhafte Wortgefechte gern. Anton Deane tat einen kräftigen Zug an seiner Pfeife.

Jennifer setzte ihre Tasse auch ab und rückte mit ihrem Sitzkissen näher ans Feuer heran. „Ich nehme an, dazu ist nichts weiteres zu sagen", antwortete sie ruhig. „Vater, möchtest du noch ein wenig Kaffee?"

Frau Deane vergaß das Kaffeetrinken, nur mühsam unterdrückte sie ihren Unwillen. Ihre Hand, die die Tasse hielt, zitterte derart, daß der Inhalt beinahe auf ihr Kleid überschwappte.

„Denke an dein Kleid, Mutter", warnte Jennifer. „Deine Tasse schwappt über."

Vorsichtshalber setzte Frau Deane die Tasse auf dem niedrigen Hocker aus Ebenholz ab, der in ihrer Reichweite stand.

„Soll das etwa heißen, Jennifer, daß du dich immer noch weigerst, mit auf den Ball zu gehen?" rief sie zornig.

„Ja, natürlich, Mutter, siehst du das nicht ein? Ich würde Christus Schande bereiten, wenn ich an einen solchen Ort ginge. Es tut mir leid, daß ich dir den Gehorsam verweigern muß, aber — aber ich bin auch ganz darauf vorbereitet, die Strafe auf mich zu nehmen."

Frau Deane war sprachlos. Mindestens hatte sie jetzt einen Auftritt mit vielen Tränen erwartet. Sie fühlte, daß sie den kürzeren gezogen hatte. Hilflos schaute sie zu ihrem Mann hinüber, Anton aber schien mit eigenen Gedanken zu sehr beschäftigt und stocherte mit einem Streichholz in seiner Pfeife herum.

„Nun, wenn es so steht, kleines Fräulein", begann er und blickte sie dabei aus den Augenwinkeln an, „sehe ich mich gezwungen, dein Taschengeld etwas zu kürzen. Du brauchst ja bei weitem nicht mehr so viel, wenn du den Verkehr mit all deinen alten Freunden aufgibst und dich von ihnen lossagst."

Das Wort traf Jennifer empfindlich. „Nein, das stimmt nicht", sagte sie mühsam. Ihr Vater hatte ihr immer ein großzügiges Taschengeld neben ihrem selbstverdienten Geld gegeben, so daß sie bisher noch nie erfahren hatte, was es hieß, knapp bei Kasse zu sein.

„Und wenn ich es dir wirklich gäbe", fuhr er beharrlich fort, als wolle er sie aus der Fassung bringen, „ich nehme an, daß du es dann an irgendeine von diesen Missionsgesellschaften schickst, die dauernd um Geld betteln. Ich sehe nicht ein, warum ich die mit Geld versorgen soll, für die ich nichts übrighabe."

„Natürlich, das brauchst du auch nicht." Jennifer versuchte zu lächeln. „Ich denke, die kommen auch ganz gut ohne deine Hilfe aus."

Der Ausdruck in seinem Gesicht änderte sich plötzlich. Anton Deane drehte sich heftig auf seinem Stuhl herum. Seine Augen schimmerten wie blanker Stahl.

„Du hast jetzt gut reden", entfuhr es ihm zornig, „aber warte nur ab! Die Leute habe ich gern, die von der Fürsorge des Herrn reden, um euch Honig um den Bart zu schmieren. Aber es ist schon etwas anderes, wenn ein anderer den Geldbeutel verwaltet, ja? Ohne Geld kannst du in dieser Welt nicht viel machen, und ich habe Geld!"

Bei diesen Worten ließ er die losen Geldstücke in seiner

Tasche klimpern. In fassungslosem Staunen starrte Jennifer den Vater an — noch nie hatte sie solch heftige Worte von ihm gehört.

Ihre Blicke trafen sich, und als ob ihm bewußt würde, daß er zu weit gegangen war, wurde sein Blick etwas unsicher, und er bückte sich verwirrt nach der Abendzeitung, die auf den Boden gefallen war.

Durch diesen unerwarteten Beistand von seiten ihres sonst schweigsamen Gatten ermutigt, nahm Julia die Gelegenheit wahr, die Sache, über die hier gesprochen wurde, noch ein wenig weiterzuführen. „Ach ja“, seufzte sie, „du wirst deine Eltern auch nicht ewig haben, und wenn du so weitermachst, wirst du niemals einen Mann bekommen. Keiner der jungen Männer in unserem Bekanntenkreis wird dich mehr anschauen, wenn du so weitermachst, Jennifer. Und wenn du nicht auf den Ball gehst, wirst du das Abendgespräch sein. Alle werden sie über dich reden! Wirklich, du weißt gar nicht, was ich empfinde — du undankbares Mädchen! Du wirst mir noch das Herz brechen.“ Dabei brach sie in eine Flut von Tränen aus.

Jennifer ging zur Mutter hinüber und legte ihr einen Arm um die Schulter. „Nun, Mutter, du nimmst alles viel zu tragisch“, sagte sie tröstend. „Du brauchst dir um mich keine Sorgen zu machen — und um das, was die Leute reden, auch nicht.“

Aber Frau Deane wollte sich nicht trösten lassen, und Philip, der Tränen nicht ausstehen konnte, stand gähnend auf, um schlafen zu gehen. Es sah nicht so aus, als gäbe es jetzt noch hitzige Debatten. Diese Runde hatte offensichtlich Jennifer gewonnen. Sonderbares Mädchen! . . . So sagte er „gute Nacht“ und ging zu Bett, sehr verwundert .

Es war sehr spät, als es im Hause still wurde und auch Jennifer sich in ihr stilles Zimmer zurückziehen konnte. Plötzlich wurde ihr bewußt, wie müde sie war; mit wankenden Schritten ging sie durchs Zimmer und warf sich auf ihr Bett.

Konnte es wahr sein? , fragte sie sich. Nicht mehr die wunderbare Gemeinschaft mit den anderen beim Abendmahl! Nicht mehr die Anregung, die sie immer bei den Bibelstunden empfing! Nicht mehr die Freude beim Bibelstudium und den Gebetsversammlungen! — Das war der Preis, den sie für ihre Treue zu Christus zu zahlen hatte.

Als ihr die ganze Tragweite dieser Situation langsam klar wurde, begann es ihr gewiß zu werden, einen wie großen Teil ihres Lebens diese Dinge bereits ausmachten und bestimmten. Wieviel ärmer würde sie sein ohne die Gemeinschaft mit den guten Freunden, die sie in der Kirche dort erlebte; wie sehr würde sie die klaren, schlichten biblischen Botschaften von Pastor Ransome vermissen! Was blieb ihr denn überhaupt noch, fragte sie sich verzweifelt.

Als sie aber ihr Neues Testament aufschlug, las sie Worte, die genau in ihre Situation paßten:

> „Denn ich bin gewiß, daß weder Tod noch Leben,
> weder Engel noch Fürstentümer noch Gewalten,
> weder Gegenwärtiges noch Zukünftiges, weder
> Hohes noch Tiefes noch keine andere Kreatur
> kann uns scheiden von der Liebe Gottes, die
> in Christus Jesus ist, unserem Herrn."

Ja, sie hatte ja noch Jesus! Nichts konnte sie von ihm trennen, der sie immer noch liebte und sich selbst für sie gab. Schon lag sie vor ihm auf den Knien.

„Lieber Herr", betete sie, „ich glaube, daß du mir auch in dieser Versuchung mehr als Sieg schenken kannst. Dies ist dein Kampf, darum kannst du auch den Sieg geben."

7

Jennifer hatte beschlossen, sich wieder einmal mit Doreen zu treffen. Sie hatte ihre alte Freundin immer noch gerne; aber seit jener denkwürdigen Nacht, als sie sich beide in die Missionskirche verlaufen hatten, hatte sie Doreen kaum noch gesehen.

Sie hatte ihr aber versprochen, daß sie gemeinsam essen gehen wollten; das wollte sie halten. So bestellte sie einen Tisch im Christlichen Club.

Als Jennifer Doreen anrief, schien die alte Freundin recht froh über die Verabredung zu sein. Sie hatte ihre alte Gefährtin bei manchem fröhlichen Unternehmen sehr vermißt und hatte ihr sehr viel von den Unternehmungen der „Gruppe“ zu berichten.

Nebenbei könnte sie vielleicht Jennifer überreden, mit auf den Ball zu gehen, und ihr die sonderbaren Gedanken aus dem Kopf schlagen helfen. Es war undenkbar, daß ein Mädchen wie Jennifer sich derart in religiösen Dingen engagierte.

Aber Doreen entdeckte bald, daß sie nicht alles nach ihrer eigenen Weise steuern konnte. Jennifer schien verändert. Sicher würde sie die Initiative ergreifen.

„Hallo, Doreen“, rief sie begeistert, als sie ihre Freundin unter den Arkaden begrüßte, „ich freue mich so, dich zu sehen. Ich habe dir so viel zu erzählen.“

„Ich auch“, erwiderte Doreen fröhlich, „nachdem ich dich in letzter Zeit so selten zu Gesicht bekommen habe, mußte ich annehmen, daß du in einem Kloster verschwunden seist.“

„Ach, Doreen, es sind wunderbare Dinge geschehen; ich muß dir alles erzählen.“

„Sag mal, wo bringst du mich eigentlich hin? “ Doreen schaute sich argwöhnisch um, als sie aus dem Lift ausstiegen.

„Es ist ein guter Platz, wo wir miteinander reden können. Ich habe hier einen Tisch bestellt, wo wir sicher ungestört bleiben.“

Jennifer führte sie zu einem kleinen Tisch ganz hinten in einer Ecke.

„Hm.“ Doreen schien etwas im Zweifel zu sein. Ihr fiel wieder der Abend ein, den sie in einem Gottesdienst in der Kirche verbracht hatten, als sie auf dem Wege zu einer Party waren; und jetzt hatte sie ein ganz ähnliches Gefühl.

„Hat dies alles hier mit der Kirche etwas zu tun? “

Jennifer lachte. „Sei doch nicht albern, Doreen. Ich habe dich zum Essen eingeladen. Setze dich und tu so, als wenn du zu Hause bist. Was möchtest du bestellen? “

Doreen nahm die Karte, während ihre Augen immer noch ungeduldig im Speiseraum umherblickten, und warf sie dann ungeduldig beiseite.

„Ich überlasse es dir, altes Mädchen. Rauchen ist wohl verboten in dieser verschlafenen Bude, vermute ich richtig? “ Sie kramte in ihrer Handtasche.

„Du wirst wohl warten müssen, bis du wieder draußen bist, wenn du rauchen willst, Doreen.“

„Was ist das hier für ein Ort!“ rief sie voller Abscheu. „Wie kannst du von mir erwarten, daß ich mich an dem Essen freue, wenn ich noch nicht einmal ein paar Zigaretten dabei rauchen darf? Du weißt doch, wie ich bin.“

„Ja, Doreen, das weiß ich; deshalb habe ich dich ja auch hierher eingeladen.“

Jennifer warf einen prüfenden Blick auf ihre Freundin. Sie hatte dunkle Ringe unter den Augen, und trotz ihres reichhaltigen Make-up war ihre Haut rauh und blaß.

„Du siehst aus, als wenn du dir in letzter Zeit etwas zuviel zugemutet hast.“

„Und wenn es wirklich so ist? Alle machen es doch“, verteidigte sich Doreen.

Ohne es zu wollen, begann Jennifer Doreen mit den Mädchen zu vergleichen, die sie dort in der Missionskirche getroffen hatte, Mädchen mit hellen, frischen Gesichtern und glänzenden Augen – Mädchen, gegen die Doreen wie eine billige, bunte Puppe aussah. Aber war dieses künstliche, bezaubernde Äußere alles an Doreen Jackson . . .

„Doreen", sagte sie plötzlich, „du vergeudest dein Leben an diese Dinge — und es ist doch nichts drin enthalten, nicht wahr? "

„Ach Gott, ich weiß nicht. Es ist alles ganz schön und gut, solange es eben dauert — der Katzenjammer danach, das ist das Schlimme. Na ja", fügte sie rasch hinzu, „dir hat das alles ja auch lange genug gut gefallen, nicht wahr? Ich habe die Zeit erlebt, wo du es darin mit uns allen aufnehmen konntest. Aber ich glaube, so etwas erlauben sie dir nicht in deiner Missionskirche."

Jennifer errötete. „Ich will diese Dinge jetzt gar nicht mehr, Doreen. Seit Christus in mein Leben trat, ist alles anders geworden. Und mir ist jetzt auch klar, welchen ungeheuren Schaden ich mir damit zufügte. Doreen, wenn du mit alledem nicht Schluß machst . . . "

„Ach, laß das doch", platzte die andere ungeduldig heraus, „ich bin nicht hierhergekommen, um eine Predigt zu hören. Essen wir doch!"

„Aber ich wollte, daß du heute einmal ernst bist, Doreen", erklärte Jennifer, während sie weiteraßen.

Doreen schwenkte ihre Gabel durch die Luft. „Es tut mir leid, wenn ich dich enttäuschen muß, altes Mädchen, aber ich fürchte, ich kann nicht ernst sein, bis der Ball am Samstagabend stattgefunden hat. Du weißt, daß es eine ganz große Sache wird. Was hältst du davon? "

„Nein", sagte Jennifer fest, „ich gehe nicht hin."

Ihre Freundin lehnte sich vertraulich über den Tisch zu ihr hin. „Nun hör doch mal, Jennifer, sei nicht dumm. Du solltest doch dabeisein. Du wirst all deine Chancen verpassen, wenn du es nicht tust. Weißt du, daß John Lynton auch hinkommt? "

„Ja, ich glaube schon." Jennifers Antwort klang nicht gerade begeistert.

„Die Mädchen behaupten alle, er sei ein richtiger Herzensbrecher", seufzte Doreen. „Ich gäbe etwas darum, wenn ich ihn kennenlernen könnte. Sein Vater ist ein großer Liebhaber des Pferdesports, steinreich, weißt du. Um alles in der Welt, ich würde das nicht versäumen!"

„Nein, Doreen, ich will nicht hingehen. So etwas sagt mir einfach nicht mehr zu."

Ihre Worte klangen so entschlossen und bestimmt, daß Doreen zu begreifen begann: hier war die Lage hoffnungslos. Daß jemand das Leben ohne den endlosen Reigen der Zerstreuungen erträglich finden konnte, ging an sich schon über ihren Horizont; aber diese Veränderung bei Jennifer machte sie zutiefst betroffen.

Jennifer wollte nicht so weitermachen, das war offensichtlich. Es war ihr Ernst. Die Aussicht darauf, ihr all das ausreden zu können, schien Doreen in weite Fernen gerückt.

Mit heimlichem Ärger sah sie, daß Jennifer auch ohne die gewohnten künstlichen Hilfsmittel immer noch sehr hübsch aussah. Gegenüber Jennifers strahlendem Lächeln kam sie sich reichlich erschöpft vor.

„Na ja, dann mach es so, wie du es für richtig hältst", gab sie schließlich zu und unterstrich dieses Wort durch eine Bewegung der Hand. „Wenn ich so darüber nachdenke, weiß ich wirklich nicht, warum ich es dir einzureden versuche. Ich würde mir keine Hoffnung auf meinen Freund mehr machen, wenn er dich jetzt sähe."

Jennifer lächelte. „Mach dir nichts draus, Doreen. Ich will nicht versuchen, dir Konkurrenz zu machen. Aber eins muß ich dir noch sagen, wo du einmal hier bist."

„Ja, sag's schon."

Jennifers Augen waren auf ihre Freundin gerichtet, und sie sprach leise und eindringlich ernst. „Doreen, ich wollte dir sagen, daß ich in großer Sorge um dich bin — in Sorge um deine Seele."

Doreen blickte erstaunt. „Nett von dir, Jennifer", sagte sie mit gekünsteltem Lachen, „aber ich würde mir an deiner Stelle nichts daraus machen. Ich würde auf mich selbst achten."

Aber Jennifer blickte ruhig und ernst, als sie antwortete: „Dies ist etwas, das du nicht für dich allein fertigbringst, Doreen. Du kannst deine eigene Seele nicht retten. Nur der Herr Jesus Christus kann das."

Doreen spielte mit einem Stück Brot. In den meisten Situationen konnte sie sich behaupten, aber es machte sie unsicher, wenn Jennifer sie so ansah.

„Nun, Jennifer", begann sie schließlich, um das peinliche Schweigen zu brechen, „wenn mir früher jemand erzählt hätte, daß aus dir einmal ein Bibel-Fanatiker wird, ich hätte es nicht geglaubt."

Jennifer streckte ihrer Freundin die Hand entgegen und drückte sie leidenschaftlich.

„Doreen, wenn du nur wüßtest, wie glücklich ich bin. Darüber wollte ich heute mit dir sprechen. Du weißt, wir sind lange Zeit Freundinnen gewesen. Vieles haben wir gemeinsam erlebt, und ich möchte so gern auch meine Freude mit dir teilen. Ich wünsche, daß du den Herrn Jesus als deinen Heiland auch kennenlernst."

„Ich bin schon in Ordnung", wehrte Doreen ab, „mach dir um mich keine Gedanken." Aber sie war sehr verlegen.

Jennifer öffnete ihre Handtasche und nahm ein kleines, in braunes Leder gebundenes Büchlein mit Goldschnitt und goldener Aufschrift heraus. „Doreen", begann sie zögernd, „es gibt noch so vieles, was ich dir sagen möchte, aber ich weiß nicht, wie ich es dir sagen soll. Dieses kleine Buch drückt es so viel besser aus, als ich es jemals könnte. Es ist ein Neues Testament. Willst du es als ein Geschenk von mir annehmen? " Bei diesen Worten hielt sie es ihr hin.

„O ja, vielen Dank." Etwas unsicher nahm Doreen das Buch entgegen, fand aber bald ihre Fassung wieder. „Man kann ja wohl schwerlich ein Geschenk zurückweisen, weißt du — aber ich kann dir nicht versprechen, daß ich es auch lesen werde.“ Dabei ließ sie die Seiten des Buches gedankenlos durch die Finger gleiten.

„Siehst du, es ist ein besonderes Testament“, fuhr Jennifer fort. „Hier vorn sagt es dir, wie du ein Christ werden kannst, und zeigt dir, wo du die besonderen Bibelverse dazu findest. Zuallererst mußt du zu Christus kommen und ihn als deinen Retter annehmen, dann bekommst du durch den Glauben das Geschenk des ewigen Lebens, und wenn du deine Sünden bekennst, sind sie dir alle vergeben. Hier steht es, hier, siehst du: ‚Das Blut Jesu Christi macht uns rein von aller Sünde.‘ Am Schluß des Buches steht eine Formel zu Entscheidung für Christus; alles, was du zu tun hast . . . “

„Schon gut!“ Doreen klappte das Buch zu. „Ich habe nun genug davon gehört, vielen Dank. Hör jetzt gut zu, Jennifer“, fuhr sie mit Entschiedenheit fort, „wenn du dich so zum Narren machen willst, dann kannst du es ja für dich tun. Aber du sollst nicht denken, daß du mich da auch mit hineinziehen kannst.“

„Aber, Doreen, bitte, hör mich doch an“, bat Jennifer. „Es ist ernst – siehst du das nicht ein? ”

Doreen schüttelte den Kopf. „Ich will mich weiter amüsieren. Schließlich ist man ja nur einmal jung. Es mag ja schön und gut sein, religiös zu werden, wenn man einmal alt ist. Dann habe ich dazu noch genügend Zeit.“

„Aber es könnte zu spät sein – – – “

„Ich nehme das Wagnis auf mich“, sagte Doreen unbekümmert, aber ihre Stimme klang unnatürlich hoch und gezwungen. „Du gehst deiner Wege, und ich die meinen. Ach, du liebe Zeit, es ist ja schon fast ein Uhr. Wir sollten schon lange fort sein.“

Schweigend gingen sie zum Fahrstuhl hinüber, und wenige Augenblicke später befanden sie sich wieder im Getriebe und in der Hetze der belebten Straße.

„Auf Wiedersehen, Doreen.“

„Mach's gut“, sagte Doreen gleichgültig, drehte sich auf dem Absatz um und war bald in der Menge verschwunden.

8

Der Ball war vorüber, jedenfalls soweit es das Ereignis selbst betraf. An dem Mißfallen, das ihre Mutter so deutlich zur Schau trug, und an der Kühle ihres Benehmens ihr gegenüber konnte Jennifer deutlich sehen, daß das letzte Wort darüber noch nicht gesprochen war. Und es war tatsächlich so. In den Gesprächen war der Ball das Hauptthema. Die Folge davon war, daß ihre Beziehungen gespannt wurden.

Frau Deane erinnerte sich noch genau daran, welche Kleider die bekannten Persönlichkeiten an dem Abend getragen hatten, und gab Jennifer begeisterte Schilderungen davon.

„Und jeder sagte: ‚Wo ist Jennifer? ‘, bis ich tatsächlich vor Scham rot wurde“, erklärte sie.

„Das ist religiöser Wahnsinn, das sagen alle; wirklich, Jennifer, ich hätte nie gedacht, daß es einmal mir dir so weit kommt.“

Jennifer lachte. „Ach, Mutter, du nimmst die Dinge wirklich zu ernst. Aber ich bin sicher, du siehst lieber, daß ich mich für die Kirche interessiere, als daß ich so weitermachen würde wie früher. Du sagtest doch immer, ich ginge zuviel aus, weißt du noch? “

„Jennifer, du bringst mich zur Verzweiflung“, rief ihre Mutter. „Sicher habe ich das gesagt, als du jeden Abend in der Woche ausgingst, aber dabei geht es doch darum, daß einer weiß, wo er die Grenze zieht. Wie Frau Lynton sagte, es ist richtig, wenn du den goldenen Mittelweg gehst — was sind das doch für nette Leute. Und John ist so ein netter Junge. Ich sage dir, war der beliebt bei den Mädchen! Du hast eine gute Gelegenheit versäumt, Jennifer, und es geschieht dir ganz recht! Er schien ganz scharf auf Doreen zu sein."

„Ja, Doreen wird in jeder Hinsicht zufrieden sein", antwortete Jennifer fröhlich. „Hör mal, Mutter, ich werde heute vormittag das Mittagessen kochen, denn ich kann ja doch nicht zur Kirche gehen; du kannst derweilen etwas tun, was dir gefällt."

Aber Frau Deane begrüßte diese Ankündigung nicht mit der Freude, die man von ihr hätte erwarten können; statt dessen blickte sie noch finsterer drein.

Sie schnaubte zornig: „Ich sollte auch so denken. Einige Leute machen sich ein schönes Leben, indem sie sonntags dreimal zur Kirche gehen und den anderen alle Arbeit überlassen."

Tatsächlich sah Julia Deane dadurch, daß ihre Tochter jetzt so viel guten Willen zeigte, ihre Pläne durchkreuzt. Daß Jennifer zu Hause bleiben mußte und nicht zur Kirche gehen durfte, sollte eine empfindliche Strafe dafür sein, daß sie sich trotzig geweigert hatte, auf den Ball zu gehen; aber sie konnte keine rechte Genugtuung über diese Bestrafung empfinden, wenn Jennifer diese mit fröhlicher Gelassenheit und lächelnd auf sich nahm. Das schien mehr als bloßes Theater zu sein.

„Ich glaube wirklich, sie freut sich noch darüber", sagte Julia ihrem Mann im Vertrauen. „Nun frage ich dich, was kann man mit solch einem Mädchen machen?"

„Sie versucht nur, dich zum Narren zu halten, Julia", sagte er ungehalten, „das wird sie nicht lange durchhalten."

Aber den ganzen Tag hindurch änderte sich Jennifers Stimmung nicht, sehr zum Verdruß ihrer Familie, die alles tat, was in ihrer Macht stand, um sie aus der Fassung zu bringen. Was sie jedoch nicht wissen konnten, war, daß Jennifer in der Frische des frühen Morgens mit ihrem Herrn stille Zwiesprache gehalten hatte. Bei ihm suchte sie die Kraft, die sie brauchen würde, um allen Anforderungen des Tages begegnen zu können.

Es war der erste Sonntag seit ihrer Bekehrung, daß sie den Gottesdiensten ferngeblieben war, und sie fühlte sich merkwürdig fehl am Platz.

Jennifer erkannte aber, daß diese drastische Beschränkung ihrer Freiheiten eine seltene Gelegenheit war, für ihren Herrn Zeugnis zu geben. Wenn sie ihrer Familie die sieghafte Macht Christi vor Augen führen könnte, indem sie trotz des niederschmetternden Verbotes den Sieg behielt, würde man schließlich doch erkennen, daß ihre Religion nicht wertlos sei.

Konnte Jesus das bewirken? Jennifer ließ auch nicht den geringsten Zweifel darüber in sich hochkommen. Sie wußte, daß sie es selbst nicht fertigbrachte, aber etwas tief in ihrem Inneren sagte ihr mit großer Gewißheit, daß „Er treu ist, der es verheißen hat". Sie konnte gar nicht anders, als ihrem Herrn Jesus den Tag anzubefehlen, in dem Vertrauen des schwachen Glaubens, der seine zitternde Hand in die Dunkelheit ausstreckt, um dort eine andere Hand zu ergreifen, die helfen und festhalten kann . . .

Immer wieder las sie das 8. Kapitel des Römerbriefes durch und entschloß sich schließlich, vorsichtshalber vom Vers 28 an die Stelle auswendig zu lernen, wo es heißt: „Wir wissen, daß denen, die Gott lieben, alle Dinge zum Besten dienen",bis zum Ende des Kapitels. Sie kam sich dabei wie ein Soldat vor, der sich gut zum Kampf rüstet. Immer und immer wieder, wenn eine Krise nahe schien, dröhnten ihr die Worte durch den Kopf: „In alledem überwinden wir weit durch den, der uns geliebt hat."

Und in seinem Namen errang sie den Sieg.

Philip schien ruhiger als sonst. Er „büffelte" für seine Prüfungen, denen, wenigstens in gewissem Grade, sein ungewöhnlicher Ernst zuzuschreiben war.

Dafür war Rodger in Hochform.

„Na na", begann er in einem Tonfall, der darauf zielte, den Unwillen seiner Schwester herauszufordern, „Jennifer hat sich wie ein ungezogenes kleines Mädchen aufgeführt. Will wohl nicht tun, was Mutti ihr sagt, was? Belehren sie dich nicht in deiner Missionskirche darüber, daß du ein liebes, folgsames kleines Mädchen sein sollst?“

„Nein“, sagte sie mit entwaffnendem Lächeln, „aber sie sollten große Brüder darüber belehren, wie sie ihre kleinen Schwestern behandeln sollen — wenn dich das interessieren sollte.“

„Jetzt reicht mir's aber, so eine Frechheit, Kleine!“

Und er gab ihr einen leichten Schlag unters Kinn, der ihm sonst wohl einen ziemlich deftigen Gegenschlag eingebracht hätte.

Aber Jennifer machte diesmal keinen Versuch, es ihm heimzuzahlen.

„Spaß beiseite, Rodger, ich wünschte, du würdest manchmal hingehen. Schließlich bist du auch alt genug, selbst zu entscheiden, was du tust, nicht wahr?“

Rodger warf sich in die Brust und reckte sich zu seiner vollen Größe hoch. Ein netter Bursche, dachte Jennifer. Wenn man von seiner schrecklichen Eitelkeit absah, auch ein ganz guter Charakter. Aber Rodger hatte mit dem geschäftlichen Scharfsinn seines Vaters auch etwas von dem Standesbewußtsein seiner Mutter geerbt, und dies ergab eine nicht gerade glückliche Verbindung. Er kam sich in seinen eigenen Augen so groß vor, daß er nie fähig gewesen war, jemand anderen zu sehen — außer vielleicht Cläre Neilson. Dessen war Jennifer sicher. Aber er beachtete sie nur deshalb, weil sie ihm schmeichelte und seiner Überheblichkeit immer neue Nahrung gab. Rodger und Cläre waren schon ein paar Jahre miteinander befreundet, und es galt so gut wie sicher, daß sie sich öffentlich verloben würden, wenn sie erst 21 wäre; aber da sie fast ein ganzes Jahr jünger als Rodger war, war es offiziell noch nicht so weit.

„Ich bin froh, daß du dir über meine Lage im klaren bist“, sagte er wichtigtuerisch. „Ich bin gewiß alt genug, um zu tun, was ich will — und ich möchte auch nicht irgendwelche Vorschläge von so einem kleinen Mädchen, wie du es bist, hören. Nein danke, ich will mich von deiner

Kirche fernhalten. Ich will gar kein Christ sein — es ist schlimm genug, daß ich mit einem von diesen Spezies zusammenleben muß."

Sogar Rodger merkte selbst, welch großes Unrecht er ihr mit dieser Bemerkung zufügte, aber es vergnügte ihn, seine Schwester in „Rage" zu sehen, und er wußte genau, wie er mit ihr umzugehen hatte, oder meinte es wenigstens zu wissen.

Aber dies war etwas Neues! Keine Spur von Gereiztheit, nur ein kurzes, gespanntes Schweigen, das schließlich von Jennifers ruhiger, fester Stimme gebrochen wurde: „Es tut mir sehr leid, Rodger. Ich weiß, daß ich nicht ein sehr gutes Vorbild dafür bin, wie ein Christ eigentlich sein sollte. Wenn ich aber etwas tue, was ich nach deiner Meinung lieber nicht tun sollte, so sag es mir bitte; vielleicht kann ich es dann in Ordnung bringen. Wirst du das tun? "

Rodger war verdutzt. Er hatte nichts zu sagen — es gab nichts, was er da sagen konnte. Er schaute dem Mädchen vor ihm ins Gesicht, begegnete dem festen Blick ihrer blauen Augen und wußte, daß sie ihm ebenbürtig war. Mit Schrecken machte er sich klar, daß seine Schwester nicht mehr das „kleine, dumme Mädchen" war, für das er sie bisher immer verächtlich gehalten hatte; sie war dabei, erwachsen zu werden. Sie hatte die Haltung und das Benehmen einer jungen Dame, und etwas Bestimmtes in ihrem Gesichtsausdruck nötigte ihm Respekt ab.

„Ach — äh — ich — — " begann er. „Wann gibt's eigentlich Mittag? "

„Um halb eins."

Jennifer wandte ihre Aufmerksamkeit wieder den Töpfen und Pfannen auf dem Herd zu und seufzte erleichtert auf, als er sich auf dem Absatz umdrehte und zur Tür ging.

Herr Deane hatte wenig zu sagen. Nachdem er neulich wegen der Geldangelegenheit so unerwartet heftig gegen Jennifer gewesen war, schien er jetzt besonders darauf bedacht zu sein, ihr aus dem Wege zu gehen. Jennifer dachte, er empfände ein Gefühl des Unbehagens, aber sie führte es auf die Tatsache zurück, daß er vielleicht gar nicht glücklich darüber war, ihr Taschengeld eingeschränkt zu haben.

Sie erwartete nicht, daß er das, was er gesagt hatte, zurücknehmen würde, aber selbst wenn er es ihr wieder anbot: Jennifer war fest entschlossen, es dann nicht anzunehmen. Sie hatte sich ernsthaft überlegt, wie sie es nun mit ihrem Geld halten sollte. Eines Nachmittags, als sie keine Verpflichtungen im Haushalt mehr hatte, die ihre Aufmerksamkeit in Anspruch nahmen, zog sie sich in ihr Zimmer zurück und ging daran, in Ruhe das Problem ihrer Finanzen zu überdenken. Glücklicherweise hatten sie im Bibelkurs letzte Woche über die Frage diskutiert „Wie man in rechter Weise mit dem Geld umgeht". Und Jennifer hatte mit großem Interesse zugehört, wie die einzelnen ihren Standpunkt in der Sache darlegten. Sie erfuhr dabei, daß die alten Hebräer, lange Zeit vor Christus, immer ein Zehntel ihres Besitzes als Opfer für den Herrn beiseite gelegt hatten, und daß der Christ eine Pflicht hat, einen gewissen Anteil seines Verdienstes jede Woche „beiseite zu legen, in dem Maße, wie ihn der Herr mit irdischen Gütern gesegnet hat" Aber wieviel? Das war die Frage, die Jennifer jetzt für sich entscheiden mußte.

Ein Zehntel? Würde sie ein Zehntel geben? Es erschien ihr so armselig und schäbig, verglichen mit dem, was sie vom Herrn empfangen hatte. Vielleicht die Hälfte? Vielleicht — Plötzlich nahm sie ihren Stift und schrieb quer über die Seite ihres Notizbuches wenige Worte eines Liedes, das sie liebgewonnen hatte und das unbewußt ihre Gedanken beherrscht hatte, seit sie dieses Geldproblem überdachte und zu lösen suchte:

„Mein Silber und mein Gold sei dein,
nicht einen Heller b'halt ich ein . . ."

Ja, alles sollte dem Herrn gehören, jeder einzelne Pfennig. Wenn sie ihm die völlige Führung ihres Lebens übergab, konnte sie schließlich nicht gut das Recht für sich behalten, mit ihrem Geld nach eigenem Ermessen umzugehen. Sie beschloß, ein Zehntel in einem besonderen Behälter beiseite zu legen und dieses Geld für bestimmte christliche Arbeit zu gebrauchen; aber auch das übrige gehörte alles dem Herrn, und sie würde es nur so ausgeben, wie er sie leitete.

Mit einem Lächeln mußte sie eben daran denken, daß er das versprochen hatte, für Nahrung und Kleidung zu sorgen, wenn sie ihm den ersten Platz einräumte. So bestand also keine Gefahr, daß sie jemals an diesen lebenswichtigen Dingen Mangel leiden würde.

Der Abend verging langsam. Die Familie wollte Radio hören, darum gab es keine Gelegenheit zum Gespräch.

Philip warf schließlich seine Bücher beiseite und hörte der letzten Szene des Hörspiels zu, das ihn immer mit unwiderstehlicher Macht anzog.

Jennifer versuchte, sich auf das Buch zu konzentrieren, das sie gerade las. Sie gab es aber schließlich auf und ging hinaus, um das Abendbrot vorzubereiten. Es war ein langer Tag gewesen, und sie würde froh sein, ihnen allen eine Zeitlang aus dem Weg zu sein. Außerdem merkte sie, daß sie müde wurde.

„Ich glaube, ich gehe schon schlafen“, kündigte sie nach dem Abendessen an. „Oder vielleicht gehe ich lieber und schaue nach, ob Schnecken an den kleinen Pflänzchen sind, die Vater neulich erst gepflanzt hat. Wo ist die Taschenlampe?“

Philip sprang auf. „Ich gehe mit, Jenn“, sagte er eifrig, „ich hab meine Taschenlampe hier — da ist sie schon.“

Jennifer versuchte nicht, ihre Überraschung zu verbergen, als sie beide in den Garten hinausgingen. Es war eine ruhige, klare Nacht. Die frische, kalte Nachtluft trug ihnen den schwachen Duft von Rosen zu, und irgendwo nahe der Hecke begann eine Grille leise zu zirpen.

„Ist das nicht eine wunderschöne Nacht?“ Jennifer meinte, etwas sagen zu müssen, aber Philip schien ihr nicht zuzuhören.

„Ich sage dir, Jenn“, platzte er plötzlich heraus, „ich meine, du hast es heute ziemlich schwer gehabt. Du mußt den Gottesdienst sehr vermißt haben.“

„Ach, Philip“, antwortete sie, „du kannst dir gar nicht denken, wie sehr ich das alles entbehrt habe.“

„Ich habe dich heute beobachtet, und ich muß schon sagen, du hast das großartig durchgestanden. Ich weiß gar nicht, wie du das fertiggebracht hast.“

Jennifers Herz hüpfte vor Freude. Welche Gelegenheit! „Philip“, sagte sie schlicht, „ich hätte es nie tun können ohne die Kraft Christi. Er ist heute den ganzen Tag bei mir gewesen, und das hat mich stark gemacht, siehst du.“

Philip fing an, die Blütenblätter einer verblühten Rose abzuzupfen, um seine Verlegenheit zu überdecken.

„Wenn es so ist“, begann er wieder, ziemlich verlegen und unsicher, „wie würde es dann sein, wenn ein Bursche wie ich die Dinge auch so sehen könnte wie du, aber — ach, ich weiß es nicht!“

Jennifer blickte zum sternenübersäten Himmel auf. Aber das Gebet, das jetzt aus ihrem Herzen aufstieg, brauchte keinen so weiten Weg. Ihr Herr, der Gebete hört und auch erhört, war nicht so weit weg . . . er war näher als die eigene Haut.

„Sprich weiter“, sagte sie leise.

Er machte eine weit ausholende Bewegung mit dem Arm, als wolle er damit nicht nur den Garten, sondern alles, was im samtenen Mantel der Nacht beschlossen lag, umfassen.

„Wenn du all diese Dinge siehst, dann weißt du, daß es einen Gott geben muß, aber ich sehe nicht ein, wie er an mir interessiert sein kann. Wir haben in der Schule Physik gelernt und — es bringt einen zum Fragen. Wenn du an die Atombomben denkst und an all das andere, es gibt wirklich nicht viel, wofür es sich zu leben lohnt. Die Zivilisation könnte in den nächsten zehn Jahren restlos weggefegt werden — und es sieht nicht so aus, als ob Gott sich darum kümmert.“

„Natürlich kümmert er sich darum, Philip.“ Die ruhige Gewißheit in ihrer Stimme beeindruckte ihn. „Ich weiß es, er kümmert sich drum. Er will nicht, daß einer zugrunde geht - - “

„Hallo, was macht ihr beide denn hier draußen? “ Sie waren so in ihr Gespräch vertieft, daß sie Rodger nicht kommen hörten, bis er das Tor öffnete und sie mit seinem Gruß aufschreckte.

„Ach — wir, wir sehen nur, ob Schnecken da sind, weiter nichts“, sagte Philip hastig. „Komm, Jenn.“

9

Die Nachricht von Jennifers Bekehrung hatte sich im Geschäft wie ein Lauffeuer verbreitet. Alle wußten es, und jeder schien davon zu reden, vom Direktor bis zum jüngsten Laufburschen in der Firma, der mit jedem, der das Risiko auf sich nehmen wollte, „zehn zu eins" wetten wollte, daß Fräulein Deane noch vor Weihnachten wieder „umgeworfen" würde.

„Sie gehört nicht zu den religiös Veranlagten", hörte man mehr als einmal sagen. Aber niemand schien darin so ganz sicher zu sein. Tatsache war, daß alle miteinander ein plötzliches Interesse an Jennifers Wohlergehen zeigten und sich die größte Mühe gaben, ihr den Irrtum ihres Weges klarzumachen. Sie nannten ihr alle Fehler, die sie in der Kirche finden würde, obwohl die meisten davon in einem Gottesdienst niemals vorgekommen waren.

Sie sagten ihr, sie „werfe ihr Leben weg", und doch taten gerade sie ebendasselbe mit ihrem eigenen Leben. Sie sagten ihr, sie sei schwach und leicht beeinflußbar, aber sie schien mehr Mut und Entschlossenheit zu zeigen als alle anderen miteinander.

Als solche Spitzen nicht den gewünschten Erfolg zeigten, wurden sie aggressiver, und es ergaben sich hin und wieder ziemlich hitzige Wortgefechte.

Die Atmosphäre in Zimmer 526 war ziemlich geladen. Jennifer war an der Reihe, das Telefon zu bedienen.

„Wenn der Abteilungsleiter anruft, sagen Sie ruhig, ich sei nicht da", sagte Fräulein Rundle barsch. „Ich bekomme meine Zeichnungen sonst nie fertig."

„Aber das kann ich doch nicht sagen, wenn Sie hier sind", protestierte Jennifer.

„Warum denn nicht?“ Fräulein Rundle hob jäh ihren Kopf und vergaß dabei prompt die Zeichnungen, die sie schon durchdacht hatte.

„Weil es nicht die Wahrheit ist“, sagte Jennifer ruhig.

Fräulein Rundle verlor ihren Füllhalter aus der erhobenen Hand, daß er aufrecht im Teppich steckenblieb.

„Bei meiner Seligkeit“, keuchte sie, „da könnte ja jemand denken, ich hätte Ihnen befohlen, ein Verbrechen zu begehen. Das ist doch gar keine richtige Unwahrheit. Es ist nur eine Notlüge — und Notlügen tun niemandem weh.“

Jennifer schüttelte den Kopf. „Richtige Lüge oder nur Notlüge — das sind doch alles Lügen, Fräulein Rundle“, wiederholte sie. „Ich fürchte, ich kann weder für Sie noch für jemand anders eine Unwahrheit sagen.“

Die Jüngste im Raum schaute mit offenem Mund zu. Das war ihr neu.

Einige Sekunden lang schien Fräulein Rundle nach Worten zu ringen, aber plötzlich rief von der anderen Seite des Raumes jemand plötzlich laut.

„Jennifer, du machst dich lächerlich.“ Lindas Stimme klang feindselig.

„Keine Lüge sagen können?“ sagte Rita gedehnt. „Sie will wohl ein zweiter George Washington werden, Leute.“

Sie kicherten belustigt, aber Fräulein Rundle verstand hierin keinen Spaß. „Noch nie in meinem ganzen Leben bin ich so beleidigt worden“, schäumte sie zornig. „Das sieht ja gerade so aus, als ob ich ein Verbrechen begangen hätte. Ich bin genau so gut wie Sie, Jennifer Deane, und wenn ich eines nicht ausstehen kann, dann ist es sicher das ‚Besser-sein-wollen-als-die-anderen‘. Wenn Sie nichts Schlimmeres tun, als eine kleine Notlüge zu gebrauchen, dann sind Sie immer noch in Ordnung. Wenn Sie es so empfinden, dann verschwinden Sie vom Telefon, die kleine Rose kann die Anrufe beantworten. Sie kann es ihm dann sagen.“ Diese letzten Worte klangen wie ein Befehl.

Aber Jennifer rührte sich nicht. Sie empfand eine gewisse Verantwortung, wenn sie an die Jüngste im Büro dachte. Schließlich waren alle anderen alt genug, um für sich selbst zu entscheiden, aber Rose war noch sehr jung.

„Ich finde es auch nicht fair, so etwas von Rose zu verlangen“, sagte sie ruhig.

Bevor noch Fräulein Rundle antworten konnte, klingelte das Telefon. Aller Augen waren auf Jennifer gerichtet, die Luft war spannungsgeladen. Sie nahm den Hörer ab: „Zimmer 526.“

Es war der Abteilungsleiter – alle im Raum erkannten seine Stimme. Die ganze Unterhaltung war für alle deutlich zu hören. „Ach, Fräulein Deane, sind Sie's? Gerade Sie wollte ich sprechen. Könnten Sie mal herunterkommen und einige Stenogramme für mich aufnehmen? Ich bin gerade so sehr mit Arbeit eingedeckt. Sagen Sie Fräulein Rundle, ich wäre froh, wenn sie Sie mal entbehren könnte. Vielen Dank!“

Nach dem, was vorgefallen war, hatte Fräulein Rundle nichts einzuwenden. Jennifer nahm ihren Block und begab sich hinunter zum Büro des Abteilungsleiters.

Thomas Marksman lehnte sich in seinen Stuhl zurück, die Hände hinter dem Kopf verschränkt. Er lächelte ihr freundlich entgegen.

„Guten Morgen, Fräulein Deane, bitte, nehmen Sie doch Platz.“ Er holte ein Päckchen Zigaretten hervor und streckte es ihr hin.

„Nein danke, ich rauche nicht.“ Jennifers Gesicht war ernst. Herr Marksman lachte. „Natürlich nicht. Ich habe von Ihnen gehört, junges Fräulein. Sie haben den Mitarbeitern Gesprächsstoff gegeben. Was ist es eigentlich damit?“

Jennifer blickte ziemlich verwirrt. Es machte ihr nichts aus, sich mit den Kollegen oben mutig auseinanderzusetzen, aber eine Diskussion mit einem Vorgesetzten war etwas anderes.

„Nun“, begann sie ziemlich nervös, „ich weiß gar nicht, warum jeder daran soviel Interesse zeigt. Es ist doch nur – daß ich vor nicht so langer Zeit Christin geworden bin und die Dinge nun anders liegen, das ist alles.“

Thomas Marksman zündete sich eine Zigarette an und warf das Streichholz in den Papierkorb.

„Ich verstehe", nickte er, und seine Stimme nahm einen väterlichen Tonfall an. „Aber Sie werden darüber hinwegkommen, meine Liebe. Als ich in Ihrem Alter war, war ich genauso, ob Sie es glauben oder nicht. Ich habe damals sogar ein bißchen gepredigt. So etwas würden Sie nicht von mir denken, nicht wahr? "

Jennifer mußte es zugeben.

„Ich habe auch noch eine Bibel dort drüben stehen." Er wies auf den Bücherschrank in der Ecke des Raumes. „Und gelegentlich lese ich auch noch darin. Es ist gute Lektüre, wissen Sie."

„Ich liebe meine Bibel." Jennifer begann, Vertrauen zu fassen.

„Natürlich kann man nicht alles glauben, was drinsteht", fuhr er fort. „Schließlich wurde es nur von Menschen geschrieben, und Fehler machen wir alle. Sehen Sie, ich bin bereit, zuzugeben, daß viel Gutes in dem alten Buch steht, aber das Alte Testament ist nur eine Sammlung von Volkstum und Fabeln."

Jennifer wurde es unbehaglich. Sie wußte, daß dies nicht stimmte, aber sie wußte nicht, was sie darauf sagen sollte.

„Und was das Neue Testament betrifft", fuhr er fort, „ich habe mich nie sehr an den Apostel Paulus gehalten. Ich glaube nicht unbedingt alles."

Jennifer blickte ihn erstaunt an.

„Aber wie können Sie wissen, welche Teile der Bibel zu glauben und welche nicht zu glauben sind? " kam ihre unschuldige Frage.

„Ach", sagte er leichthin, „das entscheide ich selbst. Zum Beispiel glaube ich die Geschichte von Jona und dem Fisch nicht. Armer, alter Jona!" Er kicherte in sich hinein.

Jona — dieser Name klang Jennifer vertraut. Sie hatte heute morgen noch gelesen, was der Herr Jesus über Jona selbst gesagt hatte, in Matthäus 12.

„Wirklich, Herr Marksman, Sie überraschen mich sehr",

sagte sie rasch. „Christus selber glaubte die Geschichte mit Jona, nicht wahr? Und ich glaube nicht, daß er einen Fehler machen würde, Sie etwa? “

Herr Marksman machte ein Gesicht, als wäre ihm der Wind aus den Segeln genommen; und plötzlich schien er sich daran zu erinnern, daß er einen Berg von unerledigten Briefen hatte, die seine Aufmerksamkeit erforderten.

„Ehrlich gesagt, in dieser Weise habe ich darüber noch nicht nachgedacht“, gab er zu. „Vielleicht sollten wir uns jetzt doch wieder mit den Briefen hier befassen. Dieser eine muß . . . “

Den ganzen Tag mußte Jennifer sehr viel darüber nachdenken, was im Büro des Abteilungsleiters geschehen war. Angenommen — nur angenommen, er hätte recht. Angenommen, die Bibel wäre ein Fabelbuch. Angenommen, die Männer, die sie geschrieben hatten, hätten Fehler gemacht . . . Jennifer wußte, rein gefühlsmäßig, daß diese Frage lebenswichtig war. Wenn sie nicht alles glauben konnte, was in der Bibel stand, dann würde ihr der feste Boden unter den Füßen wegrutschen.

Wie gern wäre sie jetzt zu Pastor Ransome gegangen und hätte seinen Rat in dieser Frage eingeholt. Aber ihre Eltern hatten ihren Besuchen in der Kirche ein Ende gesetzt, so war sie gezwungen, mehr oder weniger auf eigenen Füßen zu stehen.

Die Bibel selbst mußte doch eine Antwort auf ein solches Problem geben können. An diesem Abend, als Jennifer ihre Bibel nahm, um nach ihrer Gewohnheit ein Kapitel vor dem Schlafengehen zu lesen, betete sie kurz und eindringlich um rechte Führung. Und weil der Herr verheißen hat, denen reichlich zu geben, die ihn um Weisheit bitten, ist es nicht verwunderlich, daß Jennifer gerade die richtige Seite aufschlug. Im zweiten Timotheusbrief des Paulus fiel ihr Blick auf den Vers: „Alle Schrift, von Gott eingegeben . . . “

„Alle Schrift!“ Sie sagte es noch einmal, voller Freude. „Ja, damit ist die Frage erledigt. Alles in der Bibel ist geschrieben durch Gottes Eingebung — ich wußte, daß es so sein muß.“ Sie nahm ihren Stift und kreiste dieses kleine Wort ‚alle‘ dick ein — ein so kleines, und doch so wichtiges Wort, so voller Bedeutung.

Aber sie fühlte, daß sie noch mehr Gründe für ihren Glauben brauchte, für den Fall, daß sie wieder in eine ähnliche Diskussion verwickelt werden sollte. So entschloß sie sich, an Pastor Ransome zu schreiben. Sie fühlte sich frei, dies zu tun, weil ihre Mutter ihr nur verboten hatte, zu den Versammlungen zu gehen.

Es wurde ein langer Brief. Es gab so vieles zu sagen. Gleich am Anfang des Briefes bat sie um Auskunft und erzählte ihm dann im weiteren Verlauf, wie sie am ersten Sonntag, an dem sie gezwungen worden war, zu Hause zu bleiben, herausgefunden hatte, daß die Gnade des Herrn für sie ausreicht.

„Wir überwinden weit“, schrieb sie. „Ich kann es kaum fassen, wie gütig der Herr zu mir ist. Ich habe tatsächlich die Wahrheit von Römer 8 erfahren, und ich werde niemals mehr an Jesus zweifeln können. Er gab mir nicht nur Sieg über Rodger und seine Neckereien, sondern mein jüngerer Bruder Philip schien beeindruckt zu sein und war tatsächlich bereit, mit mir über geistliche Dinge zu sprechen. Ich kann Ihnen nicht sagen, wie glücklich ich heute abend bin, trotz allem, was versucht wurde, um mich zurückzuwerfen. Würden Sie den Gebetskreis bitten, besonders an Philip zu denken? Ich bin sicher, daß der Herr mit ihm redet.“

Jennifer war gar nicht überrascht, mit der nächsten Post einen langen Antwortbrief von Pastor Ransome zu erhalten. Er war immer so hilfsbereit zu ihr gewesen, daß sie wußte, sie konnte in jeder Notlage mit ihm rechnen.

„Ich an Ihrer Stelle“, so hatte er geschrieben, „würde versuchen, solche Auseinandersetzungen zu vermeiden, bis Sie selbst noch fester in Ihrem Glauben geworden sind. Schließlich ist die größte Waffe, die wir zu jeder Zeit gebrauchen können, das Wort Gottes selbst, und Sie müssen Ihre Heilige Schrift durch und durch kennen. Ich möchte

Ihnen noch einmal versichern, daß Sie sich felsenfest auf jedes Wort in der Heiligen Schrift verlassen können. Die Bibel wurde von heiligen Gottesmenschen geschrieben, mit der Eingebung und dem Beistand des Heiligen Geistes Gottes, so daß wir ganz gewiß sein können, daß sie keine Fehler enthält. Natürlich sind beim Übersetzen vom Urtext in unsere Sprache einige Fehler unterlaufen, aber wir sind heute in der glücklichen Lage, eine Ausgabe der Heiligen Schrift zu besitzen, die nahezu perfekt übersetzt ist. Die besten Wissenschaftler haben dazu ihr Bestes getan. Ich schicke Ihnen ein kleines Heftchen mit dem Titel „Warum wir glauben, daß die Bibel wahr ist", von dem ich annehme, daß es Ihr Interesse finden wird. Es versucht zu beweisen, daß die Bibel Gottes Wort ist, von ihrer inneren und äußeren Klarheit her. Die Ergebnisse, die die Altertumswissenschaft zutage gefördert hat, sind allein schon ausreichender Beweis für jeden, der ernstlich nach der Wahrheit sucht . . .

Es ist mir eine Freude, zu hören, daß Sie in Ihrem Leben daheim durch die Gnade unseres Herrn Jesus Christus siegreich waren, und ich bin zuversichtlich, daß Sie noch herrlichere Siege erfahren werden. Wir haben Sie in unseren Versammlungen vermißt, aber wir beten weiter für Sie, daß der Herr Sie unserer Gemeinschaft wieder zuführen möge, wann es ihm gefällt. Inzwischen werden auch Sie erfahren, daß seine Gnade ausreicht. Denken Sie immer daran: ‚denen, die Gott lieben, müssen alle Dinge zum Besten dienen' und ‚in dem allen überwinden wir weit durch den, der uns geliebt hat'."

10

Jeden Freitag um die Mittagszeit versammelte sich eine kleine Schar Unentwegter in den Grünanlagen bei der St.-Pauls-Kathedrale und hielt eine Versammlung im Freien ab. Es waren nicht sehr viele, aber ihr Zeugnis hinterließ einen Eindruck bei den Scharen von Menschen, die an den Anlagen vorüberfluteten.

Viele Leute blieben einen Augenblick stehen, um dem Wort, das klar und laut gepredigt wurde, zuzuhören. Noch viel mehr wurden in ihren Herzen von den schlichten Evangelisationsliedern, die gesungen wurden, berührt.

Seit Jennifer der Kirchenbesuch gesperrt worden war, hatte sie sich mit ganzem Einsatz in dieses Unternehmen gestürzt und wurde auch bald als eine der festen Mitarbeiterinnen angesehen.

Diese Menschen arbeiteten ganz unabhängig. Sie hatten mit der Missionskirche nichts zu tun. Daher war Jennifer mit gutem Gewissen dabei. Sie war froh, mit dieser tapferen, kleinen Christenschar Verbindung bekommen zu haben, obgleich sie es manchmal empfand, daß ihr Dienst eine recht unbedeutende Rolle spielte. Niemals versuchte sie, öffentlich zu reden — sie hätte sich in dem brandenden Lärm des vorbeifließenden Verkehrs ohnehin kein Gehör verschaffen können, aber eines konnte sie tun, und sie tat es treu Woche für Woche. Sie stand am Rande des Kreises und verteilte Traktate an die Passanten.

Es war keine aufsehenerregende Arbeit, aber Jennifer nahm sie ernst und betete für jedes Traktat, das sie verteilte. Erst die Ewigkeit kann den Wert eines solchen stillen Dienstes ermessen.

Jennifer hatte viel Freude an ihrem kleinen Dienst. Es

war interessant zu sehen, wie verschieden die Leute reagierten, wenn sie sagte: „Ach, entschuldigen Sie, würden Sie dieses kleine Traktat wohl mitnehmen?“ Manche gingen weiter, als hätten sie es gar nicht gehört, manche fegten das Papier mit einer verächtlichen Handbewegung beiseite, andere nahmen es, schauten einmal kurz darauf und steckten es dann achtlos in die Tasche. Aber da waren auch einige, die es dankbar annahmen. Um ganz sicher zu gehen, blieben einige auch stehen und lasen es auf der Stelle durch; aber das taten nur sehr wenige.

Heute schien die Straße weniger belebt als sonst, vielleicht weil der Wind scharf blies und es sehr nach Regen aussah. Ein junger Mann kam auf sie zu, den Kopf wegen des starken Windes vornübergebeugt. Jennifer stellte sich ihm in den Weg.

„Verzeihen Sie,“ begann sie mit einem Lächeln, „würde es Ihnen etwas ausmachen, dieses Traktat zu lesen?“

Der Fremde blieb in plötzlichem Erstaunen stehen.

„Oh, warum nicht? Natürlich!“ Er streckte seine Hand aus und nahm das im Winde flatternde Stück Papier; dabei sah er sie mit einem raschen Blick an. „Um welche große Idee geht es denn?“ fragte er neugierig, aber seine Augen lächelten ihr dabei freundlich zu.

Jennifer erwiderte sein Lächeln. Sie sah ihm gern ins Gesicht. Er hatte einen freien und offenen Blick.

„Wir sind hier, um für den Herrn Jesus Christus zu zeugen. Und wenn Sie einen Augenblick stehenbleiben und hören, was der Redner gerade sagt — “

Er lachte. „Ich dachte, so etwas hört man nur in der Kirche am Sonntag. Hören Sie“, sagte er ganz unerwartet, „ich würde Sie gern kennenlernen. Gestatten Sie, daß ich mich vorstelle. Mein Name ist Lynton — John Lynton.“

John Lynton? Wo hatte sie diesen Namen schon gehört? Er klang ihr irgendwie vertraut. Ja, ihre Mutter und Doreen — das war doch der Name des jungen Mannes, von dem sie so viel sprachen.

„Oh!“ Sie versuchte, ungezwungen zu wirken. „Nein —

ich vermute nicht — er konnte mir nicht . . . " Sie versprach sich in hilfloser Verwirrung.

„Was ist denn los? " Er lachte gutgelaunt. „Kennen Sie mich? "

„Ich denke nicht, aber . . . "

„Sie könnten einen kleinen Schock bekommen, wenn Sie mich kennen würden", sagte er leichthin, indem er sein Zigarettenetui aus der Hosentasche zog. „Stört es Sie, wenn ich rauche? "

Jennifer warf ihm einen kurzen, abschätzenden Blick zu. Er war groß und gut gewachsen, breite Schultern und kräftige Glieder; aber sein blasses Aussehen und die vom vielen Rauchen braungefärbten Finger sprachen ihre eigene Sprache. Zweifellos war er ein starker Raucher.

„Mir wäre es schon lieber, Sie würden es nicht tun", sagte sie, und ihre Blicke trafen sich.

Vielleicht bemerkte er den leisen Tadel in ihren Augen, oder vielleicht war er es nicht gewohnt, daß man ihm widersprach — jedenfalls steckte er die silberne Dose mit einem Anflug von Verlegenheit wieder in die Tasche.

„Sicher, wenn es Sie stört. Aber, was sagten Sie eben? Sie kennen mich? "

„Nicht genau", erklärte sie, „aber ich meine, daß meine Freundin Ihren Namen erwähnte. Doreen Jackson — sie ist Ihre Freundin, nicht wahr? "

„Doreen Jackson? " Jetzt blickte er erstaunt drein. „Was, Sie kennen Doreen? "

Jennifer lächelte etwas wehmütig. „Sie war meine beste Freundin — früher einmal."

„Ich wollte eben sagen, daß Doreen kaum zu Ihnen paßt — als Typ", fuhr er fort, indem er Jennifer von oben bis unten mit einem kritischen Blick musterte. „Doreen ist gerade gut genug, um sich einen Abend lang mit ihr gut zu unterhalten und die Zeit zu vertreiben — aber ich bin nicht näher mit ihr befreundet", fügte er hastig hinzu. „Es gibt viele von der Art hier — aber ich bin noch nie einem solchen Mädchen wie Ihnen begegnet."

Jennifer drehte ihr Taschentuch in den Händen zu einem festen Knoten zusammen, während sie hin und her überlegte, was sie sagen sollte. Sie wünschte sich, sie hätte weniger befangen sein können; aber in seiner Stimme war eine Aufrichtigkeit zu spüren, die sie ziemlich aus der Fassung brachte, während sie es nicht fertigbringen konnte, dem durchdringenden, forschenden Blick seiner dunklen Augen zu begegnen.

„Ich habe nichts beabsichtigt, als ich das sagte", fuhr er hastig fort, „ich hoffe, Sie werden mir das verzeihen. Aber trotzdem — etwas ist an Ihnen so ganz anders, ich weiß nicht genau zu sagen, was."

Jennifer blickte auf.

„Können Sie es erraten? " fragte sie mit einem Blick, der das Strahlen ihres Herzens zu offenbaren schien. „Hören Sie, dieses Lied da wird es Ihnen verraten."

Die Gruppe im Freien sang gerade :

„Welch wunderbare Wandlung
ist in mein Leben gekommen,
seit Jesus im Herzen mir wohnt,
Licht strahlt in mir,
das ich lang' nicht bekommen,
jetzt Jesus im Herzen mir wohnt."

John Lynton hörte achtungsvoll zu. Das Lied war zu Ende, es folgte ein kurzes Gebet, und die Gruppe junger Leute begann sich zu zerstreuen.

„Ich muß jetzt aber gehen", sagte Jennifer, „ich muß um zwei Uhr wieder im Geschäft sein. Ich hoffe, Sie werden das Traktat lesen, das ich Ihnen gab. Ich denke, es könnte Sie auch interessieren."

Ziemlich gedankenverloren hatte er mit dem Blatt Papier in seiner Hand gespielt, jetzt faltete er es entschlossen zusammen und steckte es ein.

„Ja, ich werde es lesen — ich verspreche es Ihnen", sagte er bereitwillig. „Welchen Weg gehen Sie jetzt? Darf ich die Freude haben — "

Er stand neben ihr, während er das sagte, und bevor

Jennifer noch begreifen konnte, was geschehen war, wurde sie von ihm in Richtung der Collins-Straße begleitet.

„Wissen Sie", sagte er freundschaftlich, „ich kann gar nicht recht höflich zu Ihnen sein, weil Sie mir Ihren Namen nicht genannt haben. Ich habe Ihnen doch gesagt, wie ich heiße, nicht wahr? "

Sie lachten beide. „Sie fragten mich ja auch nicht danach, und ich hielt es nicht für so wichtig. Ich bin Jennifer — Jennifer Deane."

„Das klingt ja vertraut. Ach ja, ich traf Ihren Vater und Ihre Mutter auf einem Ball, es ist noch nicht allzulange her. Sie waren nicht da? "

„Nein." Mehr sagte sie nicht. Es war keine Zeit, jetzt eine lange Diskussion darüber anzufangen.

„Nun gut, dann können wir uns jetzt als alte Bekannte betrachten, nicht wahr? Wollen wir uns doch beim Vornamen nennen. Jennifer und John. ich hasse es, so sehr förmlich zu sein."

„In der Tat, sehr förmlich sind Sie nicht", entgegnete Jennifer rasch. „Hier muß ich mich jetzt verabschieden."

Sie waren neben einem großen Geschäftshochhaus stehengeblieben, aber John schien noch nicht viel davon zu halten, sich schon zu verabschieden.

„Wann kann ich dich wiedersehen? " fragte er plötzlich.

Jennifer blickte auf ihre Uhr. Es war schon fast zwei Uhr. „Ich werde in der nächsten Woche bestimmt wieder bei der Versammlung dort in den Anlagen sein", sagte sie ausweichend. „Auf Wiedersehen!"

Und im nächsten Augenblick stand John Lynton allein auf der Straße.

Den Rest des Nachmittags beschäftigte sich Jennifer in Gedanken hauptsächlich mit ihrer neuen Bekanntschaft, und sie versuchte, das Wenige, was sie über ihn wußte, zu einem vollständigen Bild zusammenzusetzen.

Ihre Mutter hatte Familie Lynton auf dem Ball getroffen und sie gefiel ihr; freilich gefielen ihr immer solche, die Geld oder eine gute Stellung in der Gesellschaft hatten.

John war bei der Luftwaffe gewesen. Dann mußte er etwa 22 Jahre alt sein; und er war beliebt bei den Mädchen. Kein Wunder, dachte sie. Er war ziemlich hübsch mit seiner feinen, hohen Stirn, seinen gutgeschnittenen Gesichtszügen und dem gepflegten Haar. Und diese braunen Augen ... Jennifer konnte ihren festen, forschenden Blick immer noch auf sich ruhen fühlen. Seine Augen waren so ausdrucksvoll, daß sie beinahe sprechen konnten.

Jennifer beschloß, keinem in der Familie von dieser Begegnung zu erzählen, weil sie fürchtete, dadurch eine Diskussion heraufzubeschwören. Wie es auch sei, sagte sie sich, es war sehr unwahrscheinlich, daß sie John Lynton jemals wiedersehen würde — wahrscheinlich würde er sie morgen schon vergessen haben. Er würde kein Mädchen als Freundin haben wollen, die evangelistische Traktate auf den Straßen verteilte.

Und doch war etwas an John Lyntons Benehmen und Erscheinung, das sie beeindruckt hatte. Sie hatte das unbestimmte Gefühl, daß sein Leben für bessere Dinge bestimmt sein könnte; und unter denen, die Jennifer in ihrem täglichen Gebet fürbittend vor Gott brachte, wenn sie stille Zwiesprache mit ihrem Herrn hielt, bekam nun auch John Lynton seinen Platz — nicht nur an dem einen Tag, an dem sie ihm begegnet war, sondern an vielen Tagen, die darauf folgten.

11

„Jenn, bist du noch wach? “

Jennifer hob rasch den Kopf, als sie das Flüstern hörte. Sie saß noch auf der Bettkante und las in ihrer Bibel.

„Ach so, Philip, du bist es“, rief sie überrascht. „Komm doch herein!“

Ein zerzauster Kopf spähte vorsichtig um die Tür, und dann wurde der sechzehnjährige Philip, im Morgenrock und Pantoffeln, sichtbar. Er machte eine unmögliche Figur, als er so durch das Zimmer ging und sich am Fußende des Bettes hinsetzte.

„Schau mal her, Jennifer“, begann er, „ich habe in diesem Neuen Testament gelesen, das du mir gegeben hast, aber ich kann das alles nicht verstehen.“ Dabei nahm er das kleine Testament aus der Tasche, das seine Schwester ihm neulich nach dem kurzen Gespräch gegeben hatte.

Jennifer hatte sich in ihrem Leben als Christ noch nie vorher so unzulänglich gefühlt. Gerade dies war es, worum sie gebetet hatte, aber wie sie nun ihren Bruder nach dem Licht tasten sah, das denen, die glauben, ewiges Leben bedeutet, war sie so hilflos. Und doch wußte sie, daß hinter all ihrer Unzulänglichkeit die Allmacht Gottes stand.

„Was kannst du nicht verstehen? “ fragte sie besorgt.

„Ach, alles“, rief der Junge aus, „warum sollte uns Gott überhaupt so lieben? “

Er blickte seine Schwester fragend an, als könne sie die Antwort auf die Frage parat haben, die Menschen und Engeln immer schon ein Rätsel gewesen ist .

Jennifer schüttelte den Kopf. „Ich weiß es nicht, Philip“, bekannte sie. „Ich glaube nicht, daß irgendeiner darauf antworten kann. Aber du weißt, daß die Bibel sagt: ‚Während wir noch Sünder waren, starb Christus für uns.' Philip, ist das nicht wunderbar? "

Er blickte sie weiter unverwandt an. „Jennifer, ist das wirklich wahr, daß Christus starb — für mich? "

„Natürlich, so ist es", sagte sie leise und ergriff in einer plötzlichen Regung seine Hand. „Wer auch immer an ihn glaubt, wird nicht verlorengehen, sondern ewiges Leben haben, und das schließt dich und mich ein."

Lange Zeit sagte Philip kein Wort. In Erinnerung an den Kampf in ihrem eigenen Herzen, als sie derselben Entscheidung gegenüberstand, sehnte sich Jennifer danach, ihm zu helfen. Aber sie konnte nichts tun. Dies war eine Angelegenheit zwischen ihm persönlich und seinem Gott.

„Möchtest du ihn nicht bei seinem Wort nehmen, Philip? " wagte sie schließlich zu sagen.

„Das ist alles sehr gut für dich", sagte er kurz und sprang auf seine Füße, „aber ich werde diese Sache noch einmal gründlich zu überdenken haben. Wenn ich mich für Christus einsetze, was werden die zu Hause dann sagen? Sieh nur den Kampf, den du gehabt hast. Und dann alle meine Schulkameraden — meinst du, ich möchte mich vor ihnen zum Narren machen? "

Jennifer nickte. Sie konnte ihn ja so gut verstehen!

„Hör zu, Philip", sagte sie plötzlich und holte dabei ein Buch aus dem Regal, „ich habe hier ein Buch, das du bestimmt gern lesen wirst. Es heißt ‚C. T. Studd: Kricketspieler und Pioniermissionar'."

„Worum geht's dabei? " fragte Philip neugierig, als sie es vom Regal nahm.

„Es ist die Geschichte eines Mannes, der Christus annahm, während er noch Student an der Universität war. Er bekam dann den Ruf, Missionar zu werden. Es ist eine aufregende Geschichte."

„Gut. Ich glaube, ich werde es mal lesen." Philip nahm das Buch ziemlich unschlüssig. „Ich werde dir dann sagen, was ich darüber denke."

„Ja, tu's nur. Und noch etwas, Philip. Warum gehst du nicht mal zu der Missionskirche und besprichst diese Dinge mit Pastor Ransome? Ich bin sicher, daß er dir helfen könnte."

„Hm, gar keine schlechte Idee", gab er nachdenklich zu, während er zur Tür ging, „jetzt sollte ich dich aber doch lieber ins Bett lassen. Gute Nacht, Schwesterherz, und vielen Dank!"

Jennifer empfand, zu wenig getan zu haben, aber sie konnte immerhin weiter treu für Philip beten. Und wie ernsthaft betete sie, daß er doch dem Leiten des Heiligen Geistes nachgeben und sein Leben dem Heiland übergeben möchte. Aber als der Sonntag wieder herankam, konnte sie an seinem Gesichtsausdruck sehen, daß es noch keine Entscheidung gegeben hatte.

Zu Hause ging auch alles seinen gewöhnlichen Gang. Philip ging nach dem Tee weg. Niemand schien daran Anstoß zu nehmen, niemand fragte, wo er hinging. Plötzlich überkam Jennifer das Gefühl, wie ungerecht es sei, daß sie im Hause festgehalten wurde wie ein kleines Kind. Einen Augenblick lang hätte sie am liebsten laut aufbegehrt. Wie lange noch mußte sie dies ertragen? Wie lange konnte sie es überhaupt noch ertragen?

Sie spülte gerade das Teegeschirr, als es an der Haustür klingelte. Das hatte immer eine Atmosphäre gespannter Erwartung zur Folge, besonders dann, wenn keine Besucher angekündigt waren.

„Ich gehe schon hin", rief Frau Deane vom Wohnzimmer herüber, „aber ich habe nicht die blasseste Ahnung, wer das sein könnte", sagte sie mehr zu sich selbst.

Sie öffnete ziemlich vorsichtig und sah die Gestalt eines jungen Mannes im Vorflur, groß und breitschultrig, aber sie konnte sein Gesicht nicht deutlich erkennen.

„Guten Abend", sagte eine freundliche Stimme. „Frau Deane? "

„Ja." Julias Unruhe wuchs.

„Sie erinnern sich wohl nicht an mich? "

Julia sah etwas näher hin und stieß dann einen überraschten Schrei aus, da sie ihn erkannte.

„Großer Gott! Es ist John Lynton – alle Wetter!"

„Genau!" sagte der junge Mann heiter. „Sie haben ein gutes Personengedächtnis, Frau Deane."

„Wirklich? " sagte Frau Julia schwach. „Aber was – ich wollte sagen, kommen Sie doch erst einmal herein."

Bei diesen Worten hielt sie ihm die Tür auf. Sie konnte es noch immer kaum glauben, was sie mit eigenen Augen sah, als der unerwartete Besucher eintrat, John Lynton! Was konnte er von ihnen wollen? Sie war ihm bisher nur einmal begegnet, auf dem Ball des Bürgermeisters .

„Ich muß mich entschuldigen, daß ich Sie hier so überfalle", sagte er lächelnd, „aber ich komme wirklich nur her, um zu sehen, ob Jennifer zu Hause ist."

„Jennifer? " Auf Julias Gesicht stand deutliches Erstaunen. „Aber Sie kennen doch Jennifer noch gar nicht!"

„O doch! Hat sie es Ihnen nicht erzählt? Wir trafen uns neulich und machten uns gegenseitig bekannt. Ich dachte, Jennifer würde heute abend zur Kirche gehen, und hätte gern gewußt, ob es Ihnen viel ausmacht, wenn ich sie dahin begleite. Hätten Sie was dagegen? "

Julia wollte etwas sagen, aber sie fand keine Worte. Es war zu lächerlich – sie mußte träumen! John Lynton will Jennifer zur Kirche bringen. Jennifer selbst aber, als sie die Stimmen hörte, war in die Halle gekommen.

„John", sagte sie atemlos, „wie bist du hierhergekommen? " Jennifer war nicht weniger erstaunt als ihre Mutter.

John lachte. „Ach, das war leicht. Ich war sicher, du würdest heute abend zur Kirche gehen, und dachte, du würdest mir gestatten, dich zu begleiten."

Es mußte doch wahr sein , sagte sich Julia. Die beiden waren sich offenbar nicht fremd.

„Jennifer, auf mein Wort", protestierte sie schwach, „du bist eine ganz Schlimme. Du hast mir nie erzählt – "

„Bitte, schelten Sie Jennifer deswegen nicht", warf John rasch dazwischen, „sie hat wohl nicht daran gedacht, zu erwähnen, daß wir uns kennengelernt haben. Und sie wußte sicher nicht, daß ich heute abend hierherkomme — mir selbst ist erst vor einer halben Stunde der Gedanke gekommen. Du willst doch zur Kirche gehen, Jennifer, nehme ich an?"

Dabei sah er, ohne es zu wollen, auf ihre Schürze.

Jennifer lächelte. „Sie sollten lieber Mutter fragen — sie hat mich neuerdings nicht gehen lassen."

Frau Deane sah recht unglücklich aus.

„Du warst selbst daran schuld, Jennifer. Das hier ist etwas ganz anderes. Es ist sehr nett von John, daß er sich anbietet, dich zur Kirche zu begleiten; und es wäre sicher sehr unhöflich von dir, wenn du dies Anerbieten zurückweist."

„Mutter!" Jennifer rang nach Luft, sie konnte es einfach nicht glauben. „Du meinst — ich kann zur Kirche gehen?"

„Natürlich, mein Liebes", sagte Frau Deane freundlich. „Jetzt eil dich aber, sonst kommst du noch zu spät."

Jennifer brauchte keine zweite Aufforderung dazu. In ihrem Eifer, die Schürze rasch abzubinden, verknotete sie die Schürzenbänder so hoffnungslos, daß John ritterlich einspringen mußte, um ihr zu helfen.

„Danke", sagte sie mit einem Lächeln. „Es dauert nicht lange."

Sie hastete die Treppe hinauf, immer zwei Stufen auf einmal nehmend und erreichte ihr Zimmer. Rasch nahm sie Hut und Mantel aus dem Schrank. Sie war frei, wieder einmal zu ihren Versammlungen zu gehen! Wie gnädig war der Herr zu ihr gewesen, mußte sie denken. Gerade als sie fühlte, daß sie es so nicht länger aushalten konnte, hatte er ihr Befreiung geschenkt. Die Verheißung stimmte, daß er nicht zulassen wird, daß seine Kinder versucht werden oder auf die Probe gestellt über das hinaus, was sie ertragen können.

Wenige Minuten später war sie fertig zum Gehen; aber bevor sie das Zimmer verließ, kniete sie neben ihrem Bett nieder und dankte in einem kurzen Gebet ihrem Herrn.

Als sie dann im Flur stand und ihre Handschuhe überzog, strahlte ihr Gesicht. Sogar ihre Mutter hatte ihre Freude und Genugtuung daran, wie gut sie aussah.

„Komm, Jennifer", sagte John ungeduldig, „gehen wir."

Er trat einen Schritt auf sie zu, und sie errötete, als sie die unverhohlene Bewunderung in seinen Augen las.

„Ja", sagte Frau Deane, „ihr werdet euch beeilen müssen; es ist schon sieben Uhr durch." Mit einem Lächeln, das heitere Befriedigung verriet, schloß sie die Tür hinter den beiden.

12

Jennifer war es, als könnten ihre Füße sie nicht rasch genug zu der Missionskirche tragen, aber als sie erst einmal das Haus verlassen hatten, nahm John ihren Arm und versuchte, sie damit etwas zurückzuhalten.

„Nun mal langsam, nur eine Minute, Jennifer", wehrte er ab, „es ist nicht nötig, daß wir uns derart abhetzen. Um ehrlich zu sein, ich bin gar nicht so scharf darauf, zur Kirche zu gehen, obwohl ich mit dir gehen will, natürlich! — Ich dachte, wir könnten ein wenig plaudern."

„O ja, wir können beim Gehen miteinander reden." Jennifer zügelte ihren Schritt ein wenig. „Aber ich möchte doch nicht zu spät hinkommen — denk dir, ich bin eine Ewigkeit nicht mehr zur Kirche gewesen."

Er blickte sie fragend an: „Ich hoffe, ich habe nicht ins Fettnäpfchen getreten, daß ich heute abend gekommen bin", begann er. „Ich dachte, du würdest sicherlich heute abend zur Kirche gehen. Ich konnte ja nicht ahnen – "

Ihr Lächeln beruhigte ihn. „Du hast mir einen großen Gefallen erwiesen, daß du heute abend gekommen bist; ich glaube, der Herr selbst muß dich dahergeschickt haben."

„Nun, das klingt alles sehr interessant", sagte er neugierig. „Ich würde das alles gern genau erfahren."

Irgendwie schien es ihr sehr leicht, mit John zu reden. In wenigen kurzen Sätzen erzählte sie ihm, warum sie sich geweigert hatte, mit auf den Ball zu gehen, und welche Beschränkungen man ihr demzufolge auferlegt hatte.

„Darum konnte ich nicht zu den Versammlungen gehen, und ich habe sie sehr vermißt. Darum bin ich so froh, daß du heute abend kamst. Mutter wagte einfach nicht nein zu sagen, als du sie fragtest. Es war direkt spaßig."

John runzelte verwirrt seine Stirn. „Du sagst, du hast die Versammlungen in der Kirche entbehrt, Jennifer, und warum soll ich das dir nicht glauben. Aber hör mal — du kannst mir doch nicht erzählen, daß du nicht andere Dinge mehr vermißt hast. Ich kann mir nicht vorstellen, daß ein Mädchen wie du alles aufgibt und sich in einer Menge von alten Graubärten und alten Jungfern vergräbt, in einer Gebetsversammlung oder dergleichen. Gehst du denn nicht gelegentlich zum Tanzen?"

„Nein", gab sie mit Überzeugung zur Antwort, „aber das ist etwas, was du möglicherweise gar nicht verstehen kannst, es sei denn, daß du Christus wirklich kennst. Von ihm her wird alles anders. Ich kann es nicht recht erklären, aber wenn er in dein Leben tritt, bist du irgendwie ein anderer Mensch — die Bibel nennt das ‚wiedergeboren werden'."

Er beobachtete sie genau, während sie sprach. Ihre Augen leuchteten und ihr Gesicht glühte, aber sie war von dem Gegenstand ihres Gespräches so in Anspruch genommen, daß ihr sein persönliches Interesse nicht auffiel. Das war das Geheimnis ihres Liebreizes, sagte er sich. Die meisten Mädchen, denen er begegnet war, kleideten sich, redeten und benahmen sich so, daß sie die Aufmerksamkeit auf sich lenkten, und das fand ein Mann auf die Dauer langweilig. Aber sie war anders. Sie konnte sich selbst völlig vergessen bei dem Versuch, die Aufmerksamkeit auf einen anderen zu lenken. Obgleich es für ihn ein neues Erlebnis war, den Namen Gottes und Christus in einer so innigen, persönlichen Ausdrucksweise zu hören, konnte er nicht anders, als ihr für ihre Überzeugung seine Hochachtung zu zollen.

„Ich fürchte, du redest ein wenig über meinen Kopf hinweg", wandte er schließlich ein. „Wir werden ein andermal noch mehr darüber sprechen müssen. Aber ich bin schrecklich froh, daß ich dich kennengelernt habe, Jennifer. Du bist so ganz anders als alle anderen Mädchen, denen ich bisher begegnet bin."

Sie lachte, um ihre Verlegenheit zu verbergen. „Du wirst viele solcher Mädchen wie mich in der Missionskirche sehen — und auch junge Männer. Es sind meistens junge Leute, die dahingehen — ich bin sicher, es wird dir gefallen. — Aber ich rede ja hier die ganze Zeit", fügte sie entschuldigend hinzu, „du solltest mir lieber etwas von dir erzählen, John."

Er zuckte die Schultern. „Ach, ich bin nicht so versessen darauf, über mich selbst zu sprechen — da gibt es auch gar nicht so viel zu erzählen. Ich scheine nicht mehr fähig zu sein, mich häuslich niederzulassen, seit ich meinen Abschied bei der Luftwaffe genommen habe. Ich war drei Jahre im Norden — in Niederländisch-Indien und den umliegenden Inseln."

„Und hat es dir dort gefallen? "

„Gefallen? " wiederholte er grimmig. „Das ist wohl kaum der richtige Ausdruck. Ich will nicht sagen, daß es gerade schlecht war, aber wir sind in manch unangenehme Gegenden gekommen. Die Eingeborenen waren sehr gut zu uns. Ich habe auch einen guten Teil ihrer Sprache erlernt, während ich dort war."

„Warst du verwundet? " wagte sie zu fragen.

„Nein, das einzige, was ich hatte, war eine geringfügige Augenstörung, aber ich nehme an, es war die grelle Sonne. Ist jetzt alles wieder klar . Aber ich hatte großes Glück", fügte er nachdenklich hinzu. „Eines Tages warf ein japanisches Flugzeug eine Bombe, die mitten in unsere Gruppe fiel. Meine beiden Kameraden wurden in Stücke zerrissen, und ich bekam nicht mehr als eine kleine Schramme ab. Bemerkenswerter Umstand — ich weiß selbst nicht, wie ich davongekommen bin. Glück muß der Mensch haben — das ist es."

Jennifer blickte ihn nachdenklich an. „Denkst du das wirklich? " fragte sie. „Hätte es nicht auch die Hand Gottes gewesen sein können? Vielleicht hat er dir das Leben aus einem besonderen Grunde erhalten."

Er lachte lauthals.

„Nein, Jennifer, da bist du im Irrtum. Ich glaube nicht, daß Gott soviel Zeit für mich hat. Na ja, ich hatte ja auch nie allzuviel Zeit für ihn, was das betrifft. Schau doch nicht so bestürzt — ich bin kein Heide! Aber im Krieg bekommt man manch schlimme Dinge zu sehen, und die bringen einen auch nicht näher zu Gott. Du scheinst ja viel über diese Dinge zu wissen", fügte er plötzlich hinzu, „sag mal, warum läßt Gott überhaupt Kriege zu? "

Jennifer dachte nach. Es war eine schwere Frage für sie, da sie auf diesem Gebiet so wenig Erfahrung hatte.

„Ich nehme an", sagte sie schließlich, „daß wir letzten Endes die Kriege selbst verursachen. Wenn alle Menschen überall den Herrn Jesus Christus annehmen würden, würde Friede sein, meinst du nicht auch? "

John schien nicht geneigt, diese Seite des Problems weiter zu erörtern, und machte den Versuch, das Thema zu wechseln; aber inzwischen hatten sie die Missionskirche erreicht,und Jennifers Freude kannte keine Grenzen.

„Da sind wir", rief sie und deutete auf den schlichten Bau mit Eingang zur Straße hin. „Dies ist der Ort, wo ich Christus fand — oder, vielleicht sollte ich lieber sagen, der Ort, wo Christus mich gefunden hat. John, ich bin sicher, auch du wirst ihn liebgewinnen."

„Hm." Das klang recht zweifelnd, aber John folgte ihr rasch, als sie die Stufen zur Eingangshalle emporeilte.

Eine Menge von Erinnerungen überkamen Jennifer in kürzerer Zeit, als man es erzählen kann. Sie erinnerte sich an jenen Abend, als sie zum ersten Mal diese Schwelle betreten hatte, zusammen mit Doreen — war es Zufall? Nein, jetzt wußte sie, es war die Gnade und Güte Gottes, die sie hierhergebracht hatte, damit sie an dem wunderbaren Heil teilhaben sollte, das durch Jesus Christus erworben wurde.

Sie konnte drinnen Pastor Ransomes vertraute Stimme hören; er betete.

Ein junger Mann trat ihnen entgegen, ein Gesangbuch in der Hand, der gleiche junge Mann, der damals eingeladen hatte, als sie vor der Tür gestanden hatten.

„Jennifer, Sie sind wieder da", rief er mit unterdrückter Stimme. „Wieder bei uns hier — dem Herrn sei Dank!"

Jennifer schüttelte ihm warm die Hand. „Ja, wunderbar, wie der Herr für uns sorgt", sagte sie eifrig. „Hier ist mein Freund — John Lynton."

Der junge Mann mit dem Gesangbuch bot ihm einen herzlichen Willkomm. „Sie hätten keinen besseren Abend treffen können; der heutige Gottesdienst ist speziell für junge Männer", erklärte er. „Ich bin sicher, diese Versammlung wird Ihnen Freude machen."

John legte sich darauf nicht fest. Er fühlte sich ziemlich verwirrt. Als er den Gedanken gefaßt hatte, mit Jennifer zur Kirche zu gehen, hatte er nicht damit gerechnet, daß er persönlich mit solch einer überschäumenden Begeisterung begrüßt würde. Tatsächlich hatte er im stillen sogar die Hoffnung gehegt, Jennifer den Gottesdienst überhaupt ausreden zu können, so daß sie den Abend gemeinsam hätten verbringen können. Aber er hatte diesen Gedanken schnell verworfen, als er sie sah.

„Der Saal ist praktisch voll", fuhr der freundliche junge Pförtner fort, „aber ich denke, hier neben der Tür ist gerade noch ein Platz. Jetzt können wir hinein."

Das Gebet war beendet. Er öffnete die Tür einen Spalt, gerade so weit, daß sie hindurchkonnten, und Jennifer und John schlüpften leise hinein und setzten sich auf die letzte Bank.

Jennifer beugte ihr Haupt in stiller Andacht. Der Herr war an diesem Ort, sie wußte es.

John blickte neugierig umher. Ja, es stimmte, was der Bursche draußen gesagt hatte — hier war alles voll, und es schienen meist junge Leute zu sein. Er hatte gemeint, zur Kirche gehen sei nur ein Zeitvertreib für die alten Leute, aber offensichtlich gingen auch junge Menschen, wenigstens manchmal.

John schaute auf seine Uhr. Es war schon weit über sieben Uhr. Sie hatten einen beträchtlichen Teil des

Gottesdienstes schon verpaßt, und selbst wenn der Pastor eine halbe Stunde oder gar noch länger reden würde, würde wahrscheinlich schon vor halb neun alles vorbei sein.

So ließ sich John auf seinem Platz nieder, der seiner Ansicht nach etwas zu hart und unbequem war. Dann fing er an, über die Vorzüge des Mädchens, das da neben ihm saß, nachzusinnen. Wie seltsam, daß er von all den Mädchen, die er bisher getroffen hatte und die ihm in ihrem Geschmack und ihren Interessen so ähnlich waren, sich ausgerechnet zu diesem Mädchen hingezogen fühlte! Sie, die tatsächlich in ihren Freuden und Lebensinteressen so himmelweit von ihm entfernt war wie der Osten vom Westen. Obwohl er aber an ihrem religiösen Verhalten absolut keinen Anteil hatte, fand er doch helle Freude an ihrer Begleitung. Es gab sicher kein anderes Mädchen, der zuliebe er bereit gewesen wäre, die Qual eines Gottesdienstes in der Kirche auf sich zu nehmen, nur, um eine Stunde lang bei ihr zu sein. Es gab allerdings tatsächlich kein anderes Mädchen in seinem Bekanntenkreis, der zuliebe ein solcher Schritt notwendig gewesen wäre. Er hätte gern gewußt, wie Jennifer ihm gegenüber empfand.

Wenn die Zeit nicht gewesen wäre, hätte Jennifer völlig vergessen, daß John Lynton bei ihr war. Ihr Herz jubelte, wieder einmal in der Gemeinschaft von Christen zu sein, und ihr hungriges Herz saugte jedes Wort des Gottesdienstes in sich hinein.

Als sich Pastor Ransome erhob, um zu sprechen, immer noch mit derselben Überzeugung, immer noch mit derselben Dringlichkeit in seiner Botschaft, wie an jenem Abend, als sie zum ersten Mal seiner Botschaft zuhörte, ließ sie keinen Blick von ihm.

Sein Predigttext war dem zweiten Buch Samuel entnommen, es war die Frage, die der König David stellte, als er an seinen Sohn Absalom dachte: „Geht es auch meinem Sohn Absalom gut?" Er deutete mit wenigen Worten den historischen Zusammenhang des Textes an und ging dann daran, diese Frage in seiner gewohnten offenen Art auf seine

Hörer anzuwenden.

„Geht es dem jungen Manne gut?" fragte er mit herausfordernder Offenheit. „Geht es dem jungen Mädchen gut? Denn wir müssen diesen dringenden Anruf den jungen Mädchen ebenso zumuten wie den jungen Männern — geht es dem jungen Mann heute gut, der versucht, sein Leben bloß aus der eigenen Kraft zu bewältigen? Geht es dem jungen Mann gut, der alle Schwierigkeiten, Versuchungen und Fallgruben des Lebens bewältigt ohne irgendeine Macht, die höher ist als er selbst, daß sie ihn führt und lenkt? Sie kennen die Antwort geradeso gut wie ich. Sie haben viele gesehen, die in ihrem Leben Schiffbruch erlitten haben. Vielleicht sind Sie selbst schon oft gescheitert. Lassen Sie mich Ihnen sagen: Kein junger Mann und kein junges Mädchen ist sicher, wenn sie dem Leben ohne Jesus Christus gegenübertreten. Ist in Ihrem Leben alles gut? Geht es Ihrer Seele gut? Sie können sich selbst betrügen, indem Sie denken, daß Sie vollkommen sicher in diesem Leben sind, aber was kommt dann?"

Dann fuhr er fort: „Ich glaube, niemand ist hier in dieser Versammlung heute abend, der es wagen würde, zu behaupten, daß er ohne Sünde ist. Das Wort Gottes sagt uns, daß der Sold der Sünde der Tod ist. Sind Sie sicher — sicher vor dem Zorn Gottes, der auf die ungehorsamen Kinder fallen muß? Sicher vor dem Urteil, das Gott in seiner Gerechtigkeit über Sünde und Bosheit verhängen muß? Männer und Frauen haben versucht, Zufluchtsorte für ihre Seele zu finden, aber es ist keine Sicherheit in ihren eigenen guten Werken und ihrer Anständigkeit, keine Sicherheit in der bloßen Zugehörigkeit zu einer Religion. Sicherheit für ihre Seele gibt es nur in Jesus Christus. Er ist unsere Zuflucht, weil er den Zorn und das Urteil Gottes für uns getragen hat, und wenn wir in Christus sind, dann sind wir sicher und gerettet."

Er ließ seine Blicke über die Versammlung schweifen, als suche er in dem Meer von Gesichtern vor ihm jene, denen diese Botschaft in besonderer Weise galt.

„Junger Mann!“ rief er. „Sind Sie gerettet? Oder sind Sie noch in Ihren Sünden? Haben Sie Ihre Zuflucht zu dem sühnenden Blut des Herrn Jesus Christus genommen, das für Sie am Kreuz von Golgatha vergossen wurde? Nehmen Sie Jesus Christus an, und seien Sie sicher für Zeit und Ewigkeit! Wollen Sie ihn nicht jetzt annehmen? Ist jemand in diesem Raum heute abend, der sagen will:

‚Du bist meine Zuflucht, ach, nimm mich an
mach rein mich von Schuld und vom Sündenwahn . . . ‘

Sie können es sich nicht leisten, dies aufzuschieben. Wer will jetzt kommen? “

Ein junger Mann mitten im Saal sprang auf.

„Ich will es!“ sagte er, mit einer Stimme, die die ganze Gemeinde wie unter einem elektrischen Schlag zusammenfahren ließ.

Jennifer beugte sich nach vorn, ihre Augen weit geöffnet. In ihrem Gesicht mischten sich Staunen und Freude.

„O John“, flüsterte sie, „das ist mein kleiner Bruder — es ist Philip.“

13

Die Versammlung ging zu Ende, und die Leute begannen hinauszuströmen. Jennifer versuchte, sich einen Weg nach vorn zu bahnen, wo Philip stand, aber sie wurde ständig aufgehalten von solchen, die sie kannten und ihre Freude darüber zum Ausdruck bringen wollten, sie wieder in der Versammlung zu sehen. John hatte Mühe, ihr zu folgen. Jennifer war so aufgeregt, daß sie meistens vergaß, ihn vorzustellen, und er schien ziemlich verwirrt von den vielen Menschen um ihn herum.

„O Philip!" Schließlich hatte sie doch ihren Bruder erreicht und schlang in einem plötzlichen Überschwang der Freude ihre Arme um ihn. „Ich bin ja so froh!"

Philip blickte entgeistert. Seine Schwester war die letzte, die er hier erwartet hatte. „Jennifer, was machst du denn hier? Ich dachte — " Er blickte erstaunt von einem zum anderen.

„Hier, das ist John", begann Jennifer zu erklären. „Er kam bei uns vorbei, um mich heute abend zur Kirche zu bringen. Darum durfte ich gehen. Ich bin sehr froh, daß ich hier war, Philip."

Er blickte ihr gerade ins Gesicht. „Ich mußte es tun", sagte er leise, und seine Stimme klang heute anders, irgendwie entschlossen und zielbewußt.

Jennifer nickte. Sie verstand ihn sehr gut, und Philip wußte das; da waren keine weiteren Worte notwendig.

„Gehst du gleich mit uns jetzt heim? "

„Vielen Dank, Jenn, aber ich werde noch hierbleiben und mit Pastor Ransome sprechen. Es wird wahrscheinlich spät werden, bis ich komme."

„Nun, dann gehen wir jetzt wohl", schlug sie vor. „Ich

habe Mutter versprochen, daß ich John noch zum Abendbrot mitbringe, ich nehme an, daß sie auf uns wartet. Wir sehen uns dann später noch, Philip!"

Sie erreichten schließlich die Straße, und die kühle Nachtluft brachte Jennifer mit einem Schlag in die Wirklichkeit zurück. Als John ihren Arm nahm, wurde ihr plötzlich wieder voll bewußt, daß er da war. Sie war so mit Philip beschäftigt gewesen, daß sie kaum an John gedacht hatte.

„Ich hoffe, du denkst nicht, daß ich mich heute abend daneben benommen habe, John", begann sie. „Aber es war eine solche Überraschung, Philip dort zu sehen, und es ist so wunderbar, daran zu denken, daß er nun auch Christus persönlich angenommen hat. Sag mal, John, was hältst du von der Predigt?"

John blickte sie ziemlich unsicher an. „Willst du, daß ich ehrlich — oder höflich sein soll?" sagte er mit einem freundlichen Lächeln.

„Beides, wenn das geht", sagte Jennifer und lachte. „Ich möchte gar zu gern wissen, was du denkst. Sei ganz frei!"

„Ich kann nicht leugnen, daß der Bursche reden kann, aber meiner Meinung nach macht er viel Wirbel um nichts."

„Ach John, wie kannst du nur so etwas sagen?" wehrte Jennifer ab. „Ist es nicht wichtig, zu wissen, wo einer steht, von Gott aus gesehen? Kümmert es dich gar nicht, wo du deine Ewigkeit zubringen wirst?"

„Ich vermute, schon", gab er zu, „aber schließlich gibt es doch nicht viel, was man dafür tun kann. Ein einigermaßen anständiges Leben auf dieser Welt, und für das Zukünftige dann das Beste hoffen. Das ist meine Lebenseinstellung."

„Aber du denkst doch nicht etwa, daß das Beste, was du tun kannst, vor Gott gut genug sein wird, nicht wahr?" fragte sie freimütig. „Die Bibel sagt, daß wir nicht gerettet werden ‚durch die Werke der Gerechtigkeit, die wir getan haben'. John, wenn du deine Rettung vor Gott von deinen eigenen anständigen und guten Taten abhängig machst, stehst du nicht auf sehr sicherem Grund."

Er lachte. „Mach dir um mich keine Sorgen — es wird schon alles gut gehen. Ich schätze, wenn ich dem guten alten Petrus einmal freundlich zunicke, wird er mich schon mit durch die himmlischen Perlentore schlüpfen lassen, und wenn er es nicht tut — na ja", fügte er scherzhaft hinzu, „dann werde ich es mindestens auch schön warm haben unten an dem anderen Ort."

Aber Jennifer lachte nicht mit. „Ach mach doch um diese Dinge keine dummen Scherze!" sagte sie ernst. „Das sieht mir zu sehr danach aus, als lache man Gott gerade ins Gesicht."

„Es tut mir leid, Jennifer", sagte er, wieder ernst geworden. „Ich wollte deine Gefühle gewiß nicht verletzen. Aber, ehrlich gestanden, ich kann wirklich nicht einsehen, daß ich mir um irgend etwas Sorgen machen müßte. Meine Eltern sind gut kirchlich, tatsächlich. Ich bin immer regelmäßig zur Kirche gegangen, bis ich dann zum Militär kam. Aufs ganze gesehen, denke ich, ganz richtig gehandelt zu haben, wenn man so den Schlamassel sieht, den einige Kameraden aus ihrem Leben gemacht haben. Ich erhebe nicht den Anspruch, fehlerlos zu sein; aber ich kann jedem anständigen Menschen offen ins Gesicht sehen."

Jennifer verschlug es die Sprache. Ganz offensichtlich hatte er kein Empfinden für persönliche Schuld. Sie selbst fühlte sich so unwürdig vor Gottes Augen, daß sie sich wunderte, wie einer mit seiner eigenen Anständigkeit prahlen konnte. Wenn freilich kein Empfinden für Sünde da war, wie konnte dann eine Hinwendung zum Heiland erfolgen? In ihrem Herzen betete sie darum, John möchte zu der Einsicht geführt werden, seine wirkliche Lage vor Gott zu erkennen.

„Der Gedanke, daß du ein Sünder bist, scheint dir nicht zu kommen", bemerkte sie nach einer Pause.

„Nun, jedenfalls nicht so schlimm, wie es Pastor Ransome behauptet", sagte er beschwichtigend. „Aber höre, Jennifer, darüber wollen wir jetzt nicht streiten. Ich bin gern bereit, mit dir zur Kirche zu gehen, wenn du es willst. Könnten wir auf dieser Basis nicht Freunde sein? "

Sein Gesicht war dem ihren sehr nahe, Jennifer versuchte, vor ihm zurückzuweichen.

„Ich fürchte, es geht nicht, John", sagte sie nachdenklich. „Sieh, unsere Interessen sind völlig verschieden. Ich würde die Dinge, die du gern tust, nicht wollen; und das, was ich tue, würde dir wieder nicht gefallen."

„Da bin ich unbesorgt", sagte er rasch. „Ich werde immer alles tun, was du willst. Ich bin wirklich nicht so scharf auf Parties und Tanzen, aber wenn einer nichts Besseres zu tun hat, vertreibt es ihm die Zeit. Wenn du es gern wissen willst — ich will wirklich nichts als nur dich", fügte er in seiner freimütigen Art hinzu.

Jennifer errötete, ohne daß sie es wollte. „Nun, wenn du es so sagst — " Sie hatten mittlerweile das Haus erreicht, und Jennifer blieb einen Augenblick an der Pforte stehen.

„Wenn es dir nichts ausmacht, John, sage bitte drinnen nichts über Philip. Ich denke, er möchte es lieber selbst erzählen."

John war gern einverstanden. Als sie hereinkamen, hatte Frau Deane schon die Abendmahlzeit bereitet und den Kaffee gekocht, und das erste Mal, soweit sie zurückdenken konnte, setzte sich Jennifer aufs Sofa, während ihre Mutter die Tassen herumreichte. Jennifer bot mehrmals ihre Hilfe an, wurde aber entschieden zurückgewiesen.

Frau Julia schien heute abend ungewöhnlich lebhaft. „Und wie denken Sie über den Gottesdienst, Herr Lynton? " fragte sie ziemlich besorgt.

Er lächelte. „Das beim ersten Mal gleich zu sagen, ist schwierig, Frau Deane. Ich werde noch öfter mit Jennifer hingehen müssen, bevor ich in der Lage bin, eine Meinung darüber zu äußern."

Julia strahlte. Ihre Befürchtungen waren beschwichtigt. Jennifer schien ihn mit all ihren merkwürdigen religiösen Vorstellungen nicht erschreckt zu haben. „Wissen Sie, ich muß einmal Ihre Mutter zum Nachmittagstee einladen", sagte sie freundlich. „Ich habe das schon immer vorgehabt. Ich werde sie diese Woche einmal anrufen."

„Möchten Sie rauchen?" Anton Deane hielt John sein Zigarettenetui hin. Er war ein Mann, der nicht viel Worte machte, aber wenn er einem Gast eine Zigarette anbot, war das ein sicheres Zeichen dafür, daß er anerkannt war.

„Danke, Herr Deane." John nahm eine Zigarette, aber, wie Jennifer mit Zufriedenheit bemerkte, machte er keine Anstalten, sie anzustecken. Und tatsächlich, als er sich fast eine Stunde später verabschieden wollte, hatte er sie immer noch in der Hand.

Jennifer fühlte sich sehr müde; darum entschuldigte sie sich bald und ging auf ihr Zimmer. Wenig später hörte sie Philip kommen. Er blieb nicht lange im Wohnzimmer, denn nur wenige Minuten später schon hörte sie seinen Schritt auf der Treppe und danach ein leises Klopfen an ihrer Tür.

Auf ihr leises „Herein" wurde die Tür geöffnet, und Philip trat ein.

„Macht es dir etwas, wenn wir noch ein wenig miteinander reden?" Er setzte sich auf seinen Lieblingsplatz, an das Fußende ihres Bettes. „Mir ist jetzt noch nicht nach Schlafengehen zumute."

„Nichts, was ich lieber täte", sagte Jennifer eifrig. „O Philip, ich kann es noch kaum glauben, daß es wahr ist!"

Aber es war wirklich wahr. Der Ausdruck auf Philips Gesicht ließ allen Zweifel schwinden. Nach einem kurzen Schweigen begann Philip zu reden, ruhig und überzeugend, und seine Worte rührten Jennifers Herz.

„Es ist sonderbar, Jenn, aber die Predigt heute abend muß mir gegolten haben. Ich kann dir nicht sagen, wie ich mich fühlte, als ich zu der Versammlung ging. Tatsächlich, ich hatte Angst. Ich wußte, daß ich Gott eines Tages gegenüberstehen müsse, und ich war nicht darauf vorbereitet. Dann überkam mich ein schrecklicher Gedanke — angenommen, ich müßte heute nacht noch Gott gegenüberstehen? Ich brauchte keinen Pfarrer, um mir zu sagen — ich wußte es selbst ohne jeden Zweifel, daß meine Seele zur Hölle gefahren wäre, wenn ich heute nacht gestorben wäre."

Ohne daß er es wollte, krampften sich seine Hände bei diesen Worten ineinander, als er sich die Heftigkeit dieses geistlichen Kampfes ins Gedächtnis zurückrief.

„Ich erinnerte mich daran, was du von der Missionskirche gesagt hattest, und ging dorthin mit der Absicht, Sicherheit für meine Seele zu finden. Und ich fand sie", sagte er schlicht. „Während Pastor Ransome zu uns sprach, sah ich Christus so deutlich, wie ich dich jetzt vor mir sehe, und ich hörte so deutlich, wie er mich rief, wie ich dich jetzt hören kann. Dann kam mir zum Bewußtsein, daß ich nichts mehr zu fürchten hätte, wenn ich ihm vertraute, daß er tatsächlich schon meinen Platz als Sünder eingenommen hat, als er am Kreuz starb, um mich zu retten. So nahm ich ihn als meinen Heiland an."

Jennifers Augen glänzten von Tränen. „Philip, wenn du wüßtest, wie sehr ich darum gebetet habe!" sagte sie tief bewegt.

Er nickte. „Jennifer, du bist ein prima Kerl. Ich kann dir nie genug danken, Schwesterherz. Es ist lustig, aber heute abend scheint sich die ganze Welt verändert zu haben. Ich nehme an, das bin nur ich selbst, aber alles ist anders! Jetzt habe ich etwas, für das ich leben kann, Jennifer — du wirst es niemals erraten!"

„Nun? " sagte sie voller Erwartung.

Er lehnte seinen Kopf gegen den Bettpfosten und schwieg einen Augenblick, bevor er die Antwort gab. „Ich werde Missionar werden", sagte er entschlossen.

„Missionar? " Jennifer blickte ihn vor Staunen mit offenem Munde an. „Aber Philip, wie kannst du das wissen? "

Einen Augenblick lang hatte es den Anschein, als hätte er ihre Frage überhört. Jennifer blickte ihn scharf an. Das hier war ein anderer Philip als der kleine Bruder, den sie immer gekannt hatte; er hatte seine jungenhafte, schwankende Art verloren; es schien fast, als wäre er erwachsen geworden. Sein Gesicht war blaß und entschlossen, aber in seinen Augen lag ein Ausdruck, als sei er in Gedanken weit weg, als blicke er durch die Wände des kleinen Zimmers, in dem sie saßen, hindurch, in die grenzenlosen Bereiche der unsichtbaren Welt.

„Ja", sagte er schließlich, „ich nehme an, es war das Buch, das du mir zu lesen gabst, welches mich zuerst auf den Gedanken gebracht hat. C. T. Studd war ein prachtvoller Mann, ohne Zweifel."

„Er hatte einen großen Glauben."

„Ja. Ich liebe die Stelle, wo er sagt: ‚Wenn Jesus Christus wirklich Gott ist und für mich starb, dann kann kein Opfer groß genug für mich sein, es ihm darzubringen.' Diese Worte haben mich tief beeindruckt. Und heute abend, als ich erkannte, daß er für mich starb, und ich ihn als meinen Heiland annahm, hörte ich ihn zu mir sagen: ‚Willst du nicht gehen und anderen davon sagen?' Ich sagte: ‚Ja, Herr.' Was hätte ich sonst sagen können?"

Jennifers Gesicht glühte. „Wie wunderbar ist es, Philip, daß er dich so gerufen hat. Wo willst du hingehen?" Er schüttelte den Kopf. „Er hat mir nichts gesagt, wohin ich gehen soll — aber der Ort ist auch nicht von Bedeutung. Ich würde überall hingehen — mit ihm."

Seine Worte waren mehr als bloßes Prahlen. Hier sprach einer voll Vertrauen, der den ersten großen Schritt des Glaubens getan hat und seine Füße auf dem unerschütterlichen Felsen der Treue Gottes stehen sieht.

„Ich habe mit Pastor Ransome darüber gesprochen und mich entschieden, was ich zu tun habe. Ich werde Medizin studieren und als Missionsarzt nach draußen gehen."

„Das wird lange dauern und außerdem viel Geld kosten", sagte Jennifer zweifelnd.

„Das weiß ich, aber ich werde hart arbeiten. Es gibt Stipendien, wie du weißt. Ich habe in diesem Schuljahr meine Zeit wirklich nutzlos vertan, aber das werde ich wieder aufholen."

„Philip, du bist ein Prachtkerl“, sagte Jennifer in ehrlicher Bewunderung. „Du bist mir schon einen Schritt voraus; du weißt, ich habe so emsig versucht, hier zu Hause in meinem Glauben durchzuhalten, daß ich noch nicht einmal an die armen Heiden in anderen Ländern gedacht habe. Du beschämst mich da sehr.“

„Du brauchst nicht so zu empfinden, Jenn“, sagte er rasch. „Du hast hier auch eine wunderbare Aufgabe. Siehst du, wenn du nicht gewesen wärest, hätte ich Christus überhaupt nie kennengelernt. Vielleicht ist es Gottes Art, auf diese Weise zu handeln. Ich nehme an, daß er uns nicht alle an demselben Platz einsetzen will.“

„Vielleicht hast du recht“, sagte sie nachdenklich. Als sie ihren Bruder so ansah, mußte sie sich fragen, welche Versuchungen und Schwierigkeiten ihm die Zukunft wohl bringen würde, wenn er diesem Ruf gehorsam bleiben wollte Sie mußte an die Familie denken, die wohl noch unten im Wohnzimmer war. Ihr Vater hatte große Pläne mit Philip, sie wußte es.

„Hast du schon — — ?“ Sie wagte die Frage nicht zu Ende auszusprechen.

„Nein“, sagte er, als habe er ihre Gedanken erraten. „Ich habe Mutter und Vater noch nichts gesagt — ich werde es ihnen morgen sagen. Ich wollte mich nicht davor drücken, Jennifer, aber heute abend war mir nicht nach einem Wortgefecht zumute. Ich dachte, ich sollte den heutigen Abend bei dir beschließen. Ich möchte diesen Abend immer in guter Erinnerung behalten — gerade so.“

„Ich meine, das ist ein guter Gedanke, Philip. Ich möchte mich auch immer daran erinnern“, sagte sie sanft. „Aber ich möchte dir noch sagen: Was du auch immer durchzustehen hast, was du im Römer 8 Vers 37 findest, das wird dich niemals im Stich lassen.“

„Was steht da?“ forschte er.

„In alledem überwinden wir weit durch den, der uns geliebt hat“, zitierte sie, und die Gewißheit der Überzeugung, mit der sie das sagte, prägte ihm diese Worte tief ins

Gedächtnis und ins Herz hinein.

„Ich werde daran denken", sagte er langsam.

Jennifer erhob sich. „Philip", begann sie etwas befangen, „ich dachte, nun — vielleicht könnten wir zusammen beten, ehe du gehst. Es ist viel, wofür wir Jesus zu danken haben, findest du nicht auch? "

Er stand an ihrer Seite und nahm ihre Hand. „Das würde ich herzlich gern tun", sagte er mit belegter Stimme.

So knieten sie beide am Bett nieder, und der Heilige Geist, der für die Kinder Gottes eintritt, nahm ihre stammelnden Gebete und übermittelte sie zum Thron Gottes. Heute abend war alles gut. Und morgen? Auf unerklärliche Weise wußten sie beide, daß die Gnade, die heute abend rettete, ausreichte, um sie auch morgen zu bewahren; und in diesem Glauben waren sie zufrieden.

14

„Vater, ich möchte nachher gern ein Wort mit dir reden, wenn deine Zeit es erlaubt."

Bei diesen Worten faltete Philip seine Serviette zusammen und blickte über den Tisch zu seinem Vater hinüber, der eben seine zweite Tasse Kaffee in behaglicher Zufriedenheit umrührte.

„Recht so, mein Junge", kam die ermutigende Antwort, „dann schieß' mal gleich los, wenn du magst."

Anton Deane hatte sich wirklich sehr stark mit der Zukunft seines Jüngsten beschäftigt und wollte in dieser Sache gern mit ihm „ins reine kommen".

Philips Zeugnis am Ende des Jahres war nicht so gut ausgefallen wie es sein Vater erhofft hatte. Er war wohl überall mitgekommen, das stimmte schon, aber es schien die Meinung der Lehrer, daß er noch viel bessere Arbeit leisten konnte, und Anton Deane wollte seinem Jungen beizubringen versuchen, wie wichtig es ist, sich seinen Studien ganz zu widmen, wenn man das gesteckte Ziel erreichen wollte. Und Anton Deane war guter Zuversicht, daß Philip es schaffen würde.

Vielleicht war ein Körnchen Wahrheit in der scherzhaften Bemerkung, die seine Mutter öfters zu machen pflegte, daß Philip der „Junge mit den großen Vorzügen" war, jedenfalls soweit es seinen Vater betraf. Das heißt nicht, daß der Vater nicht auch sehr stolz auf Rodger gewesen wäre; denn dieser junge Mann hatte sich in seiner Stellung als Buchhalter ausgezeichnet bewährt. Aber der Vater spürte, daß sein erstgeborener Sohn und Erbe dem unvermeidlichen Sturz zusteuerte, der der Überheblichkeit und Selbsttäuschung auf dem Fuße folgen muß; und als

Rodger gar zu anmaßend und herrisch wurde, ertappte er sich bei dem Wunsch, der große Krach möchte bald kommen.

Philip war anders. Dieser Junge, das wußte der Vater, hatte überdurchschnittliche Fähigkeiten und verfügte über genug Willenskraft und verbissene Ausdauer, um es in der Welt zu etwas zu bringen. Vater Deane hatte ehrgeizige Pläne mit Philip . . .

„Ich denke, es wäre besser, wir könnten unter vier Augen reden", unterbrach der Junge seine Überlegungen. „Es sind einige Dinge dabei, die ich allein mit dir klären möchte."

„Geheime Sitzung? " warf Rodger ein, immer darauf bedacht, auch ein Wort mitzureden; seitdem er seine Schwester nicht mehr foppen konnte, weil sie nicht darauf ansprach, hatte er seinen jüngeren Bruder als lockende Beute gefunden. „Wir Schuljungen machen es gern dramatisch, nicht wahr? "

Philip gab keine Antwort.

„Nana", warf seine Mutter ziemlich scharf ein, „ich hoffe, du hast etwas mehr zu sagen, als es jetzt scheint, da wir alle beieinander sind. Während der ganzen Mahlzeit hast du kaum zwei Worte herausgebracht, Philip! Du solltest besser auf dich achten, sonst wirst du noch, ehe du dich versiehst, zu einem mürrischen alten Mann."

Jennifer fühlte sich schon versucht, Philip zur Verteidigung beizuspringen, überlegte es sich dann aber doch anders. Sicher würde er seine Kämpfe lieber allein ausfechten, das fühlte sie sicher, und er hatte im Augenblick schon genug auf dem Herzen, auch ohne in einen ohnehin fruchtlosen Wortstreit verwickelt zu werden. Sie wechselte darum taktvoll das Thema.

„Mutter, ich wollte dir sagen, daß John mich heute im Geschäft angerufen hat. Er sagt, er will um halb acht bei mir vorbeikommen, um mich zur Bibelstunde zu bringen. Das ist dir doch wohl recht? "

„Natürlich, Jennifer", sagte die Mutter zustimmend,

„John ist ein netter Junge, und wenn du mich fragst, ich meine, er ist richtig scharf auf dich, meine Liebe, da hast du mein Wort drauf! Ich hoffe nur, du weißt auch, wie du mit ihm umzugehen hast. Gib ihm nicht zuviel Religion ein — sonst machst du ihn noch krank, weißt du."

Jennifer lächelte. „Mach dir keine Sorgen, Mutter. Wir verstehen einander sehr gut. Jetzt sollte ich aber schnell mit dem Geschirrspülen beginnen, sonst ist er hier, noch ehe ich damit fertig bin."

Gesagt, getan! Sie stand vom Tisch auf und begann, das Geschirr abzuräumen. Dabei eilte sie sich sichtlich.

„Wir werden dann mal in mein Zimmer gehen, mein Sohn, wenn es dir recht ist", schlug Anton vor, „wenn du etwas auf dem Herzen hast, könnten wir es jetzt gleich erledigen."

Philip stand auf und folgte seinem Vater zur Tür. Er wandte sich leicht zu Jennifer um, und einen Augenblick lang trafen sich ihre Augen in einem kurzen, verständnisvollen Blick. Er wußte, Jennifer würde jetzt für ihn beten. Der Vater ging ihm zu seinem Studierzimmer voran, und Philip folgte ihm, indem er die Tür hinter sich schloß. Anton machte es sich in seinem beliebten Drehsessel bequem und sah seinen Jungen neugierig an. „Nun? "

Philip ließ sich auf der Lehne des gegenüberliegenden Sessels nieder, wobei ihm eine Spur von Nervosität anzumerken war.

„Ich habe dir einige Dinge zu sagen, Vater", begann er, „und ich kann ebensogut gleich damit anfangen. Ich war gestern Abend in der Kirche — in der Missionskirche, in die Jennifer immer geht —,und da ist etwas geschehen."

„Hm", unterbrach ihn Anton argwöhnisch, „du willst doch hoffentlich damit nicht sagen, daß es ihnen gelungen ist, dich irgendwie ‚hereinzulegen'? "

Philip schüttelte den Kopf. „Nein, das ist es nicht", sagte er ruhig; Tatsache ist, daß ich schon eine ganze Zeit darüber nachgedacht habe und gestern abend dann die Dinge zu einer Entscheidung brachte. Vater, ich möchte dir sagen, daß ich gestern abend bei der Versammlung für Christus Stellung bezogen habe."

„Was?" Anton Deane sprang fast von seinem Stuhl hoch. „Philip, du mußt übergeschnappt sein! Ich denke, du bist von Sinnen!"

„Nein, Vater. Ich empfinde es als das Sinnvollste, was ich jemals getan habe."

Anton warf den Kopf in den Nacken und lachte krampfhaft. „Gut, sprechen wir über die spaßige Neuigkeit", entgegnete er mit beißendem Spott. „Wenn ich mir dich vorstelle, — daß du dich an dem weibischen Spiel beteiligst, zur Kirche zu gehen. Ich werde dir einen Damenhut und ein Gesäßpolster besorgen müssen. Ich dachte, du würdest dich mehr wie ein Mann benehmen", fügte er voller Verachtung hinzu.

Der Junge errötete, von des Vaters Worten bis ins Innerste getroffen. „Du weißt ja gar nicht, was es heißt, sich für Christus zu entscheiden, sonst würdest du so etwas nicht sagen", sagte er rasch. „Das ist nichts für Feiglinge."

Vielleicht hielt Anton Deane etwas in dem festen, entschlossenen Ausdruck auf dem Gesicht seines Sohnes zurück, denn es vergingen mehrere Augenblicke, bis er wieder das Wort nahm. „Und was gedenkst du nun zu tun?" wollte er schließlich wissen. „Zur Kirche gehen, und für den Rest deines Lebens fromme Lieder singen, nehme ich an, und dann darauf warten, ‚im Himmel das gefundene Fressen zu finden, wenn du stirbst', was?"

„Natürlich nicht!" Philip blickte seinem Vater fest ins Auge. „Das ist es, was ich dir sagen wollte, Vater. Ich möchte Missionar werden."

„Waaas? — —" Anton Deane, eben dabei, sich eine Zigarette anzuzünden, saß wie versteinert da, bis er sich an dem Streichholz den Finger verbrannte und es mit einem unterdrückten Fluch wegwarf. „Sag das noch mal!"

„Ich werde Missionar", wiederholte Philip ruhig. „Christus hat mich zu diesem Dienst berufen, und ich muß gehorsam sein."

Die Augen des Vaters wurden schmal, und auf seinem Gesicht stand ein häßlicher Ausdruck. „Noch so ein irregeleiteter Narr“, begann er verächtlich, „der meint, die Worte ‚Gehet hin in alle Welt und predigt das Evangelium aller Kreatur‘ gälten für unsere Zeit und Generation.“

Jetzt war es Philip, der überrascht aussah. „Du scheinst ja auch etwas über die Bibel zu wissen“, sagte er rasch.

„Und wenn es so ist? “ sagte sein Vater vorsichtig und fuhr dann in plötzlichem Zorn, alle Vorsicht außer acht lassend, fort: „Es wird dich vielleicht mächtig überraschen, zu erfahren, daß ich, als ich in deinem Alter war, mehr in der Bibel Bescheid wußte, als du wahrscheinlich in den nächsten zehn Jahren lernen kannst. Und ich weiß immer noch so viel, daß ich dir jedes Argument zu Brei schlagen kann.“

„Dann glaubst du wohl gar nicht daran? “ fragte Philip, indem er ihn forschend anblickte.

„Natürlich nicht! Das alles habe ich schon vor Jahren aufgegeben“, antwortete er mit großer Entschlossenheit. „Da steckt nichts drin für einen Mann, der es in der Welt zu etwas bringen will. Das wirst du selbst auch früher oder später feststellen.“

Es folgte ein kurzes Schweigen. Philip schaute seinen Vater jetzt mit anderen Augen an. Noch nie hatte er ihn derart reden hören; er hätte nicht im Traum daran gedacht, daß ihm die Bibel vertraut war. Was hatte er alle die Jahre hinter seiner mürrischen und einsilbigen Art verborgen!

„Ich bin in der Welt weitergekommen, seit ich die Religion aufgab“, fuhr er fort, als wolle er sich jetzt vor seinem Jungen selbst rechtfertigen. „Ich habe alles erreicht, was ich brauche — und habe dabei kein schlechtes Geschäft gemacht!“

„Und du hast diese deine Entscheidung niemals bereut? “ Philips Augen suchten die Antwort auf Vaters Gesicht abzulesen.

„Nein — warum sollte ich? “ wehrte Anton Deane ab; dann aber versuchte er, wieder zum Angriff überzugehen und fuhr fort: „Was schlägst du nun vor, was mit deinem hirnverbrannten Plan geschehen soll?"

„Ja, Vater, ich habe fest vor, Medizin zu studieren, um dann als Missionsarzt hinauszugehen."

Sein Vater schürzte verächtlich die Lippen. „Ich nehme an, du weißt, daß es Geld kostet, sich als Arzt ausbilden zu lassen. Und ich nehme weiter an, du erwartest von mir, daß ich dir das alles bezahle?"

Philip schüttelte den Kopf. „Nein", kam seine entschlossene Antwort, „ich bitte dich nicht, mir zu helfen. Ich werde schon selbst für mich aufkommen und es schaffen."

„Wie denn?"

„Es gibt Stipendien."

Anton schnaubte verächtlich. „Hm. Na, wenn man nach deinem letzten Zeugnis urteilt, dann wirst du ein bißchen härter und fleißiger arbeiten müssen, junger Mann."

Philip mußte sich auf die Lippe beißen. „Ich weiß, ich habe mich in diesem Jahr in der Schule nicht so gut gehalten, wie ich es eigentlich müßte, Vater", gab er zu, „das tut mir leid. Aber alles ist jetzt anders. Ich habe etwas, wofür ich arbeiten kann, und mit Gottes Hilfe werde ich es auch tun."

Durch den dichten Zigarettenqualm, den Anton Deane ausstieß, warf er seinem Sohn einen forschenden Blick zu. Etwas in der Stimme seines Jungen beeindruckte ihn. Um seinen Mund lag ein Zug der Entschlossenheit, der auch den letzten Zweifel darüber schwinden ließ, daß dieses neue Ziel, das ihn vorwärtstrieb, nur aus einem flüchtigen Gefühl des Augenblicks erwuchs. Der Vater konnte sehen, daß er mit dem, was er da gesagt hatte, bei dem Jungen keinen Eindruck gemacht hatte. Darum hielt er es für das Klügste, jetzt seine Taktik zu ändern.

„Nun hör mir mal gut zu, mein Junge", begann er. Er strengte sich sehr an, dabei ruhig und gefaßt zu erscheinen. „Ich habe wirklich dagegen nichts einzuwenden, daß du Medizin studieren willst; im Gegenteil, ich würde sehr stolz sein, wenn mein Sohn sein Namensschild ‚Dr. med. Philip

Deane‘ in der Collins-Straße anbringen würde. Ich glaube, du hast es dir auch fest vorgenommen, es zu tun. Nun, wollen wir vernünftig darüber reden. Ich bin gern bereit, dir alle entstehenden Kosten zu bezahlen. Ich werde dir durch dein ganzes Studium durchhelfen und sehen, daß du genug Geld hast, dir auch noch etwas auf die Seite zu legen. Nur eine Bedingung stelle ich dir: du mußt mir versprechen, daß du niemals in den Dienst der Mission gehen wirst.“

Philips Antwort kam ohne Zögern. „Für das alles danke ich dir sehr, Vater, aber du verstehst mich nicht. Weil ich dazu berufen wurde, Missionar zu werden, darum will ich Arzt werden, siehst du.“

„Dann wirst du keinen Pfennig von meinem Geld erhalten“, sagte der Vater schroff. „Ich bin mit dir fertig.“

Philip stand auf. „Dann ist hier wohl nichts weiteres mehr zu sagen, nehme ich an. Wir wissen nun genau, woran wir miteinander sind.“

Anton Deane schaute seinen Sohn Philip an, wie er so dastand, jung, hochgewachsen und aufrecht — ein Junge, auf den man stolz sein konnte, sagte er zu sich selbst — ein Junge, der es weit bringen würde. Sie hatten sich immer gut verstanden, er und Philip, aber jetzt stand eine tiefe Kluft zwischen ihnen. Plötzlich schien es, als lägen alle seine kühnsten Hoffnungen und ehrgeizigen Pläne zerschmettert vor seinen Füßen. Plötzlich ließ er die Schultern hängen, müde und niedergeschlagen stützte er seinen Kopf in die Hände.

„Ich glaube nicht, daß dein Vater dir noch irgend etwas bedeutet“, sagte er müde.

Etwas in seines Vaters Stimme traf Philips Herz. Wie eine Maske war Gleichgültigkeit und Verachtung von seinem Vater abgefallen. Der da vor ihm saß, war ein gebrochener, enttäuschter Mann. In diesem Augenblick wurde Philip klar, wie eng das Lebensinteresse seines Vaters mit seiner eigenen Zukunft verknüpft war — hatte er überhaupt das Recht, ihn derart zu enttäuschen? Einen

Augenblick lang schwankte er. Er konnte Widerstand, Spott und auch Strafe ertragen — alles, nur nicht den Vater in einer solchen Verfassung vor sich sehen. Jung wie er war, so stand er doch in den nächsten bedeutsamen Augenblicken einer Lebensentscheidung gegenüber, die ihm die Schweißtropfen auf die Stirn trieb und sich seine Hände ineinanderkrampfen ließ, daß das Weiße an den Knöcheln sichtbar wurde. Wofür würde er sich entscheiden — die Wünsche seines Vaters oder die Befehle Christi? Wenn er in späteren Jahren auf jenen denkwürdigen Abend zurückblickte, konnte er niemals genau sagen, wodurch Gott ihm den Sieg gab, aber er konnte den gewissen Gedanken nicht loswerden, daß Jennifer nicht weit entfernt auf ihren Knien lag und für ihn betete, daß sein Glaube nicht aufhören möchte.

„Vater", sagte er ernst, „ich habe von Christus meine Weisungen bekommen und muß gehorsam sein. Auch du würdest es für charakterlos halten, wenn ich etwas anderes tun würde, nicht wahr?"

Anton Deane gab keine Antwort. Philip zögerte noch einen Augenblick, dann drehte er sich um und verließ den Raum. Er schloß die Tür hinter sich. Anton Deane blieb allein . . .

„Jennifer", gestand Philip seiner Schwester später im Vertrauen, „wir müssen für Vater beten. Ich denke, er könnte früher einmal den Herrn liebgehabt haben. Natürlich jetzt im Augenblick nicht mehr, aber ich kann mir nicht denken, daß er wirklich glücklich bei alledem ist. Wäre es nicht wunderbar, wenn er auch dazu käme, Christus als seinen Heiland kennenzulernen?"

„O Philip", rief Jennifer voll Eifer, „wir wollen beten und immer wieder darum beten, bis der Herr es für richtig hält, unsere Bitten zu erhören. Er wird ja nicht gerade leicht dafür zu gewinnen sein, aber bei Gott ist nichts unmöglich."

„Das glaube ich auch!" sagte Philip mit Überzeugung.

„Und noch etwas, Philip" — Jennifers Stimme sank zu

einem Flüstern herab, „willst du auch für John beten? Er ist ein schrecklich netter Junge — und ich mag ihn doch so sehr. Das einzige ist nur, daß er kein Christ ist, und er scheint auch nicht zu merken, daß er Christus nötig hat."

Philip nickte verstehend. „Ich dachte mir schon, daß dir das eine Menge bedeuten könnte", gab er zur Antwort. „Du kannst dich ganz auf mich verlassen, Schwesterherz. Wir werden uns gegenseitig versprechen, füreinander zu beten."

Und das taten sie auch .

15

„Hallo, Doreen! Guten Tag!“ Jennifer ging eben die Collins-Straße hinunter auf ihrem Weg ins Geschäft, als sie plötzlich ihrer alten Freundin Auge in Auge gegenüberstand.

„Wie freue ich mich, dich zu sehen!“

„Nein, das ist zuviel.“ Doreen musterte sie kalt.

Jennifer fühlte sich durch diese unmißverständliche Feindseligkeit unwillkürlich abgestoßen.

„Aber Doreen“, wehrte sie sich, „was habe ich denn getan?“

„Ich frage mich, wie du die Stirn haben kannst, mir gegenüberzutreten“, fuhr die andere mit wachsender Entrüstung fort. „Aber so macht ihr Christen es ja alle! Ich bin restlos erledigt, das sage ich dir!“

„Doreen“, sagte Jennifer scharf, „erkläre dich bitte deutlicher. Ich habe nicht die leiseste Ahnung, wovon du überhaupt redest.“

„Nein — wirklich nicht? Die Sorte mag ich — fällt einem Mädchen in den Rücken und nimmt ihr den besten Freund weg; und dann tut sie so, als wüßte sie von nichts.“

Jennifer lachte lauthals. „Doreen, sei doch nicht so albern. Du machst dich ja lächerlich. Ich habe dir doch deinen Freund nicht weggenommen — ich nehme an, du meinst John?“

„Natürlich, wer soll es denn sonst sein? Das habe ich von dir am allerwenigsten erwartet, aber das zeigt eben wieder, daß man auch dem besten Freund nicht trauen kann. Ich konnte so gut mit ihm auskommen, bis du dazwischengekommen bist.“

Jennifer hätte ihr erzählen können, wie John wirklich

über sie dachte, unterließ es aber doch lieber. Stattdessen versuchte sie, die Situation klarzustellen, soweit es sie selbst betraf.

„Wirklich, Doreen", wehrte sie sich, „ich hatte nichts damit zu tun. Ich begegnete ihm nur zufällig, eben nur so, würdest du sagen, und wenn er lieber mit mir in die Kirche geht, anstatt mit dir auf Cocktail-Parties, so kann ich doch nichts dafür."

Doreens Augen wurden schmal. „Eines Tages wirst du es mit ihm zu weit treiben", sagte sie warnend, „und wenn er von der Kirche zuviel bekommen hat, werde ich ihn als Reaktion darauf wiederbekommen. Wer zuletzt lacht, lacht am besten, denke dran." Stolz warf sie bei diesen Worten ihren Kopf in den Nacken, drehte sich um und war schon in der Menge verschwunden.

Jennifer stand völlig entgeistert da. Diese kleine Begebenheit war für sie wie ein Blitz aus heiterem Himmel gekommen. Sie hatte auch nicht im entferntesten daran gedacht, daß Doreen so über diese Dinge denken könnte.

Die Uhr am Postamt schlug neun. Plötzlich wurde Jennifer klar, daß sie sich verspätet hatte. Irgendwer würde sicher nach ihr verlangen, wenn sie gerade nicht da war. Davon abgesehen, hatte sie es sowieso nicht gerne, zu spät zu kommen.

Fräulein Rundles Begrüßung war sehr kurz, als sie oben ankam. „Der ‚geschäftsführende Direktor' hat nach Ihnen gerufen. Sie sollten lieber sofort hinuntergehen. Sie können ihn unmöglich warten lassen."

Jennifers Herz setzte einen Schlag lang aus. Was konnte der ‚geschäftsführende Direktor' zu so früher Morgenstunde von ihr wollen? Sie legte Hut und Mantel ab, so schnell sie konnte, und schaute sich dann nach einem Stenoblock um.

„Will er, daß ich Stenogramm bei ihm aufnehme? " fragte sie ziemlich nervös.

Es war immer eine Nervenprobe, in das Direktionsbüro geschickt zu werden, um Briefe oder Berichte für den Geschäftsführer oder einen der Direktoren im Stenogramm aufzunehmen. Merkwürdig genug, daß Jennifer in den letzten paar Monaten hierbei viel öfter dranzukommen schien als ihr eigentlich zustand.

Jennifer machte es schon nichts mehr aus, in Herrn Marksmans Büro hinunterzugehen — sie hatte sich schon ganz gut an ihn gewöhnt. Oft unterhielten sie sich in freundschaftlicher Weise über die Bibel, und Jennifer hatte selbst ihre Freude daran. Offensichtlich hatte auch Herr Marksman nichts dagegen, da er immer selbst von diesem Thema anfing.

Wenn einen dagegen der „geschäftsführende Direktor“ kommen ließ, so war das etwas ganz anderes. Niemand ging sonst durch die Glastür, an der

ANDREAS S. MURRAY
GESCHÄFTSFÜHRENDER DIREKTOR

zu lesen war, wenn nicht ein ganz besonderer Grund hierfür vorlag.

„Ich habe nicht die leiseste Ahnung, was er wohl von Ihnen will“, entgegnete Fräulein Rundle. „Aber Sie sollten gleich hinuntergehen, dann werden Sie ja sehen. Es sind schon fünf Minuten vergangen, seit er anrief, und Herr Murray ist es nicht gewöhnt, daß man ihn warten läßt.“

Jennifer vertrödelte wirklich keine Minute. Schon wenige Minuten später stand sie, ganz außer Atem vor dem Büro des „geschäftsführenden Direktors“ und klopfte etwas scheu an die Tür.

„Herein!“

Sie öffnete die Tür und ging hinein. Es war ein großer Raum mit getäfelten Wänden, von denen die Bilder der Direktoren aus früheren Zeiten feierlich-würdig herabschauten. Andreas Murray, in dessen Händen die ganze Organisation und Leitung eines blühenden und ständig größer werdenden Unternehmens lag, saß hinter einem wuchtigen Schreibtisch am äußersten Ende des Zimmers. Bei ihrem Eintreten blickte er auf.

„Setzen Sie sich“, sagte er kurz und wies ihr durch ein

kurzes Kopfnicken einen Stuhl an, der direkt vor ihm stand.

Jennifer folgte seinem Wink, aber es schien ihr ein endlos langer Weg von der Tür bis zum Schreibtisch zu sein, und sie kam sich sehr unbedeutend vor, wie sie durch den Raum schritt. Sein fester, forschender Blick machte sie sehr unsicher, und sie spielte nervös mit ihren Fingern.

„Sie brauchen sich keine Sorgen zu machen“, begann er mit einem leisen Lächeln.

Jennifer entspannte sich etwas. „Ich muß mich entschuldigen, daß ich Sie so lange warten ließ, Herr Direktor“, stotterte sie, „aber leider bin ich heute morgen etwas spät gekommen.“

„Spät?“ Er zog seine Augenbrauen hoch. „Das ist ziemlich ungewöhnlich bei Ihnen, würde ich meinen.“

„Ich versuche immer, pünktlich zu sein“, sagte sie unsicher.

Herr Murray legte seinen Füllfederhalter hin und faltete die Hände, indem er sich beim Sprechen etwas nach vorn neigte.

„Nun, Fräulein Deane“, begann er, „ich möchte Ihnen sagen, daß ich nun schon längere Zeit sehr gute Berichte über Sie und Ihre Arbeit bekommen habe. Sie sind in jüngster Zeit öfter im Direktionsbüro hier unten gewesen, und ohne Zweifel werden Sie sich schon gefragt haben: Warum wohl? Aber wir haben einen bestimmten Plan mit Ihnen. Wir haben Sie genau beobachtet, und Sie haben sich als sehr zuverlässig und verantwortungsbewußt erwiesen, und Ihre Arbeit ist von beachtlichem Niveau. Und was ich besonders gern höre, ist, daß Sie immer willig sind, auch noch etwas obendrein zu tun — Sie schauen nicht ständig auf die Uhr.“

„Ich danke Ihnen, Herr Direktor.“ Jennifer stieg vor Freude und Überraschung das Blut ins Gesicht.

„Ich höre auch“, fuhr er mit sonderbarem Lächeln fort, „daß Sie nicht immer so gefügig sind, wie Sie es heute morgen scheinen. Ich glaube, daß Sie in bestimmten Dingen eine eigene Meinung haben und daß Sie es notfalls mit der ganzen Belegschaft aufnehmen würden, um eine Grundsatzfrage mit einer Hand durchzufechten."

Jennifer nahm das schelmische Zwinkern seiner Augen wahr und erwiderte sein Lächeln. Schließlich war er doch nicht so unnahbar, wie es von ihm hieß.

„Es scheint, als werde ich zuweilen in Streitgespräche verwickelt", gab sie zu, „aber ich denke, sie wissen jetzt alle, welchen Standpunkt ich einnehme."

„Wohlgemerkt", fuhr er fort, „ich glaube, daß Geschäft Geschäft ist und Religion etwas für sich ist, und ich versuche nicht, beides miteinander zu vermengen. Ich zolle aber jedem aufrichtige Bewunderung, der Überzeugungen hat und sich nicht scheut, sie auch mutig zu vertreten. Und weil wir gerade einmal bei diesem Thema sind, Fräulein Deane, ich möchte so sagen: Wenn Ihre Religion in irgendeiner Weise etwas damit zu tun hat, wie Sie jetzt mit Ihrer Arbeit Fortschritte machen, dann gebe ich Ihnen den Rat — bleiben Sie nur dabei!"

„Ich werde es bestimmt tun", sagte sie.

„Sagen Sie — wie alt sind Sie eigentlich? "

„In ein paar Wochen werde ich neunzehn."

Er hielt einen Augenblick inne. Ein nettes Mädchen, sehr attraktiv, dachte er, eine, die sicher viele Freunde hat.

„Sie denken doch wohl nicht daran, gerade jetzt zu heiraten, hoffe ich."

„Ach nein, Herr Direktor", gab sie rasch zur Antwort; aber gerade bei diesen Worten sah sie im Geist das Gesicht John Lyntons vor sich. Es war absurd, sagte sie sich, gerade jetzt an John zu denken .

„So werden Sie während der nächsten Jahre nichts Überstürztes tun in Sachen Heirat", bemerkte er trocken. „Wenn wir Mädchen als Sekretärinnen einstellen, möchten wir wenigstens das Gefühl haben, daß sie auch eine annehmbare Zeit bei uns bleiben werden."

Jennifer stockte der Atem. Sicher sollte . . .

„Sie werden sicher gehört haben, daß meine Privatsekretärin Ende nächsten Monats ausscheidet, um zu heiraten, und bei der Sitzung des Aufsichtsrates gestern abend wurde beschlossen, Ihnen diese Stellung anzubieten, Fräulein Deane."

„Oh!" Sie rang nach Worten. „Aber meinen Sie, daß ich auch gut genug für diesen Posten bin?"

„Wir haben volles Vertrauen zu Ihnen, Fräulein Deane", sagte er entschlossen. „Natürlich sind Sie noch ziemlich jung, und das bedeutet, daß man Ihnen einen großen Teil Verantwortung auflädt, aber wir sind auf dieses Wagnis gut vorbereitet. Und — das brauche ich wohl nicht noch dazu zu sagen — wir würden Sie gut bezahlen. Was halten Sie selbst von diesem Vorschlag?"

„Wirklich — ich weiß nicht, was ich sagen soll", gestand sie. „Sehen Sie, Herr Direktor, ich bin so völlig überrascht. Ich hatte keine Ahnung —"

„Natürlich möchten wir Sie nicht zu einer übereilten Entscheidung drängen", sagte er freundlich. „Sie können sich Zeit nehmen, das Ganze zu überdenken. Aber ich würde gern Ihre Stellungnahme dazu wissen — würde Ihnen diese Stellung zusagen?"

„O ja, sehr gern würde ich zusagen", sagte sie eifrig; „aber — kann ich Ihnen morgen meine Antwort geben?" Jennifer hatte gelernt, daß es weise war, erst Weisung im Gebet zu suchen, bevor man eine wichtige Entscheidung traf.

„Kommen Sie nur, wenn Sie soweit sind, Fräulein Deane." Er erhob sich und streckte ihr die Hand hin. „Ich möchte Ihnen danken für den prächtigen Dienst, den Sie für die Firma bisher geleistet haben, und möchte Ihnen sagen, daß ich persönlich sehr glücklich wäre, wenn Sie sich entschließen würden, die Stellung anzunehmen."

„Vielen Dank, Herr Direktor."

Jennifer verließ das Zimmer mit klopfendem Herzen. Sie hatte versucht, in der täglichen Arbeit, die ihr zufiel, treu zu sein, aber niemand wußte es besser als sie selbst, wie weit sie hinter der Norm eines vollkommenen Lebens in Jesus Christus zurückgeblieben war, die ihr immer vorschwebte. Wieviele Gelegenheiten zum Zeugnis hatte sie nicht wahrgenommen und ausgenutzt, und wie oft hatte sie in schwachen und unbewachten Augenblicken ihrem Herrn Schande gemacht.

Aber welche Freude, zu wissen, daß der Herr sie trotz ihrer Schwachheiten hatte gebrauchen können; daß sie in bescheidenem Maße ihren Heiland denen empfohlen hatte, die ihn nicht kannten; und das nur, weil sie es unternommen hatte, ihre Arbeit treu zu tun. Vielleicht sollte sie deshalb in eine höhere Stellung aufsteigen, weil sie in den Augen ihres Meisters treu im Kleinen erfunden wurde, so daß er sich anschickte, ihr größere Verantwortung anzuvertrauen. So betete Jennifer demütigen und dankbaren Herzens darum, daß ihr die Gnade gegeben würde, so weiterzumachen.

Die Nachricht von Jennifer Deanes Berufung verbreitete sich rasch durch den ganzen Betrieb. Viele gratulierten ihr und wünschten ihr alles Gute. Alle schienen der Meinung zu sein, daß sie ein „netter Kerl" war und es auch verdiente.

Aber jene, die täglich mit Jennifer umgingen, nahmen diese Neuigkeit mit gemischten Gefühlen auf. Wenn sie erst einmal ihren neuen Dienst aufnahm, so würde das bedeuten, daß sie während der Arbeitsstunden nur sehr wenig von Jennifer zu sehen bekämen; und sie bedauerten diesen Umstand mit so echtem Entsetzen, daß Jennifer selbst überrascht war. Sie hatte gedacht, alle wären froh, sie endlich loszuwerden.

Ja, sogar der Fahrstuhlführer sah ein wenig niedergeschlagen aus. „Ich werde Sie beim Hinauf- und Hinabfahren vermissen, Fräulein Deane", gestand er. „Und ich nehme nicht an, daß ich nun das kleine Blättchen noch in jeder Woche bekommen werde, das Sie mir immer gegeben haben."

„O, ich denke, es wird noch etwas Zeit bleiben, um mit

Ihnen einige Worte zu wechseln, Joe“, versicherte sie ihm; „und ich werde Ihnen sicher auch weiter jede Woche Ihr Blättchen geben. Ich bin froh, daß Sie Interesse daran haben.“

Jeden Freitagnachmittag pflegte Jennifer dem Fahrstuhlführer ein Evangeliumstraktat zu geben, das er anfangs ziemlich skeptisch genommen hatte, nun aber mit Freuden entgegenzunehmen schien.

„Es stehen in diesen Blättern einige gute Dinge“, erklärte er. „Für einen Mann, wie ich einer bin, ist es ein richtiger Hoffnungsstrahl. Sie werden mich wahrscheinlich noch bekehren, bevor Sie hier bei uns aufhören.“

„Das hoffe ich auch“, sagte sie in einer Herzlichkeit, die ihn beeindruckte.

Auch in Zimmer 526 gab es bestürzte Gesichter, als bekannt wurde, daß Jennifer ausziehen würde. „Wir werden uns ohne dich sicher ganz verloren vorkommen, Jennifer“, erklärte Linda Turner. „Du hast uns alle munter gehalten. Wir werden nichts mehr zu diskutieren haben, wenn du weg bist.“

„Und ich werde dich auch sehr vermissen, altes Haus“, sagte Rita gedehnt. „Ich schätze, du hast mehr von meiner Arbeit für mich erledigt, als ich selbst getan habe. Du hast mich ganz verdorben.“

„Hm“, warf Fräulein Rundle scharf dazwischen, „ich denke, das trifft auf euch alle zu. Jennifer ist wohl die einzige unter euch, die wirklich arbeitet. Ich fürchte, ihr werdet alle ganz neu anfangen müssen.“ „Ich stimme Ihnen nicht in allem zu, Fräulein Deane“, fügte sie noch hinzu, indem sie sich Jennifer mit einem leisen Lächeln zuwandte — das war das Äußerste, wenn sie jemals auftaute —, „aber ich möchte sagen, Sie haben sich als gute Arbeiterin entpuppt, und ich denke, Sie werden vorwärtskommen.“

„Es ist nett von Ihnen, daß Sie das sagen, Fräulein Rundle“, sagte Jennifer höflich.

„Und wie soll ich weiterkommen ohne deine ermunternden Worte, die du mir immer sagtest, Jennifer?“ mischte sich nun auch Dawn Anderson ins Gespräch — und eine Spur echter Betroffenheit schwang in ihrem scherzenden Ton mit —, „das einzige Mal, daß ich jemals eine Predigt höre, ist immer, wenn du mir eine hältst."

„Du müßtest mal mit mir in eine Versammlung mitkommen, Dawn", schlug Jennifer ihr vor.

„Das könnte ich sogar einmal tun", sagte die andere, völlig unerwartet.

Rose Wilson, die immer noch „die Kleine" genannt wurde, schien ungewöhnlich nachdenklich, aber mit ihren Gedanken war sie gar nicht bei ihrer Arbeit. Sie folgte Jennifer mit den Augen, wohin sie auch ging, und als Jennifer in den Tresorraum gehen mußte, um dort ein dickes Bündel Akten einzuordnen, fiel Rose plötzlich ein, daß sie dort auch nach einigen Karten suchen mußte. Sie folgte Jennifer in den Raum, und als die schwere Tür hinter ihnen ins Schloß fiel, schien sie ziemlich verlegen.

„Kann ich dir helfen, Rose? " Jennifer blickte dem jungen Mädchen ins Gesicht und bemerkte betroffen, daß Tränen in ihren Augen standen. „Was ist dir? "

„Ach, Fräulein Deane", brach es aus ihr heraus, „ich bin so unglücklich, daß Sie weggehen. Sie sind immer so gut zu mir gewesen. Ich weiß nicht, wie es ohne Sie mit mir weitergehen soll."

„Aber ich gehe doch gar nicht ganz fort, Rose."

„Nein, das nicht, aber ich werde nicht mehr mit Ihnen zusammen arbeiten. Natürlich wissen Sie das gar nicht, aber die anderen sind so anders, wenn Sie da sind — sie scheinen irgendwie Achtung vor Ihnen zu haben. Sie — Sie sind einfach wunderbar!"

Jennifer legte ihren Arm um sie. „Rose, Liebes, es ist wirklich nichts an mir, das wunderbar wäre — das solltest du doch wissen. Du erinnerst dich doch, wie ich war, als du hier anfingst."

„Ja, aber jetzt sind Sie verändert."

„Ich bin nur deshalb anders geworden, Rose, weil ich den Herrn Jesus Christus als meinen Heiland kennengelernt habe. Er ist es, der so wunderbar ist."

Die Kleine lächelte wehmütig durch ihre Tränen hindurch. „Ich wünsche oft, ich hätte eine solche religiöse Überzeugung wie Sie, Fräulein Deane."

Jennifer erkannte ihre Gelegenheit. „Du willst doch sagen", sagte sie sanft, „du wünschst dir, Jesus Christus auch als deinen Heiland kennenzulernen? "

Sie nickte. „Ja, aber dazu bin ich viel zu schlecht — "

Jennifer umarmte sie herzlich „Du brauchst nicht erst zu warten, bis du ‚gut genug' bist. Alles, was du tun mußt, ist, daß du zu ihm kommst. Jesus wird dich so annehmen, wie du bist, meine Liebe. Du brauchst nur zu sagen: ‚Herr Jesus, ich glaube, daß du für mich gestorben bist' und ihm dein Herz geben."

Das Mädchen schüttelte den Kopf. „Da ist noch eine Sache, die mich davor zurückhält", sagte sie zögernd. „Wenn ich mein Leben Christus übergäbe, würden sie alle so viel von mir erwarten — und vielleicht könnte ich diese Erwartungen gar nicht erfüllen."

„Darüber habe ich mir auch schon einmal Sorgen gemacht, Rose", beruhigte sie Jennifer, „aber ich weiß jetzt, daß der Herr Jesus uns nicht nur retten kann, sondern ebenso mächtig ist, uns vor dem Fall zu bewahren. Ich habe es erfahren! Ach, Rose, möchtest du ihn jetzt nicht annehmen? "

Rose Wilson hob ihr tränenüberströmtes Gesicht zu Jennifer empor. „Ja, wenn er mich nehmen will, dann will ich auch", flüsterte sie.

16

Jennifer hatte sich verliebt. Sie war nicht ganz sicher, wann es genau begonnen hatte, die Gewißheit darüber war ihr eben erst gekommen. Wahrscheinlich fing alles in dem Augenblick an, als sie sich zum ersten Mal mit John bekanntmachte, indem sie ihm ein Evangeliumstraktat draußen bei der Kathedrale gab.

Sie kannte ihn nun schon ein ganzes Jahr, und während dieser Zeit hatte sie zu ihm aufgeschaut wie zu einem guten Freund, nichts weiter. Sicher, sie hatte manchmal in seinen Augen einen Ausdruck bemerkt, der ein etwas tieferes Gefühl verriet. Zuweilen benahm er sich so zärtlich, wie man es von einem, der nur guter Kamerad sein wollte, nicht erwarten würde, aber Jennifer hatte mit Absicht davon keine Notiz genommen. Sie hatte ihn gern wie einen Freund und wollte diese Freundschaft nicht durch falsche Romantik und Gefühlsseligkeit verderben.

Mit der Geduld und Beharrlichkeit, welche das Kennzeichen echter Liebe sind, war John entschlossen, solange zu warten, bis er in Jennifers Herz eine Resonanz entdecken würde, die seine Gefühle erwiderte. John teilte alle ihre Interessen. Er ging zu allen Versammlungen mit, die sie besuchen wollte, und hatte Freude daran, weil sie bei ihm war. Ihm wäre es mit Jennifer zusammen überall recht gewesen. Er mochte dieselben Leute, die sie gern hatte, und fand Gefallen daran, die Dinge zu tun, die ihr Freude machten. Ohne große Anstrengung gab er das Rauchen auf, nicht weil er selbst darin etwas Schlimmes sah, sondern weil er wußte, daß es Jennifer zuwider war.

Sie führten lange Gespräche und diskutierten über viele Dinge, und er mußte zugeben, daß in neun von zehn Fällen

Jennifer als Siegerin daraus hervorging.

Sie schlugen sich mit der Frage des Trinkens herum, und John, der, solange er sich erinnern konnte, nur mäßig Alkohol genossen hatte, mußte schließlich zugeben, daß selbst in dieser „ehrbar-harmlosen" Gewohnheit, wie er es nannte, die Gefahr der Versklavung und Sünde lag. Und wieder um Jennifers willen gab er auch dies auf.

Das Problem des Wettens, Toto, Lotto und jeden Glücksspiels gab ihnen Stoff für manches ernste Gespräch. Johns Vater war ein bekannter Rennstallbesitzer, und John fühlte sich verpflichtet, die Haupteinnahmequelle seiner Familie vor Jennifer zu rechtfertigen. Aber auf einige Argumente, die sie vorbrachte, wußte er keine Antwort. Als Jennifer rundheraus erklärte, sie würde keinen Pfennig mehr anrühren, der aus diesen Kanälen käme, sagte John nichts darauf; aber am Ende der Woche wurden seine beiden Vollblut-Rennpferde zum Verkauf angeboten, sehr zum Mißfallen seiner Familie und der ehemaligen Freunde.

„Es steckt eine Methode in meinen verrückten Einfällen", war sein einziger Kommentar dazu.

Jennifer wollte gern eine Klasse in der Sonntagsschule übernehmen. Anfangs wehrte er sich dagegen, weil er fühlte, diese Arbeit mit ihr nicht teilen zu können. Aber als sie ihm sehr ernst erklärte, dies sei eine prächtige Gelegenheit, den Kleinen „den Weg des Lebens" zu lehren, wie sie sich ausdrückte, und sie würde sich vor der Verantwortung drücken, wenn sie ihre Dienste nicht anböte, blieb ihm keine andere Wahl; er war einverstanden.

Er nahm sie auch mit zu seinen Angehörigen, aber Jennifer fühlte sich in dem imposanten Haus der Lyntons fehl am Platz. Das lag nicht an dem Komfort und Luxus, an den sie selbst gewöhnt war. Sondern der wahre Grund lag darin, daß die Lyntons sich mit Dingen befaßten, die in ihrem Leben überhaupt keinen Raum hatten. Die Zimmer waren voll von Pokalen und Siegertrophäen und Ehrenschilden, die Johns Vater auf der Rennbahn gewonnen hatte. Immer waren da Leute, die sich über Rennen und

Wetten unterhielten, und Jennifer fand es ziemlich schwierig, sich an den Gesprächen zu beteiligen.

Als einziger Sohn war John das „Ein und Alles“ seiner Eltern, und Jennifer fühlte, daß seine Mutter gegen sie eingestellt war, weil sie den Sohn von seinen alten Gewohnheiten und seiner ganzen Lebensweise abzubringen schien.

„Das hat nichts mit dir zu tun“, versuchte John sie zu beruhigen, wenn sie ihm ihre Befürchtungen gestand. „Ich bin ganz glücklich, und das ist mir die Hauptsache. Aber ich möchte dich nicht öfter mit nach Hause nehmen, wenn du es lieber nicht willst.“

Jennifer schätzte seine rücksichtsvolle Art sehr. Tatsächlich war sie noch nie mit einem jungen Mann ausgegangen, der höflicher und aufmerksamer gewesen wäre. John war ein Kavalier durch und durch, in jeder Beziehung. Je besser Jennifer ihn kennenlernte, desto mehr achtete und bewunderte sie ihn wegen seiner Aufrichtigkeit, Offenheit und absoluten Ehrlichkeit. Sie konnte ihm in jeder Lage voll vertrauen, das fühlte sie. Lange Abende brachten sie bei Jennifer zu Hause zu, und sie fand Gefallen an seiner Gesellschaft. Er war belesen, liebte Musik und war ein guter Gesprächspartner. Manche frohe und gewinnbringende Stunde verbrachten sie zusammen.

John war immer gern bereit, mit ihr über die Bibel und geistliche Dinge zu diskutieren. Aber wie sehr Jennifer auch argumentierte, ihm alles klarzumachen und ihn zu überzeugen versuchte: in einem Punkt blieb er hart und unnachgiebig, nämlich, daß er es nicht nötig habe, sich zu bekehren.

„Wirklich, Jennifer, ich kann es nicht einsehen“, erklärte er. „Es wäre doch etwas anderes, wenn ich wirklich ‚ganz unten läge‘ – dann könnte ich schon froh sein, wenn einer daherkommt und sagt, man würde meine Sünden abwaschen und mir ein reines Hemd geben –, aber ich habe nichts getan, dessen ich mich schämen müßte. Ich glaube irgendwie an Gott und an Christus. Man hat mich zur Kirche und zur Sonntagsschule geschickt, seit ich laufen konnte. Ich könnte dir sogar noch die Zehn Gebote aufsagen — möchtest du sie mal von mir hören?"

„Aber John — kannst du nicht einsehen, daß du nur dann ewiges Leben haben kannst, wenn du den Herrn Jesus Christus als deinen ganz persönlichen Heiland annimmst?" Jennifer versuchte es ihm wieder klarzumachen, vielleicht zum zwanzigsten Mal. „Nur der Glaube an die Tatsache, daß Christus gelebt hat und gestorben ist, ja sogar daß er auferstanden ist, kann dich nicht vor Gott retten, wenn du nicht diese Tatsache in dein eigenes Herz hineinnimmst und sie auf dein Leben anwendest. Ach, John, ich wünschte so sehr, du würdest das endlich einsehen!"

Er lachte, während er spielend mit seinen Fingern durch eine Strähne ihres Haares fuhr, die sich aus der Rolle gelöst hatte, die sie im Nacken trug.

„Ich wünschte, du könntest sehen, wie nett du aussiehst, wenn du so redest, Jennifer", sagte er, ohne auf das einzugehen, was sie eben gesagt hatte.

Aber sie stieß mit einer ungeduldigen Bewegung seine Hand zur Seite.

„Ich kann nicht begreifen, warum du immer dann einen Scherz machen mußt, wenn ich versuche, ernst zu sein", wehrte sie ab.

Aber es war ihr unmöglich, John ernstlich böse zu sein. Wenn das Gespräch in dieses Stadium kam, wechselte er taktvoll das Thema, so daß sie sich bald mit anderen Fragen befaßten, in denen sie sich einig werden konnten.

Jennifer und Philip hatten nicht vergessen, daß sie sich versprochen hatten, füreinander zu beten. Philips religiöse Haltung war nicht so „überschwenglich", aber während der Monate, die auf seine Bekehrung folgten, widmete er sich seinen Schularbeiten mit einem Feuereifer, der die Familie in Staunen setzte, und er schien auf dem besten Wege zu sein, sich das begehrte Stipendium zu verschaffen, das ihm seine medizinische Ausbildung ermöglichen sollte.

Peter Thompson, Philips alter Schulfreund, besuchte ihn gelegentlich, und sie lernten gemeinsam.

Jeden Abend machten es sich Jennifer und Philip zur Gewohnheit, in der Stille von Jennifers Zimmer gemeinsam zu beten. Diese Zeit der Gemeinschaft wurde für beide sehr wertvoll.

Eines Abends, als Philip und Peter wieder gemeinsam gelernt hatten, überraschte Philip seine Schwester mit dem Vorschlag, daß sein Freund sich ihnen gern im Gebet anschließen würde.

„Natürlich, warum nicht?" sagte Jennifer sofort. Aber auf ihrem Gesicht stand deutlich ihre Überraschung zu lesen.

Peter erlaubte sich selbst, eine Erklärung dazu zu geben. „So etwas passiert eben, wenn dein Freund ein Christ wird", sagte er mit einem verlegenen Grinsen. „Philip hat nichts weiter getan, als daß er mir von seinem wunderbaren Heiland erzählte, seitdem er sich bekehrt hat — ich wußte es, daß er mich bald herumkriegen würde."

„Wir werden wahrscheinlich zusammen Medizin studieren", fügte Philip hinzu, „nur wird Peter nicht selbst für sich zu sorgen haben. Seine Eltern sind selbst Christen und werden ihn unterstützen."

„Ja, ich bin sehr glücklich dran", stimmte Peter zu, „es ist schon ein Unterschied, wenn man von daheim Hilfe bekommt, vielleicht werde ich später mal Philip helfend unter die Arme greifen können — man kann nie wissen."

Jennifer fehlten die Worte; so froh war sie darüber, daß Philip seinen Freund zum Herrn hatte führen können. Er war erfolgreicher als sie es mit Doreen und John gewesen war, mußte sie denken.

Beide, Jennifer und Philip, beteten weiter treu und ernsthaft für ihren Vater und für John ganz besonders, aber bisher war ihr Herzenswunsch noch nicht erfüllt worden. Philip machte sich, schon von Natur aus, mehr Gedanken um seinen Vater als um John, und eines Tages schlug er Jennifer vor, sie sollten doch etwas unternehmen.

„Er ist nicht glücklich, Jennifer", sagte er mit bekümmertem Gesicht. „Ich habe versucht, etwas aus ihm herauszubekommen, aber er möchte überhaupt nicht ein Wort mit mir reden. Ich denke, es wurmt ihn immer noch, daß ich Missionar werden will. Ich dachte schon, vielleicht wirst du etwas tun können."

Jennifer holte ein neues Päckchen Traktate hervor, die sie eben gekauft hatte. „Ja, Philip, du hast ganz recht", gab sie zu, „ich habe schon für Vater gebetet, aber ich bin so sehr damit beschäftigt, John bekehren zu wollen, daß ich noch nichts Wirkliches im Blick auf ihn getan habe. Vielleicht könnte eines von diesen Traktaten uns die Tür bei ihm öffnen helfen."

„Was sind es für welche? "

Sie blätterten sie gemeinsam durch und entschieden sich dann für ein bescheidenes kleines Traktat, auf dessen Vorderseite die fesselnden Worte zu lesen waren: „Was hülfe es dem Menschen, wenn er die ganze Welt gewönne, und nähme doch Schaden an seiner Seele? "

„Das könnte ihn ansprechen", meinte Philip, „weil er ein Geschäftsmann ist, und er sprach zu mir über das Thema, wie man im Leben ein gutes Geschäft macht."

Jennifer dachte einen Augenblick nach. „Ich weiß, was ich tun werde. Ich werde es ihm in das Buch schieben, das er sich aus der Bücherei ausgeliehen hat, und wenn er sich hinsetzt, um sich beim Lesen ein wenig zu entspannen, wird er es finden. Er würde sich wohl nicht die Mühe machen, es zu lesen, wenn ich es ihm direkt geben würde. Natürlich werde ich es ihm später sagen."

So gelangte das kleine Blättchen unauffällig zwischen die Seiten des Buches, das sich Anton Deane aus der Bücherei entliehen hatte.

John natürlich war gefeit gegen Traktate und jede andere Form von Annäherung, die Jennifer sich ausdenken konnte. Anfangs hatte sie sich nicht viel daraus gemacht, weil sie viele Interessen mit John gemeinsam hatte, und ihre Freude an geistlichen Dingen teilte sie mit denen, die mit ihr im Glauben an den Herrn Jesus eins waren.

Jetzt lagen die Dinge aber doch anders. Jennifer wurde

sich plötzlich darüber klar, daß John ihr mehr bedeutete als alle anderen Freunde und daß sie wirklich mit ihm vollkommen glücklich sein konnte, mit ihm ganz allein. Er nahm rasch die Veränderung in ihrer Haltung wahr, und er erwiderte dies damit, daß er sich ganz dafür einsetzte, damit sie sich treffen und aneinander freuen konnten, ohne daß Außenseiter sich einmischten, wie er es nannte.

Während Jennifer glücklich darüber war, mischte sich unter diese Freude das leise Unbehagen, daß sie vielleicht doch nicht das Richtige tat. Immerhin war John kein Christ, und sie konnte mit ihm die Freude im Herrn und die Dinge, die sie tief im Herzen bewegten, nicht teilen. Er verstand sie nicht. Dies war das einzige, was sie voneinander trennte, und für Jennifer war es ein wirkliches Hindernis, aber sie versuchte sich einzureden, daß schließlich doch alles gut werden würde; deshalb betete sie noch ernsthafter darum.

Eines Abends hatte John mit Jennifers Eltern ein Gespräch unter vier Augen, und für Jennifer war es nicht schwer, das Thema dieses Gespräches zu erraten. Ihre Mutter wirkte überaus munter und aufgeregt. Selbst die Tatsache, daß Rodger seine Verlobung mit Claire Nelson angezeigt hatte, hatte ihre Mutter nicht in solche Aufregung versetzen können.

„Ich nehme an, sie werden ihre Verlobung an Jennifers zwanzigstem Geburtstag bekanntgeben“, hörte sie zufällig die Mutter dem Vater zuflüstern, während sie sorgfältig mit ihrer Sticknadel in einem hauchdünnen Seidenstoff hantierte, der „etwas ganz Besonderes war“, wie sie sich ausdrückte.

Jennifer war aufs höchste beunruhigt. Sie wußte, daß es über kurz oder lang so kommen mußte, aber sie war nicht darauf vorbereitet, schon jetzt eine Antwort zu geben. Sie hatte gehofft, John werde zuvor Christus als seinen Heiland annehmen, aber er schien jetzt weiter als je davon entfernt zu sein, sich als Sünder vor dem Angesicht Gottes zu erkennen.

Und doch — und doch, würde es wirklich so von Bedeutung sein, fragte sie sich. Immerhin hatte er in vielem eine Wandlung durchgemacht, seit er sie kannte, und sein Leben war wirklich vorbildlich, jedenfalls soweit man moralische Maßstäbe anlegte. Er ging ja auch immer mit ihr zur Kirche. Sie konnte sogar dann glücklich mit ihm sein, wenn er Christus nicht angenommen hätte, sagte sie sich; und in der Tat: sie wußte in ihrem Herzen, daß sie niemals wirklich glücklich sein könnte ohne ihn.

In dem ehrlichen Versuch, klare Weisung in dieser lebenswichtigen Frage zu bekommen, las sie immer wieder den zweiten Korintherbrief durch: „Ziehet nicht am fremden Joch mit den Ungläubigen. Denn was hat die Gerechtigkeit zu schaffen mit der Ungerechtigkeit? Was hat das Licht für Gemeinschaft mit der Finsternis?"

Das waren harte Worte, und jedesmal beim Lesen gingen sie ihr wie ein Schwert durch die Seele.

Aber — damit konnte doch John nicht gemeint sein, sagte sie sich. Sicher war es doch die Hand des Herrn gewesen, die sie beide zusammengeführt hatte; sicher hatte er es so geordnet, daß der eine den anderen haben sollte, damit ihr Leben zur Erfüllung kam; sicher würde er keine Fehler machen ... Vielleicht wurden ihre Gebete um seine Bekehrung eher erhört, wenn sie sich einander versprochen hätten ...

Am nächsten Abend kamen sie beide von der Gebetsversammlung nach Hause. Jennifer verspürte eine starke innere Unruhe. Sie hatte das bestimmte Gefühl, daß John ihr jetzt die Frage vorlegen werde, nach der sie sich einerseits so sehr sehnte, und die sie doch in ihrem Herzen fürchtete.

„Jennifer", begann er, „laß uns jetzt noch nicht gleich heimgehen. Es ist eine so wunderschöne Nacht, gerade recht für einen kleinen Spaziergang; und ich habe etwas auf dem Herzen, das ich dir sagen möchte."

Jennifer stockte der Atem. Plötzlich verspürte sie den unwiderstehlichen Drang davonzulaufen.

„Ach John, bitte nicht heute abend", wehrte sie ab.

„Ich — ich bin so arg müde. Ein andermal dann.“

Er zog sie näher an sich heran, und als er ihr in die Augen blickte, wußte sie ohne den geringsten Zweifel, was er ihr sagen wollte. Ja, er war schon dabei, es ihr zu sagen, obgleich er es noch nicht in Worte gefaßt hatte.

„Jennifer“, sagte er scharf, „du mußt wissen, was ich dir sagen will, und jedesmal, wenn ich es versuche, schickst du mich mit nichtssagenden Ausreden weg.“

„Tue ich das wirklich?“ fragte sie unsicher und versuchte, sich von ihm loszumachen, jedoch vergeblich. „Es tut mir leid, aber ich fühle mich heute abend dem nicht mehr gewachsen.“

„Wann soll es dann sein?“ drängte er. „Morgen abend?“

Jennifer dachte blitzschnell nach. Zuvor mußte sie Pastor Ransome sprechen; er würde ihr raten können, was sie tun mußte.

„Nicht morgen, John — sondern lieber am Freitag, und ich verspreche dir, mir dann alles anzuhören, was du mir sagen mußt.“

„Gut“, sagte er entschlossen, „also dann am Freitag!“

17

„Nun, Jennifer, was bedrückt Sie?"

Pastor Ransomes freundliche Augen blickten prüfend in Jennifers blasses Gesicht. Jennifer ließ sich mit einem Seufzer der Erleichterung in den Sessel zurückfallen. Es war ein langer Tag gewesen, voller Sorgen, und sie empfand es als einen Trost, nun bei jemandem zu sein, dem sie ihr ganzes Herz ausschütten konnte. Pastor Ransome war immer der gleiche, so mitfühlend, so verstehend.

Wie lebhaft stand ihr die Erinnerung vor Augen, als sie das erste Mal seinen Rat gesucht hatte. Das waren die Tage gewesen, als sie die ersten zaghaften und zitternden Schritte auf dem Weg des Christenlebens getan hatte. Sie hatte sich davor gefürchtet, was die Welt wohl sagen und tun würde. Rodgers Spötteleien waren ihr als das schwerste Kreuz erschienen, das ihr jemals aufgebürdet werden konnte. Jetzt lächelte sie in der Erinnerung an jene Dinge, die damals wie ein hoher Berg vor ihr gestanden waren, und die doch völlig bedeutungslos wurden vor dem gewaltigen Problem, das ihr jetzt wie eine schwere Zentnerlast auf dem Herzen lag.

Sie spürte, daß seine Augen auf sie gerichtet waren; mit einem entschlossenen Ruck wandte sie sich ihm zu und begegnete seinem Blick.

„Ich möchte mit Ihnen über John sprechen", sagte sie frei heraus.

Er nickte. „Ja, sprechen Sie nur weiter."

„Ich — ich nehme an, Sie erraten schon, was ich Ihnen sagen will?"

Es war ein bittender Ton in ihrer Stimme, als hoffe sie, er würde die Situation für sie zusammenfassen und ihr so die Verlegenheit ersparen, ihre tiefsten Gefühle in Worte zu fassen.

„Sie fühlen sich sicher besser, wenn Sie selbst es mir sagen", sagte er ermutigend.

„Nun gut!" Jennifer raffte sich auf, diese schwere Prüfung durchzustehen. „Aber ich weiß kaum, wo ich anfangen soll. John und ich sind schon eine ganze Zeit befreundet, wie Sie wissen — und jetzt sind wir mehr als befreundet. Ich denke, er ist schon eine ganze Weile in mich verliebt — aber es war mir nicht klar gewesen, ob auch ich in ihn verliebt bin — bis vor kurzem."

Sie wurde rot, als sie nun zum ersten Mal ihre Liebe zugab, die sie am Anfang sogar sich selbst gegenüber zu leugnen versucht hatte.

Er wartete, bis sie fähig war, weiterzusprechen. „Er hat vor kurzem mehrfach versucht, ernsthaft mit mir darüber zu reden, aber ich habe ihn immer wieder auf später vertröstet, aber jetzt kann ich es nicht länger: morgen abend will ich ihn anhören; so habe ich es versprochen. Ich weiß — ich weiß genau, daß er mich fragen wird, ob ich seine Frau werden will."

Der Pastor gab keine Erwiderung, und nach einer Pause fuhr sie fort: „Ich weiß überhaupt nicht, was ich jetzt machen soll, weil John kein Christ ist — noch nicht. Und ich würde gern einmal hören, wie Sie darüber denken."

Er wandte sich ihr mit ernstem Gesicht zu.

„Das überrascht mich nicht, Jennifer", begann er, „schon einige Zeit mache ich mir um Sie und John Gedanken. Tatsächlich hatte ich vor einigen Wochen Sie im Sinn, als ich über den Text predigte: ‚Können zwei zusammengehen, ohne daß sie sich einig sind?' Erinnern Sie sich noch daran?"

Natürlich erinnerte sie sich; sie erinnerte sich nur zu gut. Sie hatte immer wieder versucht, das alles seitdem zu vergessen, aber die Logik seiner Worte hatte sie immer wieder verfolgt.

Er griff nach seiner Bibel. „Soll ich Ihnen sagen, was

Gottes Wort dazu sagt?"

Sie schüttelte den Kopf. „Das ist nicht nötig", sagte sie müde, „ich habe es selbst schon gelesen, so oft, bis ich die Worte auswendig wußte. ‚Ziehet nicht am fremden Joch mit den Ungläubigen. Denn was hat die Gerechtigkeit zu schaffen mit der Ungerechtigkeit? Was hat das Licht für Gemeinschaft mit der Finsternis? Oder was für ein Teil hat der Gläubige mit dem Ungläubigen?'"

„Sie wissen es, das ist sicher." Er blickte sie fragend an.

„Wissen Sie auch, was das bedeutet?"

„Ja, ich denke schon." Sie erwiderte fest seinen forschenden Blick.

„Es bedeutet", sagte er entschlossen, daß es Ihnen als Kind Gottes freisteht, zu heiraten, wen Sie wollen, nur im Herrn muß es sein."

„Herr Ransome!" Ängstlich beugte sie sich vor. „Das ist es, wo Sie mir helfen können. Sagen Sie mir, daß diese Worte auf uns keine Anwendung finden."

Er schwieg.

„Immerhin würden Sie John doch nicht als ungläubig bezeichnen, nicht wahr?" fuhr sie unbeirrt fort.

„Er ist nicht gläubig, nicht wahr?" fragte er mit peinlicher Offenheit zurück.

„N-nein", gab sie widerstrebend zu, „aber er kommt mit mir zur Kirche."

„Ja, natürlich, aber daß er in die Kirche geht, dadurch wird er niemals gerettet, nicht wahr?"

„Nein", gab sie ein wenig ungeduldig zur Antwort, „aber er hat sich in vielem geändert, seit ich ihn kennengelernt habe. Er hat das Trinken und das Rauchen aufgegeben — und viele andere Dinge, von denen er weiß, daß ich sie nicht mag."

Der Pastor blickte immer noch ernst. „Ja", sagte er nachdenklich, in einem Tonfall, der nicht wirklich für ihre Ohren bestimmt war. „Erneuert, aber nicht wiedergeboren!"

Innerlich aufgeschreckt, blickte sie auf. „Sie wollen mir

doch nicht etwa damit sagen, daß ich ihn aufgeben soll? "

Er schwieg einen Augenblick, ehe er ihr die Antwort gab. „Ich hatte gehofft, daß es niemals dazu käme, Jennifer. Wir haben darum gebetet, daß John den Herrn Jesus Christus als seinen Heiland annehmen möchte — "

„Ich auch!" unterbrach ihn Jennifer. „Sie wissen gar nicht, wieviel ich um Johns Bekehrung gebetet habe. Warum erhört Gott alle diese Gebete nicht? "

„Es gibt kein Gebet, das nicht erhört würde, mein Kind."

Er sprach mit ruhiger Überzeugung.

„Was meinen Sie? " Jennifer blickte ihn verwirrt an.

„Das ist so", fuhr er fort. „Wenn meine Kinder mich um etwas bitten und ich sehe, daß es zu ihrem Besten ist, dann sage ich auf der Stelle ‚ja'. Wenn es etwas ist, was sie nicht haben sollten, bin ich gezwungen, ‚nein' zu sagen. Manchmal dagegen muß ich auch sagen: ‚Jetzt noch nicht; ihr müßt noch ein wenig warten.' Aber in keinem Fall können sie sagen, daß ich sie nicht erhört habe. Sehen Sie das nicht ein? "

„Dann wollen Sie mir damit also sagen, daß Gott meine Gebete erhört hat? "

„Gottes Antworten mögen ‚ja' oder ‚nein' oder ‚Warte noch' lauten; aber er gibt immer eine Antwort. Er hat zu Ihren Gebeten nicht ‚ja' gesagt, Jennifer, und wenn er es nicht tut", er sprach deutlich und dennoch liebevoll, „haben Sie von der Heiligen Schrift her kein Recht, einer Heirat mit diesem Mann Ihre Zustimmung zu geben."

Sie blickte leidenschaftlich bittend zu ihm auf. „Aber ich werde ihn dann gewinnen, wenn wir verheiratet sind!" schrie sie verzweifelt. „Wirklich, ich will es."

Er schüttelte traurig den Kopf. „Wieviele christliche junge Frauen haben mir das schon gesagt, aber es geht nicht gut auf diese Weise. Nein, Jennifer. Wenn Sie ihn nicht für den Herrn gewinnen, bevor Sie heiraten, verlassen Sie sich fest darauf: hernach wird das niemals mehr möglich sein!"

„Es ist leicht, so zu reden, wenn man einen Christen geheiratet hat", entgegnete sie ungewöhnlich erregt.

„Ja", stimmte er zu, „aber selbst dann, wenn Mann und Frau in Christus eins sind, geht das Leben zu zweit nicht immer so glatt vonstatten. Die Tage, da man umeinander wirbt, unterscheiden sich so sehr vom Leben in der Ehe. Denn es ist ein Unterschied, ob man den geliebten Menschen nur hin und wieder in Abständen sieht, wenn es gerade gelegen ist, oder ob man mit ihm Tag für Tag zusammenlebt, ein ganzes Leben. Verantwortung kommt auf Sie zu, Schwierigkeiten erheben sich, unausweichlich kommt es auch zu Meinungsverschiedenheiten. Ich sage Ihnen ganz offen, meine Liebe, in unserer Ehe hat es Zeiten gegeben, die zur Katastrophe hätten führen können, wenn wir nicht gemeinsam hätten beten können, um unsere Probleme vor dem Herrn auszubreiten."

„Aber bei uns wird das ganz anders sein", wehrte sie ab.

Er seufzte. Erfahrung hatte ihn gelehrt, wie schwierig es war, mit jungen Leuten vernünftig über Liebe zu reden.

„Lassen Sie mich Ihnen erklären, was eine christliche Ehe wirklich bedeutet", sagte er schließlich. "Darüber lesen wir im 5. Kapitel des Epheserbriefes. So wie Christus das Haupt der Kirche ist, so ist der Mann das Haupt seiner Frau. Der Frau ist es von Gott auferlegt, daß sie ihrem Mann untertan ist wie dem Herrn Jesus Christus, und der Mann soll seine Frau so lieben wie Christus seine Gemeinde. Können Sie da nicht einsehen, daß eine solche Beziehung unmöglich ist, wenn der Ehemann nichts von der Liebe Christi weiß? "

Sie schwieg. Es war ihr, als griffe eine eiskalte Hand nach ihrem Herzen.

„Als Christin sind Sie daran gebunden, dem Herrn zu dienen; wenn Sie einen Mann heiraten, der Christus als sein Haupt anerkennt, würden Sie immer noch dem Herrn dienen, auch wenn Sie Ihrem Mann untertan sind. Aber als John Lyntons Frau würden Sie sich einem Manne unterordnen müssen, der unseren Herrn und Heiland abgelehnt hat. Sehen Sie, so würden Sie dann für den Rest Ihres Lebens versuchen müssen, zwei Herren zu dienen, und das kann nicht sein! Einer von beiden müßte notgedrungen aufgegeben werden."

Jennifer stieß einen halbunterdrückten Seufzer aus, aber sie unternahm keinen Versuch, dem zu widersprechen, was er eben gesagt hatte.

„Und dann ist da noch etwas, was in Betracht gezogen werden muß", führte er schonungslos diesen Punkt noch weiter aus. „Wie ist das mit den Kindern, die Sie einmal haben werden? Sie würden sie erziehen wollen in der Zucht und Ermahnung zum Herrn; aber wie könnten Sie ihnen Ehrfurcht vor dem beibringen, dem ihr Vater keine Ehre erweist? "

„Aber ich liebe ihn doch — ich liebe ihn!" rief sie kläglich. „Ich könnte ohne ihn nicht leben!"

Die Qual in ihrer Stimme schnitt dem Seelsorger tief ins Herz, aber er mußte für seine Aufgabe stark bleiben als einer, der nur zu gut weiß, welche Pflicht ihm Gott auferlegt hat.

„Jennifer", sagte er traurig, und seine Stimme zitterte vor innerer Bewegung, „Sie werden ohne John Lynton leben müssen — oder ohne den Segen Gottes. Beides können Sie nicht haben."

Jennifers aufgestaute Gefühle machten sich in einem Strom von Tränen Luft.

„Können Sie nicht — mir etwas anderes sagen? " flehte sie ihn schließlich an.

„Ich wünschte, ich könnte das." Seine Stimme klang belegt, sein Gesicht war angespannt, als könne er ihren inneren Kampf mehr nachfühlen, als sie ahnen konnte.

„Ich kann ihn nicht aufgeben! Ich will ihn nicht aufgeben!" Sie hob ihr tränenüberströmtes Gesicht zu ihm empor, eine Spur des alten Trotzes stand darauf zu lesen. „Das ist zuviel verlangt!"

Ein langes Schweigen folgte, in dem nur ihr herzzerbrechendes Weinen zu hören war, aber als sich der Sturm ihrer Gefühle endlich legte, nahm der Pastor wieder das Wort.

„Zuviel verlangt? “ sagte er sehr nachdenklich. „Unser Herr hätte das sagen können, nicht wahr, als das Kreuz vor ihm stand. Aber er tat es nicht — er zahlte den Preis!“

Jennifer saß schweigend da — was hätte sie auch darauf sagen können?

„Mir bliebe nichts mehr, wenn ich ihn aufgäbe“, rief sie schließlich aus. Die Leidenschaft, mit der sie dies sagte, griff ihm ans Herz.

Der Pastor nahm ihre Hand. „Alle Verheißungen Gottes würden Ihnen noch gehören“, war seine rasche Antwort.

„Welche Verheißungen denn? “ Eine Spur von Bitterkeit schwang in ihrer Stimme mit.

„Ich möchte Sie nur an die eine erinnern — die kostbare Verheißung unseres Herrn selbst: ‚Ich will euch nicht ohne Trost alleinlassen; ich will zu euch kommen.‘ Und dann bleibt uns immer noch unser Vers ‚In alledem überwinden wir weit‘ — “

„Nein, in diesem nicht“, sagte sie verzweifelt. „Aber ich habe Ihnen nun genug von Ihrer Zeit weggenommen, Herr Ransome. Ich werde jetzt gehen.“ Sie stand auf. „Vielen Dank, daß Sie — daß Sie versucht haben, mir zu helfen.“

„Sollten wir nicht noch zusammen beten, ehe Sie gehen? “

Einen Augenblick war sie unschlüssig, dann schüttelte sie den Kopf. „Ich — ich kann jetzt nicht beten. Mir ist jetzt nicht danach zumute. Ich werde das alles erst einmal durchdenken müssen.“

Er machte ihr keinen Vorwurf, sondern geleitete sie in seiner immer freundlichen Art hinaus bis ans Gartentor.

„Gute Nacht“, sagte er und drückte ganz besonders warm ihre Hand. „Ich werde für Sie beten. Treffen Sie keine überstürzte Entscheidung — es steht zuviel auf dem Spiel! Nur denken Sie daran, liebes kleines Mädchen, Sie werden niemals wirkliches Glück auf dem Weg des Ungehorsams finden!“

Sie erwiderte den Druck seiner Hand, konnte es aber nicht über sich bringen, noch etwas zu sagen. Schon hatte sich das Tor hinter ihr geschlossen, und sie hörte nur noch das Echo ihrer Schritte auf der nächtlich-stillen Straße.

Pastor Ransome und seine Frau konnten in dieser Nacht nicht schlafen. Sie knieten nieder im gemeinsamen Gebet, bis das graue Licht der Dämmerung einen neuen Tag ankündigte. Sie beteten vor dem Thron der Gnade für ihr Kind im Glauben . . .

Es war dunkel, ja sehr dunkel, als Jennifer nach Hause ging. Heiße Tränen verdüsterten ihren Blick, so daß sie ihren Weg mehr fühlen mußte als sehen konnte.

Jeder Schritt schien ihr durch seinen Rhythmus ins Ohr zu hämmern: „Gib ihn auf – gib ihn auf", bis es ihr wie mit glühenden Nadeln ins Gehirn drang. Ihn aufgeben? Konnte sie das? Niemals, solange sie ihn so sehr liebte wie jetzt!

Sicher würde ihre gegenseitige Liebe genügen. Eine Ehe konnte unmöglich scheitern, wenn zwei Menschen sich so sehr liebten wie sie. Wie oft hatte sie Johns Liebe in seinen Augen lesen können. Aber – sollte sie es wagen, sich auf das unbekannte Meer der Ehe hinauszubegeben ohne den Segen Gottes? Konnte sie es wagen, ein Haus zu bauen, auf dem das Wohlgefallen und der Segen Gottes nicht ruhen konnte? Sie zitterte bei dem Gedanken.

Schließlich gelangte sie nach Hause. Das Haus lag im Dunkeln. Ihre Eltern waren ins Theater gegangen, Philip war in der Vorlesung und Rodger, so nahm sie an, war mit Claire ausgegangen. Sie ging hinein und stellte die Tassen für das Abendessen zurecht. Dann hinterließ sie auf einem Zettel die kurze Nachricht „Bin schon zu Bett" und ging nach oben, mit Füßen, schwer wie Blei.

Jennifer ging zu Bett, konnte aber nicht schlafen. Später kamen auch die anderen von der Familie, und nach und nach wurde es ruhig im Hause; aber sie konnte keinen Schlaf finden. In jeder Ecke des Zimmers schien sie Johns Gesicht zu erblicken.

Es konnte keine andere Liebe in ihrem Leben geben, das wußte sie. Niemals würde sie einen anderen Mann so lieben wie John Lynton. Wenn sie ihn aufgab, würde sie damit ihre einzige Chance auf irdisches Glück opfern — den Mann, das Heim, die Kinder, alles Dinge, auf die sie als Frau von Geburt an ein Recht hatte.

Aber — der schreckliche Zweifel verfolgte sie auch immer noch: Konnte sie wirklich glücklich sein, auch mit John, wenn sie die Weisung Gottes mißachtete, nur um ihn zu heiraten? Warum, o warum wurde von ihr nur eine solch schwere Entscheidung verlangt?

In jener Nacht durchlebte Jennifer ihr Gethsemane, durch lange, dunkle Stunden hindurch, die sich endlos bis zum Morgen hinzogen.

Allein? Nein! Der eine, der selbst in allen Punkten versucht wurde, gleichwie wir, ist seinen Kindern in der Stunde der Versuchung niemals fern. Die Wolke, die sich drohend über dem Horizont ihres Lebens zusammengeballt hatte, ließ sie in unheimlicher Finsternis umhertappen.

Aber durch das Dunkel streckte sich ihr eine Hand entgegen, die Hand, die einst ausgestreckt war, um sie zu retten, die Hand, die stark genug war, sie in ihrem mächtigen Griff zu halten.

Eine Stimme sprach zu ihr, eine bittende Stimme, die sanft auf sie einredete, bis die Worte endlich in ihr erstarrtes Bewußtsein eindrangen: „Ich habe dich erlöst; du bist mein." Sie merkte auf. Die Worte kamen wie Balsam in ihren erschöpften Geist. Die tiefe Dunkelheit ihres Kummers hatte für einen Augenblick Jesus ihren Blicken entzogen, aber er hatte sie gefunden . . .

Jennifer schlüpfte aus dem Bett und kniete nieder. In der Stille der Nacht schüttete sie unter Schluchzen noch einmal alles, was sie bewegte, vor ihrem Herrn Jesus Christus aus.

Als sie sich schließlich wieder erhob, war alle Bitterkeit aus ihrem Herzen gewichen, und ihr Geist war ruhig. Sie ging zum Fenster und zog den Vorhang auf. Das kalte, graue Licht des frühen Morgens brach eben über der noch schlafenden Welt an. Langsam wuchsen die ihr vertrauten Gegenstände aus der grauen Dämmerung hervor — der alte Birnbaum mit seinen knorrigen, krummen Ästen, der moosbedeckte, gewundene Weg, die grobgezimmerte Bank neben dem kleinen Teich, der mit Wasserlilien bedeckt war. Dann begann ein Vogel mit zaghaftem Zwitschern den neuen Morgen zu begrüßen.

Jennifer blickte nach oben. Ein einziger Stern stand noch am Himmel — der Morgenstern — und wie sie so hinschaute, schien wieder die Stimme zu ihr zu sprechen . . . „Ich bin der helle Morgenstern, der Anfang und das Ende, der erste und der letzte . . .“ Ihr Herz gab Antwort. Ja, er war der erste, der Heiland, der sie schon geliebt hatte, bevor sie etwas von seiner Liebe wußte, bevor sie überhaupt John Lynton kennenlernte. Er war der Sohn Gottes, der die Herrlichkeit Gottes verließ, um zu leiden und zu sterben, damit sie erlöst würde, weil er sie liebte — so sehr liebte. Wie stark war ihre Liebe zu ihm? Wie ihre irdischen Freundschaftsbande? Oder noch mehr?

Sie neigte das Haupt. Er war der erste — er mußte auch bei ihr der letzte bleiben. Und alles, was dazwischen lag, konnte sie mit ihm verlassen.

18

Anton Deane machte es sich in seinem Armsessel bequem. Ein schwerer Tag lag hinter ihm — mit ziemlichen Enttäuschungen — und er empfand die Notwendigkeit, sich jetzt ein wenig zu entspannen. Er hatte das Haus ganz für sich. Seine Frau war ausgegangen, um bei einem Bridge-Abend mitzuwirken; das bedeutete, daß sie erst spät heimkommen würde — ja, wenn Frauen zusammenwaren, dann wußten sie nie, wann es genug war, überlegte er sich.

Die jungen Leute waren auch weggegangen. Er war sich nicht ganz sicher, wohin sie gegangen waren, und er kümmerte sich nicht viel darum; sie waren selbst alt genug, um auf sich aufzupassen .

So langte er nach dem Buch, das er sich von der Bücherei geholt hatte. Geschäftliche Dinge lasteten immer noch schwer auf ihm und beschäftigten seine Gedanken. Eine Fehlspekulation hatte ihm heute viel Sorgen gemacht. Es gab nichts Besseres als einen spannenden Kriminalroman, um die Gedanken von der Wirklichkeit abzulenken . . .

Anton las gern Kriminalromane. Er bildete sich etwas darauf ein, daß er all diese komplizierten Handlungen durchschauen konnte, und seine Vermutungen zum Ende der Geschichte waren meist ziemlich richtig.

Wo war er das letzte Mal stehengeblieben? Er zündete sich seine Pfeife an und begann zu blättern. Ach ja, hier war es — eben hatten sie den Detektiv mit einer Kugel im Kopf gefunden . . .

Als er die letzte Seite rasch umblätterte, blieb sein Blick auf etwas haften, das bestimmt nicht zu dieser Geschichte gehören konnte. Ein kleines Blättchen war zwischen die Seiten geschoben worden, und darauf las er erstaunt:

„Was hülfe es dem Menschen, wenn er die ganze Welt gewönne, und nähme doch Schaden an seiner Seele?"

Anton Deane erbleichte.

„Verflucht!" murmelte er.

„Was?" Er griff danach, sah, daß es ein christliches Traktat war, und zerknüllte es zornig zwischen seinen Fingern. Jemand mußte das hier hineingelegt haben ... „Was hülfe es dem Menschen, wenn er die ganze Welt gewönne — ?"

In einem plötzlichen Wutanfall warf er das zerknüllte Papier auf den Boden. Aber die Worte standen immer noch vor ihm, als wären sie mit feurigen Buchstaben geschrieben — „Was hülfe es dem Menschen — ?"

Verdammt — irgend jemand hatte ihm einen Streich gespielt. Aber wer? Jennifer ... aber ja, natürlich, es mußte Jennifer sein. Sie war in letzter Zeit sehr ruhig gewesen; er hätte erraten müssen, daß sie irgend etwas gegen ihn im Schilde führte. Aber das wollte er sich nun doch nicht gefallen lassen — warum auch? Sie konnte ihre Religion bei sich behalten. Er hatte ihr viel Freiheit gelassen — wirklich, zuviel Freiheit, aber er wollte nicht, daß sie sich in sein Privatleben einmischte.

„Was hülfe es dem Menschen — ?" Die Worte ließen ihn nicht los. Plötzlich warf er das Buch beiseite und sprang auf. Er würde dieser Sache ein Ende machen, ein für allemal, sagte er sich.

Kaum wissend, was er tat, aber mit einem finsteren Gesicht, das nichts Gutes ahnen ließ, verließ er das Zimmer und stürmte die Treppe hinauf. Vor Jennifers Zimmer blieb er stehen, klopfte kurz und herrisch an und stieß dann die Tür weit auf. Aber das Zimmer war leer. Natürlich, sagte er sich, er hätte es doch wissen müssen, sie war weggegangen. Zweifellos mit John Lynton. Aber wenn sie heimkam ...

Anton Deane blieb zögernd stehen und blickte sich im Zimmer um. Da lag Jennifers Neues Testament auf dem Frisiertisch. Er hatte schon vor langer Zeit damit gedroht, es ihr zu zerreißen. Angenommen, sie käme heute abend heim und fände es, in kleine Fetzen zerrissen auf dem Boden —

Mit wuchtigen Schritten ging er durch den Raum und griff nach dem Buch. Aber als seine Hände es schon faßten, um es zu vernichten, hielt ihn doch irgend etwas zurück. Es war ihm, als hörte er eine Stimme zu sich sprechen, so deutlich, daß er sich mit einem Ruck umwandte, erstaunt, daß er doch allein im Raum stand. „Was hülfe es dir, Anton Deane, wenn du die ganze Welt gewönnest, und nähmest doch Schaden an deiner Seele?"

Mit einem Schlag war sein großer Zorn und seine Überheblichkeit verflogen. Er zitterte am ganzen Körper, als er, das Neue Testament noch in der Hand, sich langsam aus dem Zimmer zurückzog und die Treppe hinunter in sein Zimmer ging.

Mechanisch ging er zu dem Stuhl, den er vorhin verlassen hatte, und setzte sich wieder. Aber der Kriminalroman lag unbeachtet noch dort, wo er ihn ärgerlich beiseitegeworfen hatte, während ihn das verhängnisvolle Blatt Papier auf dem Fußboden vorwurfsvoll ansah. „Was hülfe es dem Menschen, wenn er die ganze Welt gewönne, und nähme doch Schaden an seiner Seele — ?"

Wie einer, der sich im Trancezustand befindet, begann er, in dem Neuen Testament zu blättern, als suche er etwas Bestimmtes. Matthäus — Markus — Kapitel 7 — Kapitel 8 — ja, hier stand es — im 36. Vers. Merkwürdig, daß er so genau wissen konnte, wo es zu finden war. Merkwürdig, daß diese Worte, die er am liebsten gar nicht beachtet hätte, ihn so außerordentlich fesselten. Minutenlang saß er so da und starrte auf das bedruckte Papier vor ihm.

Die Uhr im Flur schlug die volle Stunde. Immer noch saß er regungslos da. Bald mußte die Familie zurückkommen — wenigstens einige —, aber Anton Deane schien jeglichen Sinn für Zeit verloren zu haben, wie er so dasaß, Auge in Auge der Ewigkeit gegenüber, die ihm diese Frage vorlegte ... „Was hülfe es dem Menschen, wenn er die ganze Welt gewönne, und nähme doch Schaden an seiner

Seele? Denn was kann der Mensch geben, damit er seine Seele wieder löse? "

Jennifer kam an dem Abend später als gewöhnlich. Für diesen Abend hatte sie John versprochen, ihn anzuhören. Obgleich sie sich nicht ganz wohl zu fühlen schien, schien er keine Lust zu haben, schon gleich auf dem schnellsten Weg nach Hause zu gehen. „Es ist ein wunderschöner Abend, Jennifer — gehen wir doch noch ein wenig die Prachtstraße entlang." Und an dem lebhaften Ton seiner Stimme erkannte Jennifer, daß der Augenblick, dem sie so lange aus dem Wege zu gehen versucht hatte, nun doch gekommen war.

Sie zitterte, als er ihren Arm nahm. „Aber, John — "

„Kein ‚Aber', Liebste", entgegnete er rasch, „jetzt ist es soweit — du hast mir versprochen, mich heute abend anzuhören. Und da ist etwas, was ich dir sagen möchte — ja, was ich dir sagen muß — "

Sie waren allein. Sie fühlte seinen schnellen Atem ganz dicht und warm an ihrer Wange, und ihr Herz schlug rascher; aber sie beherrschte sich. „Jennifer, ich liebe dich — ich habe dich vom ersten Augenblick an geliebt, als ich dich gesehen habe — "

„Nein, John, nein!"

Mit einem Ruck machte sie sich aus seiner Umarmung los und stand ihm gegenüber. Ihr Gesicht war leichenblaß und ihre Lippen zitterten.

„Sag das nicht — bitte nicht!"

Und sie bedeckte das Gesicht mit den Händen.

„Aber, Liebste, warum denn nicht? " Wieder war er an ihrer Seite und legte zärtlich einen Arm um sie. „Du liebst mich doch auch, nicht wahr? Du kannst es doch nicht leugnen. Jennifer, schau mich an — "

Wie gezwungen blickte sie auf, um seinem leidenschaftlichen Blick zu begegnen. Diese Augen! Würde sie jemals das Feuer vergessen können, das darin brannte?

„Ja", sagte sie, und ihre Stimme war nur mehr ein Flüstern, „aber, ach John, du verstehst das nicht — das ist es nicht allein — “

„Wir lieben uns gegenseitig; das allein zählt doch nur, Liebste!“ Er zog sie näher an sich. „Ich habe dich immer geliebt, und ich werde dich immer lieben. Was auch kommen mag, nie werde ich aufhören, dich zu lieben — “

Mit einem schmerzhaften Schrei schnitt sie ihm das Wort ab. „Hör auf, John, hör auf. Ich ertrage es nicht, das noch länger mit anzuhören — o, ich hätte es nie so weit kommen lassen dürfen!“

Aber er beachtete ihre Proteste nicht. „Jennifer, wir beide sind füreinander geschaffen. Ich möchte dich heiraten, möchte dich zu meiner Frau machen — “

„Nein, John.“ Ihre Stimme klang jetzt fest, obgleich ihr das Herz weh tat und sie in ihrem Inneren eine dumpfe Leere empfand. „Es kann nicht sein — ich habe schon die ganze Zeit gewußt, daß es niemals etwas werden kann, aber — aber ich habe immer noch die Hoffnung gehabt, daß die Dinge sich ändern würden.“

„Ändern? “ Unwillkürlich trat er einen Schritt zurück. „Jennifer, was meinst du damit? “

„John.“ Sie mußte einen Anlauf nehmen, um das zu sagen.

„Ich habe schon immer versucht, es dir begreiflich zu machen, aber jedesmal, wenn ich mit dir darüber sprechen will — über geistliche Dinge — “

Er lachte und nahm ihre Hand. „Liebling, du machst dir doch etwa nicht immer noch Sorgen um meine Seele? Was willst du denn; ich bin doch zu allen Versammlungen mit dir mitgegangen — ich werde sogar in die Kirche eintreten, wenn dich das glücklich macht.“

Aber sie schüttelte den Kopf. „Du verstehst mich nicht, John; es geht um mehr! Wir — wir könnten niemals zusammen glücklich sein, solange — solange ich eine Liebe in meinem Herzen trage, die du nicht mit mir teilen kannst. Ich kann dich nicht heiraten — das würde mit einer Katastrophe enden.“

„Niemals, Jennifer — niemals!“ rief er leidenschaftlich.

„Ich gebe dir mein Wort, daß ich immer dein Glück über alles andere stellen werde. Ich werde mich nie in deinen Glauben einmischen — “

Wieder schüttelte sie den Kopf. „Nein, John“, sagte sie müde, „das würde niemals genügen. Siehst du, als Mann und Frau müßten wir in allen Dingen eins sein, und du kannst an der tiefsten Erfahrung meines Herzens nicht teilhaben. Wir könnten niemals glücklich zusammen sein.“

„Aber warum — warum? “ war seine ungeduldige und fordernde Frage. „Welchen Unterschied würde das denn machen? “

Sie preßte ihre Hände zusammen. „Den größten Unterschied, den es überhaupt in der Welt gibt, John. Wir würden viele Dinge gemeinsam tun. Aber wenn ich die Bibel lesen wollte — ich müßte es allein tun — wenn ich beten wollte, würdest du dich mir nicht anschließen — wenn ich über den Herrn Jesus Christus reden wollte — “

„Ach, Jennifer, sei doch nicht dumm!“ Er trat einen Schritt auf sie zu, sie aber schob ihn zurück. „Das sind doch alles nur Belanglosigkeiten — die tun nichts, überhaupt nichts zur Sache!“

Jennifer stand in einer sonderbar erstarrten Ruhe vor ihm. Ja, sie tat genau das Richtige . Welch anderen Beweis brauchte sie noch, als die Worte, die er eben selbst ausgesprochen hatte. Die göttlichen Dinge bedeuteten ihm nichts.

„Aber der Herr Jesus Christus bedeutet mir alles, John“, sagte sie ruhig, „und wenn er nicht denselben Platz in deinem Herzen innehat, könnten wir niemals glücklich zusammen sein — niemals!“

John Lynton stieg die Zornesröte ins Gesicht. „Ich nehme an, dieser verwünschte Pastor hat dich dazu angestiftet!“ rief er erregt.

„Nein, John“, gab sie rasch zur Antwort. „Ich habe natürlich diese Angelegenheit mit ihm durchgesprochen — aber dies ist meine eigene, freie Entscheidung.“

Der zornige Ausdruck auf John Lyntons Gesicht verwandelte sich augenblicklich in tiefe Verzweiflung ... Niemals war sie ihm so begehrenswert erschienen wie jetzt — und noch niemals war sie ihm so unerreichbar fern gewesen. Wenn er sie jetzt verlor ...

„Jennifer", rief er leidenschaftlich, „behandle mich doch nicht so schlecht! Ich liebe dich — ich kann ohne dich nicht leben. Du wirst unser beider Leben zugrunde richten, wenn du so weitermachst."

Äußerlich wirkte sie ruhig und gefaßt, aber in Wirklichkeit brach ihr fast das Herz. Sie wußte, daß sie mit dem Standpunkt, den sie hier einnahm, sich selbst aller Hoffnungen auf irdisches Glück beraubte. Sie verletzte ihn tief — den Mann, den sie liebte —, und sie verweigerte ihm das, auf das er so sehr gewartet hatte, daß es einmal ihm gehören sollte ...

Sie erhob ihr Herz zum Himmel in stummem Flehen. Sie hatte in den langen, dunklen Stunden jener Nacht ihren Kampf durchgefochten und gewonnen — allein mit dem Herrn. Aber John — wenn er sie doch nur verstehen könnte! Wenn doch nur ein kleiner Strahl geistlichen Lichtes auf seine Seele fallen würde!

„Ach John", rief sie, „kannst du das nicht einsehen?"

„Liebste!" Wieder war er an ihrer Seite, der feurig und doch so zärtlich Liebende. „Das alles ist doch nicht nötig. Laß uns doch all unsere Verschiedenheiten vergessen und nur glücklich zusammen sein. Wir können glücklich sein — wir müssen glücklich sein — du und ich."

„Nein, John." Sie blickte ihm fest in die Augen, und ihre Stimme verriet nicht die leiseste Spur einer Unsicherheit. „Wenn ich dich heiraten würde, würde ich dem Gebot Gottes ungehorsam sein —"

In seinen Augen loderte der Zorn — der Zorn eines besiegten und enttäuschten Mannes. „Wie du auch immer über religiöse Dinge reden magst", rief er bitter, „aber so darf man einen Mann nicht behandeln!"

Jennifer zuckte unter seinem Wort zusammen. Ja, er sollte nur eher schon so gesprochen haben — dies war der

Preis dafür, daß sie es so lange hinausgezögert hatte .

„John", sagte sie ernst, „glaube mir, wenn ich sage, daß dies das Schlimmste und Schwerste ist, was ich jemals tun mußte."

Und obwohl sie sich große Mühe gab, ihre Beherrschung nicht zu verlieren, zitterten ihre Lippen, und ihre Stimme drohte zu brechen.

Augenblicklich bereute er wieder, was er eben gesagt hatte. „Jennifer, vergib mir — ich hätte das eben nicht sagen dürfen, aber der Gedanke, dich zu verlieren, ist mehr, als ich ertragen kann. Ich weiß, ich bin deiner nicht wert", fuhr er etwas leiser fort, „aber wenn du mich heiratest, Jennifer, wirst du mich zu einem besseren Menschen machen."

„Nein, John, wenn du Christus als deinen Heiland nicht annimmst, kann daraus nie etwas werden."

Sie gingen schweigend nebeneinander her.

Es dünkte ihnen eine Ewigkeit, bis sie Jennifers Haus erreichten, aber in Wirklichkeit waren es nur einige Minuten. Sie wollte ihm sagen, er möchte sie doch das letzte Stück Weg allein gehen lassen, aber sie brachte es nicht über sich, noch ein Wort zu sagen. Und sicher hätte er ihr dann auch gar nicht zugehört . . .

Als sie dann endlich das Gartentor erreichten, raffte sie sich zur endgültigen Absage auf. „Leb wohl, John", sagte sie; es klang, als wäre das gar nicht ihre Stimme.

„Jennifer, das ist doch nicht dein Ernst — das kann doch nicht dein Ernst sein", rief er mit heiserer Stimme und griff nach ihrer Hand, sie aber öffnete schnell das Tor und schlüpfte hinein.

Totenblaß stand sie da und blickte ihm noch einmal ins Gesicht — eine kleine, unscheinbare Gestalt im Schein der Straßenlaterne, die ihren Lichtschein auf den Gartenweg warf.

„Es ist alles gesagt zwischen uns, dem ist kein Wort mehr hinzuzufügen", wiederholte sie, wobei sie von ihm einen Schritt zurücktrat.

„Nur das eine noch“, rief er wie von Sinnen, „wenn du mich so ablehnst, dann werde ich zum Teufel gehen!“

Die Worte trafen sie schmerzlich wie ein Messerstich.

„So darfst du doch nicht reden, John“, rief sie unwillkürlich.

„Aber ich will es so!“ Einen Augenblick lang war es ihr, als müsse er jetzt die Schranke überspringen, die sie absichtlich dazwischengesetzt hatte, und an ihre Seite kommen; aber er legte nur seine Hand auf den Torpfosten und hielt inne.

„Jennifer, kannst du mir gar keine Hoffnung machen? “ bat er sie flehend.

Aber sie schüttelte den Kopf. „Alles, was ich sagen konnte, habe ich dir gesagt, John. Leb wohl!“

Ohne daß sie ihm noch einen Blick oder ein Wort zuzuwenden wagte, wandte sie sich mit einem Ruck um und ging schnell den Gartenweg entlang auf das Haus zu, die Augen blind vor Tränen, die sie nun nicht mehr länger zurückhalten konnte.

Jennifer hatte das unbestimmte Gefühl, daß John immer noch dort stand und ihr einen Augenblick lang nachblickte. Dann hörte sie, wie er davonging, mit langsamen, zögernden Schritten. Sie weinte herzzerbrechend.

So stand sie da und beobachtete ihn durch die Rosensträucher hindurch, eine einsame Gestalt, die auf der breiten Straße davonging — immer weiter von ihr fort. Wohin würde ihn dieser Weg führen? Er hatte gesagt, er würde zum Teufel gehen .

Ein unsagbarer Kummer erfüllte ihr Herz, ein Kummer, der so abgrundtief war, daß sie dafür keine Tränen mehr hatte.

Sie verspürte ein unbezähmbares Verlangen, ihm nachzulaufen, ihn zurückzurufen, aber sie wußte, das konnte nicht sein! Niemals konnten sie zusammen wandern, denn ihre Füße standen auf zwei verschiedenen Wegen, zwischen denen sich eine tiefe Kluft befand. Sie hatte den schmalen Weg gewählt, der aufwärts führte, zu Gott hin; und obwohl ihr das Herz dabei weh tat, wußte sie doch, daß sie ihn gehen würde, ohne John Lynton an ihrer Seite zu haben. Sie wußte, es war ein Weg, den noch nie jemand allein gehen mußte. Er aber hatte den breiten Weg erwählt, der in die Finsternis hinabführte — zum Verderben — zur Hölle — zum Teufel . . .

In der Liebe zu ihm, die in ihrem Herzen aufschrie, sah sie ihn jetzt in einem neuen Licht — sah ihn als Sünder, der einer Ewigkeit ohne Christus entgegeneilte, sah ihn als einen, der absichtlich Gottes Liebe und Barmherzigkeit zurückgewiesen hatte.

Über den großen Sturm hinweg, der in ihrem Herzen tobte, formte sich ein großer Wunsch zu Worten. Sie griff nach der vertrauten Bank im Garten und fiel auf die Knie in ihrer Seelenangst.

„O Gott", rief sie laut, „rette ihn — rette seine Seele. Du kannst auch die Allerfernsten retten — dann — irgendwie — irgendwann — rette John, um Jesu willen!"

19

Als sie dann endlich wieder aufstand, wurde ihr auf einmal bewußt, daß sie fror; so entschloß sie sich, ins Haus zu gehen. Langsam und unendlich müde und schleppend ging sie auf das Haus zu.

Sie würde das ganze Haus für sich allein haben, ging es ihr durch den Sinn; alle anderen waren sicher ausgegangen. Aber nein, da sah sie, daß im Studierzimmer des Vaters Licht brannte, als sie dicht an dem Fenster vorbeiging. Offensichtlich war er zu Hause, mit einer Arbeit beschäftigt. Sie riß sich zusammen. Sie würde nicht daran vorbeikommen, einige Worte mit ihm zu wechseln, wenn sie hineinging, und er brauchte nicht zu erfahren, daß irgend etwas nicht stimmte . . .

Jennifer benutzte den vorderen Eingang und ging leise durch die Vorhalle auf sein Arbeitszimmer zu. Zu ihrer Überraschung fand sie die Tür weit offen und ihren Vater allein im Zimmer sitzen. Unschlüssig blieb sie auf der Schwelle stehen. Aber ihr Vater mußte ihre Schritte gehört haben; denn er wandte ihr schnell sein Gesicht zu — und sie rang nach Luft, als sie bemerkte, wie er aussah: sein Gesicht aschgrau, die Wangen eingefallen; er selbst völlig verstört, wie einer, der eben etwas Furchtbares durchgemacht hat.

„Vater", rief sie in großer innerer Unruhe, indem sie ins Zimmer trat. „Was ist dir denn? Bist du krank?"

Als Antwort zeigte er mit zitternder Hand auf das zerknüllte Stückchen Papier, das auf dem Fußboden lag. „Ist das — deins?" wollte er wissen; seine Stimme klang spröde — wie zersprungenes Glas.

Jennifer fühlte eine große Leere in ihrem Gehirn. Was konnte er meinen? Halb verlegen, halb erschrocken ging sie hinüber zu der Stelle, bückte sich und hob es vom Boden auf — und dann erinnerte sie sich plötzlich wieder. Das Traktat — ihr Vater mußte das Traktat gefunden haben. Sie und Philip hatten es miteinander ausgedacht — vor langer Zeit.

„Sag mir, gehört es dir? " war seine erneute Frage.

Jennifer richtete sich auf. Es würde sinnlos sein, Philip hier mit hineinzuziehen; und es hatte ja auch tatsächlich ihr gehört — sie hatte es selbst in Vaters Buch geschoben.

„Ja", brachte sie mühsam hervor, „es gehört mir."

Jetzt war ihr alles gleich, was auch kommen würde. Müde und erschöpft wartete sie darauf, daß ihr Vater jetzt wütend über sie herfallen würde, um sie zu tadeln; aber es blieb bei einem gespannten Schweigen.

Sie wartete weiter — aber es geschah nichts. Sie empfand keine Furcht und Besorgnis mehr. Es schien jetzt völlig gleichgültig zu sein, was ihr Vater tat oder sagte — nichts war mehr von Bedeutung, sagte sie sich, seitdem sie John aus ihrem Leben verbannt hatte . . .

„Jennifer" — Anton versuchte mühsam, sich aus seinem Stuhl zu erheben, fiel aber wieder zitternd zurück —, „hast du dieses Blatt da hineingelegt, damit ich es lesen sollte? "

„Ja, Vater", sagte sie, immer noch mit großer Mühe.

Er strich sich mit seiner kalten Hand über die Stirn, als er ihr seine Augen zuwandte, um ihrem Blick zu begegnen.

„Warum denn — warum hast du das getan? "

Etwas im Ton seiner Stimme ließ ihren matten Geist wieder hellwach werden. Warum fragte er sie — in dieser Weise? Irgend etwas war mit ihm geschehen. Er war so anders . . .

Jennifer schaute das zerknüllte Papier in ihrer Hand an. Konnte es sein, daß der Herr ihren Vater durch die schlichte Botschaft dieses kleinen Zettels angesprochen hatte? Sie hatten darum gebetet . . .

Jennifer holte tief Luft. Das Leben war schließlich doch nicht leer und sinnlos. Es würde nie sinnlos sein, solange sie die Gelegenheit hatte, jemanden auf den Herrn und Heiland hinzuweisen, der so viel für sie getan hatte .

„Vater!“ rief sie; sie ging zu ihm und legte ihm leicht eine Hand auf die Schulter. „Ich habe es da hineingelegt — weil ich mir um deine Seele Gedanken machte.“

Anton Deane gab keine Antwort. Er barg das Gesicht in den Händen und blieb so regungslos sitzen.

„Vater“, fuhr sie fort, indem sie still für ihn betete, „ich wollte dich nur daran erinnern, daß Geld nicht das einzige im Leben ist — daß aller Wohlstand in der Welt gar nichts zählt, wenn — wenn man dabei seine Seele verliert — “

„Für mich ist es zu spät, daß du mir das sagst!“ unterbrach er sie mit einer müden, hoffnungslosen Geste.

„Zu spät? “ gab das Mädchen rasch zur Antwort. „Ach was, natürlich ist es nicht zu spät, Vater! O, du hast in der Bibel gelesen!“ fügte sie lebhaft hinzu, als sie das vor ihm aufgeschlagene Testament erblickte.

Anton blickte auf. Auf seinem Gesicht stand ein schiefes Lächeln. „Ja, es ist deins — ich war gerade im Begriff, es zu zerreißen, aber stattdessen habe ich darin gelesen — “

Jennifers Herz tat einen Freudensprung. „Und — und an welcher Stelle hast du gelesen, Vater? “ fragte sie zaghaft.

„Hier natürlich!“ Mit zitterndem Finger wies er auf die Worte, die ihn plötzlich so gefesselt hatten: „Was hülfe es dem Menschen, wenn er die ganze Welt gewönne, und nähme doch Schaden an seiner Seele? Oder was kann ein Mensch geben, daß er seine Seele wieder löse? “

Jennifer war bemüht, ihre Überraschung nicht zu zeigen, aber offensichtlich blieb es ihrem Vater doch nicht verborgen, wie sehr sie erstaunt war.

„Du möchtest sicher gern wissen, wie es kommt, daß ich diese Stelle so gut kenne? “ nahm er ihr die Frage aus dem Mund. „Du wirst nicht mehr erstaunt sein, wenn ich dir sage, daß ich in den ersten zehn Jahren meiner geschäftlichen Laufbahn dieses Wort jeden Tag vor Augen hatte.“

„Wirklich? “ Jennifer war begierig, mehr zu erfahren.

Anton schien mit seinen Gedanken weit entfernt zu sein. „Ja — das bringt mich einen sehr weiten Weg zurück — bis in die Zeit, wo ich noch ein junger Bursche war. Ich wuchs auf dem Lande auf, kam aber nach meiner Schulentlassung in die Stadt, um dort eine Arbeit zu finden; und der Mann, der mich aufnahm, war sehr gut zu mir. Er war ein vornehmer Mann, ein ganzer Christ — der feinste und anständigste Mensch, dem ich je begegnet bin. Wenn überhaupt jemand, so lebte er seinen Glauben aus.“

„Ich nehme an, er kannte diese Stelle? “

Ein harter und starrer Zug trat auf sein Gesicht. „Ja, er hatte dieses Bibelwort eingerahmt in seinem Büro hängen. Er pflegte dazu zu sagen, er hätte es dort als eine Warnung angebracht, jemals ein übles Geschäft zu machen — und, bei Gott, ich wünschte, ich hätte mich danach gerichtet!“

„Warum, Vater? “ Die Stimme des Mädchens war zu einem Flüstern herabgesunken. „Hast du etwa ein übles Geschäft gemacht? “

Er nickte. „Ja — ich habe meine Seele um das Geld verkauft — und es war ein übles Geschäft, Jennifer — ein scheußliches Geschäft!“

Jennifer legte liebevoll ihren Arm sacht um seinen Hals. „Vater, es ist auch jetzt noch nicht zu spät, noch ein besseres Geschäft zu machen — “

Aber zornig stieß er ihre Hand zur Seite. „Natürlich ist es längst zu spät. Du weißt ja gar nicht, was du sagst — “

Nur mit großer Mühe erhob er sich, und seine Augen blickten hoffnungslos und verzweifelt, als er vor ihr stand. „Du weißt nicht, was ich getan habe!“

Neue Furcht überkam sie, aber sie blieb ruhig. „Es spielt keine Rolle, was du getan hast, Vater“, behauptete sie zuversichtlich, „Gott hat versprochen, daß er alle unsere Sünden austilgen will und nimmermehr an sie gedenken, wenn wir im Namen des Herrn Jesus Christus zu ihm kommen.“

Eine ganze Weile schritt Anton Deane schweigend im

Zimmer auf und ab. „Du kennst die Geschichte nicht, Jennifer“, sagte er schließlich.

„Willst du sie mir nicht erzählen, Vater? “ Ihre Stimme klang sanft und bittend.

Einen Augenblick zögerte er, dann unterbrach er sein ruheloses Hin- und Herschreiten. „Gut“, sagte er, als habe er sich plötzlich dazu entschlossen, „ich werde sie dir erzählen — aber es ist eine lange Geschichte.“

Jennifer wartete in quälender Spannung.

„Jener Mann, für den ich arbeitete“, begann er, „war sehr gut zu mir — er wurde mein bester Freund. Ich mußte mir ein möbliertes Zimmer nehmen, als ich in die Stadt kam, aber er nahm mich zu Hause bei sich auf und behandelte mich, als wäre ich sein eigener Sohn. Er hatte nur die eine Tochter, und wir waren gute Freunde. Ich glaube, er hoffte, daß sie und ich schließlich heiraten würden, aber es gab nie etwas Derartiges zwischen uns. Es gab nur ein einziges Mädchen, das ich begehrte — das war deine Mutter.“

„Und was geschah dann? “

„Seine Tochter verliebte sich in einen jungen Mann, der bei der Luftwaffe diente — ein netter Bursche. Es war während des Ersten Weltkrieges, und bald, nachdem sie beide geheiratet hatten, mußte er fort. Sie hatte einen Sohn — den kleinen Bill — aber er hat seinen Vater nie mehr gesehen. Er wurde über Frankreich als vermißt gemeldet und kehrte nie zurück. Es war ein furchtbarer Schlag. Sie ertrug es sehr tapfer, aber der alte Mann kam nicht darüber hinweg. Wenig später starb er — der kleine Bill war damals gerade vier Jahre alt — so blieb sie ganz allein mit ihrem kleinen Sohn zurück. Das Geschäft war durch den Krieg in Mitleidenschaft gezogen worden, aber er hinterließ alles, was er noch besaß, ihr und dem Jungen. Mich machte er zum Alleinvollstrecker seines Testaments.“

Er hielt einen Moment inne, während Jennifer atemlos darauf wartete, daß er weitersprach.

„An seinen letzten Willen waren keine Bedingungen geknüpft — siehst du, er schenkte mir sein volles Vertrauen.

Es war eine nette kleine Summe; ich wußte, daß er sie gern für die beiden gewinnbringend anlegen wollte, und ich hatte auch die feste Absicht, es zu tun — aber es war eine große Versuchung für einen Buchhalter, der schwer um seine Existenz zu kämpfen hatte. Ich brauchte Geld. Ich liebte deine Mutter, und ich wußte, sie würde mich niemals heiraten, wenn ich ihr nicht das angenehme Leben verschaffen konnte, das sie vorher immer geführt hatte. Wohlgemerkt — ich möchte sie hier vor dir nicht bloßstellen — ich habe es ganz allein getan. Sie wußte nichts davon — weiß bis zum heutigen Tage nichts von dieser Sache. Ich erzählte ihr damals, der alte Mann hätte mir ein Vermächtnis hinterlassen."

„Dann — dann hast du das Geld für dich ausgegeben?" Jennifer begann langsam zu begreifen.

Er lächelte bitter. „Das ist noch sehr gelinde ausgedrückt — man nennt es ‚Unterschlagung'. Ich sagte seiner Tochter, ich hätte das Geld für sie angelegt, und sie glaubte mir auch. Sie dachte nie im Traume daran, daß ich unehrlich sein könnte. Sie meinte, sie könnte mir Vertrauen schenken."

„Aber hat sie es dann nicht entdeckt?"

„Nein, ich zahlte ihr eine kleine monatliche Summe, die nach ihrer Vermutung als Gewinn aus der Kapitalanlage kam, solange sie lebte; aber sie überlebte ihren Vater nur um zwölf Monate. Ich nahm das Geld — ihr Geld! — an mich und baute mir dieses Haus; ich gründete mein eigenes Geschäft. Dann, als sie starb, schien es, daß mir alles in die Hände gespielt wurde."

„Aber der Junge war doch noch da. Was wurde denn mit ihm?"

„Ich schickte ihn auf ein Internat im Ausland. Er dachte, ich wäre sehr gut zu ihm; denn ich ließ ihn glauben, daß er mittellos und unversorgt zurückgeblieben sei, nachdem seine Mutter gestorben war. Auch als er größer wurde, hat er mir nie Fragen gestellt — auch er dachte, er könne mir vertrauen. Er war ein feiner Kerl — der junge Bill. Er erinnerte mich stark an seinen Großvater, obgleich er seinem Vater ähnelte in der Liebe zu Flugzeugen – er war so scharf auf das Fliegen."

„Und wo ist er jetzt?" Jennifer war tief ergriffen von der Geschichte ihres Vaters.

„Er rückte im letzten Krieg mit der Luftwaffe aus und kehrte nie zurück. Er ist bei einem Einsatz gleich zu Anfang des Krieges gefallen. Wenn er zurückgekommen wäre, wäre er wahrscheinlich als Flugzeugführer in irgendeine entlegene Missionsstation gegangen – er war ein Christ und an einer derartigen Arbeit sehr interessiert. Aber er hat das nicht mehr erlebt."

Anton Deane holte tief Atem. „Erst damals begann ich, mich wirklich frei zu fühlen. Ich hatte bis dahin immer in der Furcht gelebt, daß mein Betrug doch noch entdeckt würde. Nach dem Tode des jungen Bill sagte ich mir, daß ich nun sicher sei. Nur mit meinem Gewissen hatte ich immer noch zu rechnen. Ich weiß, daß man nicht einfach Unrecht tun kann und dann schnell darüber hinwegkommt. Du kannst die Welt für dumm verkaufen – aber Gott hältst du nicht zum Narren."

„Nein", sagte Jennifer. Etwas Besseres fiel ihr im Augenblick nicht ein.

Verschwommen begann in ihr die Erkenntnis aufzudämmern, welch ungeheure Tragweite die Geschichte hatte, die sie da eben hörte. Ihr Vater hatte einen, der ihm etwas anvertraut hatte, schmählich hintergangen – in den Augen des Gesetzes war er ein Verbrecher.

Und sie – ja, alles, was sie von ihrem Vater bekommen hatte, sogar das Haus, in welchem sie lebte, war unter Vorspiegelung falscher Tatsachen in ihren Besitz gelangt. Auf nichts von alledem hatte sie ein Recht . . .

„Sage mir, was du willst, Jennifer – ich habe es verdient." Anton Deane stand vor ihr, den Kopf in tiefer Scham gebeugt.

Das Mädchen empfand tiefes Mitleid mit ihm. „Es ist – nicht an mir, dich zu verurteilen, Vater – oder dich zu beschämen“, sagte sie mit zitternder Stimme.

„Nein“, ächzte er verzweifelt, „mein eigenes Gewissen verdammt mich genug — Gott allein weiß es! Und dann werde ich mit ihm abzurechnen haben — eines Tages.“

Jennifer nahm rasch ihre Gelegenheit wahr. „Gott wird jetzt mit dir abrechnen — in Gnade —, wenn du ihm das zuläßt. Höre auf sein Wort: ‚So kommt nun, und laßt uns miteinander rechten, spricht der Herr. Wenn eure Sünde gleich blutrot wäre, soll sie doch schneeweiß werden.‘ “

Er brachte sie mit einem lauten Ruf zum Schweigen. „Es hat keinen Zweck, Jennifer — es ist zu spät dafür. Ich kann jetzt nichts mehr daran ändern — es sind schon zuviele Menschen dahinein verwickelt.“

Jennifer blickte den Vater scharf an. „Ist dir bekannt, ob der junge Bill verheiratet war? “

„Ja; aber ich weiß nichts von seiner Frau. Er hat, glaube ich, ein englisches Mädchen geheiratet.“

„Hör zu, Vater“, fuhr sie lebhaft fort, „warum könntest du sie nicht auffinden, um ihr das Geld zurückzuzahlen? Dann würde dein Gewissen wieder rein sein.“

Er schüttelte den Kopf. „Daran habe ich auch schon gedacht, und ich weiß, dies ist das einzige, was ich tun kann, wenn ich jemals diesen Schandfleck auf meiner Seele austilgen soll. Aber ich kann es mir nicht leisten — ich habe dafür das Geld nicht. In letzter Zeit ist das Geschäft nicht so gut gelaufen.“

Jennifer blickte sich im Zimmer um. „Wir könnten immerhin einige Sachen verkaufen“, schlug sie vor.

Er hob den Blick und schaute sie lange an. „Jennifer“, sagte er kurz, „weißt du, daß ich dann dieses Haus verkaufen müßte — dieses Geschäft — alles? “

Das Mädchen erwiderte seinen Blick, ohne zu zucken. „Warum tust es es dann nicht, Vater? Es würde sich schon lohnen, nicht wahr? “

„Nein — nein, ich kann nicht!“ Er wandte sich um und ging ans Fenster, um ihrem Blick auszuweichen.

„Ich muß an meine Familie denken — an deine Mutter —

an dich, an die Jungen. Es würde eine solche Schande vor der Öffentlichkeit sein. Nein — um euretwillen werde ich diesen entsetzlichen Betrug weiterbestehen lassen müssen."

Jennifer stand von ihrem Stuhl auf und ging zu ihm hinüber. „Vater", bat sie flehentlich, „frage nicht nach den anderen. Gott will, daß du diese Sache in Ordnung bringst — und du mußt es tun!"

„Ich kann nicht — ich kann es nicht durchstehen! Ich bin jetzt auch zu feige dazu!"

Sie ergriff seinen Arm. „Mit der Hilfe Gottes kannst du es", drang sie in ihn.

Heftig wandte er sich ihr zu. „Es ist ziemlich leicht, so zu reden, Jennifer — aber denke doch, was dies bedeuten würde. Wie würde es zunächst einmal dich treffen? Was meinst du wohl, was John dazu sagt? "

Ihre Augen verdunkelten sich einen Augenblick lang und ihre Lippen zitterten. „Du brauchst dir um John keine Sorgen zu machen", brachte sie mühsam hervor. „Es kann ihn nicht treffen — jetzt nicht mehr."

„Warum? " Anton vergaß für einen Augenblick seine eigenen Probleme, um herauszufinden, warum seine Tochter auf einmal so aufgeregt dreinschaute.

Jennifer versuchte, ihrer Stimme Festigkeit zu geben. „Weil wir — heute abend Schluß miteinander gemacht haben."

„Schluß gemacht? " Vor Erstaunen blieb Anton die Luft weg.

„Aber warum denn? "

Jennifer wurde rot. „Wir alle haben irgendwann eine Wahl zu treffen, denke ich."

Bei diesen Worten schlug sie den Blick zu Boden. „Für mich war es die Wahl zwischen der Liebe Christi — und der Liebe von John. Und — ich habe mich für Christus entschieden. Das ist alles." Sie lächelte ihm unter Tränen zu. „Meinst du, daß ich damit ein übles Geschäft gemacht habe? "

Als Antwort nahm er ihre Hand in die seine und drückte

sie mit beiden Händen. „Nein“, sagte er heiser, „nein — “

Ein kurzes Schweigen folgte, dann nahm ihr Vater wieder das Wort. Anscheinend rang er immer noch um die rechte Entscheidung. „Jennifer, wenn ich wirklich die Dinge in Ordnung bringen wollte, so muß ich doch immer an deine Mutter denken — dieser Schock und die Schande würden sie töten — “

Er fuhr hoch, als er das Geräusch eines Schlüssels in der Haustür hörte. „Horch — da kommt sie schon“, rief er und versuchte, seine Haltung wiederzufinden.

20

Jennifer blickte zur Tür. „Ich werde dann wohl lieber zu Bett gehen“, sagte sie unsicher. „Es ist besser, wenn ich meine Neuigkeit bis morgen für mich behalte.“

„Mag sein“, stimmte Anton zu. Er hatte eben noch Zeit, das Testament hinter einem Kissen verschwinden zu lassen, als seine Frau auch schon in der Tür erschien, vor Aufregung ganz rot im Gesicht.

„O Anton“, begann sie atemlos, „das war ein wunderbarer Abend für mich! Und ich habe sogar etwas Geld beim Kartenspiel gewonnen. Ich muß heute abend viel Glück gehabt haben.“

„Ich hoffe es, Julia“, sagte ihr Gatte nüchtern.

Wäre sie weniger in Gedanken an den für sie so „gewinnbringenden“ Abend vertieft gewesen, hätte Julia seine gezwungene Art sofort bemerken müssen. Sie kam aber in das Zimmer herein, ohne auch nur ihre Tochter zu sehen, die nur wenige Schritte von ihr entfernt stand.

„Alle haben heute abend mein Kleid bewundert“, fuhr sie unbeirrt fort, „aber dieser alte Pelzmantel nimmt ihm wieder alle Wirkung.“ Dabei warf sie das anstößige Kleidungsstück mit gespielter Verachtung auf den Stuhl.

Anton schien sichtlich nervös und unruhig zu sein. Er hoffte, daß sie das Kissen nicht hochnehmen würde, wenn sie ging, um ihren Mantel zurückzuholen.

Julia deutete sein Schweigen auf ihre Weise. Sie ging zu ihm hin und legte ihm scherzhaft die Hand auf die Schulter.

„Na na, du alter Griesgram“, sagte sie schmeichelnd, „du wirst doch nicht wollen, daß deine Frau schäbig angezogen aussieht, nicht wahr? Gerade in der letzten Woche sah ich einige sehr hübsche Pelzmäntel in der Stadt — nanu, Anton", brach sie mitten im Satz ab, als sie ihm das erste Mal voll ins Gesicht sah, „was ist dir denn? Bist du krank? Du siehst elend aus!"

„Ach, du brauchst überhaupt nicht soviel Aufhebens darum zu machen." Ungeduldig schob er ihre Hand weg. „Ich fühle mich ausgezeichnet."

„Du hast in letzter Zeit zu hart gearbeitet, das macht mir etwas Sorge", gab sie energisch zurück. „Du wirst noch einen gesundheitlichen Zusammenbruch erleben, wenn du so weitermachst."

Jennifer ging leise auf die Tür zu. „Gute Nacht, Mutter — gute Nacht, Vater. Ich gehe jetzt schlafen."

Beim Klang ihrer Stimme drehte sich Julia plötzlich zu ihrer Tochter um. „Du liebe Güte, Jennifer, hast du mich aber erschreckt!" rief sie aus. „Ich habe ja gar nicht gewußt, daß du auch hier bist. Aber, sag mir mal, wie ist es dir denn heute abend ergangen? Bist du mit ihm ein Stückchen weitergekommen?"

Jennifer wich ihrem gespannten Blick aus. „Ich werde dir das alles morgen erzählen, Mutter", sagte sie ausweichend. „Ich bin jetzt sehr müde und möchte lieber gleich ins Bett gehen."

„Na, dann gut." Julia gähnte. „Ich meine, es wäre für uns alle Zeit, schlafen zu gehen. Komm, mein Lieber." Sie wandte sich ihrem Mann zu. „Du solltest auch gleich mitgehen."

„Nein, laß mich noch allein", sagte er kurz. „Ich habe noch ein großes Problem zu lösen, ehe ich schlafen gehe."

Julia sah sich neugierig in seinem Zimmer um, konnte aber nichts von dem entdecken, was sonst immer auf eine arbeitsreiche Nacht hindeutete. Der Schreibtisch war aufgeräumt, und die Bücherregale unberührt.

„Dann wird es wohl Zeit, daß du bald anfängst", bemerkte sie trocken, „findest du nicht auch?"

„Äh — ja, natürlich, meine Liebe." Anton ging hinüber zum Schreibtisch und machte sich emsig an der Schublade zu schaffen, um seine Verwirrung zu verbergen.

Julia erhob sich. „Ich bin wirklich der Meinung, daß du zu viel tust, Anton, aber ich bin nicht gewillt, meinen Schönheitsschlaf zu versäumen und mich mit dir herumzustreiten. Ich nehme an, du gehst deinen eigenen Weg, aber, was auch daraus wird, ich habe dich gewarnt, vergiß das nicht!"

Anton sah ihr nach, wie sie aus dem Zimmer ging, eine stattliche und anmutige Gestalt; dann wandte er sich wieder ganz seinem Problem zu . . .

Jennifer war müde, konnte aber dennoch nicht schlafen — die Ereignisse dieses Abends standen ihr noch allzu lebhaft vor Augen: John — ihr Vater — ihre Mutter — ihr Zuhause — das Geld — das Geschäft. All das ging in ihrem Kopf wild und wirr durcheinander.

John — es war schwerlich anzunehmen, daß er anrufen oder vorbeikommen würde, um sie morgen wiederzusehen. Vielleicht würde er es tun. Aber nein, das würde er doch nicht tun. Sie kannte ihn nur zu gut. Wenn sie ihn schon zurückholen wollte, mußte sie selbst zu ihm gehen. Das aber würde sie nicht tun. Die unsichtbare Mauer, die heute abend zwischen ihnen gestanden hatte, würde immer da sein, wenn nicht — ja, wenn nicht . . .

Jennifer hörte auf, sich unruhig im Bett hin und herzuwälzen und vergrub ihr Gesicht in den Kissen. Ein Gebet stieg aus ihrem Herzen auf, eine Bitte, für die ihre Lippen keine Worte fanden. Sie hatte früher schon für ihn gebetet, so viele Male — aber sie hatte es mindestens ebensoviel für sich selbst wie für ihn getan. Sie hatte ihn bekehren wollen, damit ihr Herzenswunsch in Erfüllung ging: daß es ihr erspart bliebe, ihn aufgeben zu müssen. Aber jetzt waren keine selbstsüchtigen Beweggründe mehr in ihrem Herzen. Sie hatte ihren Anspruch auf ihn aufgegeben, aber tief in ihrem Inneren verspürte sie eine unaussprechliche Sehnsucht, daß er doch gerettet werden möchte.

Schwerer noch als das Empfinden, einen schweren, persönlichen Verlust erlitten zu haben, wog ihr die furchtbare

Gewißheit, daß John — John mit seinem aufrechten Charakter und seinen ehrlichen und herzlichen Gefühlen — vor Gott schon als ein Verdammter dastand, weil er sich weigerte, an den Namen des eingeborenen Sohnes Gottes zu glauben. Was nützten ihm alle seine guten Taten vor der fleckenlosen Reinheit und Heiligkeit Gottes? Ach, daß er doch endlich von seiner Sünde überzeugt würde — daß er vor dem Kreuz Christi in Demut und Reue auf die Knie fallen würde. Das lag wie eine schwere Zentnerlast auf ihrem Herzen.

Während sie noch betete, kam ihr in den Sinn, daß zur gleichen Zeit unten im Studierzimmer ein schwerer Kampf ausgetragen wurde. Ihr Vater stand der größten Krise seines Lebens gegenüber; und sie betete, Gott möge ihm die Überzeugung und den Mut dazu schenken, das große Unrecht seines Lebens wiedergutzumachen.

Wußte sie wirklich, worum sie da bat? Überhaupt nicht; denn wie konnte sie in die Zukunft sehen? Sie hatte die dumpfe Ahnung, daß es wahrscheinlich den Verlust all der Dinge bedeuten würde, auf die sie bisher ein natürliches Recht zu haben meinte. Es würde vielleicht bedeuten, daß ihr mit einem Schlag alles weggenommen würde, was ihr vertraut war, und sie in einen Lebensbereich versetzt würde, der ihr fremdartig und neu war, ja, vor dem sie Angst hatte.

In diesem Augenblick fühlte sich Jennifer verzweifelt einsam. Menschlich gesprochen gab es niemand, in den sie ihr Vertrauen setzen, dem sie sich anvertrauen konnte. Sie wäre gern zu Philip gegangen, um ihm davon zu sagen, aber ihr Vater hatte ihr ganz im Vertrauen etwas gesagt, was sie nie einem Dritten preisgeben konnte. Philip würde schon früh genug davon erfahren . . .

Ihre Hand glitt tastend durch die Finsternis, als suche sie nach etwas, an das sie sich klammern konnte, um vor der Lawine, die so plötzlich über sie hereinbrach, sicher zu sein. Ihre Finger schlossen sich um ein Buch — es war ihre Bibel. In einem plötzlichen Gefühl großer Erleichterung hielt sie es fest. Hier war etwas, das ihr niemals entgleiten würde.

In diesem Buch lagen all die ungeheuren Reichtümer der Gnade Gottes beschlossen, die Tiefen, die zu ergründen sie kaum erst begonnen hatte. Durch die Seiten dieses gedruckten Gotteswortes erschien das Wort des fleischgewordenen Gottes, des Gottessohnes und Heilands — Jesus Christus, „derselbe gestern, heute und in Ewigkeit".

Es würde große Veränderungen geben — bestimmt! Aber bei ihm gab es „keine Veränderung noch Wechsel zwischen Licht und Finsternis". Was auch immer auf sie zukam, sie war geborgen — bei ihm!

Beim Frühstück am anderen Morgen ging es recht schweigsam zu. Anton sah aus, als wäre er überhaupt nicht ins Bett gekommen, Julia litt unter den Folgeerscheinungen ihres so „wunderbaren" Abends, und Jennifer konnte nichts denken oder sagen, was von allgemeinem Interesse gewesen wäre, darum aß sie schweigend ihr Obst und ihr Röstbrot; nur ab und zu blickte sie ängstlich zu ihrem Vater hinüber.

Philip spürte instinktiv, daß etwas in der Luft lag. So folgte er willig den stummen Zeichen, die Jennifer ihm gab, und sagte nicht mehr als dringend notwendig war.

Rodger tat am Frühstückstisch überhaupt niemals den Mund auf — er lehnte immer die Morgenzeitung gegen die Zuckerdose und informierte sich über die neuesten Nachrichten, bis er plötzlich auf die Uhr sah, seinen Stuhl hastig beiseiteschob und aus dem Haus eilte, um seinen Zug noch zu schaffen, der ihm ärgerlicherweise oft gern vor der Nase davonfuhr.

„Ich habe geschäftlich in der Stadt zu tun, Julia", sagte Anton kurz, als sie vom Tisch aufstanden. „Voraussichtlich werde ich nicht allzulange fort sein. Ich werde zeitig zum Mittagessen zurück sein."

Julia blickte auf die Uhr. „Es muß sich um eine sehr wichtige Sache handeln, daß du um diese Zeit schon aus dem Hause mußt", sagte sie argwöhnisch.

„Ich werde dir alles erzählen, wenn ich zurück bin.“ Bei diesen Worten wandte Anton seinen Blick von ihr ab und verließ mit einem knappen Gruß das Zimmer.

Es war Sonnabend früh, der Tag, an dem Jennifer wechselweise dienstfrei hatte. Sobald die anderen das Haus verlassen hatten, machte sie sich daran, das Geschirr abzuwaschen und, wie üblich, im Hause aufzuräumen. Sie war mit diesen kleinen Arbeiten noch nicht zu Ende, als ihrer Mutter wieder einfiel, was gestern abend gewesen war.

„Augenblick mal“, dachte sie laut nach — „da war doch noch etwas — ach ja, Jennifer, richtig, du wolltest mir doch noch erzählen, was gestern abend war. Was hatte John dir zu sagen? “ Sie war ganz gespannte Erwartung.

Jennifer wischte eben im Wohnzimmer Staub und hielt einen Augenblick inne, das Staubtuch in der Hand. „Da gibt es nicht viel drüber zu sagen, Mutter“, sagte sie ruhig.

„Warum? “ war die ungeduldige Frage. „Was meinst du damit? Du hast doch nicht etwa eine Auseinandersetzung mit ihm gehabt, oder doch? “

Jennifer schüttelte den Kopf. „Das kann man eigentlich nicht direkt sagen, aber ich möchte ihn nicht mehr sehen. Wir haben uns für immer getrennt.“

„Getrennt? “ Julia fand keine Worte. „Aber Jennifer, mach doch keine Witze — er will dich doch heiraten.“

„Er wollte es.“ Jennifers Atem ging rascher. „Aber ich — ich mußte nein sagen, und darum ist jetzt alles vorbei.“

„Alles vorbei!“ Julia sank rücklings in den Sessel, der gerade neben ihr stand. „Jennifer, hast du ihm etwa einen Korb gegeben? “

„Ja, Mutter, ich mußte.“

„Aber — warum denn bloß? “ Julia war noch ganz verwirrt, konnte es nicht fassen.

„Nun, Mutter, das ist so: John ist ein netter Junge; aber wir werden uns in der Frage der Religion nicht einig, und auf dem Weg könnten wir niemals glücklich sein.“

Frau Deane richtete sich kerzengerade in ihrem Sessel

auf. „Was? Du willst damit sagen, daß du deinen Glauben über den Heiratsantrag von John Lynton stellst? Jennifer, du mußt verrückt sein! Er kommt aus guter Familie, er könnte dir ein behagliches Zuhause bieten, und er liebt dich. Ich weiß nicht, was du sonst noch willst."

Das Mädchen schüttelte den Kopf. „Es ist mehr als das, Mutter", brachte sie mühsam hervor.

Julia begann einzusehen, daß hier tatsächlich kein Mißverständnis vorlag. „Ich weiß wirklich nicht, was ich jetzt mit dir machen soll, Jennifer", rief sie zornig. „Das ist ja eine schöne Bescherung. Was soll ich denn meinen Freunden sagen? Sie warten doch alle darauf, daß ihr beide bald heiraten werdet, und sie werden mich mit Fragen bestürmen, was denn eigentlich los ist."

Jennifer seufzte. „Wirklich, Mutter, ich wünschte, du würdest dir nicht so viel daraus machen, was andere Leute denken — "

„Es würde dir nicht schaden, wenn du dich ein bißchen mehr darum bekümmern würdest", gab Julia zurück. „Aber, meine liebe Jennifer, das kann doch wirklich nicht dein Ernst sein, nicht wahr? " schloß sie ängstlich.

„Doch, Mutter, es ist mein Ernst", sagte Jennifer traurig; „John ist kein Christ, und darum — kann ich ihn nicht heiraten."

Julia brauchte ihrer Tochter nur ins Gesicht zu sehen, um die Gewißheit zu haben, daß weitere Argumente sinnlos wären; so brach sie in Tränen aus.

„Jennifer, du wirst mir noch das Herz brechen!" schluchzte sie, ganz außer sich. „Es gibt doch Dutzende von Mädchen, die — die für eine solche Gelegenheit alles hergeben würden, und du — du stößt ihn einfach weg." Sie wischte sich über die Augen. „Du hast es verdient, eine alte Jungfer zu sein — und du wirst es auch werden, wenn du so weitermachst. O, das ist zuviel! Ich kann es nicht ertragen!"

Einen Augenblick lang stand Jennifer hilflos daneben, dann wandte sie sich um und ging zum Fenster hinüber.

Hier konnte sie nichts machen. Es war nutzlos, mit der Mutter ein vernünftiges Gespräch führen zu wollen, solange sie in diesem Zustand war. Sie würde solange warten müssen, bis sie sich ein wenig beruhigt hatte.

Aber Julia war untröstlich und schluchzte weiter, bis sie an den schweren Schritten im Flur merkte, daß ihr Mann zurückgekommen war. Sie hob ihr tränenüberströmtes Gesicht, als er das Zimmer betrat.

„Julia!“ rief er, indem er dicht vor ihr stehenblieb. „Was — ist denn? “

„Anton“, keuchte sie unter Tränen, „es ist wegen Jennifer. Was meinst du? Sie — sie hat Johns Heiratsantrag abgelehnt. Ach, Liebster, das werde ich nie verwinden!“

Jennifers Blick traf sich mit dem ihres Vaters, aber sie sagte nichts. Anton ging hinüber zu dem Stuhl, auf dem seine Frau saß. „Beruhige dich, Julia“, sagte er leise, und in der Art, wie er das sagte, war eine ungewollte Zartheit zu spüren. „Schließlich ist das eine Entscheidung, die Jennifer für sich zu treffen hat, und sie muß das tun, was sie für das Richtige hält.“

„Was? “ Julias Hysterie geriet durch das merkwürdige Benehmen ihres Gatten ins Stocken. „Du bist auch noch auf ihrer Seite? “

Anton zuckte die Schultern. „Nun, wenn du es so auslegen willst, hast du recht, Julia. Und ich meine, daß sie vielleicht sehr klug — “

Jennifer hielt die Luft an. Unter gewöhnlichen Umständen hätte sie niemals erwartet, von ihres Vaters Seite Hilfestellung zu bekommen .

Julia brach wieder in Tränen aus. „Alle seid ihr gegen mich“, schluchzte sie. „Keiner kümmert sich um meine Gefühle.“

Anton beugte sich zu ihr herab und nahm ihre Hand. „Julia“, sagte er feierlich, „es tut mir leid, aber ich fürchte, auch ich muß dich jetzt aus der Fassung bringen. Da ist etwas, das ich dir gestehen muß — “

„Gestehen? “ wiederholte sie schwach. Sie mußte wohl

träumen. Was konnte Anton ihr zu gestehen haben? Aber da sprach er schon wieder .

„Erinnerst du dich noch, Julia? Bevor wir heirateten, erzählte ich dir, daß mir ein Vermächtnis hinterlassen worden war. Ich baute das Geschäft mit diesem Geld auf; dann planten und bauten wir gemeinsam dieses Haus. Weißt du noch? “

Julia nickte. Warum ging er jetzt auf all das ein? Das war doch schon fünfundzwanzig Jahre her . . . Unbemerkt schlüpfte Jennifer leise aus dem Zimmer.

„Was ich dir damals erzählte, war eine Lüge, Julia. Ich habe dich getäuscht und andere betrogen, die mir lange Zeit vertraut haben. Es war nicht mein Geld — ich hatte kein Anrecht darauf.“

„Anton!“ Julias entsetzter Aufschrei ließ ihn zusammenzucken, aber er faßte sich wieder, um die Geschichte zu Ende zu erzählen.

„Mein ganzes Leben ist eine Heuchelei gewesen — ein einziger Betrug. Alles, was ich mein eigen nannte — alles, was ich dir und den Kindern gab, habe ich unter Vorspiegelung falscher Tatsachen erworben. Aber jetzt ist alles aus!“

Julia stockte der Atem. „Dann bist du entdeckt — ? “

Er senkte den Kopf. „Gott hat mich entdeckt, Julia. In der letzten Zeit ist mir nicht alles so besonders gut geraten, Julia. Es ist nicht gut. Wir können nicht etwas Böses tun und dann einfach ungestraft davonkommen. Ich habe nie Frieden in meinem Herzen gefunden, bis ich mich entschlossen habe, die Dinge in Ordnung zu bringen.“

„Du meinst, du willst es alles zurückzahlen? “

„Ja, Julia. Aber, um es zurückzahlen zu können, werde ich dieses Haus — das Geschäft — und alles verkaufen müssen.“

„Dann kannst du es nicht, Anton!“ Julia hatte jetzt wieder einen klaren Kopf. „Wir wären ruiniert — und was würden die Leute sagen? “

Anton schob entschlossen sein Kinn vor. „Julia“, sagte er wieder, „es tut mir leid, — mehr als du dir denken kannst —, daß ich dir das antun muß, aber ich habe nun lange genug Unrecht begangen. Ich muß jetzt tun, was recht ist — ganz gleich, was es mich kostet.“

Julias Lippen begannen zu zittern. Allmählich wurde ihr erst die volle Bedeutung dieser Worte, die sie eben gehört hatte, klar bewußt, denn es betraf ihre eigene Zukunft. Es war charakteristisch für diese Frau, daß sie immer nur an sich dachte. Es kam ihr kein Gedanke an den furchtbaren inneren Kampf, den Anton durchgestanden haben mußte, bis er zu der unwiderruflichen Entscheidung gelangt war. Sie dachte auch nicht im entferntesten an den lang andauernden Betrug, an dem sie, ohne es zu wissen, teilgehabt hatte. Ihr einziger Gedanke galt sich selbst. Wie würde es ihr ergehen, wenn Anton das tat, was er sagte? Wenn er alles verkaufte, was würde dann aus ihr werden? “

„Anton — du wirst mich völlig mittellos lassen!“ jammerte sie.

Er legte seine Hand auf ihre Schulter. „Julia, Liebes“, sagte er heiser, „wir haben doch noch uns beide — wenn du mir vergeben kannst.“

Aber sie schien ihn gar nicht zu hören. Julia Deanes Welt war zusammengebrochen. All das, wofür sie gelebt hatte — Geld, Vergnügen, soziale Stellung —, war wie ein Dampf dahingeschwunden. Sie hatte nichts — gar nichts mehr. Nur die Aussicht auf ein von Armut betroffenes Leben und das Gespött derer, die sie einmal ihre Freunde genannt hatte.

„Julia!“

Aber Antons Stimme schien ihr aus weiter Ferne zu kommen.

Mühsam erhob sie sich. Das Zimmer schien wie ein Schiff auf den Wellen zu schwanken, und das Gesicht ihres Mannes war verschwommen und undeutlich. Dann stolperte sie und fiel hin. Anton versuchte sie noch aufzuhalten, aber er kam zu spät; denn bis er an ihre Seite geeilt war, lag sie schon am Boden, ein in sich zusammengesunkenes, gefühlloses Häuflein Mensch.

21

Tagelang schwebte Julia Deane zwischen Leben und Tod. Der Arzt sagte, sie habe einen Schlaganfall erlitten und wiegte sehr ernst sein Haupt, als Anton sich erkundigte, ob denn Aussichten auf Genesung bestünden. Es würde sehr lange dauern, sagte er, wenn überhaupt eine Aussicht darauf bestünde. Tatsächlich schien es mehr als wahrscheinlich zu sein, daß sie für den Rest ihres Lebens gesundheitlich ruiniert sei.

Anton Deane hörte sich dieses Urteil schweigend an, und in den Tagen, die darauf folgten, beobachtete ihn Jennifer voller Besorgnis. Zeitweise schien es so, als sei die Last, die auf ihm lag, schwerer, als er ertragen konnte; und nur die ernsten Gebete seines Sohnes und der Tochter hielten ihn in den dunkelsten Stunden aufrecht, daß er nicht unter seiner Last zusammenbrechen mußte.

„Jennifer", flüsterte Philip erschrocken, als er die Neuigkeit hörte, „wir wußten nicht, was wir taten, als wir um Vaters Bekehrung gebetet haben, nicht wahr? "

„Nein, wirklich nicht, Philip", sagte seine Schwester mitfühlend, „ich denke, das ist auch gut so, gerade so, wie wir ja auch nicht sehen können, was vor uns liegt — wir könnten es sonst wohl nicht durchstehen, wenn wir es vorher wüßten."

Philip zeigte in diesen kritischen Tagen seinem Vater gegenüber eine rührende Anhänglichkeit. Er ließ ihn nicht aus den Augen. Soweit es seine Zeit zuließ, legte er seine Lehrbücher beiseite und nahm seinen Platz an der Seite des Vaters ein. Bis in die Nächte hinein arbeitete er mit ihm über Kapitalanlagen und Rückzahlungen, Kalkulationen und Zinssätze, bis ihm der Kopf weh tat.

Zuerst blieb Anton für sich allein. Er hatte dem Jungen die Geschichte erzählt — in kurzen Worten, aber ohne sich selbst auch nur etwas von der Schande zu ersparen, die er jetzt offen anerkannte; und dann war er mit hängenden Schultern und gesenktem Kopf davongegangen. Aber Philip spürte ihn auf .

„Vater", sagte er ziemlich unbeholfen, „nimm das alles doch nicht so schwer. Ich bin stolz auf dich. Ehrlich, ich bin es wirklich."

Sein Vater lächelte grimmig. „Da gibt es nichts, daß du stolz auf mich sein kannst, mein Sohn."

„Doch, ich bin stolz auf dich", widersprach der Junge. „Ich schätze, du beweist Mut."

„Nein." Der Ältere schüttelte den Kopf. „Ich bin ein Feigling, mein Junge. Wenn Gottes Gnade mich nicht dazu gebracht hätte — ich hätte es nie getan."

Philip fiel der Tag ein, an dem er zum ersten Mal mit seinem Vater über geistliche Dinge gesprochen hatte — er mußte an den Zorn und die Verachtung denken, die er ihm entgegengeschleudert hatte, als er ihm seinen Entschluß mitteilte, Jesus Christus nachzufolgen. Sein Vater hatte sicher eine tiefgreifende Wandlung durchgemacht . . .

Rodger aber verging fast vor Verachtung, bitter in seinem furchtbaren Zorn. „Mein Vater!" schaubte er. „Ein gemeiner Betrüger! Wie kannst du erwarten, daß einer wie ich darüber hinwegkommen soll? "

In seinem verletzten Stolz war er zornig aus dem Hause gelaufen.

Blaß und sehr still lag Julia Deane oben in ihrem rosa Schlafzimmer. Die ungewöhnliche Geschäftigkeit in den unteren Räumen des Hauses kam ihr gar nicht zum Bewußtsein.

Große und barsche Männer kamen und gingen, stampften mit rastlosen Füßen über die dicken, weichen Teppiche. Wände wurden der Bilder beraubt, Kommoden und Schränke unsanft entleert, alles gekennzeichnet und beschriftet. Jemand brachte über dem Eingangstor ein großspuriges Holzschild an mit der Aufschrift

„Zu versteigern".

Die Nachbarn begannen erst unter vorgehaltener Hand zu flüstern. Dann wurde das heimliche Reden allmählich immer lauter und dreister.

Von alledem konnte Julia nichts hören.

„Stell dir vor — die mit ihrem Vornehm-tun und ihren guten Umgangsformen!" schnaubten ihre früheren Freundinnen. „Das wird sie ganz schön ‚ducken'."

„Na ja, da sieht man wieder einmal, du weißt nie, woran du wirklich mit jemand bist", stellten die Kartenspieler fest, als sie mit sichtlichem Behagen das Schicksal ihrer früher so energischen Mitspielerin erörterten.

Aber Julia hörte immer noch nichts von alledem. Anton und Jennifer hielten es nicht für klug, sie länger im Hause zu lassen, und mit Hilfe des Arztes trafen sie alle Vorbereitungen, sie in eine Privatklinik einzuweisen, mindestens solange, bis der Verkauf abgeschlossen war. Behutsam fuhr der Krankenwagen mit seiner Patientin durch die Straßen — Straßen, die von der Nachricht widerhallten, daß Anton Deanes Geschäft pleite gegangen war.

Julia erfuhr von alledem nichts. Mindestens eine Zeitlang wurde ihr diese bittere Demütigung erspart.

Als Julia Deane schließlich ihre Umgebung wieder wahrnahm, war ihr Geist verwirrt, und sie schien überhaupt keine Erinnerung an das Vergangene mehr zu haben. Sie war schwach und hilflos wie ein kleines Kind.

Sie würde wohl durchkommen, sagte jetzt der Arzt. Ihr Geist würde auch wieder klarer werden, aber er konnte nicht sagen, ob sie jemals wieder würde laufen können.

Seit ihre Mutter krank war, war Jennifer nicht mehr in ihrem Geschäft gewesen. Ihr Vater hatte außerhalb pausenlos Geschäftliches zu erledigen. Im Hause gab es soviel zu tun, daß ihr keine andere Wahl blieb. Als das alles vorbei war, kam ihr die Erinnerung an jene Tage wie ein Alptraum vor. Ihr blieb aber einfach gar keine Zeit, an ihre eigenen Angelegenheiten zu denken, die im Augenblick ganz in den

Hintergrund traten.

Erst als alles für den Verkauf vorbereitet war und ihre Mutter die Krise überstanden hatte, konnte Jennifer wieder an ihre eigene Zukunft denken.

Es war offensichtlich, daß ihre Mutter jemanden brauchen würde, der sie betreute. Dafür jemanden einzustellen, stand natürlich außer Frage . . .

Jennifer mußte einmal mit ihrem Vater über das alles sprechen. Er hatte in letzter Zeit so müde und bekümmert ausgesehen, daß sie sich ernstlich Sorgen um ihn machte.

„Nun, Vater, ich meine, wir haben jetzt alles geregelt, nicht wahr? “ äußerte sie, als sie neben Philip auf einer der Kisten in der Küche saß.

Das Haus lag ruhig da, nur in den oberen Räumen hörte man es rumoren. „Was ist das? “ wollte Anton wissen und lauschte nach oben.

„Ach, Rodger ist es nur“, sagte Jennifer heiter. „Ich denke, er räumt seine Sachen zusammen. Aber sag mal, Vater, haben die Anwälte eigentlich irgend etwas herausfinden können? “

„Ja.“ Anton nickte hoffnungsvoll. „Es steht als sicher fest, daß der junge Bill, als er in England war, geheiratet hat. Sie können aber seine Frau nicht aufspüren. Wenn er lebte, würde er sie sicher nach Australien zurückgebracht haben.“

Er seufzte. „Aber, wo sie auch ist, ich muß sie finden und ihr das Geld zurückgeben. Ich werde nicht ruhen, bis es soweit ist.“

„Und du wirst den ganzen Betrag aufbringen können, Vater? “ war Jennifers Frage.

„Es wird gerade so reichen, wenn alles verkauft ist, denke ich. Aber wir werden nichts mehr haben, Jennifer — nicht einmal ein Dach über dem Kopf.“

Jennifer lächelte tapfer. „Pastor Ransome versucht, Zimmer für uns zu finden. Er ist sicher, etwas in Erfahrung zu bringen.“

„Und dann ist da noch deine Mutter“, fuhr Anton

düster fort. „Sie wird jemand brauchen, der sie betreut, und ich werde es wohl nicht tun können."

„Natürlich kannst du das nicht", erwiderte Jennifer mit einem liebevollen Lächeln. „Ich habe auch schon darüber nachgedacht. Ich werde meine berufliche Arbeit überhaupt aufgeben und zu Hause bleiben, um für den Haushalt zu sorgen. Ich verstehe zwar nicht viel davon, aber ich denke, daß ich's bald lernen werde. Dann könnte ich mir vielleicht eine Arbeit für daheim besorgen, wenn wir etwas mehr Geld brauchen."

Anton blickte dankbar zu ihr auf. „Du bist ein gutes Mädchen, Jennifer", sagte er heiser. „Ach, ich weiß nicht, wie das alles noch einmal enden soll!"

Jennifer sprang von der Kiste auf und ging zu ihm hinüber, indem sie ihm die Hand auf die Schulter legte. „Wirklich, Vater, du mußt nicht so sehr bekümmert sein", sagte sie sanft.

Anton barg sein Gesicht in den Händen. „Habe ich nicht Grund genug, bekümmert zu sein — nachdem ich uns alle in diese Notlage gebracht habe? Ich habe euch allen eine schwere Last aufgelegt."

„Aber du darfst dir jetzt keine Vorwürfe mehr machen, Vater", mahnte sie.

„Doch, Jennifer — doch!" Er rang verzweifelt die Hände.

„O, was bin ich für ein Narr gewesen — ein Narr — "

Er schwieg, während Jennifer und Philip mitfühlende Blicke über den gebeugten Kopf ihres Vaters tauschten.

Philip war noch nie dankbarer gewesen als jetzt, daß er seine Schwester bei sich hatte. Er fühlte sich hilflos, aber Jennifer würde schon die rechte Antwort wissen .

„Mein lieber Vater!" Sie legte ihren Arm um seinen Nacken. „Das ist jetzt alles vorbei. Du hast bereut — du hast dich von deiner Sünde abgekehrt und versuchst jetzt, das Unrecht, das du den Leuten angetan hast, auf Heller und Pfennig wieder gutzumachen. Mehr kannst du doch nicht tun."

„Nein, mehr kann ich nicht tun — das ist wahr!" rief er hoffnungslos verzweifelt aus. „Niemals kann ich den Schandfleck meiner Schuld von meiner Seele tilgen — niemals!"

„Aber Gott kann es, weißt du — und er wird es auch, wenn du den Herrn Jesus als persönlichen Heiland in dein Herz aufnimmst." Ihr Gesicht war jetzt ganz nahe an dem seinen. „Das Blut Jesu Christi, des Sohnes Gottes, macht uns rein von aller Sünde."

Anton Deane sagte kein Wort, nur ein tiefer Seufzer entrang sich seiner Brust.

„Vater", kam leise und eindringlich die Stimme des Mädchens, „du hast uns deine Sünde bekannt — der Welt auch —, aber hast du sie auch schon vor Gott bekannt? Hast du ihn im Namen des Herrn Jesus Christus um Vergebung gebeten? Hier ist seine Verheißung: Und wenn eure Sünde gleich blutrot ist, soll sie doch schneeweiß werden; und wenn sie gleich ist wie Scharlach, soll sie doch wie Wolle werden."

Immer noch sagte Anton kein Wort, und Jennifer und Philip beteten still für ihn. Dann brach er mit einem Schluchzen, das seinen ganzen Körper erschütterte, zu Boden und weinte wie ein Kind . . .

Da sie Schritte auf der Treppe hörte, eilte Jennifer in den Flur und sah sich plötzlich Rodger gegenüberstehen. Er war fertig angezogen, Mantel über dem Arm und den Hut in der Hand.

„Ich gehe jetzt weg", verkündete er und nahm bei diesen Worten seinen großen Koffer vom Boden auf.

Jennifer schaute ihn an. Sein sonst so hübsches Gesicht blickte hart und entschlossen, und sie wußte darum auch sofort, was er meinte.

„Wohin? " fragte sie zaghaft.

„Oh, nur weg von hier, dessen kannst du sicher sein — an einen Ort, wo man den Namen Deane nicht kennt. Ich habe eben meinen Stolz, wenn auch die übrige Familie ihn anscheinend verloren hat."

Jennifer trat ihm einen Schritt näher. „Ach, Rodger, nicht doch so überstürzt", bat sie. „Diese Dinge sind bald vergessen. Abgesehen davon, trifft dich ja nichts von der Schande. Es besteht gar kein Grund dafür, daß du weggehen müßtest."

Er zuckte die Schultern. „Es gibt keinen Grund, warum ich hierbleiben sollte — besonders jetzt, da Claire mir einen Korb gegeben hat."

„Ach!" Jennifer stockte der Atem. „Du willst doch damit nicht sagen, daß Claire eure Verlobung gelöst hat? "

„Natürlich. Und ich möchte sie auch nicht bloßstellen. Sie würde mich auch gar nicht heiraten wollen mit einer Familie, die öffentlich in Verruf steht."

Jennifer schüttelte den Kopf. „Sie kann nicht viel von dir halten, Rodger, wenn sie das tut", sagte sie gedehnt.

„Das mußt ausgerechnet du sagen", konterte er rasch, „du hast einem anständigen Burschen den Laufpaß gegeben und hattest dazu noch viel weniger Grund als ich."

Jennifer fühlte, wie ihr das Blut zu Kopfe stieg. „Das war etwas anderes. Das verstehst du nicht."

„Ich weiß schon", fuhr Rodger hitzig fort, „ihr mit eurem komischen Glaubensfanatismus hier — je eher ich euch verlasse, desto besser für mich. Was soll man über einen Narren viel reden — ich habe Vater mehr gesunden Menschenverstand zugetraut. Er hatte es nicht nötig, so weit zu gehen. Er hätte auf dem alten Weg weitergehen können, und niemand wäre dahintergekommen."

Sie warf den Kopf zurück. „Er hat jetzt genau das Richtige getan", sagte sie entschieden, „und Gott wird ihn dafür segnen."

Rodger schnalzte mit den Fingern. „Nun gut. Spare dir diese Reden für den Rest der Familie. Ich bin nicht gekommen, um mir eine Predigt anzuhören. Ich kam, um Lebewohl zu sagen."

„Aber du willst doch sicher nicht gehen, solange Mutter noch so krank ist? "

„Arme Mutti!" In seiner Stimme schwang etwas Mitleid,

zu dem er sich herabließ. „Ich muß sie wirklich aufrichtig bedauern, aber es ist sicher nicht meine Schuld, und ich kann auch nichts weiter für sie tun, wenn ich hierbleibe. Es wird lange dauern, bis sie wieder auf dem Posten ist. Aber wenn sie sich erholt, werde ich sie wahrscheinlich zu mir holen. Sie wird sich nicht damit zufriedengeben, in irgendeinem schäbigen, alten Hinterzimmer zu wohnen, selbst wenn ihr euch damit abfindet."

„Und wo willst du hin?" Es fiel Jennifer schwer, diese Frage auszusprechen.

„Ich habe mich um eine Stellung im Verwaltungsdienst beworben. Man hat mir für zwölf Monate einen Posten in Neuguinea angeboten. Ich weiß noch nicht sicher, was ich dann tun werde. Aber ganz sicher werde ich nicht hierher zurückkommen. Mit dieser Familie bin ich fertig."

Er wandte sich um und wollte in die Vorhalle zurückgehen. „Mach's gut, Jennifer", rief er ihr über die Schulter hinweg zu. „Und ich kann auch nicht versprechen, ob ich euch mal schreibe."

„Rodger!" Sie lief ihm nach und klammerte sich an seinen Arm. „Rodger, du hast Vater noch gar nicht Lebewohl gesagt!"

Aber er schüttelte sie zornig ab. „Das ist für mich verlorene Zeit, wenn ich noch einmal nach ihm sehe — ich muß jetzt weg!"

„Aber Rodger!" bat sie. „Er ist doch eben hier. Ich rufe ihn herbei, wenn du willst."

„Nein! Kümmere du dich nur um deine eigenen Dinge. Das hier hat nichts mit dir zu tun. Ich habe nicht die Absicht, mit ihm auch nur noch ein Wort zu reden. Ich habe es dir gesagt — ich bin fertig mit dieser Familie."

„Bitte, Rodger!" Wieder war sie an seiner Seite. „Du kannst doch so nicht davongehen — du wirst ihm damit das Herz brechen!"

Der junge Mann lachte bitter. „Ich bin nicht der Ansicht, daß er von mir noch irgendwelche Beachtung verdient."

Er hatte jetzt die Tür geöffnet, und Jennifer machte noch einen letzten, verzweifelten Versuch, ihn umzustimmen.

„Oh, Rodger!" rief sie, wobei ihre Stimme in einem Schluchzen brach. „Willst du ihm nicht vergeben? Schließlich ist er doch gut zu dir gewesen."

„Ist er das wirklich . . . ? " höhnte er unter zynischem Lächeln. „Ich fürchte, ich kann es jetzt im Augenblick nicht einsehen. Na dann — leb wohl; du kannst ihm ja sagen, daß ich fort bin."

„Du könntest eines Tages selbst noch Vergebung brauchen und begehren!" rief sie ihm noch nach.

Sie mußte das einfach noch sagen. Aber sie wußte nicht, ob er es noch hörte, denn die Tür war krachend hinter ihm ins Schloß gefallen.

22

Jennifer machte die Runde im Geschäft, um sich von ihren Freunden und Arbeitskollegen zu verabschieden. Dabei war ihr etwas traurig zumute. Trotz der vielen Gelegenheiten, da sie gezwungen waren, sich dahin zu einigen, daß sie verschiedener Meinung waren, war Jennifer doch glücklich unter ihnen gewesen. Es würde ihr fremdartig vorkommen, wenn sie ohne die tägliche angenehme Arbeit leben mußte, an die sie sich so gewöhnt hatte. Sie war bei der Firma gewesen, seitdem sie die Schule verlassen hatte, und hing sehr an ihrem Arbeitsplatz.

Auf Einladung des „geschäftsführenden Direktors" sprach sie eines Nachmittags bei ihm besonders vor, um die guten Wünsche der Firma entgegenzunehmen. Andreas Murray zeigte echte Anteilnahme, als sie ihm auf seine sehr beharrlichen Fragen die Mißgeschicke ihrer Familie schilderte.

„Und besteht nicht die geringste Aussicht darauf, daß Sie einmal wieder zu uns zurückkommen können, Fräulein Deane? "

Jennifer schüttelte den Kopf. „Ich fürchte, nein, Herr Direktor. Meine Mutter muß Ende dieser Woche aus dem Krankenhaus nach Hause kommen, und sie wird jemanden brauchen, der sich dauernd um sie kümmert."

„Hm. So stehen die Dinge also? "

„Ja. Sie wird wahrscheinlich nie mehr gehen können." Und ohne es zu wollen, zitterten ihre Lippen dabei.

„Das tut mir leid." Er schwieg einen Augenblick. „Sie werden große Verantwortung zu tragen haben, Fräulein Deane. Wie steht es finanziell? "

„Och, wir werden schon ganz gut zurechtkommen,

vielen Dank“, beeilte sie sich zu versichern. „Mein Vater hat eine Arbeit bekommen können. Man muß eben lernen, auch mit weniger zu leben.“

Er lächelte, was er sonst nicht oft tat. „Leichter gesagt als getan, fürchte ich. Sie werden es hart finden.“

„Ja, anfangs wird es nicht so ganz leicht sein“, gab sie zu, „aber wir werden es schon schaffen. Sobald meine Mutter wieder mehr Kraft hat, könnte ich vielleicht eine Arbeit finden, die ich in wenigen Stunden am Tage daheim erledigen kann. Das würde uns schon helfen.“

Seine scharfen, grauen Augen ruhten prüfend auf ihr. In den zwölf Monaten, in denen sie als seine Sekretärin bei ihm gearbeitet hatte, hatte er beobachtet, wie sie zur Frau erblüht war, aber immer noch schien sie zu jung und unerfahren, um eine solch ungewisse Zukunft zu bewältigen.

„Sie sind wirklich sehr tapfer“, bemerkte er.

Jennifer schloß einen Augenblick die Augen, um eine Träne zurückzuhalten. „Nicht so sehr“, sagte sie mit zitternder Stimme, „ich könnte es — allein jedenfalls — niemals bestehen.“

Er sah aus, als beruhigte ihn diese Antwort. „Dann steht Ihnen jemand zur Seite? “

„Ja, natürlich“, sagte sie rasch. „Der Herr Jesus ist bei mir. Er verläßt uns nicht. Aber vielleicht verstehen Sie das nicht“, beeilte sie sich hinzuzufügen.

„Vielleicht nicht“, antwortete er langsam und blickte sie dabei unverwandt an, „aber mindestens klingt das so, als seien Sie sich dessen sehr sicher.“

„Ja, das bin ich auch.“ In ihrer Stimme war eine Festigkeit zu spüren, die ihn zu der Überzeugung brachte, daß ihre Worte nicht ein scheinheiliges Gerede waren. Sie sprach aus der Überzeugung, die aus persönlicher Erfahrung entspringt.

„Gegen eine solche religiöse Überzeugung würde ich nichts einzuwenden haben“, begann er nachdenklich.

Nach einer kurzen Pause fuhr er fort: „Der Aufsichtsrat möchte seine Hochschätzung für Ihren treuen Dienst zum

Ausdruck bringen, Fräulein Deane, und Ihnen etwas überreichen, was Sie an Ihre glückliche Verbindung mit unserer Firma erinnern soll; darum bittet er Sie, dieses äußere Zeichen seines aufrichtigen Dankes mit besten Wünschen für Ihre Zukunft annehmen zu wollen."

Bei diesen Worten stellte er einen kleinen schwarzen Kasten auf den Schreibtisch und gab ihr durch ein Nicken zu verstehen, sie sollte ihn nehmen.

Jennifer öffnete den Kasten mit zitternden Händen. Es war eine Reiseschreibmaschine. „Oh", rief sie erstaunt, „etwas Derartiges habe ich nicht erwartet."

„Wir dachten, es könnte Ihnen nützlich sein."

„O ja, sicher kann ich sie gut brauchen. Wenn nötig, kann ich mir jetzt immer Schreibarbeiten besorgen. Wirklich, ich weiß nicht, wie ich Ihnen danken soll."

„Ach, lassen Sie nur", sagte er herzlich. „Aber ich möchte Ihnen auch noch sagen, wie sehr ich all das zu schätzen weiß und dankbar anerkenne, was Sie getan haben, seit Sie meine Sekretärin wurden, Fräulein Deane. Sie haben sich nicht geschont."

„Es war mir eine Freude, Herr Direktor."

„Ich weiß noch nicht, wie ich Ihre Stelle hier wieder neu besetzen soll", sagte er nachdenklich. „Oben arbeitet ein vielversprechendes kleines Mädchen, nur ist sie noch ziemlich jung — Rose Wilson. Ich denke, sie hat sich an Ihnen ein Beispiel genommen." Er lächelte.

Jennifer wurde rot. Sie erinnerte sich an den Tag, als Rose unter Tränen ihr Leben Christus übergeben hatte, wie sie beide dort zusammen im Tresorraum hinter einer schützenden Mauer von Karteikarten und Aktenordnern miteinander gesprochen hatten.

„Ich bin sicher, sie wird an ihrer Arbeit sehr viel Interesse haben", bemerkte sie.

„Nun, wir werden sehen." Er streckte ihr die Hand hin.

„Leben Sie wohl, Fräulein Deane. Und wenn Sie jemals Hilfe brauchen sollten, zögern Sie nicht, bei uns vorzusprechen. Es wird uns ein Vergnügen sein."

„Ich danke Ihnen“, gab Jennifer zur Antwort. „Leben Sie wohl.“

„Ich denke, die Leute oben würden Sie auch gern noch einmal sehen“, rief er ihr nach, als sie schon an der Tür war.

„Sie sollten sie auch besuchen, wenn Sie schon einmal hier sind.“

„Ja, das tue ich gern. Und noch einmal vielen Dank!“

Sie schloß die Tür hinter sich und ging auf den Fahrstuhl zu. Joe war zum Frühstück gegangen, aber sie wollte ihn auch noch einmal sehen, ehe sie wegging.

So ging sie zu Fuß nach oben und betrat mit gemischten Gefühlen den Flur im fünften Stock. Hier war es, wo sie so lange Zeit als Lehrling gearbeitet hatte. In diesem Raum hatte sie zum ersten Mal zaghaft bekannt, daß sie Jesus Christus als ihren Herrn angenommen hatte. Ihre Kolleginnen waren sehr kritische Zuhörer gewesen. Es schien schon so unendlich lange her. So vieles war in den Jahren, die seitdem so schnell vergangen waren, geschehen.

Die Neuigkeit über Anton Deanes finanziellen Zusammenbruch hatte sich sehr rasch in der Geschäftswelt verbreitet. Auch hier im Geschäft wußte längst jeder davon. Manch einer zog bedeutsam die Augenbrauen hoch und schüttelte den Kopf, als man über die erregenden Einzelheiten diskutierte.

In Jennifers Gegenwart hielt man sich jedoch zurück und nahm taktvoll Rücksicht auf sie. Welches Mißgeschick ihre Familie auch getroffen haben mochte; nichts konnte ihr die Wertschätzung der anderen rauben, die sie sich durch ihren aufrechten Charakter und ihr Verhalten in den Jahren erworben hatte, als sie noch bei ihnen arbeitete.

Alle hatten Jennifer gern, aber sie hatten wenig Gelegenheit, es ihr zu zeigen. Es war wirklich unmöglich, Jennifer zu bemitleiden. Wenn auch immer der Name ihres Vaters fiel, behauptete sie, stolz auf ihn zu sein, und sie brachte das mit solcher Überzeugung heraus, daß sie alle ganz verwirrt waren.

„Wenn ich erst eine erfahrene und gute Köchin bin, werde ich euch alle mal zum Essen einladen", erklärte sie mit ihrem ansteckenden Lachen.

„Na, Jennifer, altes Haus", sagte Rita gedehnt, „ich kann nur sagen, du wirst deine freundlichen Worte nur noch an die leeren Wände richten, wenn du nur noch zwischen Herd und Küchenausguß deine Tätigkeit ausübst."

Jennifer lachte. „Danke, Rita; aber sicher wird es so schlimm nicht werden, wie du sagst."

„Du wirst es zweifellos schaffen, Jennifer." In Dawn Andersons Stimme klang echte Bewunderung mit. „Wenn ich daran denke, wie du früher immer warst — das geht über meinen Horizont."

„Das bin nicht ich, Dawn", widersprach Jennifer. „Jesus hat das alles für mich getan — das ist alles."

„Fangen Sie jetzt nicht davon an, Jennifer", warf Fräulein Rundle wie üblich dazwischen, „wir bekommen schon genug von der Art durch Rose zu hören. Sie müssen sie darin recht gut geschult haben — seit Sie uns verlassen haben, redet sie von nichts anderem mehr."

Rose Wilson, das einstige Lehrmädchen, wechselte einen vielsagenden Blick mit Jennifer und lächelte.

Jennifer freute sich von Herzen, sie so ruhig und vertrauensvoll zu sehen, und zu wissen, daß sie so tapfer als Zeugin für den Herrn Jesus eingestanden war.

„Es ist genauso gekommen, wie Sie mir gesagt haben, Fräulein Deane", bekannte sie, als sie Jennifer zum Fahrstuhl begleitete. „Seitdem ich Christus mein Herz übergab, ist er mir ein wunderbarer Freund geworden."

„Wir können ihm immer vertrauen — in allem, Rose." Dabei drückte Jennifer ihr fest und herzlich die Hand.

Rose blickte sie fragend an. „Fräulein Deane — seitdem ich von all Ihrem — Mißgeschick hörte, habe ich mich manchmal gefragt, ob — ob — "

Jennifer nickte. Sie hatte verstanden, was Rose sagen wollte. „Sie brauchen sich keine Gedanken zu machen, Rose. Jesus wird mit jeder Not fertig. Ich habe schon früher mit ihm Erfahrungen gemacht und erlebe auch jetzt wieder, wie er zu seinem Wort steht. Auch in all diesen Dingen gibt er uns mehr als Sieg — "

Die Fahrstuhltür öffnete sich, und Joe wurde sichtbar. „Na, Fräulein Deane, man sagt mir, dies wäre nun der Abschied."

Jennifer winkte Rose noch einmal zum Abschied zu und stieg ein.

„Ja, Joe", bekannte sie, „und ich werde Sie alle miteinander sehr vermissen."

„Es wird hier alles anders sein, wenn Sie nicht mehr da sind", sagte er und schüttelte dabei seinen ergrauten Kopf. „Nicht viele von euch jungen Leuten beachten einen alten Burschen wie mich, und ich habe Ihre freundliche Art immer dankbar zu schätzen gewußt, Fräulein Deane."

„Sie wissen, aus welchem Grunde ich hier aufhören muß, Joe? " Jennifer blickte ihn voll an.

„Ja, ich weiß es", sagte er nüchtern, „und ich denke ernsthaft darüber nach. Vergangenen Sonntag ging ich zur Kirche."

„Gut. Wollen Sie es nicht auch in Zukunft tun? "

„Ja, junges Fräulein, das werde ich." Er drückte ihr warm und herzlich die Hand. „Auf Wiedersehen!"

„Auf Wiedersehen."

So ließ Jennifer Deane ihre berufliche Laufbahn hinter sich, um ihre neue Aufgabe zu übernehmen: in einer kleinen Mietwohnung in der Prospektstraße Nr. 84 den Haushalt zu führen . . .

Wo diese enge kleine Straße, gesäumt von Reihen schlichter und eintöniger Häuser, ihren Namen her hatte, wußte niemand; denn es war eine unansehnliche Allee, und selbst von den oberen Fenstern des Hauses Nr. 84 aus gab es keinen einladenden Rundblick. Ringsum nichts als rohe Eisendächer ohne Farbe, düstere Schornsteine und schäbige Höfe. Dazwischen hier und da ein kleiner Flecken Garten eingestreut, der sich mühsam gegen die grauen Mauern ringsum behauptete.

Früher war Haus Nr. 84 einmal eine vornehme Privatwohnung gewesen, aber als Mietshaus sah es nun grau und unansehnlich aus. Die schmale Veranda lag zur Straße hinaus, und die Haustür, die Tag und Nacht offenstand, gab den Blick auf die verwaschenen und ausgeblichenen Tapeten im Flur frei.

Pastor Ransome hatte sich entschuldigt, keine bessere Unterkunft für sie besorgen zu können, aber nachdem sie nach dem Verkauf des Hauses kein Dach über dem Kopf mehr hatten, hätten Jennifer und ihr Vater dankbar jede Wohnung genommen, die man ihnen bot.

Philip hatte sich entschlossen, sein Studium vorerst aufzugeben und sich eine Arbeit zu besorgen, um etwas zum Unterhalt der Familie beizutragen, und alle Überredungskünste von seiten des Vaters oder der Schwester konnten ihn von diesem Entschluß nicht abbringen.

Aber als Peters Eltern ihn einluden, bis zur Beendigung seines Studiums als Gast bei ihnen zu wohnen, und es auch klar wurde, daß die Mietwohnung zu eng war, um auch ihm Platz zu bieten, wurde Philip gezwungen, seinen Plan doch zu ändern.

„Der Herr hat durch das freundliche Anerbieten von Herrn und Frau Thompson den Weg für dich geebnet“, sagte Jennifer entschlossen.

„Ja, Jenn, ich glaube, du hast recht“, gab er zu. „Es sieht so aus, als müßte ich euch im Stich lassen, aber ich werde ebensogut alles tun, um euch zu helfen. Ihr könnt auf mich zählen.“

So ergab es sich, daß Jennifer mit ihrem Vater allein in die Prospektstraße umzog, während Frau Deanes Genesung im Krankenhaus nur langsam Fortschritte machte.

Aus dem Erlös des verkauften Hauses hatten sie genug Geld zurückbehalten, um ihre drei Zimmer schlicht ausstatten zu können. Jennifer gab dem Ganzen ein echt weibliches Gepräge, so daß es wirklich wie daheim aussah. Sie brachte einige von den Ornamenten und Photographien an, die ihre Mutter auf dem alten Kaminsims im Wohnzimmer

immer so geschätzt hatte.

Für ihr eigenes Zimmer behielt sie die Seidendeckchen, die sie selbst für sich gestickt hatte und die jahrelang auf ihrer Kommode gelegen hatten. Dazu kam die kleine Kristallvase, ein Geschenk von Doreen, und zwei ihrer Lieblingsbilder. Es tat gut, die altvertrauten Gegenstände inmitten der fremdartigen, neuen Umgebung zu sehen.

Jennifer versuchte, das Zimmer der Mutter möglichst genauso auszugestalten wie ihr Schlafzimmer im alten Hause, aber es war wegen des Platzmangels sehr schwierig. Trotzdem brachte sie soviel wie möglich von den rosa Gegenständen des mütterlichen Schlafzimmers in den neuen Raum hinein.

Als sie schließlich mit allem fertig war, überblickte sie ihre vollbrachte Arbeit mit einer gewissen Genugtuung. Es sah wirklich alles sehr hübsch und freundlich aus, und die Blumentöpfe auf dem Fensterbrett erweckten den Anschein, als befände sich gleich hinter der Fensterscheibe ein Garten.

In der Prospektstraße verbreitete sich die Neuigkeit, die neuen Mieter in der Nr. 84 seien ziemlich „feine Pinkel“, aber Anton Deane lächelte nur grimmig, als Jennifer ihm diese Nachricht überbrachte.

„Sie würden bestimmt nicht so von uns denken, wenn sie sehen könnten, wie wir versuchen, unseren Haushaltsplan auszubalancieren“, bemerkte er, als er seinen ersten Wochenlohn auf den Tisch zählte.

„Das habe ich auch schon gedacht“, bemerkte Jennifer lachend. „Nun, Vater, was wollen wir damit machen?“

„Jennifer“ — sein Gesicht war ernst —, „ich hoffe, du bist einverstanden — ich denke, du wirst mir zustimmen. Bevor wir etwas von diesem Geld anrühren, möchte ich einen Betrag für den Herrn beiseitelegen. Einst habe ich Gott beraubt, aber das werde ich nie wieder tun.“

„Vater!“ Jennifer schlang die Arme um seinen Hals. „Ich hoffte, daß du das sagen würdest. Ein Zehntel wollen wir für den Herrn beiseitelegen.“

„Und wir werden ihn fragen, was wir mit dem übrigen tun sollen“, fügte er mit einem Ernst hinzu, der ihr das Herz warm werden ließ.

„Gibt es irgendwelche Neuigkeiten über die junge Kriegerwitwe? “

„Ja. Man hat die Tatsache als sicher in Erfahrung gebracht, daß Bills junge Frau einen Sohn hatte, auch daß sie vor ein paar Jahren umgezogen seien, aber man hat noch keine Spur von ihr. Ich wünschte, man hätte sie gefunden. Sie hat wahrscheinlich schwer um ihre Existenz zu kämpfen, und das Geld, das ich ihrem Mann weggenommen habe, würde ihr wahrscheinlich sehr zustatten kommen.“

„Vater“, sagte Jennifer nachdenklich, „hast du den Gedanken schon einmal erwogen, daß sie gerichtlich gegen dich vorgehen könnte, wenn sie von der Geschichte erfährt? “

Er nickte bedächtig. „Ja, das weiß ich, aber ich muß sie finden. Ich muß zurückerstatten, was ich unrechtmäßig an mich nahm. Es gibt keinen anderen Weg, es wiedergutzumachen. Natürlich wird es deine Mutter nicht verstehen — “

„Wir werden für sie beten“, sagte Jennifer eifrig. „Ach, wäre das nicht wunderbar, wenn wir alle im Glauben an Jesus Christus eins würden? “

„Ich glaube, eines Tages werden wir es wirklich sein.“ Antons Antwort klang unerwartet zuversichtlich. „Aber bis dahin kann es noch recht schwer sein — ganz besonders für dich.“

Und es kam Schweres auf sie zu. Als Julia Deane aus dem Krankenhaus in die Mietwohnung in der Prospektstraße kam, beklagte sie sich bitter. „Wer hätte gedacht, daß es jemals so weit mit uns kommt!“ sagte sie weinend, als sie sich unter Tränen mit Verachtung in ihrem neuen Quartier umsah.

Sie brachten Frau Julia in ihrem rosa Schlafzimmer zu Bett, und mehrere Wochen lang wich Jennifer kaum von ihrer Seite. Ihre Mutter war noch viel zu schwach, um etwas selbst tun zu können, und trug von sich aus auch nichts dazu bei, um ihre Kraft wiederzuerlangen. Dafür war sie überaus anspruchsvoll.

Jennifer war bemüht, ihr jeden Wunsch von den Augen abzulesen, aber sobald sie ihr einmal den Rücken kehrte, rief Julia sie auch schon wegen irgendeiner anderen Sache zurück, und wenn sie nicht sofort bedient wurde, wurde sie unruhig und verdrießlich. Jennifer versuchte, geduldig zu sein, aber bald begann ihr die dauernde Anspannung zuzusetzen, und sie ertappte sich dabei, daß sie müde und reizbar wurde. Sie war sicher, daß sie im Laufe eines Tages kilometerlange Wege zurücklegen mußte, und abends, wenn der Vater von der Arbeit kam, war sie völlig erschöpft.

„Wie lange werde ich das noch durchhalten?“ fragte sie sich.

Das Rufen ihrer Mutter drang auch in ihre stille Zeit ein. So konnte sie noch nicht einmal die eine Stunde am Tag zum Gebet und zum Lesen der Bibel für sich haben. Und doch spürte sie, daß sie dies jetzt mehr als irgend sonst brauchte ...

In einem jener seltenen Augenblicke, da ihre Mutter eingeschlafen war, setzte sie sich an den Küchentisch, um Bohnen zu schneiden. Alles war still um sie her. Es war eine solche Erleichterung, einmal nicht das ständige Rufen aus dem Schlafzimmer hören zu müssen! Selbst die Geräusche von den übrigen Mietern im Hause schienen gedämpft und weit weg zu sein.

Jennifer legte das Messer hin und lehnte sich zurück. Jetzt, da sie weniger Zeit hatte, in ihrer Bibel zu lesen, sagte sie sich während des Tages Texte auswendig her, Verse, die sie früher einmal, als sie noch Muße dazu gefunden hatte, auswendig gelernt und liebgewonnen hatte. „Seid still und erkennt, daß ich Gott bin ...“ Diese Worte schienen ihr jetzt einen neuen Sinn und große Kraft zu haben. „Seid still ...“ Aber es war doch so wenig Zeit, um still zu sein ... Wie konnte sie still sein, wenn es so viel zu tun gab, wenn ihr so viel Zeit und Kraft abverlangt wurde? „Seid still und erkennt, daß ich Gott bin ..." Jetzt konnte sie still sein.

Sie warf sich über den Küchentisch. Die Last schien für ihre jungen Schultern zu schwer. Aber gerade jetzt war der, der alle Lasten trägt, sehr nahe ... Jennifer hielt nur mit Mühe ihr Schluchzen zurück. Aber jetzt hörte sie, wie er ihrem bekümmerten Herzen sanft zusprach. Sie hatte versucht, alles selbst zu tragen — er aber konnte unermeßlich viel mehr tragen als sie. Das hatte sie in der Vergangenheit erfahren.

Sie erinnerte sich jetzt, wie sie vor langer Zeit mit Pastor Ransome in seinem Studierzimmer gekniet und zum ersten Mal alles dem Herrn im Gebet gesagt hatte. Welch wunderbare Erfahrung hatte sie damals mit Jesus gemacht! War seine Gnade und Macht schon ausgeschöpft? Waren die Sorgen des Haushaltes und die Versuchungen und Anfechtungen eines Krankenzimmers zu groß für Jesus? Nein, nein — tausendmal nein!

„O Herr", flüsterte sie, „in all diesen Dingen — trage du es für mich. Nimm mich hin — nimm alles."

In dem Augenblick wußte Jennifer, daß der Friede in ihr Herz einzog, der höher ist als alle Vernunft: der Friede, den die Welt nicht geben und auch nicht zerstören kann.

23

Langsam wurde es besser mit Julia Deane. Ihre Forderungen waren nicht mehr so herrisch, ihre Klagen und Beschwerden nicht mehr so häufig zu hören, und sie zeigte auch allmählich ein Interesse an ihrer Umwelt.

Zuerst war sie nur voll bitterer Kritik über ihr neues Zuhause — soweit sie es vom Bett aus übersehen konnte —, aber allmählich verschwand ihr Groll, und sie begann, sich ins Unvermeidliche zu fügen. Sie schien nun beschlossen zu haben, sich mit den Gegebenheiten abzufinden.

Ihre linke Körperhälfte blieb weiterhin gelähmt. So blieb Frau Deane ans Bett gefesselt, aber Jennifer setzte sie mit Hilfe von Kissen soweit zurecht, daß sie mit weniger Beschwerden die Zeitung lesen konnte. Die Tageszeitungen schienen das einzige zu sein, was sie interessierte. Mit leidenschaftlichem Eifer stürzte sie sich auf die Nachrichten, die über das gesellschaftliche Leben berichteten. Dabei schien es, als könne sie einfach nicht begreifen, daß sie von diesen Kreisen der Gesellschaft nun völlig abgeschnitten war.

Wenn Frau Deane so in ihrem kleinen, rosa Schlafzimmer dalag, schien es leicht für sie, sich vorzustellen, daß sie immer noch auf dem Lebensniveau lebte, an das sie immer gewöhnt war. Sie konnte es sich immer noch ausmalen, bewunderter Mittelpunkt in einem Kreis gesellschaftlich hochstehender Menschen zu sein.

Die schrillen Rufe der Kinder, die unten auf dem Straßenpflaster spielten, oder die scharfen Scheltworte der anderen Mieter im Hause brachten Julia aber sehr rasch in die rauhe Wirklichkeit zurück. Dann beklagte sie ihr Schicksal unter vielen Tränen.

Aber das Leben zeigte Julia auch wieder angenehmere Seiten. Sie war zur Zeit ohne Schmerzen, obgleich sie noch sehr hilflos war. Ihr war auch wonnevoll bewußt, daß sich alles um sie drehte. Für eine Frau wie Julia Deane gab es nichts Angenehmeres, als andere um sich zu haben, die ihr von Kopf bis Fuß ihre Aufwartung machten, ihre kleinen, launischen Einfälle beachtet und ihre Wünsche erfüllt zu sehen.

Dazu kam die augenscheinliche Wandlung im Betragen ihres Gatten. Es war Julia immer wieder ein Rätsel, was diese Wandlung wohl herbeigeführt haben mochte — sie wußte nur, daß er jetzt ganz anders als früher war. Er zeigte Zärtlichkeit und aufopfernde Liebe, die sie in ihre Brautzeit zurückversetzte.

Liebe Aufmerksamkeiten hatte sie während ihrer Ehe wenig kennengelernt. Anton war immer nüchtern und sachlich gewesen, so versessen auf Geschäft und Geldverdienen. Sie hatte sich niemals darüber beklagt, weil er ihr immer genug Geld gegeben hatte, daß sie sich alle gesellschaftlichen Wünsche erfüllen konnte. Sie war immer der Meinung gewesen, das wäre alles, was das Leben zu bieten hat. Jetzt aber entdeckte sie eine ganz neue Freude an seiner Gesellschaft. An den Abenden saß er bei ihr und ließ sie an allen Dingen Anteil nehmen, die er den Tag über erlebt hatte. Manchmal gab es nicht so viel zu erzählen und zu besprechen, aber er saß dann ebenso bei ihr, und sie freute sich daran, ihn nahe bei sich zu haben. Seine Kraft erschien ihr so tröstlich in all ihrer Schwachheit. Eines Abends zog er ein kleines Büchlein aus der Tasche, ein Neues Testament.

„Julia“, begann er ganz unerwartet, „dürfte ich dir einmal ein Kapitel aus der Bibel vorlesen? “

Noch nie hatte er mit ihr bisher über Religion gesprochen. Doch, so merkwürdig es schien, sie war von seiner Frage überhaupt nicht überrascht.

„Ja, gern, wenn du willst, Liebster“, war ihre Antwort.

So wurde das erste Glied in der Kette geschmiedet, die

sie schließlich alle in der Liebe zu Christus zusammenbinden sollte . . .

Da Jennifer nun nicht mehr so häufig im Krankenzimmer gebraucht wurde, fand sie auch Zeit, täglich mehrere Stunden Schreibarbeiten auszuführen, die ihr ein bescheidenes Einkommen sicherten. Ihr Vater bestand darauf, sie solle das Geld für sich behalten.

Ihr erstes Interesse in der neuen Umgebung galt dem Wunsch, herauszufinden, wo hier in der Nähe ein Ort für den Gottesdienst war. Eine kleine Kirche in der Nähe der Prospektstraße war ganz einladend für sie.

Von dem Augenblick an, da sie das erste Mal hineinging, wußte Jennifer, daß sie hier eine zweite geistliche Heimat gefunden hatte. Das Band der Gemeinschaft zwischen denen, die den Herrn liebhaben, bedeutete ihr viel, und ihr nüchternes, lebendiges Zeugnis für das Evangelium gab auch ihr wieder neuen Auftrieb. Im Besuch der Gottesdienste wechselte sie sich Sonntag für Sonntag mit ihrem Vater ab, weil sie Frau Julia in der Wohnung nicht alleinlassen wollten.

Jennifers Freude an diesen Versammlungen hatte freilich ein leichter Anflug Sehnsucht nach der Missionskirche, die sie so lange besucht hatte, getrübt. Die Erinnerung an die Hoffnungen und Ängste, die sie durchgemacht, die Freuden und Sorgen, die sie erfahren hatte, überfielen sie mit Macht, als sie in Richtung Prospektstraße — allein — heimging. Es hätte alles so ganz anders verlaufen können . . .

Als sie an einem Sonntagmorgen vom Gottesdienst heimkam, hörte sie Schritte hinter sich.

„Entschuldigen Sie", hörte sie eine freundliche Stimme sagen, „ich denke, ich habe den gleichen Weg wie Sie. Dann könnten wir ebensogut miteinander gehen."

Ein Mädchen mit fröhlichem Gesicht und funkelnden Augen holte sie ein. Jennifer erinnerte sich, dieses Mädchen in den Versammlungen auch schon gesehen zu haben.

„Warum nicht? Natürlich, ich würde mich freuen",

sagte Jennifer. „Ich wohne in der Prospektstraße Nr. 84."

„Ach ja, ich habe von Ihnen gehört — Sie müssen Fräulein Deane sein."

„Jennifer — bitte",bekam sie prompt zur Antwort.

„Danke, das hört sich freundschaftlich an", sagte die andere anerkennend. „Ich heiße Mary — Mary Matthews. Ich habe irgendwie das Gefühl, daß wir gute Freundinnen werden. Ich wohne nicht weit von Ihnen entfernt."

„Wirklich? Ich kann mich nicht erinnern, Sie dort herum schon einmal gesehen zu haben."

„Nein, ich bin nicht oft zu Hause — ich bin Krankenschwester", erklärte ihr die neue Freundin.

„Krankenschwester bist du?" Jennifer zeigte großes Interesse. Sie konnte sich gar nichts anderes denken, als daß dieses frische junge Mädchen mit dem fröhlichen Gesicht ein Sonnenstrahl in der Abteilung eines Krankenhauses war.

„Nun, ich bin erst ein knappes Jahr dort", fügte sie bescheiden hinzu, „ich habe noch einen langen Weg vor mir — aber dann werde ich eines Tages Missionarin sein."

„Wie wunderbar", rief Jennifer aus. „Weißt du, mein jüngster Bruder will auch Missionar werden. Er studiert Medizin. Ich wünschte, du würdest ihn einmal kennenlernen — ich bin sicher, für beide gäbe es viel gemeinsamen Gesprächsstoff."

Mary Matthews lächelte. „Wir haben immer viel Gemeinsames mit den Menschen, die den Herrn Jesus lieben, nicht wahr? Weißt du, Jennifer, es kommt mir so vor, als würden wir uns schon jahrelang kennen."

Jennifer hakte sich bei dem anderen Mädchen ein, glücklich, eine neue Freundin gefunden zu haben. „Ja, ich empfinde es genauso, Mary. Es ist fein, jemand zu treffen, mit dem man sich über den Herrn Jesus unterhalten kann."

Marys Gesicht hellte sich auf. „Oh, ich könnte ständig über ihn sprechen. Er hat sich an mir als wunderbarer Heiland erwiesen — wenn du nur wüßtest, aus wieviel Not er mich errettet hat."

Einen Augenblick huschte ein Schatten über ihr Gesicht, und sie senkte die Stimme zu einem Flüstern. „Meine Mutter und mein Vater verbringen mehr Zeit im Hotel als daheim, und da mußten wir eben selbst für uns sorgen. Ich wäre wohl — schließlich auf die Straße gegangen, wenn der Herr Jesus Christus mich nicht gefunden hätte. Nie kann ich ihm genug danken für das, was er für mich getan hat."

„Das können wir wohl alle sagen", stimmte ihr Jennifer bei; dabei kam ein heißes Gefühl der Dankbarkeit in ihrem eigenen Herzen hoch.

„Und er hat mich auch bewahrt", fuhr Mary fort, „als ich Christin geworden war, hatte ich zuerst Angst davor, in das alte Leben zurückzufallen — es standen so viele Versuchungen am Wege. Aber ich habe es erprobt, daß er einen vor dem Fall bewahren kann, wenn man ihm vertraut. Und das Schönste von allem ist, daß er mich berufen hat, ihm auf dem Missionsfeld zu dienen."

„Erzähl mir, wie es dazu kam!"

„Nun, das war so." Marys Gesicht glühte. „Nach meiner Bekehrung las ich nur wenige Bücher, meist über Menschen, die Gott gebraucht hat. Obwohl ich sie für sehr interessant hielt, schienen sie mir nie etwas Besonderes zu sagen. Dann las ich eines Tages über das Leben von Hudson Taylor, wie er nach seiner Bekehrung hörte, daß der Herr zu ihm sagte: ‚Gehe für mich nach China'; und irgendwie — ich kann es selbst nicht erklären — schienen diese Worte auf mich gemünzt zu sein. Ich konnte in dem Augenblick nicht weiterlesen, bis ich auf meine Knie fiel und sagte: ‚Herr, ich werde gehen.' Warum es gerade China sein soll, weiß ich nicht, aber der Herr weiß es, und ich will es ihm überlassen!"

Jennifer spürte eine große Sehnsucht in ihrem Herzen. Es muß wundervoll sein, dachte sie, auf solche Weise von Gott berufen zu werden. Aber eine solche Erfahrung hatte sie noch nie gemacht. Nur Schritt für Schritt zu folgen, wie sich der Weg vor ihr öffnete, das war ihr Los gewesen, und auch jetzt konnte sie nicht sehen, was hinter der nächsten

Wegbiegung war. Aber er hatte ihr verheißen, daß sie niemals allein gehen müßte ... Konnte sie mehr verlangen?

„Anfangs schien es völlig abwegig", fuhr Mary fort, „daß ein Mädchen wie ich sich zur Krankenschwester ausbilden läßt, um dann auf das Missionsfeld hinauszugehen! Meine ganze Familie und meine Freunde sagten mir, ich sei verrückt und ich würde das niemals durchhalten, aber ich habe mein ganzes Vertrauen in den Herrn gesetzt und es soweit auch noch nicht bedauert."

„Das wirst du auch niemals bereuen müssen, Mary." Jennifer war fest überzeugt von dem, was sie da eben sagte. „Er wird dich durchbringen."

Mary Matthews blickte ihrer Begleiterin ins Gesicht. Sie konnte an Jahren nicht viel älter sein als sie selbst, aber aus ihrer Stimme und dem Ausdruck ihres Gesichtes sprach ein Glaube, der erprobt und erfahren worden war. „Du scheinst es zu wissen, Jennifer", sagte sie nach einer Weile.

„Ja, Mary", sagte Jennifer leise, die Augen in die Ferne gerichtet, „ich weiß es bestimmt."

Mittlerweile hatten sie das Haus erreicht, in dem Jennifer wohnte, und sie blieb am Tor stehen. „Ich kenne zwar noch nicht viele in der Gemeinde, aber es ist sehr schön, daß ich dich getroffen habe, Mary. Ich bin auch so froh, daß du mich angesprochen hast."

„In der Kirche dort sind einige sehr nette Leute, Jennifer. Mit der Zeit wirst du alle kennenlernen. Ich muß dich der Frau Worthy vorstellen — du wirst sie liebgewinnen. Sie ist vor nicht allzulanger Zeit hergezogen. Sie hat ein sehr trauriges Leben hinter sich, aber ihr Glaube ist wunderbar."

„Ja", pflichtete ihr Jennifer bei, „es tut einem gut, solche Menschen kennenzulernen. Ich würde dich gern Philip vorstellen — er kommt recht oft nach Hause. Natürlich haben wir, solange Mutter so sehr krank war, nicht so gern Besuch empfangen; aber es scheint ihr jetzt schon ein wenig besser zu gehen, und bei dir — ist es sowieso etwas anderes."

Mary lachte. „Ich könnte mich sogar manchmal etwas nützlich machen, wenn die Patientin einmal nicht ganz bequem sitzt . . .“ Sie blickte Jennifer etwas zweifelnd an.

Jennifer lächelte ihr ermutigend zu. „Mach dir keine Sorgen — ich bin nur eine armselige Krankenpflegerin. Wir alle würden sehr dankbar sein, wenn du gelegentlich kurz vorbeikommen und nach Mutter sehen könntest, natürlich nur, wenn du auch Zeit hast.“

„Selbstverständlich werde ich das“, war Marys Antwort. „Ich werde morgen vorbeikommen und nach ihr sehen, bevor ich wieder zum Dienst gehe.“

Mary Matthews hielt Wort. Am anderen Morgen kam sie. Es war nur ein Besuch im Vorbeigehen, wie sie sagte, da sie um zwölf Uhr schon wieder im Krankenhaus sein mußte.

Jennifer unterbrach ihre Vorbereitungen zum Mittagessen, um eine Tasse Tee für sie zu machen. Mary aber bestand darauf, daß das nicht nötig sei.

„Ich kann oft für ein paar Minuten heraufkommen, wenn mein Weg mich hier vorbeiführt, Jennifer; nur möchte ich nicht, daß du dich verpflichtet fühlst, mir irgend etwas vorzusetzen. Wenn du es doch tust, habe ich das Gefühl, dir nur lästig zu sein.“

So blieb Jennifer nichts übrig, als ihrer neuen Freundin zuzustimmen.

Mary verbrachte die nächsten zehn Minuten bei Frau Deane. Sie schüttelte ihr die Kissen und die Bettdecke auf, stellte ihr eine frische Schale Stiefmütterchen ans Bett. Dann setzte sie sich zu ihr, um ihr geduldig und verständnisvoll zuzuhören, wie sie ihr alle Einzelheiten ihrer Krankheit schilderte. Dann wechselte sie einige muntere Worte mit der Kranken, sammelte ihre Sachen zusammen und war auch schon gegangen, nicht ohne versprochezu haben, bald wiederzukommen.

Julia liebte ihren Besuch. „Das Mädchen ist eine geborene Krankenschwester, Jennifer“, erklärte sie. „Ich fühle mich schon viel besser.“

„Ja, dessen bin ich sicher, Mutter.“ Jennifer freute sich,

daß Mary ihr so großen Eindruck gemacht hatte.

„Sie ist so fröhlich. Wir freuen uns schon, sie wiederzusehen. Ich glaube, der Postbote ist eben gekommen. Ich gehe mal schnell hinunter und sehe nach, ob Briefe für uns dabei sind."

In wenigen Minuten war Jennifer wieder da, einen Briefumschlag in der Hand. „Für mich — von Philip", verkündete sie.

„Oh." Ein enttäuschter Ausdruck stand auf dem Gesicht der Mutter. „Ich dachte, es könnte eine Nachricht von Rodger sein."

Jennifer war heilfroh, daß die Mutter ihr Gesicht jetzt nicht sehen konnte.

„Ich nehme an, er wird sehr beschäftigt sein in — vielleicht schreibt er später einmal." Sie versuchte, ihren Worten ein wenig Hoffnung zu verleihen.

„Nun, was schreibt Philip denn? " kam die ungeduldige Frage vom Bett her.

„Nur so." Es war nur ein kurzes Schreiben, und Jennifer überflog seinen Inhalt nur flüchtig.

„Mutter, ist das nicht wunderbar? Hör mal. Er schreibt: ‚Ich kann einige Tage nicht zu euch kommen, darum schreibe ich euch, weil ich euch unbedingt meine Neuigkeit mitteilen muß. Ich habe darum gebetet, der Herr möchte mir zeigen, wohin er mich senden will; in der letzten Nacht erhielt ich die Antwort. Er will, daß ich nach China gehe. Hast du gewußt, Jennifer, daß dort fast eine Million Menschen in jedem Monat sterben, ohne Christus zu kennen? Ich habe das Gefühl, nicht schnell genug hinkommen zu können, um ihnen die Botschaft vom Kreuz zu bringen.' "

Jennifer reichte ihrer Mutter den Brief hinüber, ihr Gesicht strahlte.

„Ist das nicht wunderbar, Mutter? " sagte sie noch einmal.

Aber Frau Julia schüttelte den Kopf. „Ich kann mir nicht vorstellen, was daran wunderbar sein soll. Ich sehe auch nicht ein, warum er so weit fort will. Ist es nicht schlimm genug, daß ich Rodger in Neuguinea habe? Jetzt will Philip noch nach China gehen. Ich kann nur hoffen, daß er dran denkt, seiner Mutter gelegentlich einen Brief zu schreiben, wenn er hinausgeht — mehr kann ich dazu nicht sagen."

„Er wird es schon nicht vergessen, Mutter", sagte Jennifer zuversichtlich. „Aber das Schönste daran ist — Mary hat mir gestern abend gerade erst erzählt, daß sie den Ruf hat, als Missionarin nach China zu gehen. Ich sagte ihr, ich hätte sie gern einmal Philip vorgestellt. Aber ich hatte ja keine Ahnung, daß er uns schreibt, sein Weg führe ebenfalls nach China. Es ist wunderbar, wie sich die Dinge gestalten."

„Was du nicht sagst!" Julia zeigte auf einmal neues Interesse. „Mary geht nach China, sagtest du doch, nicht wahr? Das ist etwas anderes — " Und Philips Brief lag unbeachtet auf dem Bett, als Frau Deane wieder ihre eigenen phantasiereichen Bilder von der Zukunft zu weben begann.

Jennifer nahm ihre unterbrochene Arbeit in der Küche wieder auf, um das Essen zu richten.

Julia aber fuhr plötzlich aus ihren Träumen hoch und langte nach der Morgenzeitung. Sie hatte sie in ihrer Aufregung am Morgen nur flüchtig durchgelesen. Sie las die allgemeinen Nachrichten und schlug dann die Seite auf, wo gesellschaftliche Ereignisse zu lesen waren. Dort erschienen gewöhnlich die Namen von solchen, die sie kannte . . .

„Jennifer!"

Auf den plötzlichen Schrei hin, der aus dem Schlafzimmer kam, drehte sich Jennifer, die gerade am Herd hantierte, um und stürzte los.

„Jennifer, komm doch mal her!" rief die Mutter.

Sie eilte zur Tür und sah, wie ihre Mutter wild die Zeitung schwenkte.

„Nanu, Mutter, was ist denn los? " rief sie. „Schlimme Nachrichten? "

„Schlechte Nachrichten? Hier, lies selbst!" Und mit zitterndem Finger zeigte Julia auf die Spalte mit der Überschrift „Öffentliche Verlobungen".

Jennifer nahm das Blatt und überlas rasch die Spalte. Dann stand sie plötzlich wie versteinert, ihre Augen klebten förmlich an dem, was da gedruckt stand.

„Siehst du es nicht? " kreischte Julia.

Ob sie es sah? Natürlich sah sie es. Sie konnte sonst nichts anderes sehen. Da stand es, die ganze Welt konnte es lesen:

Hiermit wird die Verlobung von
Doreen, einziger Tochter von Herrn und Frau Jackson,
mit
John Lynton
bekanntgegeben.

24

Die Zeitung fiel Jennifer aus der Hand und flatterte zu Boden. Also John und Doreen hatten sich verlobt, um zu heiraten — ihr John wollte Doreen heiraten! Die Worte hallten ihr wie Hammerschläge im Ohr, aber ihr Geist wollte es nicht fassen.

Da mußte ein Irrtum vorliegen, sagte Jennifer sich. Das konnte nicht wahr sein. John hatte Doreen nie begehrt. Er hatte immer nur sie haben wollen — Jennifer.

Sie erinnerte sich an die Worte, die er ihr sagte, den Glanz in seinen Augen . „Jennifer, ich liebe dich — ich werde niemals aufhören, dich zu lieben — "

Aber dann hatte sie ihn zurückgewiesen. Vielleicht lag ihm nichts mehr an ihr. Vielleicht liebte er jetzt wirklich Doreen . . .

„Dabei soll Doreen Jackson deine Freundin sein, Jennifer", ereiferte sich ihre Mutter, „das beweist dir wieder einmal — du kannst niemandem trauen!"

„Aber ich — ich habe ihn doch abgewiesen", sagte Jennifer unsicher. „Natürlich ist er jetzt ganz frei."

„Nein, dieses gerissene ‚Flittchen' von einem Mädchen steckt nur dahinter!" fuhr Julia fort. Sie war sehr erbost. „Ich habe sie nie gemocht."

„Mutter", wies Jennifer sie scharf zurecht, „so solltest du nicht reden. Du darfst Doreen nicht die Schuld geben."

Aber während sie noch diese Worte sprach, erinnerte sich Jennifer an den Tag, als sie Doreen das letzte Mal getroffen hatte — an Doreens hochnäsiges und arrogantes Benehmen und ihre verletzenden Worte — „als Reaktion darauf werde ich ihn doch noch bekommen — wer zuletzt lacht, lacht am besten " .

Es sah alles danach aus, daß Doreen schließlich mit diesem Wort doch recht behielt. Sie würde John heiraten. Sie hatte ihn immer haben wollen, wie sie sagte. Aber würde sie ihn glücklich machen können?

Für den Rest dieses Tages ging Jennifer in einem Zustand dumpfer Betäubung umher — von quälenden Fragen verfolgt. Sie erinnerte sich an die Drohung, die John beim letzten Abschied ausgesprochen hatte — er würde zum Teufel gehen. Wohin würde ihn die Verbindung mit Doreen bringen? War dies der erste, unwiderrufliche Schritt in Richtung auf das Ziel, das er sich selbst gewählt hatte?

Jennifer wußte, wie Johns Leben mit Doreen aussehen würde — Cocktail-Parties, Nachtklubs, Pferderennen, Kartenspiel.

Plötzlich überkam Jennifer ein furchtbarer Zweifel. Hatte sie richtig gehandelt, als sie ihm die Ehe mit ihr versagte? Würde er nicht ein gutes, ordentliches Leben geführt haben, wenn sie seinen Antrag angenommen hätte? Wenn es wirklich so wäre, dann müßte sie sich alle Schuld geben, wenn er jetzt sein Leben zugrunde richtete. Der Gedanke daran erdrückte sie fast, bis der Glaube ihr half, allen Zweifel entschlossen hinter sich zu lassen.

Sie mußte richtig gehandelt haben — sie hatte das Rechte getan, denn sie konnte dafür Gottes Wort selbst zum Zeugen anrufen. Sein Wort konnte nicht lügen.

Wenn sie John auch geheiratet hätte — sie hätte ihn doch nicht retten können. Die einzige Macht, die ihn retten konnte, war die Macht Christi, die sein Herz ändern und ihn selbst erneuern konnte.

Hatte sie nicht darum gebetet? Betete sie nicht immer noch?

Aber jetzt lagen die Dinge anders. Wenn er Doreen wirklich die Ehe versprochen hatte, mußte sie jetzt auch für Doreen beten. Sie hatte früher schon einmal für Doreen gebetet, hatte ihr auch deutlich erklärt, welchen Anspruch Christus auf ihr Leben hatte. Doreen war aber allmählich in den Hintergrund getreten, als so viele andere Menschen und Ereignisse in ihr Leben getreten waren. Doch die Tatsache blieb bestehen, daß Doreen ebenso wie John einen Heiland brauchte und daß die beiden nun miteinander auf die ewige Verdammnis zugingen. Jennifer wußte, daß sie darum für die beiden beten mußte.

Für John rief sie ständig zu Gott, seit ihrer Trennung war kein Tag vergangen, an dem sie nicht für ihn gebetet hatte. Aber Doreen — konnte sie in gleicher Weise auch für sie beten? Doreen, die drauf und dran war, ihr gewaltsam den Platz wegzunehmen, der eigentlich der ihre gewesen sein sollte?

Natürlich, so sagte sie sich immer wieder, hatte sie John eine Absage gegeben; aber Doreen hatte diese Situation für sich ausgenutzt, um ihren eigenen Zielen näherzukommen. Solange sich John noch nicht gebunden hatte, bestand immer noch Hoffnung, wenn auch nur sehr entfernt, daß sie beide sich eines Tages auf einer gemeinsamen Ebene wieder begegnen und sich aussöhnen würden; aber wenn er Doreen zu seiner Frau machte . . .

Jennifer hatte in jener Nacht einen schweren Kampf durchzustehen, den sie vorher nie für möglich gehalten hätte. Bisher hatte sie alles ihrem Herrn ausgeliefert — sie hatte ihm alles überlassen — aber dies hier war etwas Neues. Dies war etwas, mit dem sie selbst fertigwerden wollte.

Wie gern wäre sie Doreen gegenübergetreten, um ihr einiges von dem zu sagen, was in ihrem Herzen brannte. Sie hätte ihr gern gesagt, daß John Doreen gar nicht liebt — daß er Doreen nie lieben würde — es gab so vieles, was Jennifer Doreen sagen wollte . . .

Wenn sie nun dies alles dem Herrn Jesus hinlegte, ihm überließ, diesen Kampf zu Ende zu führen, was würde er daraus machen? Nicht das, was sie gern wollte, das wußte sie. Diese kleine Sache wollte sie für sich behalten. Die großen Dinge hatte sie alle ihm überlassen — die Dinge von Bedeutung. Dies würde doch daran nichts ändern. Doch was sagte er?

„Will mir jemand nachfolgen, der verleugne sich selbst, und nehme sein Kreuz auf sich täglich, und folge mir nach."

Tägliche Hingabe — danach fragte Jesus — er wollte die Kontrolle über all jene kleinen, unerwarteten Dinge haben, die es Tag für Tag gab. Und dazu gehörte auch, wie sie sich Doreen gegenüber verhielt. War es nicht merkwürdig, daß es Jennifer so schwer fiel, sich in einer so geringfügigen Sache dem Herrn Jesus hinzugeben? Sie hatte doch schon die größten Entscheidungen ihres Lebens Jesus überlassen.

Mitten in diesem inneren Kampf mußte Jennifer auf den Weg zurückblicken, den sie bisher in ihrem Leben gegangen war. Es war nicht leicht gewesen. Schatten und Sonnenschein hatten oft gewechselt, aber was hatte das Ganze erst lohnend gemacht? War es nicht die Tatsache, in jedem Augenblick zu wissen, daß Jesus dicht bei ihr war, die Gewißheit, daß sie Tag für Tag und Stunde um Stunde in seiner Liebe bewahrt wurde?

Was hatte ihr Pastor Ransome an jenem Abend in seinem Zimmer gesagt? „Er kann Sie nur bewahren, wenn Sie von einem Augenblick zum anderen sich ihm ausliefern."

Jetzt konnte Jennifer den Sinn dieser Worte besser begreifen. Sie konnte zwar die Kontrolle über diese Angelegenheit in ihren Händen behalten und selbständig handeln, wenn sie wollte; aber sie wußte: wenn sie das tat, würde sie sich seine durchtragende und bewahrende Macht verscherzen. Und Jennifer wußte, daß dies ein zu hoher Preis dafür war. Sie war so völlig abhängig von seiner Kraft geworden, daß sie genau wußte, sie würde ohne ihn zu Fall kommen.

Indem sie sich ihre eigene Schwachheit eingestand, wurde ihr Stolz und Aufbegehren in den Staub gelegt. Etwas von Gottes großer Barmherzigkeit durchströmte sie, so daß sie ihm ihr ganzes Herz ausschütten konnte.

Dann betete sie innig für den Mann, den sie so sehr liebte, auch den Namen Doreen Jackson konnte sie dabei aussprechen, ohne eine Spur von Bitterkeit oder Groll zu empfinden. Und Jennifer erhob sich schließlich von ihrem Gebet mit der Gewißheit, daß Gott sie erhört hatte. Wie und wann es in Erfüllung gehen würde, wußte sie nicht; sie wollte auch nicht danach fragen; aber mit einer Gewißheit, die tiefer liegt als die Dinge, die man mit den Sinnen wahrnimmt, konnte sie sagen, daß die beiden, um deren Heil sie in jener Nacht gebetet hatte, eines Tages zur Schar der Erlösten sicher hinzukommen würden.

Julia war durch die Gemütsverfassung ihrer Tochter verblüfft. Sie hatte den niederschmetterndsten Schlag erlitten, der je einer jungen Frau zugefügt werden konnte. Julia mußte jedoch feststellen, daß Jennifer, nachdem der erste Schock vorüber war, sogar noch fröhlicher ihre Arbeit im Hause verrichtete als zuvor. Und Julia war scharfsinnig genug, um zu sehen, daß es echt war. Sie hatte im Bett sehr viel Zeit, über die Dinge nachzudenken.

Bald war Julia des Lesens müde, und sie fing an, sich an irgendeiner Handarbeit zu versuchen. Aber ihre linke Hand war doch noch sehr schwach, und es fiel ihr schwer, ihre Arbeit längere Zeit in der Hand zu halten. Als sie dann nichts mehr hatte, womit sie sich beschäftigen konnte, begann sie, der Reihe nach über vieles nachzudenken und sich ihr Bild zu machen.

Zuerst ging es um Jennifer. Jennifers religiöse Überzeugung hatte die Bewährungsprobe bestanden. Wenn sie an das eigensinnige, egoistische und vergnügungssüchtige Mädchen dachte, das ihre Tochter einst gewesen, fiel es ihr schwer, zu glauben, daß dieses Wesen ein und dieselbe Person sein sollte.

Und Philip — Philip hatte nie in seinem Leben so eifrig studiert wie seit dem Tage, da er anfing, emsig zur Kirche zu gehen.

Aber erst ihr Anton! Er war sehr tapfer gewesen. In ihrem Herzen bewunderte sie ihn für das, was er getan hatte; aber das hatte sie ihm nie gesagt. Damals, als er es tat, hätte sie es ihm nicht sagen können, und jetzt gab es dazu keine Gelegenheit, weil er diese Angelegenheit überhaupt nicht mit ihr besprach. Aber vielleicht würde sie es ihm eines Tages doch sagen.

Und die kleine Mary Matthews! Sie gehörte auch zu ihnen, hierher, und aus dem, was sich Julia zusammenreimen konnte, hatte sie einen sehr schweren Kampf gehabt. Vielleicht war schließlich doch etwas Lohnendes daran, Christ zu sein.

Manchmal hörte sie bei den Gesprächen zu, die sie miteinander führten, wenn sie meinten, sie wäre eingeschlafen. Aber das schien für Julia alles viel zu schwer verständlich zu sein. Sie hätten ebensogut in einer fremden Sprache miteinander reden können, so wenig konnte sie von alledem verstehen.

„Gerettet durch die Gnade“ — „gerechtfertigt durch den Glauben“ — „keine Verdammnis“ — das alles waren für Julia bloße Worte, die sie auch weiterhin völlig im Dunkeln ließen.

Natürlich konnte keiner von ihnen wissen, daß sie selbst nach dem Licht suchte, sonst hätten sie sich mit Freuden zu ihr gesetzt und versucht, ihr die Dinge zu zeigen, die sie nicht erkennen konnte.

Aber Julia war noch sehr im Zweifel über alles, was Religion hieß. Sie war diesen Dingen ihr ganzes bisheriges Leben lang sorgfältig aus dem Wege gegangen. So behielt sie auch jetzt ihre Fragen für sich.

Irgendwie schienen aber diese Dinge mehr und mehr auf sie zuzukommen und drohten auch sie ganz einzuhüllen in einer allumfassenden Umarmung . . .

„Mutter“, begann Jennifer eines Nachmittags, als sie bei Julia saß und Wäsche ausbesserte. „Ich möchte dich um einen Gefallen bitten.“

„Was denn? “ kam die etwas zweifelnde Frage.

„Sieh einmal“, fuhr Jennifer fort, „es gibt hier in unserer Straße so viele Kinder, die keinen ordentlichen Platz zum Spielen haben; niemand scheint sich darum zu kümmern, was aus ihnen wird. Ich sehe sie immer, wenn ich zu den Gottesdiensten gehe."

„Aber, was kannst du denn da tun? "

„Ich habe eine Idee – wenn es dir recht ist." Jennifer fing an, sich für diesen Gedanken zu begeistern. „Ich dachte daran, einige von ihnen an einem Nachmittag zu sammeln und hier herauf zu bringen, um ihnen eine ‚glückliche Stunde' zu gestalten, wenn es dir nicht zuviel wird."

„Und was hast du dir unter einer ‚glücklichen Stunde' konkret vorgestellt? " Julia schien noch im Zweifel zu sein.

„Ach, weißt du, das habe ich mir so gedacht: ich bringe ihnen ein paar schlichte Lieder bei, dann könnten wir irgendein Ratespiel oder etwas ähnliches miteinander machen, und zum Schluß erzähle ich ihnen eine biblische Geschichte."

„Aber sie können doch auch zur Sonntagsschule gehen, wenn sie Geschichten aus der Bibel hören wollen", wehrte Frau Deane ab.

„Das ist es ja gerade", erwiderte Jennifer schnell, „sie gehen nicht zur Sonntagsschule – die meisten von ihnen nicht. Aber sie kommen vielleicht ganz gern zu so etwas während der Woche."

„Na gut", seufzte Julia, die im Geist einen neuen Charakterzug ihrer Tochter zu ergründen suchte, den sie nicht verstehen konnte, „das geht über meinen Horizont, Jennifer. Ich dachte, du hättest gerade genug zu tun, auch ohne dir den Kopf über all die vielen kleinen Bengels in der Nachbarschaft zu zerbrechen. Aber wenn du es wirklich tun willst – ich will nicht diejenige sein, die dich davon abhält."

So begannen Jennifers „Fröhliche Stunden". Und es waren wirklich glückliche Stunden. Zuerst lud sie nur wenige Kinder ein, die sie bei ihren täglichen Besorgungen durch freundliches Grüßen kennengelernt hatte. Bald aber verbreitete sich diese Neuigkeit, und es dauerte gar nicht lange, da traf sich praktisch die gesamte Kinderschar der Prospektstraße im Haus Nr. 84.

Jennifer war über diese Reaktion selbst erstaunt. Alle Sorten von Kindern verschiedenen Alters strömten herein, von den ganz Kleinen mit ihren scheuen und schmutzigen Gesichtern bis zu den hochaufgeschossenen, stürmischen Zehnjährigen mit ihren Schulranzen auf dem Rücken, die Jennifer argwöhnisch von der Tür her musterten, entschlossen, sich durch keinen Trick „einfangen" zu lassen, und doch ängstlich darauf bedacht, daß ihnen nichts von alledem entging.

„Sagen Sie, Fräulein, was soll das alles heißen? " wollte einer von den stämmigen jungen Kerlchen wissen, die Hände tief in den Hosentaschen vergraben. „Warte doch erst mal ab", gab Jennifer schlagfertig zurück.

Damit war die Einladung angenommen.

Der Gedanke an diese Kinder ließ Jennifer keine Ruhe in ihrem Herzen. Irgendwie wirkten sie viel älter als sie es wirklich waren. Vielleicht deshalb, weil sie schon in so jungen Jahren ganz auf sich selbst gestellt waren, dachte sie. Einige von ihnen schienen überhaupt keine Kindheit gehabt zu haben, nach dem sorgenvollen Ausdruck auf ihren kleinen Gesichtern zu urteilen.

Natürlich gab es dabei auch Ausnahmen — die wenigen gutversorgten Kinder in ihren hübschen, sauberen Kleidern und mit ihren hellen, glücklichen Gesichtern. Die ließen aber den Gegensatz zu den anderen nur um so schmerzlicher hervortreten.

In der „Fröhlichen Stunde" gab es keine Unterschiede. Alle waren lebhaft beim Singen der Lieder bei der Sache, beteiligten sich begeistert bei den kleinen Wettbewerbsspielen und hörten mit großer Spannung zu, wenn die Geschichte erzählt wurde.

Jennifer entlieh sich in der Kirche etliches Lehrmaterial und ergänzte es durch eigenes, das sie aus dem Stegreif heraus entwickelte, aus allerhand Kleinigkeiten, die ihr gerade unter die Hand kamen.

Sie hatte gewiß keine Arbeitsmethoden, wie sie jemand anwendet, der darin ausgebildet ist, aber sie dienten doch dazu, die Wahrheit zu veranschaulichen, die sie diesen Kindern nahezubringen versuchte.

Dabei verlief freilich nicht immer alles so, wie es im Plan vorgesehen war, denn man konnte nie vorher sagen, was diese Kinder als Nächstes tun würden.

Eines Tages entwickelte sich eine hitzige Debatte, wie man in den Himmel kommt; es dauerte eine ganze Weile, bis Jennifer endlich auch zu Wort kam.

„Mama sagt, wenn ich ein gutes Mädchen bin und alle Brotkrusten aufesse, komm' ich in' Himmel", erklärte eine Sechsjährige mit Nachdruck.

Schallendes Gelächter war die Antwort.

„Puh", spottete einer von den größeren Jungen, „im Himmel essen sie doch gar keine Brotkrusten."

„Ich meine, man muß schrecklich brav sein, dann kommt man auch in den Himmel", bemerkte ein anderes kleines Mädchen mit braunen Augen und nachdenklichem Gesicht.

„Was sagst du uns da!" Einer von den kräftigen jungen Burschen lenkte die Aufmerksamkeit aller auf sich, denn er sprach sehr laut. „Mein Vati sagt, du bist schon in Ordnung, wenn du nicht fluchst und nicht lügst un' annerer Leute Sachen nich' klaust."

„Dann bist du aber draußen, Tommy", sagte einer von seinen Kameraden vorwurfsvoll, indem er sich ruckartig zu ihm umdrehte, „ich habe heute in der Schule gehört, wie du geflucht hast."

„Ich auch!"

„Aber Kinder, bitte!" Jennifer klopfte hart mit den Knöcheln der Hand gegen die Tür, bemüht, die Ordnung wiederherzustellen. „Hört mir doch mal zu — ich werde euch etwas über den Himmel erzählen. Es gibt nur einen Weg, um dort hinzukommen, und die meisten unter euch scheinen auf der falschen Spur zu sein."

Glücklicherweise hatte sie ein Stück gelbe Kreide in der Tasche und schrieb rasch auf die Rückseite der Wohnzimmertür die Buchstaben „J-E-S-U-S".

Aller Augen waren auf sie gerichtet. Sie schickte ein Stoßgebet um rechte Führung zum Himmel und fuhr dann fort: „Seht ihr, der Himmel ist ein Ort, den Gott für seine Kinder bereitet hat. In seinem Buch — der Bibel — sagt er uns, wie wir dahin kommen. Darum müssen wir, wenn wir in den Himmel kommen wollen, das tun, was die Bibel uns sagt. Und Gott hat eine Tür in den Himmel gemacht — gerade wie diese Tür hier — und wenn ihr nicht durch Gottes Tür hineingeht, könnt ihr überhaupt nicht hineinkommen. Seht, dies ist der Name, der auf Gottes Tür zu lesen ist — JESUS. Das heißt, der Herr Jesus selbst ist die Tür, und er ist auch der einzige Weg, auf dem jemand in den Himmel kommen kann. Jeder muß erst zu Jesus kommen. Er starb am Kreuz, damit er unsere Sünden wegnehmen und uns reine Herzen geben kann, damit wir gut genug sind, in den Himmel einzugehen und bei ihm zu leben."

Es war eine ziemlich nüchterne, kleine Gesellschaft, die sich dann schließlich zerstreute und Jennifer mit ihrer Mutter allein ließ.

Jennifer ging mit Besorgnis in das Zimmer ihrer Mutter hinüber. Die Kinder hatten sich heute flegelhafter als sonst benommen, und Jennifer fragte sich, was wohl ihre Mutter dazu sagen würde.

Aber Julia saß lächelnd in ihrem Bett. „Ich habe so meine Freude daran gehabt, Jennifer", erklärte sie. „Sie sind spaßig, nicht wahr? Was sie so für Ideen haben!"

Jennifer war sichtlich erleichtert. „Und ich dachte, sie könnten dir heute zu laut gewesen sein, Mutter. Sie waren heute sehr lebhaft."

„Ach, das habe ich gar nicht so gemerkt. Ich war ganz interessiert an dem, was sie sagten — und auch an dem, was du gesagt hast. Es schien so leicht, dem zu folgen. Ich habe in der Weise noch nie darüber nachgedacht."

Jennifer warf einen raschen Blick auf ihre Mutter. War es möglich, daß der Herr durch eine schlichte Botschaft, die an Kinder gerichtet war, ihr Herz erreicht hatte?

Aber Julia war, müde von den Aufregungen des Nachmittags, auf ihr Kissen zurückgesunken und hielt die Augen geschlossen.

Jennifer schlich eben auf den Zehenspitzen aus dem Zimmer, als sie jemand die Treppe heraufkommen hörte. Es war Mary.

„Jennifer“, begann sie, noch ganz außer Atem, „ich kann nicht lange bleiben. Ich bin nur schnell mal hereingekommen, um dir von einem Mädchen etwas auszurichten, das in unserem Krankenhaus liegt.“

„Oh“, fragte Jennifer überrascht, „kennt sie mich?“

„Ja“, fuhr Mary fort, „und sie möchte, daß du sie besuchst. Sie ist wirklich schwerkrank, darum hielt ich es für besser, sofort zu kommen und es dir zu sagen.“

„Das ist sehr lieb von dir, Mary. Aber wer ist sie?“ fügte sie neugierig hinzu.

Mary zögerte. „Sie wollte nicht, daß ich dir ihren Namen nenne. Sie äußerte die Befürchtung, daß du dann wohl nicht kommen würdest, wenn du ihren Namen weißt. Aber ich habe ihr schon gesagt, daß diese Befürchtung unbegründet ist.“

„Sicher, ich werde bestimmt hingehen, Mary. Aber wie heißt sie nun?“

Mary blickte ihre Freundin fest an. „Doreen Jackson heißt sie.“

25

„Doreen — Doreen soll im Krankenhaus sein?" rief Jennifer ungläubig.

„Sie kann es doch nicht sein, Mary — das muß ein Irrtum sein."

Aber Mary schüttelte den Kopf. „Nein, Jennifer, ich fürchte, es ist die Wahrheit", sagte sie traurig. „Doreen ist krank — sogar sehr krank."

„Nun, dann muß es aber sehr plötzlich gekommen sein", wehrte sich Jennifer immer noch. „Als ich das letzte Mal von Doreen hörte, ging es ihr noch ganz gut."

Mary machte ein ernstes Gesicht. „Es mag schon sein, daß ihr äußerlich nichts zu fehlen schien — aber die Tuberkulose ist eine von den Krankheiten, die sich nicht immer gleich nach außen hin zeigen — bis es dann zu spät ist."

Jennifer stockte der Atem. „Mary — aber für Doreen ist es doch noch nicht zu spät, nicht wahr?" Auf ihrem Gesicht erschien dabei ein Ausdruck von Schreck und Besorgnis zugleich.

Die andere antwortete nicht gleich. „Das zu sagen, bin ich nicht zuständig, meine Liebe", sagte sie schließlich. „Aber ich an deiner Stelle würde keine Zeit verlieren, zu ihr zu gehen, um sie noch einmal zu sehen."

„Ich werde heute abend noch hingehen", stimmte Jennifer ihr bereitwillig zu. „Aber ich kann mir gar nicht denken, warum sie gerade mich sehen will."

Mary hielt ihren Blick fest auf das Gesicht der Freundin gerichtet. „Sie scheint etwas auf dem Herzen zu haben, Jennifer — sie sagt, sie muß dich unbedingt sprechen."

„Aber wie fand sie heraus, daß du mich kennst? Das möchte ich wissen."

„Nun, das war so“, fuhr Mary fort. „Sobald ich ihren Namen las, mußte ich an das denken, was du mir über John und Doreen erzählt hast. Und dann hatte ich es auch bald heraus, daß sie dieses Mädchen war. Darum wandte ich ihr mein besonderes Interesse zu. Ich konnte sehen, daß etwas sie sehr bedrückte, und versuchte, ihr zu helfen. Zuerst wollte sie nicht viel sagen, aber schließlich erzählte sie mir, sie habe den Wunsch, ein Mädchen wiederzusehen, das früher einmal ihre engste Freundin gewesen war; und als ich sie nach deren Namen fragte, war ich überhaupt nicht überrascht, als sie ‚Jennifer Deane‘ sagte.“

Jennifer schien sehr nachdenklich. „Sonderbar, daß du ihr gerade so begegnet bist, Mary.“

„Sonderbar?“ Mary Matthews nahm die Hand ihrer Freundin und drückte sie herzlich. „Nein, meine Liebe. Ich glaube, daß es eine göttliche Fügung ist. Der Herr hat das so geführt. Doreen braucht Christus, Jennifer!“

„Ich weiß.“ Jennifers Stimme klang heiser. „Aber Mary, was kann ich ihr denn sagen? Ich bin so unsicher, wenn ich in ein Krankenhaus komme, weiß auch nicht richtig, wie ich mich am besten verhalte, besonders wenn es sich um eine Schwerkranke handelt.“

„Du kannst ihr helfen — ich weiß es bestimmt. Und sie fühlte es ebenso, daß du es kannst. Es ist ihr nicht gestattet, Besuch zu empfangen. Aber sie hat besonders darum gebeten, daß man dich hineinläßt. Ich sagte ihr, daß du auch sicher kommen würdest.“

„Natürlich, das werde ich auch — aber du mußt dann für mich beten, Mary.“ Tränen traten ihr in die Augen.

Mary legte ihren Arm um sie. „Mit mir kannst du rechnen, Jennifer“, sagte sie beruhigend. „Und du kannst auch mit Jesus rechnen — er versagt niemals.“

Jennifer lächelte ihr dankbar zu. „Danke dir, Liebe“, brachte sie ziemlich zaghaft hervor. An Marys Glaube konnte sie sich immer ein Beispiel nehmen.

Es war noch früh am Abend, als Jennifer sich am gleichen Tag noch auf den Weg zum Krankenhaus machte. In ihrem Kopf jagten sich die Gedanken. Wenn es nur an ihr gelegen hätte, so würde sie alles getan haben, um diesem Besuch aus dem Wege zu gehen. Aber es lag nicht an ihr, dies zu entscheiden. Tief im Herzen wußte sie, daß Mary recht hatte — die Hand des Herrn war hier mit im Spiel.

Doreen Jackson lag vielleicht schon im Schatten der Ewigkeit. Angenommen, daß es nicht mehr besser mit ihr würde — angenommen, daß es nur noch wenige Tage waren, die ihr zum Leben blieben, was würde die Ewigkeit für sie bereithalten? Jennifer zitterte bei dem Gedanken. Was konnte sie ihrer einstigen Freundin sagen?

Jennifer erinnerte sich, wie sie einmal mit Doreen darüber gesprochen hatte, daß sie doch Christus als ihren Heiland annehmen müßte. Aber sie hatte nichts als Spott zur Antwort bekommen. Aber damals war Doreen gesund und stark gewesen. Vielleicht würde sie jetzt mehr Bereitschaft zum Zuhören zeigen . . .

Jennifer war sich ihrer eigenen Grenzen bewußt. Darum betete sie jetzt still, sie erhob ihr Herz zu Gott, daß er ihr beistehen und sie leiten möge.

Sie hatte nun das Krankenhaus erreicht und stieg mit wild pochendem Herzen die breiten Treppen hinauf.

Wer würde außer ihr noch da sein? Das hätte sie gern gewußt. Vielleicht Herr und Frau Jackson? — In früheren Zeiten hatte sie sich mit ihnen immer gut verstanden.

Oder John? Ihr Herz setzte einen Schlag lang aus. Sicher würde John da sein. Jennifer fühlte sich plötzlich krank vor lauter Sorgen. Sie konnte Doreen gegenübertreten, aber nicht John — nicht heute abend. Das wäre zuviel für sie.

„Hier entlang, bitte." Jennifer folgte einer Schwester, die ihr den Weg zu Doreens Privatstation wies.

Es war ein kleines Zimmer, das einzige Bett stand am Fenster. Die Lampe war abgedunkelt, und es schien ziemlich finster, als Jennifer den Raum betrat — so dunkel, daß sie die Gestalt, die am Bett saß, nicht deutlich erkennen konnte.

„Ach, Jennifer, wie froh bin ich, daß du gekommen bist!“ Es war die Mutter von Doreen, die beim Klang der Schritte rasch aufstand.

„Ich werde euch allein lassen — Doreen möchte dich unter vier Augen sprechen, denke ich“, fuhr Frau Jackson fort und zog sich rasch aus dem Zimmer zurück.

Allein gelassen mit der Kranken, ging Jennifer zum Bett hinüber.

„Doreen — “ begann sie, hielt dann aber kurz inne. Es war fast unglaublich, wie sehr sich das Mädchen verändert hatte. Alle äußere Schönheit war von ihr gewichen, und nur der Lippenstift auf ihren schmalen Lippen erinnerte noch an die ausgelassene Fröhlichkeit vergangener Tage. War dies wirklich Doreen Jackson — die Doreen, die sie gekannt hatte? Ihr Gesicht war schmal und eingefallen, während ihre Augen sich groß und brennend auf Jennifer richteten, als sie unter großer Anstrengung ihre Besucherin begrüßte.

„Jennifer — es ist lieb von dir, daß du gekommen bist.“

Sie sprach so leise, daß Jennifer sich dicht zu ihr herabneigen mußte, um ihre Worte zu verstehen.

„Möchtest du dich — nicht setzen? “

Jennifer nahm sich den Stuhl, auf den Doreen mit ihrer weißen, matten Hand gezeigt hatte.

„Oh, Doreen“, begann sie, „es tut mir ja so leid, daß es dir — so schlecht geht. Du mußt ganz schnell wieder gesund werden.“

Aber Doreen schüttelte den Kopf. „Ich werde nie wieder gesund, Jennifer.“

Mit großer Anstrengung richtete sie sich in ihren Kissen ein wenig auf, dabei erschien ein schwaches Rot auf ihren Wangen.

„Ich werde nicht mehr lange hier sein — deshalb hatte ich den Wunsch, dich noch einmal zu sehen. Ich bin — bin so froh, daß du gekommen bist.“

„Und ich freue mich, daß ich hier bei dir sein kann, Doreen.“

Jennifer meinte es ehrlich, die Furcht vor diesem Besuch hatte sie vollständig vergessen, als sie nun am Bett des Mädchens saß, das einst ihre beste Freundin gewesen war.

Niemand konnte leugnen, daß Doreen die Wahrheit gesagt hatte. Obwohl Jennifer in solchen Dingen keine Erfahrung hatte, konnte sie sehen, daß dieses einst so lebensfrohe, hübsche Mädchen schon an der Schwelle des Todes stand . . .

„Jennifer." Ihr Atem ging jetzt rascher, ihre Stimme schien ein wenig lauter. „Ich möchte dir etwas sagen — und ich — möchte dich um Vergebung bitten."

Jennifer ergriff ihre Hand. „Aber Doreen, meine Liebe, da ist doch nichts zu vergeben", wehrte sie ab.

Auf dem Gesicht der anderen malte sich ein leichtes Erstaunen aus. „Hast du nichts gehört — über die Sache mit John? "

„Du meinst — daß du mit John verlobt bist? Natürlich habe ich davon gehört." Jennifer sprach leise und beruhigend auf sie ein. „Aber du brauchst mich nicht zu bitten, dir das zu vergeben."

„Aber Jennifer, du kennst ja die Geschichte gar nicht. John liebt mich nicht — er liebt dich. Schon immer, und auch in Zukunft."

Sie sprach mit einer Eindringlichkeit, die ihr alle Kraft abzufordern schien, die sie noch besaß.

„Es brach ihm fast das Herz, als du ihn zurückgewiesen hast. Ich sah, daß meine Gelegenheit gekommen war. Ich hätte in ihn dringen können, daß er zu dir zurückkehrt — aber ich habe es nicht getan. Ich wollte ihn für mich haben. Er wollte mich nicht — aber ich redete ihm das ein. Ich brachte ihn dazu, daß er mich ausführte — zu allen möglichen Veranstaltungen, wo du nie hingegangen wärest, und brachte ihn so auf den alten Weg zurück. Eines Abends waren wir zum Tanzen gegangen und — ich denke, John hatte etwas zuviel getrunken. Da fragte er mich, ob ich ihn heiraten würde. Ich nahm ihn bei diesem Wort — und er war zu anständig, um es wieder zurückzunehmen."

Erschöpft sank Doreen in die Kissen zurück, und es folgte ein längeres Schweigen. „Und wo ist er jetzt?“ fragte Jennifer schließlich.

„Diese Krankheit kam so völlig unerwartet – ich schien plötzlich zu zerbrechen. Und als ich wußte, worum es sich handelte, habe ich – ich ihn von seinem Wort entbunden. Er ist jetzt frei, um zu dir zurückzukommen, wenn du ihn haben willst.“

Jennifer schüttelte den Kopf. „Das – das ändert an der Sache nichts, Doreen“, sagte sie verhalten. „Ich kann ihn auch jetzt nicht heiraten.“

„Jennifer!“ Doreen stützte sich mit dem Ellbogen halb auf, und der flehentliche Ton ihrer Stimme rührte Jennifer ans Herz. „Jennifer, du mußt etwas tun – bitte. John richtet sein Leben zugrunde. Er trinkt und spielt, er geht in diese schrecklichen Spielhöllen und bringt dabei sein ganzes Geld durch. Er ist kaum noch nüchtern – oh, Jennifer, er wirft achtlos sein Leben weg, und das Furchtbarste daran ist die Tatsache – daß ich ihm dazu verholfen habe.“

Jennifer antwortete nicht. Dies war es, was sie schon immer gefürchtet hatte, aber als sie diese bittere Wahrheit mit ihren eigenen Ohren hörte, brach es ihr fast das Herz.

„Jennifer.“ Das Weitersprechen machte Doreen offenbar große Mühe. „Er ist auf dem Weg zur Hölle – ich weiß es – du weißt es auch. Ich liebe ihn, Jennifer, und ich möchte nicht, daß es ihm ebenso ergeht wie mir. Du liebst ihn auch – du mußt ihn retten.“

Jennifer schämte sich der Tränen nicht, die sie jetzt weinte.

„Ja, Doreen, ich liebe ihn, aber ich kann ihn nicht retten – kein Mensch auf Erden kann ihn retten.“

„Aber kann denn niemand etwas tun?“ schrie Doreen verzweifelt.

Jennifer hob ihr tränenüberströmtes Gesicht zu ihr auf. „Doch, liebe Doreen, es gibt jemand – der Herr Jesus Christus kann ihn retten, und dich auch.“

Doreen schüttelte den Kopf. „Für John könnte wohl noch Hoffnung bestehen, aber nicht für mich, Jennifer. Für mich ist es zu spät.“

„Nein, nein“, sagte Jennifer rasch, „es ist noch nicht zu spät, Doreen. Du kannst dich noch an ihn wenden, wenn du willst.“

Doreen vergrub ihr Gesicht in den Kissen. „Nein, Jennifer — ich hatte meine Gelegenheit dazu, aber ich habe sie verächtlich beiseitegeworfen. Ich hätte mit dir zusammen zu Christus kommen können — ich habe dieselbe Predigt gehört. Erinnerst du dich? “

„Ja, Doreen.“ Jennifer war so eifrig dabei, daß ihre Stimme zitterte. „Aber weißt du auch noch, was Pastor Ransome uns an jenem Abend sagte — ‚als wir noch Sünder waren, ist Christus für uns gestorben‘. Doreen, er ist auch für dich gestorben.“

Aber sie wollte sich nicht trösten lassen. „Auch an dem Tag, als du mir sagtest, ich müßte doch auch Christus annehmen — habe ich ihn wieder zurückgewiesen. Ich — ich wollte mir ein schönes Leben machen.“ Ihre Stimme brach im Weinen. „Ich — ich habe mir ein schönes Leben gemacht und es genossen, Jennifer, aber es hat mich schließlich — hierher gebracht!“

Jennifer schwieg; sie konnte jetzt nichts sagen. Wie noch nie zuvor, sah sie hier die Tragödie eines verpfuschten Lebens vor sich. Oh, wie anders hätte es verlaufen können . . .

„Ich bin ein Narr gewesen — ein Narr“, schluchzte Doreen. „Ich wollte alles haben, was die Welt mir bieten konnte, und jetzt habe ich nichts — weniger als nichts! All das, wofür ich gelebt habe — Tanzen, Parties und all das andere — das zählt jetzt überhaupt nicht mehr, Jennifer. Sie bedeuten dir alle nichts mehr, wenn du Auge in Auge dem — Tod gegenüberstehst.“

Jennifer mußte hart schlucken. „Nein, Doreen, da hast du ganz recht.“ Es fiel ihr nicht leicht, das zu sagen.

„Jennifer!“ Doreens kalte, feuchte Hand umklammerte

ihren Arm. „Ich muß jetzt sterben — das weiß ich bestimmt. Und ich habe Angst. Ach, Jennifer, hilf mir doch!“

In diesem Augenblick wurde Jennifer etwas von dem Schrecken einer Ewigkeit ohne Christus bewußt. Das würde sie niemals wieder vergessen können.

In ihr eigenes Herz aber strömte aufs neue die kostbare Gewißheit des Glaubens: „Und ob ich schon wanderte im finsteren Tal, fürchte ich kein Unglück, denn du bist bei mir!“ Gott sei Dank, sie würde jenes dunkle Tal niemals allein durchschreiten müssen, aber Doreen ...

„Du brauchst keine Furcht zu haben, wenn du dein Vertrauen auf den Herrn Jesus Christus setzt, Doreen“, sagte sie leise und freundlich.

Aber Doreen schüttelte immer noch den Kopf. „Nein — ich habe ihn so oft zurückgewiesen, ich — ich kann nicht von ihm erwarten, daß er mich jetzt noch annimmt.“

Jennifer sank neben dem Bett in die Knie. „Doreen“, rief sie mit großem Ernst, „natürlich nimmt er dich an — niemals stößt er jemand zurück. ‚Wer zu mir kommt, den werde ich nicht hinausstoßen.‘ Das sagt uns sein Wort.“

Doreen schien jetzt ruhiger zu werden. „Ich glaube, so etwas ähnliches selbst auch schon einmal gelesen zu haben, in dem Testament, das du mir gegeben hast.“

Bei diesen Worten blickte sie auf. „Ich habe es immer noch, Jennifer.“

Jennifers Herz tat einen Freudensprung. „Du hast es gelesen, Doreen? “

„Ja, aber erst, seitdem ich hier bin. Es liegt unter meinem Kopfkissen. Könntest du es mir einmal hergeben? “

Jennifer zog das kleine Testament unter dem Kissen hervor; es war lange her, daß sie es ihrer Freundin gegeben hatte. Wie wundervoll müßte es sein, dachte sie, wenn der Same, den sie damals in großer Schwachheit auszustreuen versucht hatte, jetzt Frucht brächte zum ewigen Leben ...

„Ach hätte ich doch schon früher darin zu lesen angefangen, Jennifer", sagte Doreen wieder, „aber ich habe es so lange achtlos liegenlassen, daß ich jetzt wohl keine Kraft mehr habe, meinen Namen dort einzusetzen, selbst wenn ich es versuchte."

Jennifer schöpfte neue Hoffnung. Doreen hatte in ihrem Testament gelesen, das war gut. Dazu hatte sie auch die besondere Inschrift auf der Innenseite gelesen. Sicherlich war der Herr auch ihr nachgegangen, sie zu suchen und zu finden.

Jennifer öffnete das Buch und begann auf der Innenseite des hinteren Deckels zu lesen: „Weil ich glaube, daß der Herr Jesus Christus für mich starb, nehme ich ihn jetzt als meinen Heiland an; ich bitte ihn, alle meine Sünden auszutilgen, ich will ihn, auch vor allen anderen, anerkennen und ihm Tag für Tag vertrauen — denn also hat Gott die Welt geliebt, daß er seinen eingeborenen Sohn gab, auf daß — Doreen!"

Sie hielt mit Lesen inne, um diese Worte besonders deutlich herauszustreichen und ihr klarzumachen.

„Du mußt nicht unbedingt deinen Namen in diese Zeile hineinschreiben. Sondern, wenn du in deinem Herzen sprechen kannst: ‚Doreen Jackson, die an ihn glaubt, soll nicht verlorengehen, sondern das ewige Leben haben', dann wird er dich retten, gerade so, wie du bist."

Ein schwacher Hoffnungsschimmer glomm in Doreens Augen auf.

„Jennifer, ist das wahr — daß er mich annehmen würde — gerade jetzt — so wie ich bin? "

„Ja, liebe Doreen, er will es", sagte Jennifer ernst; wieder kam ihr das große Wunder der unendlichen Liebe Gottes zu Bewußtsein, die einem hoffnungslosen, hilflosen Sünder das volle Heil anbietet.

„Weißt du auch, was geschah, als der Herr Jesus am Kreuz hing? Zwei Räuber wurden mit ihm gekreuzigt. Einem von ihnen wurde es bewußt, daß er ein Sünder ist; er wandte sich an Jesus, ehe er starb, und sagte: ‚Herr, gedenke an mich, wenn du in dein Reich kommst.' Und der Herr nahm ihn an — gerade so, wie er war. Und dann sagte er ihm: ‚Wahrlich, wahrlich, ich sage dir, heute wirst du mit mir im Paradiese sein.'"

Doreen standen die Tränen in den Augen. „Bitte — Jennifer — erzähle mir mehr davon."

Und Jennifer begann ihr vorzulesen — die uralte Geschichte von dem einen, der ein Freund der Sünder war, der Sohn Gottes, der vom Mitleid ergriffen war über die, die in Not waren, der Heiland, der kam, um zu suchen und zu retten, was verloren ist.

Das Mädchen im Bett hörte schweigend zu, und über ihrem Gesicht breitete sich nach und nach der Ausdruck des Friedens und einer heiteren Ruhe aus. Die Zeichen der Furcht und Todesangst wichen von ihr; ihre Hand, die sich fiebernd um Jennifers Arm gekrallt hatte, lockerte ihren harten Griff. Schließlich hielt Jennifer im Lesen inne. „Doreen", flüsterte sie, „glaubst du —glaubst du wirklich, daß er für dich starb?"

Über Doreen Jacksons bleiches Gesicht glitt ein Lächeln, ein Strahlen, wie aus einer anderen Welt. „Ja", sagte sie schlicht, „ich glaube — ich glaube es."

26

Mary Matthews war bei den Deanes praktisch ein Glied der Familie geworden. Wenn sie nur ein paar Stunden dienstfrei hatte, schaute sie bestimmt vorbei und konnte gewiß sein, daß man sie mit großer Herzlichkeit begrüßte.

Julia freute sich immer schon im voraus auf ihre Besuche; sie war immer so strahlend und fröhlich, genau der richtige Umgang für einen kranken Menschen.

Anton schien sich auch zu freuen, daß Mary gerne kam. Wenn er bei ihrem Besuch gerade daheim war, zeigte er stets Interesse an ihrem Leben und Treiben.

Philip besuchte seine Familie so oft, wie es seine wachsende Inanspruchnahme durch sein Studium zuließ. Er fand in Mary die Gesprächspartnerin, die er sich schon immer gewünscht hatte. Freilich trafen ihre Besuche nicht allzuoft zusammen, aber wenn es sich gerade so ergab, so hatten sie viel miteinander zu besprechen.

Natürlich war China ihr Hauptgesprächsthema, und wenn sie so miteinander über die ungeheure geistliche Not dieses riesigen Landes sprachen, wurden sie froh in der Gewißheit, daß sie beide von Gott berufen waren, ihm dort zu dienen.

Zwischen Mary und Jennifer reifte eine Freundschaft, die für sie beide eine Bereicherung und ein Segen für ihr Leben wurde. Dieses Band wurde im Laufe der Zeit immer fester und enger. Sie vertrauten sich gegenseitig ihre Freuden und Enttäuschungen an.

Sie beteten zusammen und machten gemeinsame Pläne und sprachen ohne Hemmungen über alles, was ihr Herz bewegte.

Mary zeigte reges Interesse an Jennifers „Fröhlichen

Stunden“, und obgleich sie selten frei war, um ihr bei den Kindern zu helfen, war sie immer begierig, zu erfahren, wie alles gegangen war. Oft konnte Mary auch Kontakte mit neuen Menschen vermitteln, die in der Gegend wohnten.

Jennifer hingegen konnte sich nicht genug darüber wundern, wie weit Marys Interessen reichten und wie ihr Eifer und ihre Begeisterung kein Ende zu haben schienen. Sie war sicher, daß es wohl kaum eine Gruppe aktiver junger Christen gab, mit denen sie nicht in irgendeiner Weise in Verbindung stand.

„Ich kann es kaum erwarten, bis ich erst nach China ausreise, um Seelen für Jesus zu gewinnen“, erklärte sie des öfteren, „ich muß hier schon anfangen, mich darin zu üben.“

So war es auch Mary, die Jennifer über alle Einzelheiten der „Evangelisations-Kampagne“ in Kenntnis setzte, die in dem Bezirk abgehalten werden sollte.

„Wir unternehmen oft einen solchen besonderen Versuch in unserer Kirche“, erklärte sie. „Dazu kommen auch Mitarbeiter aus anderen Teilen der Stadt, die uns helfen. Auf diese Weise erreichen wir diesen ganzen Stadtteil.“

„Wie macht ihr das? “

„Am Nachmittag haben wir eine besondere Gebetsversammlung, um Gott um seinen Segen für unser Unternehmen zu bitten. Dann gehen wir hinaus und halten eine Versammlung im Freien ab, unten bei dem großen Hotel. Danach teilen wir uns in Gruppen auf und versuchen, mit Leuten ins Gespräch zu kommen. Und zum Schluß laden wir Leute von den Straßen ein, in die Kirche zu einem Evangelisations-Gottesdienst zu kommen. Das Echo, das wir auf solche Einladung zum Evangelium bekommen, ist oftmals wirklich wunderbar.“

„Aber dann kommen ja die verschiedensten Leute in die Versammlung“, bemerkte Jennifer.

Diese Methode, den „Mann auf der Straße“ zu erreichen, war Jennifer bisher völlig fremd.

„Ja, das gibt eine gemischte Gesellschaft“, erwiderte

Mary begeistert. „Leute, die niemals eine Kirche von innen sehen — einige sind angetrunken. Aber du würdest staunen, wenn du sehen könntest, wie sie während der Versammlung nüchtern werden. Ich habe einmal einen Mann betrunken hereinkommen und später dann als fröhlichen Christen hinausgehen sehen."

„Ist das nicht wunderbar, was der Herr tun kann?"

„Ja, Jennifer, und du hast ja gar keine Vorstellung davon, bis du nicht mal zu einer der Versammlungen mitkommst. Du solltest nächsten Sonnabend hinkommen und es dir mal ansehen. — Übrigens, was ich dir noch sagen wollte", fügte sie plötzlich hinzu, „was meinst du, wer an dem Abend die Predigt hält?"

Jennifer schüttelte den Kopf. „Ich kann es unmöglich erraten."

„Dann werde ich's dir sagen — Pastor Ransome!"

„Pastor Ransome!" Jennifers Gesicht begann zu strahlen. „Mary, da muß ich einfach hingehen, um ihn wieder zu hören. Habe ich dir nicht schon erzählt, wie er mich durch eine Predigt zu Christus führte? Das werde ich nie vergessen. Er sprach über das Wort: ‚Wir lieben ihn, weil er uns zuerst geliebt hat!' Nie zuvor hatte ich diese Frohe Botschaft gehört — und er machte alles so deutlich und klar."

„Ja", pflichtete ihr Mary bei, „ich selbst habe ihn auch schon gehört. Er hat etwas Strahlendes, wenn er aufsteht, um zu predigen."

„Ja, das kann man wirklich so sagen, Mary. Ich werde am Nachmittag wohl nicht hingehen können, aber wenn ich mich beeile, dann werde ich zur Abendversammlung kommen."

„Gut. Ich bin froh, wenn du da bist, Jennifer. Aber wahrscheinlich wirst du nichts von mir sehen, bis alles zu Ende ist. Ich gehe zu der Versammlung, die im Freien abgehalten wird, und dann versuche ich noch jemand zu finden, der Christus braucht, und bringe ihn zum Gottesdienst mit."

Jennifer schaute ihre Freundin an. „Das werde ich zwar nicht tun können, Mary, aber ich werde für dich beten, wenn du da hingehst. Auf diese Weise arbeiten wir zusammen."

Und so machte sich Mary Matthews auf den Weg, gut gerüstet für den Kampf mit den Mächten der Finsternis ...

Sie stand am Rande des Kreises, während die Zeugnisversammlung im Freien ihren Lauf nahm, und wartete auf eine gute Gelegenheit, ihre Traktate zu verteilen.

Die Zeit des Geschäftsschlusses rückte näher. Männer und Frauen begannen aus dem Hotel zu strömen. Viele von ihnen waren mehr oder weniger betrunken — junge Männer, die ihre beste Manneskraft dem Alkohol opferten, junge Frauen, die ihre Selbstkontrolle und ihr gutes Benehmen unter dem furchtbaren und zerstörenden Einfluß dieses Übels verloren, das in diesem sogenannten christlichen Land sein Unwesen treibt.

Manche waren mürrisch und teilnahmslos und widersetzten sich jedem Versuch, sich ihnen zu nähern und ihr Interesse zu wecken. Anderen fiel es ziemlich schwer, beim Gehen geraden Kurs zu halten, und sie waren froh, sich gegen eine Mauer oder einen Pfosten lehnen zu können, um sich wieder zurechtzufinden. Dabei hörten sie halbwegs den Liedern und der Predigt des Redners zu. Wieder andere benahmen sich lärmend und angriffslustig.

Eine große Menschenmenge hatte sich versammelt. Viele von den jungen Mitarbeitern, die die Leute persönlich zu erreichen versuchten, waren voll beschäftigt. Mary hatte bisher noch keine Gelegenheit entdeckt, auf die sie so sehr hoffte. Trotzdem konnte sie sich des bestimmten Gefühls nicht erwehren, daß in der Menschenmenge dort jemand stand, zu dem sie der Herr mit der rettenden Botschaft gesandt hatte.

Plötzlich gab es hinter ihr ein kurzes, scharfes Handgemenge. Laute, zornige Stimmen ertönten, man hörte das Geräusch von Schlägen; und dann taumelte ein Mann mit einer Wucht gegen ihren Rücken, daß es sie fast umwarf.

Nur mit Mühe konnte er das Gleichgewicht behalten und auf den Füßen bleiben.

Der Mann wandte sich Mary zu. Sein Mund war übel zugerichtet, sein Haar zerzaust und sein Mantel zerrissen. Dennoch hatte er etwas an sich, das von einer guten Erziehung und besseren Umgangsformen zeugte.

„Verzeihen Sie — bitte, ja?" begann er mit schwerer Zunge. „Hab' Sie nicht gesehen — hoffe, Sie haben sich nicht weh getan."

Mary musterte ihn mit einem kurzen Blick. Er war noch jung — zu jung noch, um seine Lebenskraft in dieser üblen Höhle zu vergeuden. Er hatte viel getrunken, aber sie wußte, daß er ein netter junger Mann gewesen sein mußte, als er noch nüchtern war. Und dann hatte sie plötzlich die Gewißheit: Dies war der Mann, zu dem sie gesandt war — die Gelegenheit, um die sie gebetet hatte.

„Danke", erwiderte sie rasch, „mir geht es gut, es fehlt mir nichts. Aber was ist mit Ihnen? Ich glaube gar, Sie sind verletzt."

Er stützte sich gegen den Pfosten. „Oh, machen Sie sich meinetwegen keine Sorgen — mir geht es schon gut", brachte er mühsam hervor.

„Nein", widersprach sie scharf, „Sie haben getrunken!"

Er blickte sie an, halb überrascht, halb beschämt. Er hatte hübsche Augen — wunderschöne braune Augen, bemerkte sie; aber jetzt waren sie verschwommen und blutunterlaufen.

„Und wenn schon", verteidigte er sich, „‚wir wollen essen, trinken und fröhlich sein, denn morgen sind wir tot' — das ist meine Devise."

Mary ergriff beherzt seinen Arm und führte ihn von der Menge weg. „Ja, aber Sie scheinen vergessen zu haben, daß nach dem Tod das Gericht kommt."

Sie sprach ernst und eindringlich.

„Gericht?" Er lachte unsicher. „Ich glaube nicht an so etwas. Man macht sich selbst seinen Himmel oder seine Hölle hier unten — nur darum geht es."

„Und Sie sind fest entschlossen, zur Hölle zu fahren?"

Er runzelte die Stirn. „Ach, das weiß ich nicht so genau."

„Nun, dann möchte ich Ihnen mal was sagen." Ein warnender Klang in ihrer Stimme ließ ihn aufhorchen. „Wenn Sie in diesem Leben nicht die Hölle haben, dann aber bestimmt im nächsten, wenn Sie so weitermachen. Dem können Sie nicht entrinnen. Wissen Sie, die Bibel sagt, daß kein Säufer und Trunkenbold das Himmelreich erben wird, und im Jenseits wird es nur zwei Orte geben — Himmel und Hölle."

„Aber ich glaube nicht an das, was die Bibel sagt." Er wies ihre Worte mit einer eindeutigen Geste ab.

Mary blickte ihn an. „Ob Sie es glauben oder ablehnen, ändert gar nichts an der Tatsache — es stimmt trotzdem. Eines Tages werden Sie erfahren, daß es stimmt, wenn Sie nämlich vor Gott stehen und die Bücher geöffnet werden und Ihr Name nicht im Buch des Lebens gefunden wird — dann aber wird es zu spät sein. Jetzt haben Sie Gelegenheit, Buße zu tun und sich an den Herrn Jesus zu wenden, daß er Sie rettet."

Er gab keine Antwort, und sie fragte sich, wieviel er von dem eben Gesagten wohl begriffen hatte. Sie blickte ihn einige Male von der Seite her an, als sie die Straße entlanggingen. Er ging langsam, suchte zuweilen Halt an den Zäunen, an denen sie vorbeigingen; aber er schien schon fester auf den Beinen zu stehen als am Anfang. Vielleicht hatte die frische Luft eine ernüchternde Wirkung.

„Wo gehen wir eigentlich hin?" Er blieb plötzlich stehen, und die Bestürzung auf seinem Gesicht wirkte fast erheiternd.

Sie lächelte. „Ich möchte Sie gern zu einer Versammlung mitnehmen — es ist gerade hier um die Ecke. Sie kommen doch mit, nicht wahr?"

„Na", wehrte er sich schwach, „das sieht ja so aus, als müßte ich. Aber ich sehe ja aus wie ein Wrack!"

„Niemand wird das stören", versicherte sie ihm, während sie ihren Weg zur Kirche fortsetzten ...

Jennifer hatte an dem Abend den Tee früh fertig. So konnte sie rechtzeitig noch die Versammlung erreichen. Aber selbst dann fiel es ihr nicht leicht, von daheim wegzukommen.

Als sie schließlich die Kirche erreichte, hatte die Versammlung schon begonnen und alles war voll.

Sie fand ganz hinten noch einen freien Platz und blickte sich während des Gottesdienstes nach Mary um. Dort saß sie mittendrin, ziemlich weit vorn. Sie konnte ihr Gesicht nicht sehen, erkannte aber den kleinen blauen Hut. Sie mußte jemanden mitgebracht haben ...

Pastor Ransome erhob sich zur Predigt. Er sah genauso aus, dachte Jennifer, wie an jenem Abend, da sie zum ersten Mal seiner Predigt zugehört hatte. Ein bißchen älter geworden, vielleicht — und doch sprach er mit noch mehr innerer Überzeugung und noch mehr Vollmacht? War das möglich?

„Freunde", begann er, „ich möchte zu Ihnen über ein sehr altmodisches Thema sprechen, das nicht mehr in unsere Zeit zu passen scheint. Aber habt Nachsicht mit mir. Ich möchte zu Ihnen über die Sünde sprechen — ja, über Sünde. Heutzutage hört man das Wort nicht mehr so oft, nicht wahr? Wir mögen den Klang dieses Wortes nicht, darum haben wir es fast aus unserem Wortschatz gestrichen. Aber Sünde bleibt dennoch Sünde, wir mögen es nennen, wie wir wollen. Der Fluch der Sünde lastet auf uns, seit unsere Voreltern Gott ungehorsam wurden, und wir stehen alle unter der Verdammnis; denn Gott sagt uns, daß wir alle gesündigt haben — keiner ist rechtschaffen — nein, kein einziger. Sehen Sie, darum sind Sie vor Gottes Augen ein Sünder. Glauben Sie das — oder würden Sie wagen, zu behaupten, Sie hätten noch nie gesündigt?"

Ein Schweigen fiel auf die Zuhörer, das man beinahe fühlen konnte. „Das erste, was Ihnen geboten wird, ist, den Herrn, Ihren Gott, von ganzem Herzen, von ganzer Seele und ganzer Kraft zu lieben. Haben Sie das getan? Oder haben Sie einer anderen Sache in Ihrem Leben vor Gott den ersten Platz eingeräumt — Geschäft, Vergnügen oder eigene, persönliche Wünsche? Dann haben Sie gesündigt, und der Sold der Sünde ist der Tod. Merken Sie sich meine Worte — Sie mögen ein junger oder ein alter Sünder sein, ein angesehener Sünder oder ein erbärmlicher, elender Sünder, Sie sind trotz allem immer noch ein Sünder — und vor Gott verloren. Vielleicht haben Sie erst einen Schritt nach unten getan, oder Sie mögen schon tief in Sünde und Laster gefallen sein — aber vor Gott gibt es diesen Unterschied nicht. Sie haben gesündigt und müssen unter den Urteilsspruch eines gerechten und heiligen Gottes kommen, wenn Sie nicht Buße tun."

Mary Matthews blickte den jungen Mann an ihrer Seite verstohlen an. Sie spürte, wie er sich straffte und seine Hand die Lehne des vorderen Sitzes umfaßte, und sie betete ...

„Aber die größte Sünde, die der Himmel Ihnen ankreiden kann", fuhr Pastor Ransome fort, „die schrecklichste Sünde, die Sie jemals begehen können, besteht darin, daß jemand das Angebot der Rettung zurückweist, das Gott durch das Opfer seines eigenen, lieben Sohnes am Kreuz von Golgatha Ihnen macht. Wissen Sie, was Ihre Sünde Gott kostete — Ihre und meine Sünde? In der Person des Herrn Jesus Christus ging er ans Kreuz und trug Ihre Sünden an seinem eigenen Leib. Er nahm die Strafe auf sich, die eigentlich Sie verdient hatten, und starb an Ihrer Stelle, damit Sie ewiges Leben bekommen sollten. Es gibt keinen anderen Weg. Und ich sage es noch einmal: Es gibt keinen anderen Weg. Es fand sich kein anderer Weg, der gut genug war, um den Preis der Sünde zu zahlen. Nur deshalb, weil der sündlose Gottessohn für Sie zur Sünde gemacht wurde, dürfen Sie sich vor Gott als gerecht bezeichnen. Wenn Sie ihn als Ihren persönlichen Heiland annehmen, dann sind Sie gerechtfertigt — freigesprochen — und von Gott angesehen, als hätten Sie nie gesündigt. Denken Sie daran! Konnte Gott Ihnen mehr anbieten? Weiter konnte er in seiner Liebe nicht gehen, und ich glaube, daß Sie heute abend von dieser Liebe erreicht worden sind. Was werden Sie damit anfangen? Werden Sie in Ihrer Sünde bleiben und verlorengehen — oder werden Sie sich ihm im Glauben zuwenden und die Freude der Sündenvergebung und das Geschenk des ewigen Lebens erfahren? Er ruft Sie, er bittet Sie. Wollen Sie nicht in Gegenwart dieser Zeugen vortreten, um Ihre Entscheidung kundzutun, daß Sie den Herrn Jesus Christus jetzt als Ihren persönlichen Retter annehmen wollen — solange Sie die Gelegenheit haben?"

Als der Prediger geendet hatte, erhob sich ein junger Mann und ging mit langsamen, aber entschlossenen Schritten durch den Mittelgang nach vorn. Und Jennifer sah, daß der Platz neben Mary Matthews leer war. Einen Augenblick lang sah sie die ganze Umgebung wie durch einen Nebelschleier, dann aber konnte sie auf einmal klar sehen. Sie brauchte dem jungen Mann nicht ins Gesicht zu sehen; sie wußte es jetzt auch so. Diese Gestalt hatte sie schon einmal gesehen. Sie kannte seinen Gang. Hatte sie ihm nicht in einer dunklen, denkwürdigen Nacht nachgeschaut, wie er mit den gleichen, gemessenen Schritten einen Weg entlanggegangen war, der ihr Herz mit tiefem Schmerz erfüllt hatte? Aber jetzt — war er zurückgekommen . . .

Wie aus weiter Ferne hörte sie wieder Pastor Ransome sprechen —

„Freunde", sagte er, und seine Stimme bebte, „viele Gebete haben heute abend Erhörung gefunden. Wir wollen uns jetzt erheben und miteinander das Lied singen ‚Lobt Gott, von dem all' Segnung kommt'!"

Die Gemeinde erhob sich. Nur eine konnte das gewaltige Danklied nicht mitsingen. Jennifer Deanes Herz war zu voll, als daß sie ihre Dankbarkeit in Worte fassen konnte.

Aber als Jennifer sah, wie Pastor Ransome John Lynton in die Sakristei führte, beugte sie still ihr Haupt. Das stumme Dankgebet, das aus ihrem Herzen kam, wurde von einer Welle himmlischer Freude getragen.

27

Jennifer faßte den Entschluß, jetzt gleich mit John zu reden. Was sie sagen würde, wußte sie noch nicht, aber sie fühlte, daß sie ihm sagen müsse, sie wisse von seiner Entscheidung — ihm sagen, daß sie froh war, selbst wenn sie ihn nie wiedersehen sollte. Schließlich war sie es ja gewesen, die ihn weggeschickt hatte, und jetzt . . .

Sie ging zum Haupteingang und wartete. Die Zeit schien ihr lang zu werden, bis sich endlich die Tür zur Sakristei öffnete und der junge Mann, auf den sie wartete, in der Tür erschien, mit Pastor Ransome im Hintergrund.

Die meisten Leute waren fortgegangen. Jennifer ging zum Mittelgang und legte ihre Hand auf seine Schulter.

„John!" rief sie. Er drehte sich augenblicklich um.

„Jennifer", brachte er mühsam hervor, und alle Farbe wich aus seinem Gesicht, als ihre Blicke sich trafen.

„Jennifer, du — "

„John, ich bin ja so froh", sagte sie schlicht.

Das war der Gipfel der Demütigung für John Lynton. Der Gedanke, daß Jennifer ihn in diesem Zustand sah — von allen Menschen ausgerechnet Jennifer!

Seine Gedanken eilten zurück in die Zeit, als er sie das letzte Mal gesehen hatte — jene unvergeßliche Nacht, als sie ihm in ein Schattenbild zerronnen zu sein schien.

John war damals fest entschlossen, sie zu vergessen, sie aus seinem Herzen und seinen Gedanken zu verbannen, aber wie sinnlos war dieser Entschluß gewesen!

Was er auch tat, wohin er auch ging, immer noch stand sie vor seinem inneren Auge. Ihre Anmut und Bescheidenheit waren eine dauernde Anklage gegen seinen Stolz und Eigenwillen.

Selbst im wilden Rausch entwürdigender Vergnügungen, die darauf folgten, konnte er nie ihr Gesicht vergessen.

Im Unterbewußtsein hatte er das Gefühl, als würde er ihr weh tun, wenn er sich selbst mißbrauchte und zugrunde richtete. Und er hatte sie auch verletzen wollen. Sie sollte genau wissen, daß sie ihn dazu getrieben hatte . . .

Dann hatte er sich mit Doreen Jackson verlobt. Aber selbst da war ihm immer noch die Erinnerung an ihr reines, liebliches Gesicht nachgegangen und hatte ihm das Leben zur Hölle gemacht. Jemand anders als Jennifer lieben? Nein, niemals . . .

Und jetzt war er frei, denn Doreen hatte ihn von seinem Versprechen entbunden.

Aber Jennifer war ihm jetzt in größere Fernen gerückt als je zuvor, obgleich sie doch so nahe bei ihm stand, daß er ihre Hand berühren konnte. Die Sünde, in die er sich verstrickt hatte, stand wie eine unübersteigbare Mauer zwischen ihnen. Jetzt, unter diesen Umständen — könnte er sie nie zurückgewinnen.

„Jennifer“, sagte er laut, „es tut mir leid — dich hier getroffen zu haben — in diesem Zustand, in dem ich mich befinde.“ Er ließ den Kopf hängen.

Bevor Jennifer noch antworten konnte, sah sie, wie Mary Matthews lächelnd und voller Eifer auf sie zukam.

„Jennifer, Liebes“, rief sie, und im nächsten Augenblick lagen sich die beiden Mädchen voll Freude in den Armen.

John starrte sie erstaunt an. Er hatte das Mädchen erkannt, das ihn hierher mitgenommen hatte zu der Versammlung — offensichtlich war sie Jennifers Freundin.

„Ihr scheint euch zu kennen“, bemerkte er ziemlich trocken, als sie sich aus ihrer Umarmung lösten.

„Ach John, es tut mir leid!“ Sie blickte lächelnd zu ihm auf. „Ich habe ja gar nicht daran gedacht, euch gegenseitig vorzustellen: dies ist meine beste Freundin — Mary Matthews.“

Mary streckte ihm lachend die Hand hin. „Wir kennen uns doch schon, nicht wahr, John? “

„Na, ich aber nicht!“ John blickte sie beide argwöhnisch an. „Ich glaube, ihr habt das untereinander ausgemacht.“

„Nein, das haben wir nicht!“ verwahrte sich Mary mit Nachdruck dagegen. „Aber ich glaube schon, daß es so gefügt wurde — durch eine höhere Hand als unsere. Wir hätten nie so etwas Wunderbares daraus machen können, selbst wenn wir uns alle Mühe dazu gegeben hätten, nicht wahr, Jennifer? “

„Nein, das hätten wir nicht fertiggebracht“, gab Jennifer zur Antwort.

John schien es immer noch nicht glauben zu können. „Sie haben wirklich keine Ahnung gehabt, wer ich war, als Sie mich heute abend ansprachen? “

Mary schüttelte den Kopf. „Ich habe nur eins gewußt, daß Jesus mich dorthin schickte, um jemanden unter die Predigt der ‚Frohen Botschaft‘ zu bringen, und es ergab sich so, daß Sie derjenige waren.“

„Gott sei Dank dafür!“ rief er leidenschaftlich.

Impulsiv ergriff Mary seine Hand. „Das sagen wir auch, John“, sagte sie ernst. Dann trat sie zur Seite. „Aber ich werde jetzt gehen. Ihr werdet sicher sehr vieles miteinander zu besprechen haben. Gute Nacht!“ Schnell drehte sie sich um und ging davon. So blieben die beiden allein zurück.

Ja, es gab so vieles, was sie sich sagen wollten; aber sie schauten einander ziemlich hilflos an, keiner wußte so recht, wie er anfangen sollte.

Schließlich war es John, der das Schweigen brach. „Ich werde dir nicht zu erzählen brauchen, wie ich hierhergekommen bin, Jennifer.“ Er schlug bei diesen Worten die Augen zu Boden. „Ich denke, du weißt es.“

„Ja“, gab sie zu. Ihr Atem ging rasch.

Plötzlich warf er seine Schultern zurück und richtete sich auf, ein Zeichen seiner alten Entschlossenheit. „Du solltest ruhig sagen, was du über mich denkst, Jennifer, ich habe es verdient“, sagte er ergeben.

Jennifer blickte auf, das Blut schoß ihr in die Wangen. „Es gibt nur eins, was ich dir jetzt sagen möchte, John.“

Sie zögerte. „Ich möchte dich nur wissen lassen, daß — daß meine Gebete für dich endlich erhört worden sind — heute abend."

Er krampfte seine Hände ineinander. „Was? Du willst doch nicht sagen, daß du für mich gebetet hast?"

„Natürlich, John. Warum nicht?"

Er blickte bestürzt. „Dann hast du wohl gar nicht gehört — "

„Was gehört?" entgegnete sie, obwohl sie sich schon denken konnte, was er sagen wollte.

„Daß ich mit Doreen Jackson verlobt war und sie heiraten wollte." Er beobachtete scharf ihr Gesicht, während er das sagte.

Jennifer nickte. „Ja, John, das habe ich gewußt. Doreen hat es mir selbst erzählt."

Er blickte verwirrt. „Doreen hat es dir erzählt? Dann mußt du sie doch gesehen haben?"

„Ja, vor ein paar Wochen habe ich sie im Krankenhaus besucht. Du hast sie wohl in letzter Zeit nicht mehr gesehen?"

Er schüttelte den Kopf. „Nein, warum sollte ich? Geht es ihr inzwischen besser?"

Jennifers Gesicht wurde ernst, als sie sich an das hilflose Menschenkind erinnerte, das dort in seinem Bett im Krankenhaus lag. „Nein, John, sie ist sehr krank. Ich — ich glaube nicht, daß sie sich jemals wieder erholen wird."

Ein Ausdruck äußerster Verzweiflung trat in seine Augen. „Und ich habe dazu beigetragen, daß es soweit mit ihr gekommen ist!"

Sein Jammer schnitt Jennifer ins Herz. „Vielleicht bist du doch gar nicht soviel schuld daran", sagte sie, denn sie erinnerte sich daran, was Doreen ihr erzählt hatte, wie sie selbst ihr Teil zu diesem Zusammenbruch ihrer Gesundheit beigetragen hatte.

„Du bist sehr großmütig", sagte er mit einem grimmigen Lächeln, „aber du weißt ja nicht, wie ich sie behandelt habe. Dies kann ich mir nie verzeihen."

„Aber das gehört jetzt alles der Vergangenheit an. Wenn Gott dir vergeben hat — “

Er schwieg einen Augenblick. „Ja, das glaube ich schon — aber Doreen wird mir sicher nie verzeihen.“

Jennifer schüttelte den Kopf. „Doreen hat nichts gegen dich, John — wirklich, sie gibt sich selbst die Schuld für das, was sie getan hat. Sie hat auch für dich gebetet.“

„Aber — aber — “ Er blickte sie hilflos verwirrt an.

„John, Doreen hat Christus als ihren Heiland angenommen; und seit ihrer Bekehrung hat sie darum gebetet, daß du auch gerettet wirst.“

John Lynton konnte nichts mehr sagen. Er schwieg. Die Erlebnisse dieses Abends hatten ihm arg zugesetzt, aber diese Neuigkeit versetzte ihm den größten Schlag.

„Ich sollte wirklich hingehen und sie besuchen“, sagte er mehr zu sich selbst.

„Sie würde sich sicher freuen“, unterbrach ihn Jennifer rasch. „Aber warte damit bitte nicht mehr zu lange. Sie — sie wird es nicht mehr lange machen.“

Sein Gesicht, ohnehin schon sehr blaß, sah jetzt hager und eingefallen aus. „Morgen werde ich hingehen“, sagte er entschlossen, „und alles mit ihr in Ordnung bringen. Aber ich bin so ungeschickt, wenn ich mit kranken Menschen zu tun habe — “ Hilflos und flehend zugleich sah er zu ihr hinüber.

Jennifer lächelte verständnisvoll. Dieses Gefühl kannte sie auch .

„Doreen ist jetzt an mich gewöhnt, da — da denke ich — vielleicht — würde sie sich freuen, wenn — ich mit dir mitkomme.“ Ihre Worte kamen ziemlich zögernd, denn sie wollte bei alledem nicht mißverstanden werden, was sie dazu bewegte .

„Zusammen? “ Hoffnungsvoll schien er dieses Wort aufzunehmen.

„Das heißt, nur wenn du willst, daß ich mit dir gehe“, fügte sie rasch hinzu und wandte in plötzlicher Verlegenheit ihren Blick ab.

„Willst du, Jennifer?“ wiederholte er. „Du weißt gar nicht, wie dankbar ich bin, wenn du mitkommst.“

„Dann treffen wir uns also morgen nachmittag, John. Ich denke, je eher, desto besser.“

„Ja.“ Sie hatten inzwischen den Saal verlassen und standen draußen.

John zögerte bei dem Gedanken, daß sie sich jetzt Gutenacht sagen mußten.

„Ich würde dir gern anbieten, dich nach Hause zu begleiten, aber ich kann es nicht gut — in der Verfassung hier.“ Er blickte an seinen Kleidern hinunter.

„Na ja“, fügte er hinzu, als fiele ihm jetzt noch etwas anderes ein, „ihr wohnt wohl nicht mehr im alten Haus?“

„Nein. Es hat sich vieles verändert in unserer Familie.“ Sie versuchte, ihrer Stimme einen ungezwungenen Ton zu geben. „Ich vermute, du hast alles gehört, was mit Vater geschehen ist?“

„Ja, aber ich würde es nie zulassen, daß ich wegen solcher Vorkommnisse, die ich von anderen erfahre, mich selbst für besser halte“, beeilte er sich, ihr zu versichern. „Ich kann es mir nicht leisten, auf andere mit Steinen zu werfen — es gibt nichts, dessen ich mich rühmen könnte.“

Jennifer erinnerte sich, wie er früher immer gern mit seiner Anständigkeit prahlte, wie bereitwillig er sein Vertrauen immer auf seine eigenen, guten Taten gesetzt hatte, wenn es um das ewige Heil ging. Nun war sie tief beeindruckt, wie bescheiden und demütig er jetzt war. Sicherlich hatte er seinen Sinn geändert .

„Keiner von uns kann sich seiner selbst rühmen“, sagte sie ernst. „In den Augen Gottes sind wir alle Sünder.“

„Ja, und Christus starb für uns — das ist eins von den Worten, die Pastor Ransome mir heute abend gezeigt hat.“

Sie sah sein Gesicht, als er das sagte, und wurde dabei von Herzen froh. Sie hätte nie gedacht, einmal ein solches Bekenntnis aus dem Munde John Lyntons zu hören . . .

Am nächsten Nachmittag, als sie beide das Krankenhaus erreichten, hatte Jennifer das Gefühl, daß ein drohendes

Unglück bevorstand. John hatte sein nettes, gepflegtes Äußere wiedererlangt.

Blaß und ernst war Johns Gesicht, als sie schweigend die Stufen der Krankenhaustreppe hinaufgingen. Viele Male war Jennifer hiergewesen, aber irgendwie fühlte sie, daß es diesmal der letzte Besuch bei ihrer Freundin sein werde . . .

Auf dem Flur trafen sie auf Doreens Eltern. Der gramgebeugte Vater versuchte seine Frau zu trösten, die sich in fassungslosem, untröstlichem Weinen an seine Schulter lehnte.

„Dem Himmel sei Dank, daß Sie gekommen sind", schluchzte Frau Jackson, „ich glaube, sie ist jetzt nicht mehr bei Besinnung, aber sie hat nach Ihnen verlangt."

„Wir mußten aus dem Zimmer gehen", versetzte Herr Jackson verdrießlich. „Es war zuviel für ihre Mutter. Aber Sie können hineingehen. Sie wird Sie wohl noch erkennen können."

John hielt ihr die Tür auf, so daß Jennifer hineinkonnte. Die Sonnenblende war so weit heruntergezogen, daß nur ein schmaler Streifen von der Nachmittagssonne den düsteren Raum durchdrang.

Auf Zehenspitzen traten sie an das Bett. Das Gesicht auf dem Kissen war wachsbleich.

Jennifer hörte, wie John schnell und stoßweise atmete.

„Doreen", flüsterte sie. Die geschlossenen Augenlider zuckten schwach. „Doreen, ich bin's, Jennifer — und John."

Augenblicklich schlug sie die Augen auf. Ein schwaches Lächeln breitete sich auf ihrem Gesicht aus; sie hatte die Freundin wiedererkannt.

„Du bist gekommen!" Ihre Worte waren kaum zu verstehen. „Darauf habe ich so sehr gewartet."

Jennifer trat etwas beiseite, um John näher an das Bett herantreten zu lassen.

„Doreen", begann er mit belegter Stimme, „kannst du mir vergeben? " Er nahm ihre schmale, weiße Hand.

„Nein, John, nicht doch!" Sie machte eine schwache,

kaum wahrnehmbare Bewegung. „Es gibt nichts — zu vergeben.“

„Aber ich habe dich so gemein behandelt.“

Mühsam versuchte sie, sich aufzurichten, und ihre Augen glänzten — ja strahlten. „Ich — ich habe es verdient, John.“

Ihre Stimme kam jetzt kräftiger. „Ich — ich habe geholfen, dich herunterzuziehen — und jetzt — tut es mir so leid.“

Er schüttelte den Kopf. „Nein, Doreen, du darfst dir nicht die Schuld geben für das, was ich gewesen bin — ich habe mir das alles selbst zuzuschreiben.“

Aber sie sprach weiter, als hätte sie seine Worte gar nicht gehört. „Siehst du, John — ich habe gedacht, das sei — das wahre Leben, bis — ich hierherkam — bis ich mein Vertrauen auf den Herrn Jesus Christus setzte. O John, er hat meine Seele errettet!“ Über ihrem Gesicht lag ein Glanz, der nicht von dieser Welt war .

John beugte sich näher über sie. „Doreen, auch ich vertraue jetzt ihm“, flüsterte er. „Und er hat auch mich gerettet.“ Doreen Jackson traten die Tränen in die Augen. „Erzähl mir noch — wie es dazu gekommen ist“, sagte sie sehnsüchtig.

In ruhigen und doch bewegenden Worten schilderte John Lynton ihr die Geschichte seiner Bekehrung — von seinem eigensinnigen Trotz und seinem Prahlen — wie er leichtsinnig in Sünde hineingeriet — von der Geduld und Langmut Gottes, der ihn trotz seiner bösen Art gesucht und gefunden hatte, und wie er demütig die große Liebe erkannte, die den Herrn Jesus dazu bewegte, für ihn am Kreuz zu sterben.

„Jennifer hatte recht“, sagte sie, nachdem er geendet hatte, und wandte ihren Kopf leicht in die Richtung, wo ihre Freundin bescheiden im Hintergrund stand. „Gott erhört Gebet.“

„Ja“, sagte er mit Inbrunst.

„John“, sagte sie, und ihr Atem ging hastig, „seitdem ich den Herrn kenne — habe ich für dich gebetet. Ich —

wollte nicht, daß du dein Leben sinnlos vertust — wie ich — weil ich dich liebe, weißt du."

Etwas in diesem schlichten Bekenntnis aus dem Munde der Sterbenden bewegte ihn tief. Er beugte sich zu ihr herab und küßte ihre feuchte, kalte Stirn, während für einen kurzen Augenblick noch einmal die Farbe in ihre blassen Wangen zurückkehrte.

„Ich danke dir, Doreen", sagte er heiser.

Es folgte ein langes Schweigen.

„Jennifer."

„Ja, Doreen? "

Augenblicklich trat Jennifer dicht an das Bett heran, um ihrer Aufforderung nachzukommen.

„Jennifer — es ist so finster."

Sie kniete neben ihr nieder und stellte fest, daß sich der Ausdruck auf dem Gesicht der Sterbenden völlig verändert hatte.

„Aber du fürchtest dich doch nicht, Liebes? " flüsterte sie.

„Nein — nein." Es fiel sehr schwer, ihre Worte noch zu verstehen. „Aber sag mir doch — sag mir doch noch einmal — "

Ihre Stimme verlor sich in Schweigen, aber Jennifer wußte schon, was sie noch einmal hören wollte. Nur eines konnte die Not einer solchen Stunde wenden . . .

Lange Zeit bewegte sich Jennifer nicht, während sie immer und immer wieder jene Gottesworte wiederholte, die für alle Zeiten gelten und dem Sünder Gewißheit und Trost geben, wenn die letzten Minuten auf der Uhr des Lebens ablaufen . „Und ob ich schon wanderte im finstern Tal, fürchte ich kein Unglück, denn du bist bei mir . . . Also hat Gott die Welt geliebt, daß er seinen eingeborenen Sohn gab, auf daß alle, die an ihn glauben, nicht verlorengehen, sondern das ewige Leben haben . . . Gott aber erweist seine Liebe gegen uns darin, daß Christus für uns gestorben ist, als wir noch Sünder waren . . . Wer den Sohn hat, der hat das ewige Leben und kommt nicht in das

Gericht, sondern er ist vom Tode zum Leben hindurchgedrungen ... " Und allmählich überzog ein stiller und wunderbarer Friede das Gesicht der Sterbenden.

Die Stunden des Nachmittags flossen dahin. Die Sonne sank im Westen. Der letzte Strahl der untergehenden Sonne huschte zaghaft über die Fensterscheibe, dann erstarb alles in der Dämmerung des Abends.

Im Zimmer wurde es dunkel, so dunkel, daß Jennifer nicht mehr sehen konnte, wie die Gestalt auf dem Bett kalt und still geworden war.

Wie aus weiter Ferne nahm Jennifer wahr, wie jemand ins Zimmer kam und die Vorhänge zuzog. Sie hörte das leidenschaftliche Weinen der Mutter, der vor Schmerz fast das Herz brach. Sie sah, wie John sie mit seinem jungen, starken Arm stützte.

Später erinnerte sie sich daran, wie er gesagt hatte, Doreen sei jetzt beim Herrn, und für den Christen gäbe es eine Hoffnung auch über das Grab hinaus. Aber seine Stimme schien von weither zu kommen. Plötzlich fühlte sie, wie er seine Arme um sie legte und sie mit sanfter Gewalt dazu brachte, aufzustehen. Sie wußte auch noch, daß sie beide geweint hatten, als er sie aus dem Zimmer führte.

Die scharfe, klare Luft, die ihnen draußen entgegenschlug, löste die Erstarrung, in der sie sich befanden. Plötzlich wurden sie sich wieder ihrer Umgebung bewußt.

Und da war es Jennifer, als müsse ihr das Herz brechen. Doreen — Doreen war tot. Das war das Ende des Weges, des Weges, den sie beide gemeinsam gegangen wären, wenn die Gnade Gottes nicht dazwischengetreten wäre.

Sie zitterte bei diesem Gedanken unwillkürlich.

„Jennifer, du frierst ja." John stand an ihrer Seite, ganz besorgt um sie.

„Nein, davon kommt es nicht, daß ich zittere", sagte sie. „Ich mußte nur gerade über etwas nachdenken."

„Woran dachtest du, Jennifer? " fragte er schließlich.

Aber diese Frage schien überflüssig zu sein.

Jennifer gab nicht gleich Antwort.

„Ich mußte an das alles denken, was hätte sein können", sagte sie zuletzt.

John war still. Irgend etwas ging durch den Kopf, etwas, was er vor langer Zeit gehört hatte und dessen Bedeutung ihm jetzt erst klarzuwerden begann. „Der Sold der Sünde ist Tod . . . "

Ja, Sünde und Tod gingen Hand in Hand; das sah er jetzt. Er würde sich nie mehr von ihrem Glanz blenden lassen und ihrem glitzerndem Zauber nicht mehr verfallen.

John Lynton war zu sich selbst gekommen — er war zu Gott gekommen — rechtzeitig, um sein Leben noch in den Dienst Christi zu stellen, der gestorben war, damit er leben könnte und mit der Zeit ihm wenigstens etwas von den vergeudeten Jahren zu erstatten . . .

28

Im Haus Nr. 84 herrschte große Freude, als Jennifer ankündigte, John werde am Abend zu Besuch kommen. Er hatte viel Mitgefühl gezeigt, als sie ihm von der Krankheit der Mutter erzählte. Gern wollte er ihr einen Besuch machen, daß Jennifer gar nicht anders konnte, als auf seinen Vorschlag einzugehen.

Mutter würde sich bestimmt freuen, aber Jennifer fühlte auch, daß Johns Besuch nicht nur ihrer Mutter gälte, sondern daß ihn noch etwas anderes in ihr Haus zog. So war sich Jennifer darüber im klaren, daß sie ihre Gefühle sehr unter Kontrolle behalten müßte, jedenfalls vorerst einmal.

Sie mußte sich zwar eingestehen, daß ihr John trotz allem, was er getan hatte, durchaus nicht gleichgültig war. Er bemühte sich taktvoll darum, das alte Verhältnis zurückzugewinnen. Aber Jennifer war durch die Kämpfe, die sie hatte durchmachen müssen, vorsichtig geworden. Jennifer wollte erst absolut sicher sein, daß nichts mehr zwischen ihnen stand, ehe sie seine Aufmerksamkeiten erwiderte und ihm neue Hoffnungen machte.

Zugegeben, John hatte öffentlich seine Verbindung mit Christus bekannt, und sie zweifelte nicht einen Augenblick, daß seine Bekehrung echt war. Trotzdem hatte Jennifer noch Bedenken. Wie würde er sich jetzt in bestimmten Situationen verhalten, in denen er sich entscheiden und bewähren mußte? Was würde seine Familie zu alledem sagen? War er darauf vorbereitet, wie er selbst sagte, Christus nachzufolgen um jeden Preis? Diese und noch viele andere Fragen stürmten auf Jennifer ein und beschäftigten ihre Gedanken, als sie die Treppe hinuntereilte, um die Haustür auf das Klingeln hin zu öffnen.

Für Julia war dieser Abend ein großes Erlebnis. Sie hatte ihre schönste Bettjacke mit dem Angorabesatz angezogen und darauf gesehen, daß ihre Hände sorgfältig und gründlich manikürt wurden, während Anton ihr beim Aufstecken des Haares half.

„Wie sehe ich aus?“ fragte sie besorgt, als sie die Stimmen vom Treppenhaus her schon hören konnte.

Anton beugte sich mit einem nachsichtigen Lächeln zu ihr hinab und gab ihr einen Kuß. Er wußte, daß sie heute abend ihre Rolle spielen wollte, um ihre Gäste glauben zu machen, ihr fehle nichts. Während der nächsten Stunden würde sie wieder die bezaubernde Gastgeberin von früher sein, nicht die Kranke, die in einer Mietwohnung lebte.

Philip und Mary waren auch da. Philip schien es immer so einzurichten, daß er bei seinen Besuchen in diesen Tagen mit Mary zusammentraf.

„Nur einer fehlt heute.“ Julia nahm ihr feines Spitzentaschentuch und wischte sich die Augen. „Mein lieber Rodger! Was mag er jetzt wohl tun?“

Aber Julia schien zur Zeit die einzige zu sein, die Zeit dazu fand, darüber nachzudenken, was der abwesende Sohn der Familie jetzt wohl eben treibe, der seit seiner Abreise vor nun fast sechs Monaten noch kein einziges Lebenszeichen geschickt hatte. Aber in der freudigen Erregung über den Besuch dieses besonderen Gastes vergaß auch Julia ihren fernen Sohn bald.

„Na, Frau Deane, wie geht es Ihnen?“ Die Tür öffnete sich, und herein kam ein großer, schlanker, junger Mann, der ihr mit ausgestreckter Hand entgegenging.

„Wie nett, daß ich Sie einmal wiedersehe, John.“

Julias Gesicht strahlte vor Freude, als sie ihm ihre Hand hinstreckte. Er war noch genau derselbe, stellte sie fest. Er sah ein wenig älter aus und schien auch ernster zu sein.

Sie hatten sich ja nicht gesehen, seit Jennifer seinen Heiratsantrag zurückgewiesen hatte . . .

Anton stand von seinem Stuhl auf. „Nun ja, John“, begann er etwas unbeholfen, „ich fürchte, seit wir uns das letzte Mal sahen, hat es etliche Veränderungen gegeben.“

John lächelte, aber er schaute den älteren Mann bedeutungsvoll an, als er ihm die Hand hinstreckte. „Ja, Herr Deane“, sagte er langsam, „es hat Veränderungen gegeben — auf beiden Seiten.“

Anton blickte erleichtert. „Das stimmt“, gab er zu.

John lachte. „Aber es sind Veränderungen zum Besseren, nicht, Herr Deane? “

Anton wollte antworten, aber da nahm Julia wieder das Wort. „Jennifer, vergiß nicht, ihm Mary vorzustellen — oder willst du etwa sagen, daß sie John schon kennt? “

„O ja, Frau Deane“, fiel Mary nun rasch ein, „wir haben uns in der Kirche getroffen.“ Sie lächelte beruhigend zu John hinüber.

Die Mädchen hatten der Familie über Johns Bekehrung berichtet, waren sich aber darin einig gewesen, die näheren Einzelheiten darüber für sich zu behalten, um auf John Rücksicht zu nehmen. Er konnte ihnen erzählen, was er wollte, aber soweit es sie betraf, würde niemand etwas darüber erfahren.

„Wir haben Sie immer wie einen von unserer Familie betrachtet“, plauderte Julia weiter. „Und da Sie uns jetzt wiedergefunden haben, müssen Sie öfter kommen.“

„Vielen Dank, Frau Deane, das werde ich gern tun“, sagte John herzlich.

„Nur Jennifer ist schuld daran, daß wir in letzter Zeit so wenig von Ihnen gesehen haben“, fuhr sie fort, „aber ich freue mich jetzt, daß sie doch endlich Vernunft angenommen hat.“

Jennifer errötete bei dieser unbedachten Bemerkung, aber John sprang sofort für sie in die Bresche. „Ich fürchte, Sie haben da einen falschen Eindruck gewonnen, Frau Deane. Jennifer ist die ganze Zeit im Recht gewesen. Ich bin jetzt endlich zu mir gekommen und habe Vernunft angenommen; so liegen die Dinge.“

„An Ihnen war doch nie etwas verkehrt!“ Julia sprach

mit einer Gewißheit, die beinahe erheiternd wirkte.

Nach einem kurzen Schweigen nahm John wieder ernst und nachdenklich das Wort. „Ja, genauso habe ich früher auch gedacht, aber am vergangenen Sonnabendabend ist mir klargeworden, daß ich ein Sünder bin, der Erlösung braucht, und da habe ich mich Jesus Christus zur Verfügung gestellt."

Julia sah ihn erstaunt an. Jennifer hatte ihr einiges über seine Bekehrung erzählt, es aber in dieser Weise aus seinem eigenen Munde zu hören, hatte sie nicht erwartet. „Wirklich, John, Sie überraschen mich", sagte sie und lehnte sich anmutig in ihre Kissen zurück.

„Wirklich? " Er schien durch diesen gezielten Hieb nicht im geringsten aus seiner Fassung gebracht zu sein. „Um ehrlich zu sein, ich bin selbst ziemlich überrascht über mich. Wenn ich daran denke, in welcher Weise ich von meinen alten, üblen Gewohnheiten freigeworden bin, so muß ich nur staunen, was Christus für mich getan hat."

Bei diesen seinen Worten wurde es Jennifer warm ums Herz. Sie wußte, daß es ihm nicht leicht fiel, das alles auszusprechen.

„Aber Ihre Mutter und Ihr Vater", bohrte Julia weiter, „was sagen sie denn zu alledem? "

„Oh, eine ganze Menge", wandte sich John jetzt an alle. „Zuerst dachten sie wohl, ich hätte völlig den Verstand verloren, aber sie mußten zumindest zugeben, daß ich nüchtern war. Es gab nur ganz wenige Dinge, die ich mit ihnen zu ordnen hatte."

„Natürlich, Sie sind doch der Partner Ihres Vaters, nicht wahr? " fragte Anton dazwischen.

„Ich war es." Er lachte, konnte damit aber nicht verbergen, daß ihn diese Entscheidung viel gekostet hatte. „Aber wir haben uns darüber nicht einigen können, darum haben sich jetzt unsere Wege getrennt."

„Das bedeutet dann also — " Anton blickte ihn fragend an. „ — daß ich, genau genommen, überhaupt keine Geldmittel mehr habe", gab John offen zu. „Sehen Sie, ich hatte schon all mein eigenes Geld verspielt, dazu auch noch einen Teil von dem meines Vaters. So will ich jetzt noch einmal ganz von vorn anfangen, aber diesmal anständig."

Nur mit großer Mühe konnte Jennifer ihre Freude zurückhalten. Das war es ja, was sie hören wollte, das zu hören sie kaum noch zu hoffen gewagt hatte. Offensichtlich brachte er alles in rechter Weise in Ordnung.

„Es erscheint mir ziemlich töricht, sich mit seinem Vater zu überwerfen, wenn er das ganze Geld hat", bemerkte Julia.

John blickte sie an. „Das Geld, das mein Vater besitzt, nimmt er aber doch aus Pferderennen, Wetten und anderen mehr als fragwürdigen Unternehmungen ein, Frau Deane, und darum kann ich als Christ auch nicht einen Pfennig davon anrühren."

Julia fiel erschöpft in ihre Kissen zurück. So etwas hatte sie kaum erwartet. Sein freimütiges Bekenntnis über seine Bekehrung hatte sie schon genug in Erstaunen gesetzt, aber dies — dies ging ihr doch zu weit. Das Vermögen seines Vaters aufzugeben, nur weil er Christ geworden war!

„Aber was werden Sie jetzt tun? " fragte sie ganz verwirrt.

John lachte. „Machen Sie sich keine Sorgen um mich, Frau Deane, ich werde schon nicht Hungers sterben. Ich habe schon eine gute Arbeit gefunden. Früher habe ich alle guten Gelegenheiten, die sich mir boten, verpaßt", fügte er reumütig hinzu, „aber das werde ich jetzt wieder gutmachen — mit Gottes Hilfe."

Für den Rest des Abends blieb Julia ziemlich schweigsam und nachdenklich. Es schien, als habe sie ihre Pflichten als Gastgeberin vergessen, wenn sie den anderen allen mit aufmerksamen Blicken folgte, wobei manchmal ein Ausdruck großer Sehnsucht in ihren Zügen sichtbar wurde. Sie schienen alle so glücklich . . . Und sie waren alle Christen — Anton, Jennifer, Philip und Mary, und nun auch John.

Jennifer nahm die erste Gelegenheit wahr, um wieder

Kontakt mit Pastor Ransome aufzunehmen und ihn um Rat zu fragen. Ihr war es deutlich bewußt geworden, daß Johns Interesse an ihr mit der Zeit durchaus nicht erloschen war.

Jennifer fand Pastor Ransome wie immer zu jedem Dienst bereit. Als sie dann wieder in demselben alten Stuhl Platz nahm, war es ihr, als sei sie erst gestern mit der schweren Last ihrer Liebe zu John hiergewesen, um das harte Nein zu hören, das alle ihre Hoffnungen auf Glück zu zerschmettern schien.

Aber jetzt war alles anders. Der Herr hatte ihre Gebete erhört, und John war gerettet. Ihr Herz jubelte, als ihr an seinem Benehmen und seiner Art zu leben mehr und mehr deutlich wurde, daß er in Christus wirklich ein neues Leben begonnen hatte. Trotzdem hatte sie das Verlangen, Pastor Ransome möchte ihr bestätigen, daß sie recht daran tat, Johns Werben nachzugeben.

„John ist wirklich wiedergeboren — davon bin ich überzeugt", erklärte er ihr ohne Zögern. „Sein Leben ist ein lebendiges Zeugnis. Es hat den Anschein, als habe der Herr Sie beide wieder zusammengeführt."

„Nur eins macht mir noch Gedanken", sagte Jennifer etwas zweifelnd, „das habe ich mich selbst immer schon gefragt — die Frage nämlich, daß John zu trinken gewohnt war. Sehen Sie, er hat es früher schon einmal aufgegeben — und ist dann doch wieder rückfällig geworden, wie Sie wissen."

Der Pastor lächelte ihr beruhigend zu. „Ich denke, Sie sehen jetzt, welch ein Unterschied es ist, ob einer nur aus eigener Kraft neu anfängt oder ob er wiedergeboren wird. Im ersten Fall hat er damals nur um Ihretwillen ein neues Leben angefangen; und sobald er den Eindruck hatte, Sie seien nicht mehr in seiner Nähe, fiel er natürlich in seine alte Lebensweise zurück."

Sie nickte. Ja, das war wahr — nur zu wahr!

„Jetzt aber", fuhr der Pastor fort, „hat der Herr ihm ein neues Herz gegeben — ein Herz, das nach solchen Dingen kein Verlangen mehr hat — und darum haben diese Dinge keine Macht mehr über ihn. Christus hat ihn frei gemacht, und er wird nie wieder fallen, wenn er sein ganzes Vertrauen auf den Heiland setzt."

„Das habe ich mir selbst auch schon gedacht." Jennifer blickte ihn mit leuchtenden Augen an. „Aber ich wollte doch auch Ihre Meinung dazu noch einmal hören — um ganz sicher zu sein."

Pastor Ransome erhob sich. „Meine liebe Jennifer", sagte er in seiner freundlichen Art, „als Sie das letzte Mal hier waren, wollten Sie nicht beten. Erinnern Sie sich noch? "

„Ja", sagte sie leise.

Wie aufsässig war sie damals gewesen. Wie unwürdig hatte sie sich gegenüber der großen Gnade, die Gott ihr erwiesen hatte, gezeigt.

„Sollen wir heute abend zusammen beten, ehe Sie gehen? "

„Bitte", sagte sie ernst, „ich habe meinem Herrn für so vieles zu danken."

Und auf dem alten Teppich vor dem Kamin knieten sie beide nieder, wie sie es in früheren Zeiten schon getan hatten.

Jennifer schüttete ihr übervolles Herz in einem schlichten Lob- und Dankgebet vor Gott aus.

Pastor Ransome übergab sie und den Mann, den sie liebte, dem einen, der in seiner Weisheit und Liebe ihre Schritte gelenkt hatte, und erflehte für das Leben dieser beiden jungen Menschen den Segen des Herrn im Blick auf ihre Zukunft . . .

„Jennifer", begann John einige Wochen später, als sie abends allein waren, „ich wollte dir noch etwas sagen."

„Ja", sagte sie atemlos, indem sie sich daran erinnerte, daß sie diese Worte schon einmal aus seinem Munde gehört hatte .

„Jennifer, dasselbe habe ich dir früher schon einmal gesagt, aber ich fühle mich jetzt viel unwürdiger vor dir als damals.“ Seine Stimme bebte vor verhaltener, innerer Bewegung. „Wenn du mir diesmal wieder einen Korb gibst, dann habe ich es bestimmt auch verdient, aber das würde nichts an der Tatsache ändern können, daß ich dich liebe. Trotz allem, was zwischen uns getreten ist, habe ich nie eine andere geliebt als dich und werde es auch in Zukunft nie.“

Sie blickte ihn an. Dies war nicht der anmaßende, besitzfordernde John, den sie kannte. Er stand jetzt abseits, geschlagen und demütig, und wartete darauf, daß sie über ihn verfüge, wie sie wollte. Sie hatte ein tiefes Mitgefühl mit ihm.

„John“, sagte sie schlicht, „es gibt nichts, was zwischen uns steht — jetzt nicht mehr.“

Er zögerte noch. „Und was ist mit meiner Vergangenheit?“

„Das können wir jetzt vergessen — Gott selbst hat alles ausgetilgt. Nur noch die Zukunft zählt jetzt, nicht wahr, John?“

Sie wandte ihm voll ihr Gesicht zu, und es war das erste Mal, daß sie keinen Versuch machte, die Liebe zu ihm zu verbergen, die mächtig in ihrem Herzen aufwallte. Das Rot, das ihr in die Wangen schoß, ihre zitternden Lippen und der helle, frohe Glanz in ihren Augen sprachen eine deutliche Sprache.

„Jennifer!“ rief er, „ich danke Gott!“ Im nächsten Augenblick lagen sie sich in den Armen.

In diesem Augenblick, den sie voll auskostete, schien Jennifer jener Abend, an dem sie sich dazu zwingen mußte, John abzuweisen, nur noch ein häßlicher Traum zu sein. Die Tage, die dazwischenlagen, da ihr in ihrer Einsamkeit das Herz weh getan hatte, waren nur der dunkle Untergrund gewesen, auf dem nun das schöne Bild der zur Erfüllung gebrachten Liebe erstand.

„Jennifer —“

„Ja, John?“ Sie schaute ihm in die Augen, jene Augen, in denen so viel Liebe und Hingabe geschrieben stand.

„Gott ist sehr gütig zu uns gewesen, Liebes“, sagte er leise. „Könnten wir ihm jetzt danken — wir beide gemeinsam? “

Sie gab ihm Antwort, indem sie ihm fest die Hand drückte. Dann knieten sie zusammen nieder vor dem einen, der ihnen beiden mehr bedeutete als der eine dem anderen.

In dem Augenblick wußten sie beide, daß die Wege, die er sie geführt hatte, die rechten Wege gewesen waren. Die Hand dessen, der seinen wunderbaren Plan auch über ihrem Leben ersann, hatte alles herrlich hinausgeführt . . .

29

Die Nachricht, daß sich die junge Dame von Haus Nummer 84 verlobt hatte, verbreitete sich wie ein Lauffeuer durch die ganze Prospektstraße. Jennifer brauchte nur ihren Kopf aus der Tür zu stecken, um von allen, die vorübergingen, warme und freundliche Glückwünsche zu bekommen.

Viele waren darunter, mit denen sie vorher noch nie gesprochen hatte. Trotzdem schienen sie über alles bestens informiert zu sein.

Jennifer konnte dies nur der Begeisterung ihrer kleinen Kinderfamilie der „Fröhlichen Stunden“ zuschreiben, die diese Neuigkeit überall weitererzählte. Die Kinder waren ganz aufgeregt gewesen, als sie zum ersten Mal den Verlobungsring an ihrem Finger sahen. Jennifer fürchtete, daß trotz all ihrer Bemühungen, die Aufmerksamkeit der Kinder auf die Geschichte zu lenken, sich in den Köpfen der kleinen Schar nur ein Gedanke festsetzen könnte, — daß Fräulein Deane bald heiraten würde.

Besonders ein kleiner Junge, den anderen als Bill bekannt, der immer ein kleines Buch mit Flugzeugen bei sich trug, das er fest unter dem Arm geklemmt hielt, zeigte ein erstaunliches Interesse.

„Meine Mutti hat genau so einen Ring wie du“, erklärte er freimütig.

„Wirklich, Bill?“ Jennifer hielt ihre Hand ein wenig tiefer, damit der Kleine ihren Ring noch genauer betrachten konnte.

„Ja“, behauptete er mit wachsendem Zutrauen, „sie behält ihn immer auf, weil sie ihn von meinem Vati hat.“

„Wo ist denn dein Vati jetzt?“ Irgend etwas im Ton seiner Stimme veranlaßte sie, ihm diese Frage zu stellen.

„Wie, das weißt du nicht?“ Mit seinen großen, blauen Augen blickte er in unschuldigem Erstaunen zu ihr auf. „Er ist eines Tages mit einem ganz riesig großen Flugzeug davongeflogen, und danach hat ihn niemand mehr gesehen, aber Mutti sagt, er ist in den Himmel gekommen, und wir werden ihn eines Tages wiedersehen.“

„Ja, kleiner Mann, Gott schenke euch das Wiedersehen.“

Jennifer verspürte ein Würgen im Hals, als sie ihm liebevoll über seinen wirren Blondschopf strich. Erkannte sie doch an diesem schlichten Kinderbekenntnis, wie hier eine Mutter tapfer versuchte, mit der Tragödie ihres Lebens fertigzuwerden, die so viele junge Frauen während der langen Kriegsjahre durchleiden mußten, und wie sie es ihrem Kind verständlich zu machen suchte, damit es begriff, warum sein Vater nicht jeden Abend nach Hause kam, wie die Väter anderer Kinder, die er kannte ...

Jennifer fühlte, daß sie gern einmal die Mutter des kleinen Bill kennenlernen würde. Wenn sie so mit ihrem Kind reden konnte, mußte sie bestimmt eine gläubige Christin sein.

Auch im Kreis der Familie herrschte große Aufregung.

Die Nachricht wirkte auf Julia wie eine belebende Medizin. Sie durchstöberte sogleich ihren Handarbeitskorb und holte das zierliche Seidentüchlein hervor, dazu die feine Spitze, die sie vor längerer Zeit unter völlig anderen Umständen begonnen hatte.

„Ich fürchte, ich bin nicht mehr so geschickt wie früher“, sagte sie bedauernd. „Meine Hand wird so müde.“

„Ach, Mutter, ich brauche es auch jetzt gleich noch nicht“, beeilte sich Jennifer, sie zu beruhigen, „du kannst dir ruhig Zeit damit lassen.“

John war natürlich zuerst an Jennifers Eltern herangetreten, bevor sie ihre Verlobung öffentlich bekanntgaben.

„Ich habe euch schon einmal um eure Zustimmung gebeten“, begann er unsicher.

Julia strahlte. „Und wir geben sie dir jetzt wieder, John — mit Freuden.“

Aber der junge Mann ließ sich damit noch nicht ganz beruhigen. „Ich hätte es euch auch nicht verübeln können, wenn ihr es euch anders überlegt hättet“, fuhr er fort und blickte bei diesen Worten Anton fest in die Augen.

„Nein, wirklich“, sagte der ältere Mann schnell und streckte ihm die Hand hin. „Du bist uns jetzt noch herzlicher willkommen, als du es damals gewesen wärest.“

„Ich danke Ihnen, Herr Deane.“ Aus Johns Worten sprach eine tiefe Dankbarkeit, als die beiden sich herzlich die Hände schüttelten.

John hatte vor Jennifers Vater nichts von seiner Geschichte verschwiegen, welcher seinerseits auch seine früheren Torheiten offen erzählt hatte, und daß er nur noch einen Wunsch habe: all das Unrecht, das er getan hatte, wieder gutzumachen. So trafen sich die beiden Männer auf gemeinsamer Ebene, diese beiden, die erst vor kurzem die rettende Macht der „Frohen Botschaft von Christus“ in ihrem Leben erfahren hatten. Auch Philip und Mary brachten den beiden ihre Glückwünsche. Die Neuigkeit schien auch auf das Missionars-Freundespaar eine deutliche Wirkung auszuüben. Nachdem sie sich ein paar Worte zugeflüstert und bedeutsame Blicke getauscht hatten, sagte Philip, auch er habe etwas Wichtiges bekanntzugeben.

Es war nicht allzu schwer zu erraten, was er damit meinte; denn die Familie hatte schon einige Zeit so etwas geahnt, aber es wurde nichts gesagt, um der kleinen, feierlichen Rede Philips keinen Abbruch zu tun.

„Wir hatten wirklich vor, es noch ein Weilchen für uns zu behalten — obgleich ihr es sicher schon erraten könnt“, begann er, indem er dem Mädchen an seiner Seite strahlend und zufrieden zulächelte. „Aber, seht — Mary und ich haben uns in den letzten Monaten ziemlich gut kennengelernt und — sie ist wirklich ein wunderbares Mädchen. Wir haben beide von Gott den Ruf, nach China zu gehen, und wir haben auch darüber gebetet. So haben wir uns entschlossen, wenn der Herr es will, eines Tages zusammen hinauszugehen — als Mann und Frau.“

„Wie schön für euch beide“, rief Jennifer und schaute die beiden mit tiefer Zuneigung an. Auch die anderen äußerten spontan ihre Freude.

„Natürlich haben wir nicht vor, schon jetzt irgend etwas darüber offiziell bekanntzugeben“, fuhr Philip fort, „sondern wollen erst unsere Ausbildung beendigen — da haben wir beide noch einen langen Weg vor uns. Aber wir werden das Ziel fest im Auge behalten und wollen arbeiten, planen und warten.“

Julia blickte etwas zweifelnd drein. „Da werdet ihr aber noch lange warten müssen“, sagte sie und schüttelte den Kopf.

„Ja, Mutter“, gab Philip zur Antwort, „aber es ist doch keine verlorene Zeit für uns. Wir werden an vielen Missionsveranstaltungen aktiv teilnehmen.“

„Dann sicher auch an der großen Missions-Kundgebung, die auf den Plakaten an der Stadthalle angekündigt ist; vermute ich richtig? “ warf John lachend dazwischen.

„Ja“, gestand Mary unerwartet, „wir sind auch dabei!“

„Oh!“ Jennifers Interesse war geweckt. „Was für eine Tagung ist das denn? “

„Es ist eine große, gemeinsame Missionsveranstaltung“, fuhr Mary fort. „Wir sind in dem Festzug — “

„Dann wird es sicher gut werden“, bemerkte Anton scherzend.

„Ich weiß nicht viel davon“, wehrte Mary ab, „ich ziehe mich nur als Chinesenmädchen an, aber Philip hat ein paar Worte dabei zu sagen, und er macht seine Sache wirklich gut.“

„Du solltest hingehen und ihn dir selbst anhören“, schlug Julia vor und blickte dabei Jennifer an, „und dann könntest du uns hier erzählen, wie alles war.“

„Das ist eine gute Idee, Frau Deane“, rief John. „Wir werden dabeisein.“

So kam es, daß Jennifer und John am folgenden Abend unter der Menschenmenge waren, die sich in der Stadthalle drängte. Bald waren sie in dem Bann dieser riesigen Versammlung. Der große Saal war voll besetzt.

Alle bekannten Missionsgesellschaften hatten sich an diesem großen Unternehmen beteiligt, um der christlichen Gemeinde die große Not in aller Welt vor Augen zu führen.

„DIE WELT — DAS GROSSE MISSIONSFELD“

lautete das Thema, und als nacheinander Vertreter der verschiedenen Länder nach vorn kamen, um in bewegten Gesten, in Worten und Liedern von der Not ihres Landes zu berichten, entfaltete sich das Ganze wie das große Bild auf einem Bilderbogen.

Die große Versammlung wurde beim Zuhören aufgeschreckt, als sie erfuhr, daß mehr als hundertfünfzig Jahre Missionsarbeit kaum einen Eindruck in der Heidenwelt hinterlassen hatte. Von den vier Enden der Erde riefen die Millionen verzweifelt um Hilfe, denen das Evangelium noch nicht gebracht worden war.

Afrika — Indien — China — Japan — Südamerika — nacheinander traten sie in das Rampenlicht, um durch ihren Aufruf die Zuhörer aufzurütteln. Als eine Gruppe nach der anderen wieder zurückgetreten war, stand die ganze Welt szenenhaft in einer eindrücklichen Schau sichtbar vor den Versammelten.

Es war schwer, Mary in der Gruppe der Mädchen zu erkennen, die in chinesische Gewänder gekleidet waren.

Philip konnte man nicht übersehen, der die christliche Jugend von heute darstellte. Er kehrte symbolisch den Annehmlichkeiten und Vorteilen des modernen Lebens den Rücken und wandte sich dem Ruf der christuslosen Millionen mit den Worten zu:

„Was höre ich da? Den Schrei von Seelen, die an fernen Gestaden zugrunde gehen; den Ruf derer, die in der Finsternis und im Schatten des Todes sitzen. Ich kann nicht länger behaglich dahinleben oder mir ein sorgloses, gemütliches Leben machen. Ich komme zu euch mit der Botschaft der Rettung — ich komme schon!“

„Er meint es wirklich so, wie er es sagt“, bemerkte John leise.

„Ja, das stimmt", gab Jennifer flüsternd zur Antwort, die Augen unverwandt nach vorn auf die Szene gerichtet.

Die Darstellung schloß mit dem Aufruf des Stillen Ozeans — Australien hielt dabei die Fackel hoch, während ungezählte Millionen der Inseln vor seinen Türen blind danach tasteten: Java — Borneo — Malaysia — Timor — Neuguinea — sechsundachtzig Millionen, die in herzbewegendem Flehen ihre Augen der christlichen Kirche Australiens zuwandten.

Dann schallten durch die große Halle die Worte:

„Und ich hörte die Stimme des Herrn, der da sagte:'Wen soll ich senden, und wer will unser Bote sein?'"

Und sogleich erschien auf der Bühne eine stattliche Anzahl junger Christen — Ärzte, Krankenschwestern, Lehrer, Künstler, Wissenschaftler — die bereitwillig antworteten:

„Hier bin ich, sende mich!"

Eine Totenstille herrschte in der großen Halle.

Dieser Ruf war dringend, persönlich und direkt. In den feierlichen Augenblicken des Gebets und der Weihe, die darauf folgten, wurden vieler Herzen zu einer Antwort bewegt.

Jennifer blickte mit sehnsüchtigen Augen nach vorn. Andere waren gerufen worden — warum nicht auch sie und John. Bereitwillig und froh hätte sie ihr Leben mit John auf irgendeinem Missionsfeld verbracht. Sie wußte aber ganz genau, es war ihr eine innere Gewißheit, daß der Missionsdienst draußen nicht für sie bestimmt war — wenigstens jetzt noch nicht. Sie wurde daheim gebraucht. Ihre Mutter, so hilflos, was ihren äußeren Zustand betraf, und immer noch außerhalb des Reiches Gottes — ihre kleine Kinderschar bei den „Fröhlichen Stunden", die so begierig zuhörte, wenn sie ihnen die Geschichten von Gottes großer Liebe erzählte. Ja, ihr Missionsfeld war zu Hause — jedenfalls jetzt noch. Wenn sie dem Herrn Jesus in den Pflichten, die ihr jetzt oblagen, treu diente, würde er sie vielleicht später einmal auf größeren Missionsfeldern einsetzen können . . .

Sie beugte ihr Haupt. „Herr, ich bin bereit“, betete sie von Herzen. „Nimm mich hin und gebrauche mich — wo auch immer.“

Und John — was war mit ihm? In diesem Augenblick war er entrückt in eine eigene Welt, weit weg von den vielen Menschen der Versammlung im Herzen der großen Stadt. Was er hier gesehen hatte, hatte seine Erinnerung aufgerührt.

Er sah sich wieder auf die Inseln zurückversetzt, wo er während der langen, bitteren Jahre des Krieges als Soldat gedient hatte. Er war wieder im heißen, dampfenden Dschungel, wo er verzweifelt um sein Leben gekämpft hatte — und dann schließlich gewonnen hatte. Er sah sich wieder von jenen dunkelhäutigen, liebenswerten, freundlichen Eingeborenen umringt, die sich seiner angenommen hatten, als er vor einem gnadenlosen, unerbittlichen Feind auf der Flucht war. Er kannte sie gut. Er war mit ihrem Land vertraut. Er verstand ihre Sprache ...

Aber er sah diese Menschen jetzt mit anderen Augen. Er sah sie als ein unwissendes, vernachlässigtes Volk, die vor Verlangen fast vergingen, das Heil durch den Glauben an den Herrn Jesus Christus kennenzulernen ... Merkwürdig, daß ihm das nicht schon eher aufgegangen war.

Warum wohl war es ihm vergönnt gewesen, heil und unbeschadet durch jene grauenhaften Jahre zu kommen, in denen viele ein unbekanntes Grab gefunden hatten? Wozu war wohl sein Leben erhalten geblieben, während andere zu seiner Seite in Stücke gerissen wurden? Warum wohl war er vor kurzem wie ein Brand aus dem Feuer gerissen worden, mitten heraus aus seiner verderblichen Jagd nach Glück und Genuß? Warum wohl, wenn nicht einzig zu dem Zweck, daß er der dringenden Forderung dieser Stunde nachgab!

John hob den Kopf, ja, er würde zu diesen umnachteten Menschen mit dem Evangelium gehen — er mußte es! Gottes Stimme selbst rief ihn, und er mußte gehorsam sein. Es war keine unbedachte, nur gefühlsmäßige Entscheidung, die John Lynton an diesem Abend traf. Es war, als habe sich eine gebieterische Hand auf seine Schulter gelegt, die ihn vorwärts schob und ihm Mut und Vertrauen gab.

John Lynton kannte die Gefahren, aber er fürchtete sie nicht. Er kannte die Schwierigkeiten, blieb aber dennoch unbeirrt. War ihm nicht mit dem Befehl, das Evangelium hinauszutragen, auch die Verheißung mitgegeben, daß der Herr immer bei ihm bleiben wollte?

„Siehe, ich bin bei euch alle Tage, bis an der Welt Ende . . . "

Was brauchte er sonst noch? — Konnte er um mehr bitten?

Die Veranstaltung war zu Ende, die große Versammlung setzte sich in Bewegung.

Aber als Jennifer und John ihren Weg durch die Menge nahmen und auf die verhältnismäßig stille Straße nach draußen gelangten, sprach keiner von ihnen ein Wort.

Als sie dann schließlich allein waren, brach Jennifer das Schweigen.

„John", hauchte sie, „war es nicht großartig? "

Sie spürte den festen Druck seiner Hand um ihren Arm.

„Jennifer, ich habe heute abend etwas gelernt", sagte er leise, aber bestimmt. „Jetzt weiß ich endlich, was der Herr mit mir und meinem Leben vorhat."

Heftig pochte ihr Herz. „Oh, John, du meinst — ? "

Er nickte. „Ja, Gott hat mich heute abend gerufen, Jennifer, und ich werde wieder auf die Inseln gehen — diesmal als Missionar."

„John!" Sie blickte zu ihm auf, ihm gerade ins Gesicht, und war froh — sehr froh.

„Ich — ich habe schon immer gewußt, daß der Herr Jesus noch etwas Besonderes mit dir vorhat." Sie sagte es in einem fast ehrfürchtigen Flüstern.

Er beugte sein Haupt. „Ich kann mir gar nicht denken, warum er mich ruft — ausgerechnet mich!" sagte er demütig. „Aber vielleicht gibt es etwas, was ich für ihn tun kann."

„Dessen bin ich sicher, John.“ Sie lächelte tapfer. „Du hast dein ganzes Leben noch vor dir.“

Etwas in ihrer Stimme veranlaßte ihn, sie rasch anzublicken. „Jennifer, du wirst doch mitkommen, nicht wahr? Wir werden uns beide ausbilden lassen und dann heiraten und zusammen ausreisen.“

Aber sie schüttelte den Kopf. „Nein, John, ich kann nicht — jetzt noch nicht. Ich würde es ja so gern tun, aber, siehst du, ich werde daheim gebraucht.“

John starrte sie an, verblüfft und verwirrt. Damit hatte er nicht gerechnet — er hatte es für selbstverständlich angesehen, daß sie beide gemeinsam den Dienst tun würden. „Jennifer“, rief er in plötzlicher Unruhe, „ich hatte nicht daran gedacht, ohne dich in den Dienst der Mission zu gehen!“

Jennifer war den Tränen nahe. „Ich — ich mußte das alles heute abend in der Versammlung durchstehen“, sagte sie unsicher.

„Solange meine Mutter mich braucht — solange der Herr mich daheim gebrauchen kann —, muß ich hierbleiben. Aber du mußt hinausgehen, wenn er dich braucht — nach draußen.“

„Gott segne dich dafür, Liebste“, sagte er entschlossen, als er sie in die Arme schloß. „Wenn wir uns auch trennen müssen, wird es doch nicht für lange Zeit sein. Vielleicht später dann — “

„Vielleicht“, flüsterte sie. Dann aber machte sie sich aus seiner Umarmung los und blickte ihm besorgt ins Gesicht.

„Aber John“, sagte sie, wobei sie sich zwang, ruhig zu sprechen, „wir müssen die Dinge durchstehen, angenommen — angenommen, ich werde niemals mit dir gehen können? “

„Jennifer — “ Ihm verschlug es die Sprache.

Nie war er ihrer Liebe gewisser gewesen als in diesem Augenblick. Einmal dachte er, sie verloren zu haben, aber jetzt war sie sein — sein, daß er sie lieben und für sie sorgen sollte. Ein Leben ohne sie, und sei es auch nur für eine kurze Zeit, würde fast unerträglich sein. Doch, wenn der Herr es so wollte, was konnte er dann tun?

In diesem Augenblick stand John Lynton, bleich und starr, der größten Krise seines Lebens Auge in Auge gegenüber: Auf der einen Seite lag sein irdisches Glück, die größte menschliche Bindung, die die Seele kennt; auf der anderen Seite aber der Ruf Gottes, die Hingabe des Lebens und all seiner Ziele an Gottes heiligen Willen . . .

„Jennifer", sagte er schließlich, „ich liebe dich — das weißt du. Aber, Liebste, wir haben doch gesagt, daß der Herr bei uns beiden immer an erster Stelle stehen sollte, nicht wahr? Er hat mich gerufen, und koste es, was es wolle, ich muß gehen — du verstehst mich doch? "

„Oh John." Sie hielt fast den Atem an, um ein Schluchzen zu unterdrücken, aber blickte ihn mit leuchtenden Augen an. „Wie froh bin ich, daß du das eben gesagt hast."

„Jennifer — mein ein und alles!" Froh und dankbar ließ sie sich von ihm in die Arme schließen. Welche Freude, sich von einem Menschen geliebt zu wissen, dem ihr Heiland alles in allem war! Welche Kraft gab es ihr, zu wissen, daß sie beide durch eine größere Liebe aneinandergebunden waren, die keine Macht der Welt trennen konnte.

Aber während sie sich noch an diesem Gedanken freute, wußte sie, daß sie noch einen Schritt weitergehen müsse, und ihr Herz beugte sich in das ihr auferlegte Los.

„John", sagte sie leise, „das, was heute abend geschehen ist, hat alles vollständig geändert — mindestens im Blick auf unser jetziges Verhältnis. Der Herr hat dich in eine Arbeit gerufen, die — ich vielleicht niemals mit dir teilen kann, und — wenn du mich deshalb von meinem Jawort zu dir entbinden willst — "

Er hielt ihre Hand fest. „Jennifer, du glaubst doch, daß der Herr uns beide zusammengeführt hat, nicht wahr? "

„Ja." Ihre Antwort kam ohne Zögern.

„Dann glaube ich es auch — und er macht niemals einen

Fehler, dessen bin ich ganz sicher. Wir können jetzt noch nicht übersehen, wie sein Plan verläuft, aber wir können ihm vertrauen, und ich bin auch bereit, zu warten — wenn du es bist."

Sie schaute froh und dankbar zu ihm auf. „Ja, John — du hast recht — wir können darauf warten, daß er handelt", antwortete sie schlicht.

Er hakte sie unter. „Es ist so sonderbar, Jennifer, aber wenn es auch so aussieht, als sollte ich Tausende von Meilen von dir weggehen, habe ich doch nicht das Empfinden, daß uns irgend etwas trennen kann. Weißt du, was ich meine?"

„Ja — wir sind beide in Christus, und nichts kann uns von ihm trennen."

„Genau das ist es. Was haben wir letzte Woche in der Kirche für eine Bibellese gehabt? ‚Wer will uns scheiden von der Liebe Christi — ?'"

Sie schmiegte sich dichter an ihn. „Und kennst du auch die Antwort darauf, John?"

„Ich denke, schon", sagte er langsam, „aber ich würde es gern aus deinem Munde hören, Liebste."

Mit fester, klarer Stimme, die ihre innere Überzeugung verriet, wiederholte sie die Worte, die sie so früh schon, am Anfang ihres Christenlebens, als wahr erprobt hatte, jene Worte, die sie in ihrer Tiefe und dem vollen Ausmaß ihrer Bedeutung noch erfahren sollte: „Denn ich bin gewiß, daß weder Tod noch Leben, weder Engel noch Fürstentümer noch Gewalten, weder Gegenwärtiges noch Zukünftiges, weder Hohes noch Tiefes, noch keine andere Kreatur mag uns scheiden von der Liebe Gottes, die in Christus Jesus ist, unserem Herrn."

„Welch ein Wort!" Er holte tief Luft. „Jennifer, es umfaßt alles, nicht wahr?"

„Ja, und dies andere Wort scheint ihm zur Seite zu gehen — ‚In alledem überwinden wir weit durch den, der uns geliebt hat'."

John blickte sehr nachdenklich. „Diesen Vers liebe ich

sehr“, sagte er. „Wo steht er geschrieben? “

Jennifer lächelte. „Römer acht, Vers siebenunddreißig. Das ist schon immer mein Vers gewesen, John — ich habe seine Wahrheit so oft schon erfahren!“

„Dein Vers? “ wiederholte er. „Dann wird es auch der meine sein. Wir wollen ihn zu unserem Wahlspruch machen.“

„O ja“, sagte sie eifrig, „wenn ich versucht bin, ungeduldig zu werden, will ich mir immer vorsagen ‚Römer acht, Vers siebenunddreißig‘ — “

„In alledem überwinden wir weit durch den, der uns geliebt hat.“ Langsam und mit Nachdruck wiederholte er die Worte.

„Ja, daran werde ich denken. Und ich werde wahrscheinlich oft Gelegenheit haben, die Wahrheit dieses Wortes zu erproben.“

Etwas in seiner Stimme ließ sie in einer Vorahnung kommender Ereignisse erschauern.

Er würde weggehen — sehr weit weg. Für sie war es ein unbekanntes Land, aber nicht für ihn. Er kannte es. Und er sprach davon, als wisse er, daß es dort Gefahren gäbe . . . Schwierigkeiten . . .

„John“, sagte sie ernst, „ich möchte, daß du mich alles wissen läßt, was geschieht — all deine Versuchungen und Schwierigkeiten — und wie du das alles empfindest. Es wird mir dann leichter sein, für dich zu beten, wenn ich darum weiß.“

„Ja, Liebes, ich werde deine Fürbitte brauchen. Ich will dir auch nichts vorenthalten.“

„Und wenn es schwer zu schreiben ist — oder du keine Zeit hast — “

„ — dann werde ich dir nur unseren Wahlspruch schicken — ‚Römer acht, siebenunddreißig‘, und dann weißt du's.“

So wurde ihr Pakt besiegelt.

30

Das Haus Nr. 84 lag schon im Dunkeln, als Jennifer die knarrende Haustür aufschloß und leise die Treppen hinaufging.

Als sie sich der Wohnung im Obergeschoß näherte, bemerkte sie, daß im rosa Schlafzimmer das Licht noch brannte. Ihre Mutter und ihr Vater mußten also noch wach sein.

„Wie ist es dir denn ergangen, Jennifer?“ rief der Vater aus dem Schlafzimmer, als er ihre Schritte hörte.

„Ja, komm doch herein und erzähle, wie alles war“, ließ sich jetzt auch die Mutter hören. „Hast du Philip gesehen?“

So ging Jennifer gleich hinein, ohne sich die Zeit zu nehmen, ihre Straßenkleidung abzulegen. Sie setzte sich ans Fußende des Bettes und begann zu erzählen, was sich an dem Abend alles ereignet hatte.

Julia brannte besonders darauf, zu erfahren, wie Philip mit seiner Rolle im Programm des Abends abgeschnitten hatte. Sie strahlte vor Freude, als Jennifer berichtete, er habe seine Sache sehr gut gemacht. Sie malte ihnen die ganze Aufführung in allen Einzelheiten vor Augen und erzählte ihnen genau von allem, was an dem Abend zur Sprache gekommen war.

Anton zeigte großes Interesse, zu erfahren, wie es in Wahrheit um die Welt in Beziehung auf das Christentum stand, während Julia offensichtlich mehr an den Personen interessiert war.

„Und was hat John von alledem gehalten?“ war ihre nächste Frage.

„Das wirst du wohl nicht erraten!“ Jennifer strahlte

über das ganze Gesicht. „John ist heute abend von Gott in die Missionsarbeit gerufen worden.“

Die Bedeutsamkeit dieser Worte begriff Julia im Augenblick noch nicht, aber Anton stützte sich überrascht auf seinen Ellenbogen.

„Wohin? “ wollte er wissen.

„Er wird wieder auf die Inseln gehen, wo er während des Krieges als Soldat diente. Er kennt das Land — und auch die Leute und die Sprache dort — “

„Und was wird mit dir, Jennifer? “

Das Mädchen gab nicht gleich Antwort. Sie dachte an das Gespräch, das erst vor wenigen Minuten zwischen ihr und John stattgefunden hatte, während Anton mit aufmerksamem Blick in ihrem Gesicht zu lesen versuchte. Wenn sie daran dachte, ebenfalls hinauszugehen . . .

„Ja, Jennifer, sag doch, was wirst du nun tun? “ Julia war plötzlich klargeworden, daß diese Frage auch ihre eigene Zukunft sehr eng berührte, und ihr Gesicht verfinsterte sich. „Du wirst mich doch nicht etwa verlassen, um irgendwo bei wilden Völkerstämmen dein Leben zu verbringen, hoffe ich? “

Jennifer schüttelte den Kopf. „Nein, Mutter“, sagte sie ruhig. „Ich will dich nicht verlassen — du brauchst dir deswegen keine Sorgen zu machen. Ich werde so lange bei dir bleiben, wie du mich brauchst.“

Julia stieß einen Seufzer der Erleichterung aus. Das klang gar nicht so übel . . .

Aber Anton schien sich mit dieser Antwort noch nicht zufriedenzugeben. „John wird doch etwa nicht ohne dich hinausgehen wollen, Jennifer? “ war seine gezielte Frage.

Jennifer holte tief Luft. Es war nicht leicht, so bald über diese Dinge zu reden. Sie hatte ja selbst kaum Zeit gehabt, sich über den vollen Umfang dessen klarzuwerden, was geschehen war.

„Sieh einmal, Vater“ — sie versuchte, so ruhig wie möglich dabei zu bleiben —, „er kann gar nichts anderes tun. Der Herr hat ihn gerufen, und sein Wille steht obenan — auch noch vor unserer Verlobung und Hochzeit.“

„Dann wollt ihr also eure Heirat auf unbestimmte Zeit verschieben? “

Sie nickte. „Ja, wir sind uns beide darin eins geworden. Eines Tages, so hoffen wir, wird der Herr uns wieder zusammenführen, aber bis dahin hat John sein Arbeitsgebiet auf den Inseln, und ich meine Aufgabe hier; so werden wir eben warten müssen.“

Julia fing erst in diesem Augenblick an zu begreifen, was in diesem Wort, das Jennifer eben gesagt hatte, beschlossen lag; sie fuhr sich verwirrt mit der Hand über die Stirn, als versuche sie, endlich Klarheit in ihre Gedanken zu bekommen.

„Aber Jennifer“, wehrte sie ab, „willst du denn nicht heiraten, um mit John zusammen auf die Inseln hinauszugehen? “

Jennifers Lippen zitterten, aber sie hatte ihre Stimme fest in der Gewalt, als sie sagte: „Nicht, was ich selbst gern möchte, Mutter — sondern was der Herr Jesus Christus uns aufträgt zu tun, darauf kommt es allein an, siehst du, und wir sind beide darauf vorbereitet, unsere Zukunft ihm zu überlassen.“

„Und was gedenkt John nun wirklich zu tun, um seinem ‚Ruf‘ in die Mission zu folgen? “ Es war Anton, der diese praktische und konkrete Frage stellte. „Das ist mir alles noch ziemlich unklar.“

„Wir beabsichtigen, an einem Abend der nächsten Woche einmal bei Pastor Ransome vorzusprechen und mit ihm darüber zu reden — er wird ihm raten können, was er am besten tun soll. Er wird auf eine Bibelschule gehen müssen, um sich für diesen Dienst vorzubereiten. Das ist klar.“

„Dann wird er also eine Zeitlang noch nicht ausreisen? “ fragte Julia dazwischen.

„Nein, er kann nicht aufs Missionsfeld hinaus, bevor er nicht einen besonderen Bibelkurs dafür absolviert hat.

Aber er hat ja seinen ‚Diplomkaufmann', wie ihr wißt, und das wird ihm sehr zustatten kommen. Er beherrscht auch die Sprache der Eingeborenen sehr gut. Er war während des Krieges drei Jahre auf den Inseln, das wißt ihr ja."

„Ja, ich glaube, der junge Mann hat noch eine große Zukunft vor sich", bemerkte Anton leise.

Jennifer stand auf. „Ich denke, wir haben für heute abend genug geredet", sagte sie mit einem besorgten Blick auf die Mutter. „Du siehst müde aus, meine Liebe. Ich werde dir noch einmal die Kissen aufschütteln, und dann kannst du schlafen."

Aber Julia bekam in dieser Nacht nicht viel Schlaf. Bis in die frühen Morgenstunden lag sie schlaflos da und dachte nach . . .

Es war Jennifer, die sie in ihren Gedanken besonders beschäftigte. Jennifer war verliebt — das wußte sie, ohne auch nur einmal daran zu zweifeln. Sie war jung, und es lag in ihrer Hand, den Mann ihrer Liebe zu heiraten und ein langes, glückliches Leben an seiner Seite zu erwarten. Aber was tat sie stattdessen?

Sie verurteilte sich selbst zu einer langen Zeit der Trennung und Einsamkeit — und ließ ihn die Gefahren eines unbekannten Landes allein bestehen.

Und warum? Warum brachte sie dieses Opfer? Julia klangen Jennifers Worte noch in den Ohren: „Ich will dich nicht alleinlassen, Mutter — ich will solange bei dir bleiben, wie du mich brauchst . . . "

Ja, das war es, sagte sich Julia, und sie erschrak fast bei diesem Gedanken — Jennifer blieb zurück, um für sie zu sorgen. Sie also war es, die dem Glück ihrer Tochter im Wege stand, das doch ihr gutes Recht war. Jennifer würde bei John geblieben und mit ihm hinausgegangen sein, wenn ihre Mutter gesund und kräftig gewesen wäre — davon war Julia überzeugt.

Aber das Mädchen hatte durch nichts erkennen lassen, welches Opfer sie damit brachte. Sie hatte nicht einmal den wahren Grund ihrer Entscheidung genannt — das war so echt Jennifer! Sie hatte so wenig an sich selbst gedacht, war so aufopfernd. Aber Julia wußte es . . .

Ja, sie mußte es wissen. Sie war selbst einmal jung gewesen — und verliebt. Sie war es immer noch, Anton bedeutete ihr auch jetzt noch alles . . .

Nun versuchte sie, sich einmal selbst in Jennifers Lage zu versetzen. Würde sie, Julia, das getan haben, was Jennifer jetzt tat? Nein, in den stillen Nachtstunden war Julia Deane sich selbst gegenüber ganz ehrlich — dieses eine Mal. Sie hätte es nicht tun können. Sie hätte den Mann, den sie liebte, nicht aufgeben können, kein Mensch oder keine Macht der Erde hätte sie dazu bewegen können.

Und wenn sie wirklich durch einen Schicksalsschlag von ihm getrennt worden wäre, so wäre sie ganz bestimmt bitter geworden und hätte sich selbst bedauert, das mußte sie selbst eingestehen.

Es war wirklich so, sie hatte sich über viele Dinge geärgert. Aber Jennifer war ganz anders. Nichts schien sie zu verbittern, und dabei hatte sie doch vieles durchmachen müssen.

Aber auch Jennifer war ja nicht immer so gewesen, mußte Julia denken. Sie hatte eine innere Wandlung durchgemacht. Julia konnte sich noch gut an jene Tage erinnern, als Jennifer sich entschlossen hatte, ihren eigenen Weg zu gehen. Sie konnte sie jetzt noch sehen, wie sie an der alten Wohnzimmertür stand und auf die bloße Vermutung, daß ihr etwas versagt blieb, mit einem trotzigen Aufwerfen des Kopfes reagierte. Das war sicher nicht das gleiche Mädchen, das so unermüdlich und in aufopfernder Liebe ihre Mutter in den langen und beschwerlichen Monaten ihrer Krankheit gepflegt hatte.

Jennifer hatte sich gewandelt. Und was steckte dahinter?

Tief in ihrem Herzen wußte Julia es genau. Sie hatte miterlebt, wie sich das Leben ihres Mannes von Grund auf gewandelt hatte und wie ihr Sohn Philip ein neues Leben bekam und sich ein Ziel setzte.

Sie hatte auch gehört, wie John Lynton die rettende Gnade Gottes bezeugte. Und sie wußte, es war dieselbe Macht, die Jennifer befähigt hatte, inmitten allen Widerspruches und aller Verfolgung, die sie erfuhr, standhaft zu bleiben.

Ja, Julia wußte, es war der gleiche Gott, der so dringend und beharrlich um sie geworben hatte, trotz all ihrer verzweifelten Bemühungen, ihr Herz vor ihm zu verschließen und seinen Bitten nicht nachzugeben . . .

Irgendwie schien Gott ihr gerade jetzt sehr nahe. Konnte es wahr sein, was Jennifer gesagt hatte? Kümmerte sich Gott um sie — ichbezogen und eigenwillig, wie sie vor ihm war —, daß er dafür sorgte, daß sie ein bequemes Leben hatte und es ihr gut ging?

Verlangte Gott wirklich von Jennifer, daß sie all ihre Hoffnungen, die ihr soviel wert waren, aufgab, nur damit sie — ihre Mutter — jemanden hatte, der in ihrer Hilflosigkeit für sie sorgte? Und war es seine Gnade, die das Mädchen zu solchem Verzicht willig machte? Ja, so war es — Julia wußte es nur zu gut . . .

Als der Morgen kam, hatte Julia nicht viel geschlafen, aber sie hatte einen Entschluß gefaßt, den sie entschlossen in die Tat umsetzen wollte. Sie wollte nicht länger zwischen ihrer Tochter und dem Mann stehen, den sie liebte. Sie würde ihr sagen, daß sie frei sei — frei, um mit John zu gehen, wenn sie wollte. Was dann aus ihr werden würde, wenn Jennifer wirklich ging, wußte sie nicht, aber vielleicht fing sie jetzt an, damit zu rechnen, daß Gott selbst für sie sorgen würde . . .

Jennifer wechselte sich mit ihrem Vater jeweils ab, am Sonntagvormittag zu Hause zu bleiben. Einer ging zum Gottesdienst, während der andere die nötigen Arbeiten im Haus versah. An diesem Morgen war Jennifer an der Reihe, daheim zu bleiben.

Als sie wieder einmal in das Zimmer ihrer Mutter kam, wie es sich im Zuge ihrer häuslichen Arbeit ergab, bemerkte sie, daß die Kranke heute ungewöhnlich unruhig zu sein schien. Dabei war sie aber keineswegs aufgeregt. Jennifer schrieb es dem Gespräch zu, das gestern abend stattgefunden hatte, obwohl ihre Mutter sich gar nicht äußerte. Es schien wohl so, als wollte Frau Julia etwas sagen, aber Jennifer machte keinen Versuch, in sie zu dringen und sie zum Reden zu bewegen. Sie würde schon sprechen, wenn sie soweit war . . .

„Jennifer“, begann sie, während sie Jennifer beim Staubwischen zuschaute, „ich möchte dir etwas sagen.“

„Ja, Mutter? “ Jennifer legte ihr Staubtuch hin und ging zum Bett hinüber.

„Ich habe über die Dinge nachgedacht, Jennifer“, fuhr sie etwas unsicher fort, „und — und — ich fürchte, ich bin immer sehr selbstsüchtig gewesen. Du bist so gut zu mir gewesen — “

„Ach, was redest du da, liebe Mutti!“ Jennifer beugte sich hinunter, um sie zu küssen. Julia sah nicht die Tränen in ihren Augen. „Ich bin sehr glücklich darüber gewesen, für dich und Vater sorgen zu können.“

„Aber wir können es doch nicht — für immer von dir erwarten.“

Julia schien nahe daran, loszuschluchzen. „Jennifer, ich will dir nicht im Wege stehen — wenn du mit John mitgehen willst — “

Jennifer brauchte einige Augenblicke, bis sie weitersprechen konnte. „Mutter“, sagte sie schließlich, „es ist sehr lieb von dir, daß du das sagst, aber ich kann doch nicht von dir weggehen, wenn nicht — “

„Was meinst du damit, Jennifer? “ Der Tonfall, in dem ihre Mutter diese Frage stellte, ließ Jennifer erkennen, daß es jetzt entscheidend darauf ankam, welche Antwort sie ihr geben würde.

Sie legte den Arm um ihre Mutter. „Wenn der Herr mich nicht ruft, daß ich gehen soll, liebe Mutti. Zur Zeit hat er hier einen Dienst für mich, den ich zu tun habe — und seinen Willen zu erfüllen, bedeutet mir mehr als alles andere. Das verstehst du doch, nicht wahr? "

Ja, jetzt verstand Julia es wirklich. Es war ihr, als wäre es ihr wie Schuppen von den Augen gefallen. Was ihr vorher verschwommen, dunkel und unwirklich erschienen war, war plötzlich kristallklar geworden. Wenn sie vorher darüber im Zweifel gewesen war, jetzt wußte sie es. Es war ihre Religion, ihre Bindung an Gott.

Mehr noch, es war ihre liebende Hingabe an eine Person — jene Person, die niemand anders war als der Herr Jesus Christus. Er mußte wirklich all das sein, was von ihm gesagt wurde, wenn er Jennifer das alles bedeutete.

Sie blickte zu ihrer Tochter auf, eine große Sehnsucht stand in ihren Augen geschrieben.

„Jennifer, ich staune über dich", sagte sie leise.

Aber Jennifer schüttelte den Kopf. „Nein, Mutter", antwortete sie, wobei ein Leuchten auf ihrem Gesicht stand, von dem sie selbst nichts merkte. „Es ist mein Heiland, der zu bestaunen ist — ach, Mutter, ich wünschte nichts sehnlicher, als daß auch du ihn kennenlerntest!"

Julia sagte nichts, aber Jennifer spürte das Zittern, das durch ihren Körper lief, und ein stilles Gebet für die Mutter stieg aus ihrem Herzen empor.

„Sag mal — ist heute eigentlich ein Gottesdienst, der im Rundfunk übertragen wird, Jennifer? " sagte sie plötzlich.

Das war eine recht ungewöhnliche Frage, und darum handelte Jennifer sofort. Schnell war sie im anderen Zimmer und drehte das Radio an, und im nächsten Augenblick drangen Klänge herrlicher Musik an ihr Ohr. Dann folgten die Worte eines vertrauten Liedes:

Machen Wolken dir den Himmel trübe,
sage es Jesus, sage es Jesus,
und verdunkeln Gottes große Liebe,
sage es Jesus allein!
Sage es Jesus, sage es Jesus,
er ist dein Bruder und Freund.
Was es sein mag, das dein Herze kränket,
sage es Jesus allein.

„Jennifer — “ begann Frau Julia wieder, und ihre Stimme klang merkwürdig belegt, „ich frage mich manchmal, ob — ob — “

Sie vergrub ihr Gesicht in den Händen.

Jennifer kam wieder dicht an die Seite ihrer Mutter zurück, während die Frage, die der einsamen Frau auf den Lippen brannte, in den Worten des Liedes Ausdruck zu finden schien, das aus dem kleinen Radio auf dem Kaminsims ertönte:

„Bitt' ich ihn: ‚Ach nimm mich an‘,
schickt er mich dann fort? “

Und dann kam wie ein Siegesruf die Antwort:

„Nie, bis Erd und Himmel vergehn,
drauf hab' ich sein Wort!“

Endlich wurden Stolz und Eigenwillen gebrochen, die Julias Herz so lange Zeit der Botschaft der ewigen Gnade verschlossen hatten.

„Jennifer“, schluchzte sie, wie gebrochen, „Jennifer, ist das alles wirklich wahr? “

Jennifers Herz war jetzt zu voll, als daß sie dafür Worte finden konnte. Mit beiden Armen umschlang sie ihre Mutter. „Ja, Mutter, es ist wahr!“ rief sie. Und sie weinten beide vor Freude.

Jennifer wußte nicht, wie lange sie so zusammen waren; plötzlich hörte sie die Schritte ihres Vaters auf der Treppe und lief hinaus, ihm entgegen.

„Vater!“ rief sie, „eine wunderbare Neuigkeit — komm, überzeuge dich selbst!“ Sie zeigte auf das Zimmer ihrer Mutter, während der Glanz auf ihrem Gesicht die Geschichte erzählte, die ihre Lippen nicht ausgesprochen hatten.

Anton Deane begriff sofort. Hatte er nicht ständig das Gebetsanliegen im Herzen bewegt, daß seine Frau sich auch bekehrte, seit er selbst Jesus kannte? Sein Blick glitt vom Gesicht der Tochter zu der Tür, hinter der seine Frau auf ihn wartete. „Dank sei Gott!“ rief er und war mit wenigen Schritten an der Tür.

Jennifer ging in die Küche zurück. Das Essen brannte auf dem Herd an, aber das schien jetzt nicht von Bedeutung zu sein.

Dies war die Stunde, auf die ihr Vater so lange gewartet hatte! Er hatte darum gebetet, darauf gehofft. Jetzt endlich hatte ihre Mutter die lange Wanderschaft durch die trostlose Wüste der Enttäuschung und Ernüchterung hinter sich, und zum ersten Mal standen sie zusammen, eingehüllt in eine Liebe, die sie nicht mehr lassen würde.

31

Die Zeit der Ausbildung zum Missionar verging für John nur zu schnell, und der Tag seiner Ausreise rückte rasch näher. Jennifer bekam ihn oft zu sehen während jener Monate, die für sie so voller Glück waren. Und sie waren wirklich glücklich; denn beide vermieden es entschlossen, an die Zeit zu denken, da sie getrennt sein würden, und ließen es nicht zu, daß irgend etwas ihre Freude aneinander beeinträchtigte.

Soweit sie konnte, nahm Jennifer regen Anteil an Johns Ausbildung, damit sie nach seiner Abreise imstande wäre, dem, was ihn bewegte und beschäftigte, mit wachem Interesse zu folgen.

Alle wurden davon angesteckt, so sehr, daß die Wohnung im Hause Prospektstr. Nr. 84 ein richtiger Sammelplatz für Missionsunternehmungen wurde. Überall lagen Landkarten, Zeitschriften und sonstige Blätter verstreut. Bald waren Missionsstationen auf entlegenen Inseln, die früher niemand kannte, und die Namen der Missionare, die auf jenen Feldern wirkten, in aller Munde.

Sogar Philip und Mary lenkten ihre Aufmerksamkeit, wenigstens eine Zeitlang, von den Nöten ihres geliebten China ab und blickten auf eine andere Ecke des weiten Feldes, auf dem Menschen ohne Gott zugrunde gehen und welches wirklich „weiß zur Ernte" ist.

Anton und Julia waren genauso begeistert wie die jungen Leute. Während Julia besonders stolz darauf war, das Nähen und Ausbessern der Garderobe für den Missionskandidaten zu besorgen, war Anton an jedem Bücherstand auf der Suche nach neuesten Informationen über das Missionsfeld. Er brachte laufend neue Schriften oder

Bücher nach Hause, um die Unordnung noch größer zu machen! Er ging sogar so weit, sich mit zuverlässigen Veröffentlichungen weltlicher Art bekanntzumachen.

Als er eines Abends eine von diesen Zeitschriften durchlas, stieß er plötzlich einen Ruf der Überraschung aus.

„Julia, hört doch bitte alle mal her!“ Triumphierend schwenkte er das Blatt in der Luft. „Was meint ihr wohl, welche Neuigkeiten hier drinstehen? “

Die ganze Gesellschaft blickte erwartungsvoll zu ihm hinüber.

„Es ist eine Zeitungsnotiz unter ‚Allgemeine Nachrichten‘: ‚Herr Rodger Deane — ‘ , nein, laßt mich erst zu Ende lesen“, unterbrach er sich, als er sah, daß seine eifrigen Zuhörer ihn durch Fragen unterbrechen wollten, „Herr Rodger Deane ist zum Chefbuchhalter der erst vor kurzem gegründeten INSEL-OEL-GESELLSCHAFT m. b. H. ernannt worden. Zu seinen Aufgaben gehört auch die regelmäßige Inspektion der Bohranlagen dieser Gesellschaft, die an strategisch wichtigen Punkten auf den Inseln im Norden Australiens errichtet wurden.“

„Allerhand!“ Fast gleichzeitig riefen es alle fünf aus, die es kaum glauben konnten.

„Wo denn — wo denn nur? “ rief Julia ganz aufgeregt. „Anton, läßt du mich bitte mal sehen. Er ist jetzt fast zwei Jahre fort.“

„Und hat uns noch nicht eine einzige Zeile geschrieben“, fügte Philip hinzu.

Jennifer äußerte sich nicht. Sie konnte noch die stolze, hochmütige Gestalt ihres Bruders sehen, wie er ihr sein letztes, bitteres Lebewohl sagte an jenem Abend, als das alte Haus versteigert werden sollte. Sie war froh, daß ihn damals niemand hatte weggehen sehen.

„John“, sagte Julia voller Eifer, „vielleicht könntest du Rodger zufällig einmal begegnen, wenn du auf diese Inseln kommst, und wenn du ihn triffst — “

„ — dann werde ich ihm sagen, was ich von ihm halte“, sagte John mit Nachdruck. „Seine Mutter die ganze Zeit ohne ein Lebenszeichen zu lassen! Das kann ich nicht fair nennen!“

„Vielleicht hat er geschrieben, und die Briefe sind nur verlorengegangen“, wagte Mary einzuwenden, die sich im Geist von dem Missetäter ihr eigenes Bild machte, den sie ja noch nie gesehen hatte.

„Vielleicht? “ sagte Philip zweifelnd.

„Ich fürchte, Sie kennen unseren Rodger nicht, meine Liebe“, gestand Anton mit einem bedauernden Kopfschütteln.

Julia wurde nachdenklich. „Wißt ihr“, sagte sie plötzlich, „ich habe so oft wachgelegen und über Rodger nachgedacht und mich dabei gefragt, ob er wohl sicher und wohlbehalten ist. Ohne ihn wird für mich die Familie nie vollzählig sein.“ Ihre Stimme zitterte ein wenig. „Und jetzt — da ich den Herrn Jesus kennengelernt habe, wünsche ich mir, daß Rodger ihn auch kennenlernt. Ich werde nie wirklich glücklich sein können, solange ich nicht weiß, daß Rodger gerettet ist.“

Anton drückte ihr die Hand, um sie zu beruhigen. „Liebe Julia“, sagte er langsam, „auch ich bete für Rodger, und ich weiß, daß meine Gebete erhört werden — weil sie für dich auch erhört wurden.“

Julia lächelte ihrem Mann dankbar zu.

„Dann wollen wir doch alle für Rodger beten“, schlug Mary vor, wie immer gleich Feuer und Flamme.

„Und würde es nicht seltsam sein“, sagte Jennifer nachdenklich, „wenn John auf die Inseln hinausgeht, um den Eingeborenen das Evangelium zu predigen, daß Rodger vielleicht auch unter denen ist, die sich bekehren? “

„Es sind schon noch merkwürdigere Dinge geschehen, Liebling“, gab John ihr zur Antwort; sein Gesicht war sehr ernst, da er sich an die Umstände seiner eigenen Bekehrung erinnerte.

So wandte sich Julia mit neuer Hoffnung wieder ihrer Arbeit zu, die Socken zu stopfen. Wie schnell vergingen doch die darauf folgenden Tage!

„Ich habe Neuigkeiten für euch, endlich, meine Liebe“, kündigte John eines Abends an, als er Jennifer nach einer Vorlesung traf.

Jennifer hielt den Atem an. „Ja, John? “

„Morgen abend fahren wir mit dem Zug zum Hafen, und von dort geht dann das Schiff Ende der Woche.“

Diese Worte riefen ein Gefühl dumpfer Betäubung in Jennifers Herzen hervor. Wohl hatte sie jederzeit mit dieser Nachricht gerechnet. Nun fiel es ihr aber doch schwer, zu glauben, daß er morgen schon fort sein würde . . .

„Es werden morgen so viele auf dem Bahnhof sein, John“, sagte sie unsicher. „Wir werden uns heute abend schon verabschieden müssen.“

„Nicht ‚Abschied nehmen‘, Liebste.“ Er drückte sie fest an sich. „Wir werden uns wiedersehen.“

Sie versuchte tapfer, ihre Tränen zurückzuhalten.

„Zu der Zeit, die Gott selbst bestimmt hat.“

„Wir können ihm vertrauen, Liebste.“ Seine Stimme war nicht so fest wie sonst.

„Ja“, sagte sie. Sie hatte ein würgendes Gefühl in der Kehle, und ihre Stimme klang etwas unsicher.

„Jennifer“, sagte er nach einer Pause, „willst du etwas für mich tun, während ich weg bin? “

„Alles, worum du mich auch bittest.“

„Nun, ich wollte dich bitten, daß du gelegentlich einmal Doreens Eltern besuchst. Du weißt, was Doreen mir gegenüber empfunden hat — und sie hat auch viel für dich empfunden — und irgendwie fühle ich mich ihr gegenüber verpflichtet. Ich habe ihre Eltern schon besucht und hoffte immer, sie noch vor meiner Abreise gerettet zu sehen. Aber sie sind immer noch sehr verbittert über Doreens Tod.“

„Ich werde tun, was ich kann, John.“ Sie hob den Blick und sah ihm in die Augen — Augen, die ein solches Feuer ausstrahlten, daß sie fast davor erschrak.

„Jennifer.“ Seine Stimme klang angespannt und verriet, wie er sich mühte, sich selbst zu beherrschen. „Ich kann dir gar nicht sagen, wie sehr ich dich vermissen werde.“

„Ach, John — “ Sie barg ihr Gesicht an seiner Schulter, und die Tränen, die sie bis jetzt mühsam zurückhalten konnte, flossen über ihre Wangen.

Er drückte sie fester an sich. „Manchmal habe ich mich schon gefragt, ob dieser Ruf in die Mission wirklich ein echter Ruf für mich war — der Teufel hat mir alle möglichen Zweifel in den Weg zu legen versucht. Aber wenn ich auf mein Leben zurückschaue, so kann ich sehen, daß der Herr mich schon für diese Arbeit früh vorbereitet hatte. Er hat mich gerufen, und ich muß folgen. Du würdest es doch auch nicht anders haben wollen, Liebste? “

„Nein, John — nein“, flüsterte sie.

Dann, die Arme immer noch um sie gelegt, beugte er sein Haupt zum Gebet.

Nie würde Jennifer dieses Gebet vergessen — er brachte den Glanz und die Herrlichkeit des Himmels in ihr Herz. In Worten, die ihm der Heilige Geist eingegeben haben mußte, pries er Gott für die Liebe, die sie beide erlöst hatte. Er dankte Gott für das kostbare Vorrecht, ihm dienen zu dürfen, und befahl sie dann in bedingungslosem Glauben der Hut und Bewahrung des Heilands; und in feierlichen Worten erneuerte er sein Versprechen, sein Kreuz auf sich zu nehmen und Christus zu folgen . . .

Neuer Mut und neues Vertrauen durchströmte sie. Dies war John — ihr lieber John. Wie stark er war; welch ein Riese in geistlichen Dingen war er geworden. Der Herr hatte ihn auf wunderbare Weise für diese Aufgabe gerüstet, zu der er ihn berufen hatte.

Jennifer betete in ihrem Herzen, Gott möchte sie zur rechten Gehilfin eines solchen Mannes machen.

Eine große Menge war zum Bahnhof gekommen, um den Zug abfahren zu sehen. Es schien Jennifer, als sei jeder gekommen, um der kleinen Gesellschaft von Missionaren noch Lebewohl zu sagen und eine gute Fahrt zu wünschen. Dann aber hatte sie keine Augen mehr für die Menschen, die sich an anderen Abteilen des Zuges gesammelt hatten. Doch als sie sich dann einmal umschaute, sah sie viele vertraute Gesichter. Pastor Ransome war da, und all ihre alten Freunde von der Missionskirche. Und auch die Leute von der Kirche hatten sich in großer Zahl eingefunden. Und dann waren auch viele von Johns Freunden da. Aber vergeblich hielt sie nach einem Mitglied seiner Familie Ausschau. Seine Eltern waren nicht einmal gekommen, um ihm Lebewohl zu sagen. Ihre Abwesenheit sprach Bände ... Jennifer erinnerte sich an das Zeugnis eines Mannes, dessen missionarischer Eifer für das Evangelium von Jesus Christus einst ein ganzes Weltreich in Bewegung gesetzt hatte — „Was mir Gewinn war, das habe ich um Christi willen für Schaden geachtet; ja, ich achte es noch alles für Schaden um der überschwenglichen Erkenntnis Christi Jesu willen, meines Herrn ... "

Die Schar derer, die John gute Reise wünschen wollten, trat zurück, als er auf Jennifer zutrat, um sie zum Abschied zu küssen.

Beide waren vollkommen ruhig und gefaßt — den Sieg über sich selbst hatten sie am Abend vorher errungen. Aber als hätten sie es miteinander vereinbart, fiel das drohende Wort „Abschied" nicht zwischen ihnen.

„Gott segne dich, Liebste", flüsterte er.

„Ich werde immer für dich beten, John." Sie klammerte sich einen Augenblick lang fest an ihn. „Und vergiß nicht das Losungswort — Römer acht, siebenunddreißig."

„Ich werde dran denken." John machte sich von Jennifer los und trat einen Schritt zurück auf die offene Wagentür zu.

„In alledem überwinden wir weit durch den, der uns geliebt hat", war das Letzte, was sie aus seinem Munde hörte.

Der Pfiff der Lokomotive klang schrill wie ein Schnitt ins Herz, und langsam setzte sich der Zug in Bewegung und rollte aus dem Bahnhof. Einen Augenblick lang hielt John noch Jennifers Hand. Dann sah sie ihn vom Fenster aus winken, bis der Zug ihn in einer weiten Kurve ihren Blicken entzog.

Nun war John fort. Jennifer fühlte sich plötzlich sehr einsam.

Rasch drehte sie sich um und ging dem Ausgang des Bahnsteiges zu. Sie fühlte sich nicht imstande, gerade jetzt den anderen zu begegnen, obwohl sie alle sicher sehr freundlich und verständnisvoll waren. Sie fürchtete, weinen zu müssen, und wollte doch vor den anderen keine Szene machen ...

Da hörte sie eilige Schritte hinter sich, und eine Hand legte sich sanft auf ihren Arm. „Darf ich Sie nach Hause bringen, Fräulein Deane? Ich wohne nicht weit von Ihnen."

Jennifer blickte sich um und sah in das Gesicht einer jungen Frau, die vielleicht nur wenige Jahre älter war als sie, ein gewinnendes, freundliches Gesicht, das ihr irgendwie vertraut schien, obwohl ihr der Name im Augenblick entfallen war. Sie war eine von den Mitgliedern der Kirche.

„Ich glaube, ich habe Sie bisher noch nicht angesprochen", fuhr sie fort, „aber ich habe Sie in der Kirche gesehen, und ich meine, Sie von den ‚Fröhlichen Stunden' her zu kennen. Sie haben meinem kleinen Bill so geholfen, das wollte ich Ihnen immer schon einmal sagen."

„Aha, dann sind Sie also die Mutter vom kleinen Bill?" rief Jennifer aus. „Ich wollte Sie schon immer gern einmal kennenlernen — wir haben den kleinen Bill sehr gern."

„Er wollte ja heute mitkommen, aber für Kinder ist es in der Stadt immer ein solches Getriebe und Gedränge, daß ich ihn doch lieber bei Freunden gelassen habe."

Bills Mutter sah ihre Begleiterin kurz an. „Sobald ich hörte, daß John heute abend abreist, beschloß ich, zu kommen. Ich dachte, ich könnte Ihnen vielleicht helfen. Sehen Sie, ich weiß selbst nur zu gut, was es heißt, Abschied zu nehmen."

Jennifer sah ihre Begleiterin wieder mit einem Blick an, der mehr als nur flüchtiges Interesse verriet. Sie erinnerte sich daran, was Bill von seinem Vati erzählt hatte, daß er in einem großen Flugzeug weggefahren sei und er ihn im Himmel wiedersehen würde. Dies mußte die junge Witwe sein, von der Mary ihr erzählt hatte, die soviel Schweres in ihrem Leben durchgemacht hatte.

„Christen sagen sich niemals wirklich Lebewohl, meine Liebe." Die ältere Frau drückte mitfühlend Jennifers Hand. „Nichts kann uns von unseren Lieben trennen, wenn wir in Christus verbunden sind — nicht einmal der Tod."

Jennifer wußte nicht, was sie sagen sollte; sie war sich noch nicht ganz klar darüber, aus welchem Beweggrund sie das sagte. „Ihr Mann war bei der Luftwaffe? " wagte sie schließlich zu fragen.

„Ja. Wir waren erst drei Monate verheiratet, als er das letzte Mal wegfuhr. Er hatte einen Einsatz zu fliegen und war einer von denen, die nicht zurückkamen."

Jennifer nickte. Soviel hatte sie schon aus dem erraten, was der kleine Bill ihr erzählt hatte. „Es tut mir so leid für Sie", begann sie, aber Worte schienen hier wohl nicht viel auszurichten.

„Es war ein schrecklicher Schlag für mich", fuhr die andere nach kurzem Schweigen fort, „aber der Herr stand mir in wunderbarer Weise bei. Sehen Sie, mein Mann hatte einen so starken Glauben. Er sagte immer, wir würden uns wieder begegnen — wenn nicht hier, dann in der himmlischen Heimat. Es ist ein tröstlicher Gedanke, daß wir alle eines Tages beim Herrn sein werden, wenn die, die wir lieben, hier auf Erden unseren Blicken entschwinden. Dort aber, in der Herrlichkeit Gottes, wird es keinen Kummer und auch kein Abschiednehmen mehr geben."

„Ja." Jennifers Augen waren feucht.

„Natürlich habe ich ja noch meinen kleinen Bill", fuhr ihre Begleiterin plötzlich fort. „Er hat Flugzeuge so gern — darin ist er wie sein Vater. Vielleicht wird der Herr ihn eines Tages zu der Arbeit berufen, die sein Vater so gern getan hätte, wenn er am Leben geblieben wäre."

„Ja, meinen Sie? " Jennifer blickte sie fragend an, ihr stand in diesem Augenblick der kleine Junge vor Augen, der sein Flugzeugbuch fest unter dem Arm hielt.

„Mein Mann war sehr an der Mission in fernen Ländern interessiert. Er sagte immer, nach dem Krieg würde er das Evangelium per Flugzeug in die völlig abgelegenen Gebiete bringen — aber der Herr hat es anders gewollt."

Irgend etwas an dieser Geschichte kam Jennifer merkwürdig vertraut vor, als sie der jungen Frau zuhörte.

„Alle meine Angehörigen kamen bei einem Luftangriff um. Und abgesehen davon schienen die Aussichten für den kleinen Bill hier besser als irgendwo anders. Wenn ich hart arbeite, kann ich ihm eine gute Ausbildung ermöglichen, und dann wird er schon den rechten Weg für sich finden, dessen bin ich sicher."

In Jennifers Augen stand echtes Staunen. „Ich muß Sie wirklich bewundern", entfuhr es ihr unwillkürlich.

Die andere schüttelte den Kopf. „Nein, meine Liebe, aus eigener Kraft könnte ich das nicht, aber", fügte sie entschuldigend hinzu, „da rede ich nun die ganze Zeit von mir selbst, und ich wollte doch versuchen, Ihnen zu helfen."

„Sie haben mir wirklich geholfen", versicherte Jennifer ihr dankbar. Mittlerweile waren sie in die Nähe der Prospektstraße gekommen.

„Wollen Sie nicht noch mit heraufkommen und eine Tasse Tee mit uns trinken. Ich würde mich freuen, wenn meine Eltern Sie auch einmal persönlich kennenlernen."

„Das ist wirklich sehr lieb von Ihnen, aber ich müßte eigentlich meinen kleinen Bill wieder abholen — "

„Dann bringen Sie ihn doch gleich mit", sagte Jennifer. „Meine Mutter hat ihn ausgesprochen gern, und es wäre fein, wenn mein Vater ihn auch mal sieht — er ist so ein netter, kleiner Kerl."

Und so kam es, daß an diesem Abend zwei unerwartete Besucher in Jennifers Wohnung geführt wurden.

„Ich kenne Sie nur als Bills Mutter", begann Jennifer, „darum weiß ich nicht genau, wie ich Sie vorstellen soll."

„Ach — ich heiße Worthy — Grace Worthy."

Aber Anton Deane achtete gar nicht darauf, wie man

sich förmlich mit Namen vorstellte. Sein Blick war nur auf die Gestalt des kleinen Jungen gerichtet, der mitten im Zimmer stand, ein Bilderbuch unter dem Arm, und ihn mit großen, strahlenden Augen anschaute.

„Ich heiße Bill", verkündete er, „und du?"

Anton gab keine Antwort. Seine Gedanken und Erinnerungen gingen die vielen Jahre noch einmal zurück. Genau solch einen kleinen Jungen hatte er vor langer, langer Zeit gekannt ... und miterlebt, wie er zum Manne heranwuchs ... und sich dann zum aktiven Militärdienst meldete ...

Als er sich umwandte, um der Mutter des Kindes Auge in Auge gegenüberzutreten, blitzte plötzlich eine Gewißheit in ihm auf. „Ich glaube, ich habe den Vater des Jungen gekannt", sagte er mit Nachdruck.

„Ach, wirklich, Herr Deane?" Frau Worthys Gesicht hellte sich auf. „Dann freue ich mich noch mehr, daß ich Sie hier persönlich kennenlerne."

Aber Anton antwortete nicht in der gleichen Begeisterung.

„Wenn Sie erst alles wissen, werden Sie sich nicht mehr so freuen", sagte er ernüchternd.

„Warum, Herr Deane —"

Anton befeuchtete seine trockenen Lippen. „Das ist eine lange Geschichte", begann er, „aber ich glaube, Sie sind die Frau, die meine Anwälte in den vergangenen zwei Jahren aufzuspüren bemüht waren. Eine Erbschaft, die rechtmäßig Ihrem Mann zustand, wartet darauf, daß Sie Ihren Anspruch geltend machen."

Und in großem Erstaunen hörte Grace Worthy zu, wie Anton Deane seine Geschichte vor ihr aufrollte ...

Der kleine Bill war sich dieser wichtigen Angelegenheit, die über ihm ausgetragen wurde, keinesfalls bewußt — er war viel zu eifrig damit beschäftigt, Jennifer seine Flugzeuge zu zeigen!

32

Vieles hatte Jennifer ihrem John zu erzählen. Sie brachte Stunden dabei zu, ihm lange, engbeschriebene Briefe zu schreiben, die, wie sie wußte, ihm soviel Freude brachten!

Da war zuallererst die Geschichte, wie Grace Worthy unerwartet in ihrer aller Leben getreten war. „Vater behauptet, es sei eine direkte Gebetserhörung gewesen", schrieb sie. „Du weißt selbst, John, wie bekümmert er immer gewesen ist, weil er das Geld dem rechtmäßigen Eigentümer nicht zurückzahlen konnte, aber jetzt ist er überglücklich. Ich weiß zwar noch nicht, was am Ende mit dem Geld geschehen wird; denn Grace (sie will unbedingt, daß wir sie duzen) besteht darauf, daß sie nur soviel von dem Geld haben will, wie sie braucht, um die Zukunft des kleinen Bill zu sichern. Wir sollen uns dann den Rest teilen. Aber natürlich will Vati davon nichts wissen. Seine Liebe zum kleinen Bill ist wirklich rührend, und der Kleine mag ihn auch sehr — er nennt ihn ‚Onkel Anton'. Zur Zeit versucht Vater, ihm ein Modellflugzeug zu basteln, und das bedeutet, daß sie Freunde fürs ganze Leben sind, jedenfalls soweit es Bill betrifft."

Mit der Zeit gab es dann auch aus der Familie vieles zu berichten. „Mutter macht sich ganz großartig", schrieb sie voll Freude. „Einmal in der Woche hält sie einen ‚Missions-Nähkreis'. Dafür bringen wir sie immer auf das Sofa hinüber. Sie hat das Interesse aller Frauen in unserer Nachbarschaft dafür gewinnen können. Sie kommen jetzt regelmäßig, und sie achtet darauf, daß jede von ihnen ein Traktat bekommt, bevor sie das Haus wieder verlassen. Mutter ist überzeugt, daß das ein Weg ist, den Frauen den Heilsweg Gottes aufzuzeigen. Vater besorgt die Traktate für sie, und sie nehmen sich beide viel Zeit dafür, sie gemeinsam durchzulesen . . . Und dann ist da natürlich die Gebetsversammlung, die am Donnerstagabend jeder Woche im Wohnzimmer gehalten wird. Ich muß gestehen, John, daß ich zwar um die Bekehrung meiner Mutter und meines Vaters regelmäßig gebetet habe, aber niemals soviel Glauben hatte, zu erwarten, daß ich je eine Gebetsversammlung in unserem Haus erleben würde. Das alles zeugt davon und beweist, welche Macht und Wirkungen die Gnade unseres Herrn Jesu hat. Und unsere Familienandachten sind eine große Freude. Vater nimmt die Bibel und liest uns jeden Morgen ein Kapitel und am Abend noch eins, und dann halten wir miteinander Gebetsgemeinschaft. In der Regel sind wir dabei zu dritt, obwohl Mary und Philip auch ziemlich oft dabei sind, und das sind dann immer unvergeßliche Stunden der Gemeinschaft. Manchmal wünschte ich mir, du könntest hören, wie Vater und Mutter für dich beten — es würde dir große Freude machen . . . Und was mich betrifft, mein Liebster, brauche ich dir nicht zu sagen, daß ich beständig für dich bete, aber wenn ich mich einmal davonstehlen kann in die Stille meiner eigenen vier Wände, dann knie ich nieder vor unserem Heiland und befehle dich ihm an; und dann ist es mir immer so, als wäre ich dir noch näher gekommen. Vielleicht kommt es daher, daß ich weiß, daß er dir ebenso nahe ist wie mir. Seit du weggefahren bist, John, ist mir der Herr noch kostbarer geworden. Ich lese jeden Tag das 8. Kapitel im Römerbrief, obwohl ich es kaum noch aufzuschlagen brauche, weil ich das alles auswendig weiß; aber jedesmal, wenn ich da hineinschaue, entdecke ich neue Schätze in jenen wunderbaren Worten . . . "

Sie mußte ihm auch erzählen, was bei ihren häufigen Besuchen bei den Jacksons herauskam. „Soweit ich sehen kann, scheint die Bekehrung von Herrn und Frau Jackson weiter entfernt als je", schrieb sie ihm. „Aber sie sind immer sehr erfreut, Briefe von dir zu erhalten. Sie scheinen es dankbar zu würdigen, daß du dir die Zeit nimmst, ihnen trotz deiner vielen anderen Pflichten zu schreiben. Ich hoffe sehr, daß meine Besuche ihnen irgendwie eine Hilfe sind. Aber wir müssen weiter darum beten, daß sie auch zu derselben Hoffnung gelangen, die wir durch den Herrn Jesus haben: daß wir eines Tages Doreen wiedersehen werden. Wir beten auch immer noch für Rodger, daß er auf irgendeine Weise doch noch zum Glauben an Jesus, unseren Herrn, gebracht wird. Dann erst wird, wie Mutter immer sagt, der Kreis unserer Familie vollzählig sein. Ich habe das untrügliche Gefühl, daß unsere Gebete einmal durch dich, lieber John, erhört werden, obwohl du ihm bisher noch nicht begegnet zu sein scheinst . . . "

Johns Briefe waren voll packender Schilderungen über das Land und die Leute und seine Arbeit dort, die er aus ganzem Herzen tat. „Obwohl mir viele der Eingeborenendörfer und Orte von früher her vertraut sind", schrieb er, „ist mir in gewissem Sinne alles doch neu. Ich sehe alles jetzt mit ganz anderen Augen an. Früher war ich blind, Jennifer — wie blind ich war, habe ich nie gewußt, bis das Licht der ‚Frohen Botschaft' in mein Herz kam. Nun kann ich nur Gott danken, daß ich sagen kann: ‚Wo ich blind war, bin ich jetzt sehend.' Ich kann die große geistliche Not dieser Menschen sehen, und ihnen gehört mein ganzes Herz. Ich möchte ihnen allen zu der Erkenntnis verhelfen, daß es einen Gott gibt, der sie liebt, einen Heiland, der für sie starb — und sie hören so begierig zu. Ich wünschte, du könntest sie einmal sehen — die vielen gespannten, dunklen Gesichter, die uns jedesmal umgeben, wenn wir ihnen die Geschichten aus den Evangelien erzählen. Wenn ich sie so ansehe, kann ich nicht umhin, an die vielen Tausende zu denken, die in unserem eigenen Land der Botschaft so gleichgültig gegenüberstehen, während diese Menschen uns so dringend bitten, zu ihnen zu kommen und ihnen vom Heiland zu erzählen. Wir haben nicht genügend Mitarbeiter auf dem Missionsfeld! Aber wenn ich daran denke, wie oft ich selber das Evangelium gehört habe und wie lange ich den Ruf des Herrn Jesus, der um meine Seele warb, zurückwies, fühle ich mich sehr gedemütigt. Ich kann ihm nur für die Gnade danken, die mich gerade so annahm, wie ich war — ein elender Sünder — und mich zu einem Kind Gottes machte; dann weihe ich mich immer wieder aufs neue für seinen Dienst."

Dann kamen Briefe, die ihr erzählten, wie er in noch unerforschte oder wenig bekannte Gebiete mit dem Evangelium vordrang.

„Jetzt beginne ich zu begreifen, warum es Gott gewollt hat, dich zu Hause zurückzulassen, Jennifer. Diese Pionierarbeit muß getan werden, aber das ist hier kein Platz für eine Frau. Dies ist eine Arbeit für Männer. Es gibt so viele Gefahren und Strapazen, aber trotz alledem liegt für mich soviel Freude in dieser Arbeit, daß ich es gar nicht in Worten ausdrücken kann. Ich fühle mich, als fange ich erst jetzt richtig zu leben an — es ist großartig, am Leben zu sein, wenn du dein Leben so in den Dienst für Gott stellen kannst . . . Und doch gibt es Zeiten, meine Liebste, da sehne ich mich danach, dich bei mir zu haben, und mein Herz schreit nach dir zum Herrn. Aber seine Gnade reicht immer aus, und es ist wahr, was unser Vers sagt — ‚in alledem überwinden wir weit durch den, der uns geliebt hat'. Ich höre niemals auf, ihm zu danken, Jennifer, daß du mich so liebst und zu mir hältst, und für den Ansporn, den ich durch deinen Glauben erfahre. Ich habe die feste Zuversicht, daß eines Tages unsere sehnlichsten Hoffnungen in Erfüllung gehen werden. Wenn unsere Prüfungszeit vorbei ist, werden wir vielleicht einander wiedergegeben, um auf ruhigeren Feldern für den Herrn gemeinsam zu arbeiten. Wir wissen aber immer, daß wir uns völlig seinen göttlichen Händen überlassen können. Sein Weg ist der beste . . . "

Jennifer hob diese Briefe wie einen kostbaren Schatz auf und vergoß manche heimliche Träne, wenn sie darin las und immer wieder las, während sie auf die nächste Post wartete.

Aber die Briefe kamen nicht sehr regelmäßig, und

manchmal dauerte es Wochen, bis sie wieder von ihm hörte.

Doch in jedem Brief war derselbe Ton des Lobes und des frohen Zeugnisses zu spüren, obwohl sie wußte, daß diese Briefe oft unter schwierigen äußeren Bedingungen und bei großer körperlicher Schwäche geschrieben waren. Getreu seinem Versprechen versuchte er nicht, irgend etwas von den Schwierigkeiten vor ihr zu verbergen — die kräftezehrende Wirkung des tropischen Klimas, die unaufhörlichen Anforderungen an einen immer überarbeiteten Körper. Manch ein Mitarbeiter war gezwungen, die Arbeit auf dem Missionsfeld aufzugeben, weil Kräfte und Gesundheit von den tropischen Bedingungen angegriffen und aufgezehrt waren.

„Ein jeder, der das Missionsfeld verlassen muß", schrieb John, „vermehrt noch die Last, die schon so schwer auf uns liegt und die wir nur durch Gottes Gnade noch weiter tragen können. Die Not ist so groß! Sicherlich sind daheim noch sehr viele junge Menschen, die der Herr Jesus zu dieser großen Arbeit ruft. Bete bitte, daß er weiter Arbeiter hinaussendet, um diese Ernte der nach Gott suchenden Seelen einzubringen ... Und bete bitte auch weiter für mich — es würde mir das Herz brechen, wenn ich diese meine Arbeit unvollendet zurücklassen müßte. Ich kann dir gar nicht sagen, Jennifer, wie oft mich nur noch deine Gebete aufrecht erhalten haben, wenn sonst meine Kraft dahingewesen wäre. Wenn die Christen daheim sich nur vorstellen könnten, wieviel ihre Gebete im Leben und in der Arbeit des Missionars zählen — "

Jennifer, die Johns Sehnen um die Rettung der Verlorenen teilte, betete dann noch ernsthafter darum, daß Gott ihm Gnade schenken möchte, das Werk fortzuführen, zu dem er ihn berufen hatte. Jennifer war die Gewißheit geworden, daß der Herr Jesus ihren John zu einer ganz besonderen Aufgabe erwählt hatte. Der Herr würde sein Werkzeug nicht beiseite legen, bis diese Arbeit getan war.

Sie hatte es schon bei ihrer ersten Begegnung empfunden — an dem Tag, als sie ihm das Traktat angeboten hatte, dort vor der Kathedrale in der großen Geschäftsstraße, als eine Gruppe junger Menschen eine Versammlung im Freien abhielt.

Sie war dessen noch gewisser gewesen, als sie mit wehem Herzen zusehen mußte, wie er Gott den Rücken kehrte, um ein Leben in Sünde und Genuß zu führen . . .

Und sie wußte es jetzt, obgleich es für sie die Trennung bedeutete, die keiner von ihnen gewählt hätte, wenn es in ihrer Macht gelegen hätte, den Kurs ihres Lebens selbst zu bestimmen. Sie wußte, daß Gottes Liebe John Lynton gesucht, gefunden und errettet hatte, daß er diese Rolle in dem großen göttlichen Heilsplan nach seinem Willen erfüllen konnte. Aus tiefstem Herzen lobte sie Gott dafür, obwohl dies für sie beide bedeutete, täglich das Kreuz auf sich zu nehmen, um ihm zu folgen. Aber hinter dem allen lag die unerschütterliche Gewißheit, daß „denen, die Gott lieben, alle Dinge zum Besten dienen, denen, die nach dem Vorsatz berufen sind". Eines Tages, das wußte sie, würde Gottes Absicht klar zutage treten, und sie würden wissen, daß er alles wohl gemacht hatte. Aber im Augenblick mußten sie ihm völlig vertrauen, auch wenn sie nichts sehen konnten . . .

Nach einiger Zeit sprach John in seinen Briefen von einer neuen Aufgabe, die riesengroß vor ihm aufstieg.

„Unsere Arbeit ist unvollkommen, weil wir den Eingeborenen keine Bibel, nicht einmal einen Teil von ihr, in ihrer Sprache in die Hand geben können. Nur wenige Mitarbeiter sind mit dieser Sprache genügend vertraut, um sich an eine Übersetzung zu wagen. Aber wie du weißt, habe ich niemals Schwierigkeiten mit der Sprache gehabt — es scheint mir alles ganz von selbst zuzufallen. Alle auf der Missionsstation meinen, daß der Herr mir eine besondere Begabung in dieser Richtung verliehen hat. Darum habe ich mich entschlossen, mich ganz auf die Übersetzung des Lukasevangeliums zu konzentrieren. Es wird wunderbar sein, wenn es dann gedruckt und verteilt werden kann, und ich meine, gar nicht schnell genug darangehen zu können, aber natürlich müssen auch ebensoviele andere Dinge noch getan werden; so kannst du dir denken, daß ich vollauf beschäftigt bin . . . "

Bei dieser Nachricht sprang Jennifers Herz vor Freude. Vielleicht begann an dieser Stelle Gottes Plan sich zu entfalten — vielleicht war gerade deshalb John in die Mission gerufen worden. Er mußte eine natürliche Begabung für Sprachen gehabt haben, daß er sich während der drei Jahre, als er sich während des Krieges in jenen Gebieten aufhielt, sich so viel von der Sprache angeeignet hatte. Jetzt sollten die Kenntnisse, die er dort gesammelt hatte, in einer ganz gezielten Weise zur Förderung des Evangeliums eingesetzt werden. Eben das war es, was er sich schon immer gewünscht hatte.

Aber es war eine lange und ermüdende Arbeit, und manchmal ließ er anklingen, daß sie für seine Augen eine große Anstrengung bedeutete.

„Ich preise Gott dafür, daß ich jetzt nicht im geringsten irgendwelche Sorgen mit meinen Augen habe, was ja mein besonderer Kummer war, als ich mich früher schon einmal in den Tropen aufhielt. Aber die angespannte und sorgfältige Arbeit ist ziemlich ermüdend, darum brauche ich deine Gebete mehr denn je, meine Liebste. Manchmal werde ich ganz ungeduldig und kann gar nicht erwarten, die Übersetzung endlich zu beenden. Ich bleibe aber dran und müßte sie eigentlich schon bald geschafft haben. Obwohl diese Arbeit einerseits so ermüdend ist, Jennifer, bin ich doch reich gesegnet worden. Wenn du das Wort Gottes in der gewohnten Weise liest, ist es so leicht, an seiner tiefen, verborgenen Bedeutung vorbeizulesen. Da ich aber gezwungen bin, jedes Wort bis ins letzte auszuwägen, um seine Bedeutung wirklich treffend in der neuen Sprache auszusagen, habe ich so viele geistliche Schätze zutage gefördert, daß es mir fast ein neues Buch ist."

Jennifer wartete mit Spannung auf den Brief, der ihr endlich die Vollendung dieser Arbeit mitteilen würde, aber er kam nicht. Natürlich war die Post nie sehr regelmäßig gekommen, und anfangs empfand sie auch keinen Grund zur Besorgnis, aber als eine Woche nach der anderen verging und immer noch kein Lebenszeichen von John eintraf, schien ihr dieses lange Schweigen Unheil zu künden.

Sie wußte, daß inzwischen mindestens einmal Luftpost mitgekommen war, aber es war nichts für sie dabei. Er hatte versprochen, es sie wissen zu lassen, sobald die Übersetzung abgeschlossen war, und sicher würde er dieses Werk inzwischen auch fertig haben, wenn nicht — irgend etwas geschehen war . . .

All die vielen dunklen Ahnungen der langen Wochen des Wartens stürmten jetzt wieder auf sie ein, und eine plötzliche Furcht ergriff sie. Sie fühlte sich krank und elend. Irgend etwas mußte John zugestoßen sein — irgend etwas war passiert.

Wenn sie ihn nur sehen, ihm nur nahe sein könnte — oder wenigstens nur einen Brief von ihm bekäme, das würde doch wenigstens etwas sein. Aber auch heute ging der Postbote auf der gegenüberliegenden Straßenseite vorüber. Was war geschehen? Es blieb ihr nichts anderes übrig, als ruhig abzuwarten . . .

In dieser großen Not, die ihr eine fast unerträgliche Last von Furcht und Sorge aufs Herz legte, suchte sie den einen auf, der ihr schon in früheren Zeiten Zuflucht und Stärke gewesen war, als dunkle Wolken ihren Lebenspfad beschattet und Stürme sie bedroht hatten. Zu seinen Füßen fand sie Trost und einen Frieden, der tiefer lag als die vergänglichen Dinge des Lebens, die Sorge und Not über uns bringen . . .

Was konnte John zugestoßen sein? Sie wußte es nicht; aber sie lenkte ihre Gedanken wieder dem 8. Kapitel des Römerbriefes zu und las die Worte noch einmal — so vertraut, und doch in dieser Krise des Lebens wieder so neu . . . „Wer kann uns scheiden von der Liebe Gottes? Trübsal, oder Angst, oder Verfolgung, oder Hunger, oder Blöße, oder Fährlichkeit oder Schwert? Nein, in alledem überwinden wir weit durch den, der uns geliebt hat ..." Dann konnte nichts geschehen, das imstande wäre, sie von Jesus, ihrem Herrn, zu scheiden!

Und so vergingen die Tage. Jennifer stand gewöhnlich an der Tür, wenn der alte Postbote die Straße entlang kam, obwohl er anscheinend nie mehr für sie mitbrachte als ein heiteres Lächeln.

Aber am Ende wurde ihre Geduld doch einmal belohnt. Eines Nachmittags kam er zum Haus Nummer 84 herüber und hielt einen umfangreichen Briefumschlag in der Hand.

„Na endlich, Fräulein Deane", rief er triumphierend aus, „ein Luftpostbrief für Sie!"

Jennifers Herz pochte wild,und eine heiße Röte stieg ihr in die Wangen, als sie mit zitternden Händen den Brief in Empfang nahm. Eine Welle der Dankbarkeit und Erleichterung durchflutete sie. Die langen, bangen Wochen des Wartens waren vorüber — er hatte wieder geschrieben ...

Den Brief fest an ihre Brust gedrückt, eilte sie ins Haus und hastete die Treppen hinauf. Dem lebhaftem Stimmengewirr im Wohnzimmer schenkte sie keine Beachtung. Dort tagte noch der Nähkreis ihrer Mutter. Jennifer ging in ihr Zimmer und schloß die Tür hinter sich.

So lange hatte sie auf diesen Brief gewartet. Sie mußte ihn jetzt gleich lesen — allein.

Sie setzte sich aufs Bett und drehte den Briefumschlag gespannt in ihren Fingern. Dann starrte sie ihn halb erstaunt, halb erschrocken an — denn das war ja gar nicht Johns Handschrift! Der Brief war an sie adressiert, darüber bestand kein Zweifel, aber John hatte das nicht geschrieben. Obgleich ihr diese Handschrift bekannt vorkam — sie hatte sie nur jahrelang nicht gesehen —, wußte sie es sofort. Der Brief kam von Rodger — Rodger hatte endlich geschrieben!

33

Als sie sich von diesem ersten Schreck der Enttäuschung erholt hatte, dämmerte in Jennifer die Erkenntnis auf, daß der Brief da in ihrer Hand von ungeheurer Bedeutung sein müsse. Die ganze Zeit seiner Abwesenheit hatte Rodger nicht ein einziges Mal geschrieben — warum schrieb er jetzt? Dazu noch an sie!

Sie hatten sich nicht gerade unter den glücklichsten Umständen getrennt, erinnerte sie sich. Wenn er überhaupt mit der Familie wieder in Verbindung treten wollte, war es sehr fraglich, daß er ausgerechnet an sie schreiben sollte. Warum hatte er nicht an Mutter geschrieben?

Es war ein langer Brief, von dem dicken Umschlag her zu urteilen. Was hatte ihn zum Schreiben bewogen? Ob er — vielleicht John getroffen hatte? Sie hielt bei diesem Gedanken unwillkürlich die Luft an. Vielleicht standen Nachrichten über John in diesem Brief ...

Voller Spannung riß sie den Umschlag auf und nahm mehrere engbeschriebene Bogen heraus. Ein kurzer Blick auf die Unterschrift war kaum nötig. Ja, der Brief kam von Rodger. Sie begann zu lesen . „Liebe Jennifer", lautete er. „Ich kann mir deine Überraschung vorstellen, diesen Brief nach so langer Zeit von mir zu bekommen, aber mehrere Dinge haben sich vor nicht langer Zeit ereignet, die mich veranlaßt haben, dir zu schreiben.

Zuallererst muß ich dir sagen, daß ich John Lynton getroffen habe, und er hat mich gebeten, eine Botschaft an dich weiterzugeben. Er kann selbst im Augenblick nicht schreiben, aber er ist unversehrt — und die Botschaft lautet ‚Römer 8 Vers 37': Er sagt, du würdest schon wissen, was er damit meint."

Einen Augenblick lang verschwammen die Worte vor ihren Augen. John war in Sicherheit. Das schien ihr im Augenblick das Wichtigste zu sein. Diese plötzliche Befreiung von der schweren Last der Angst und Sorge, die sie so lange mit sich herumgetragen hatte, machte sie im Augenblick ganz schwach.

Aber hier ging es doch noch um mehr als nur das. Unter welchen Umständen hatten sich die beiden getroffen? Was hatte Rodger nun wirklich zum Schreiben bewogen?

Sie nahm den Brief wieder auf und begann weiter zu lesen.

Das Stimmengewirr im Nebenzimmer wurde immer leiser, als Jennifer, völlig in ihren Brief vertieft, alles andere um sich herum vergaß.

„Das ist eine lange Geschichte", hatte Rodger geschrieben, „ich weiß kaum, wo ich da anfangen soll; aber ich nehme an, du willst gern wissen, wie ich John begegnet bin.

Also, das war so: Im Zuge meiner Arbeit hier draußen lege ich ziemlich große Entfernungen zurück und komme mit vielen Menschen an verschiedenen Orten in Berührung.

Ich besuchte gerade einen unserer Männer, der wegen eines Fieberanfalles ins Krankenhaus gekommen war, als der Patient im nächsten Bett mich zu sich heranrief.

Ich ging zu ihm hinüber und entdeckte zu meinem großen Erstaunen, daß es John war. Er war der letzte, den ich hier draußen erwartet hätte!

John konnte mich nicht sehen — er trug eine dicke Binde über seinen Augen —, aber er hatte mich an der Stimme erkannt.

Wir hatten ein langes Gespräch, und er teilte mir alle Neuigkeiten aus der Familie mit. Ich freute mich, als ich erfuhr, daß ihr beide verlobt seid und heiraten wollt — ich habe John schon immer gern gemocht, das weißt du ja.

Und dann hat er mir schließlich auch seine Geschichte erzählt, und um ehrlich zu sein, Jennifer, seitdem bin ich nicht derselbe geblieben. Es überraschte mich schon genug, als ich erfuhr, daß John Christ geworden war und alles verlassen hatte — dich eingerechnet —, um in die Missionsarbeit hinauszugehen.

Seit ich hier draußen bin, habe ich einige Missionare getroffen und habe gelernt, sie wegen ihrer aufopferungsvollen Arbeit zu bewundern. Ich habe ihnen meine Hochachtung gezollt, und so war ich darauf vorbereitet, dies ohne großen Kommentar zur Kenntnis zu nehmen.

Als ich aber erfuhr, wieviel John dieser Dienst als Missionar gekostet hatte, war ich tief bewegt und erschüttert.

Was ich dir jetzt zu schreiben habe, wird ein großer Schock für dich sein, Jennifer, aber ich will versuchen, es dir so schonend wie möglich beizubringen. Ich habe John versprochen, es dir so zu sagen, daß es ein nicht zu harter Schlag für dich wird. Ich fürchte, wenn du erst die Wahrheit weißt, wirst du genauso entsetzt sein wie ich.

Du weißt ja, daß er an der Übersetzung eines Teiles der Bibel arbeitete, und er hat dir wahrscheinlich auch gesagt, daß ihm seine Augen ziemlichen Kummer machten. Er hat diese Arbeit fertigstellen können.

Soweit ich die Geschichte übersehen kann, ist dann folgendes geschehen: Als er gerade einmal nicht aufpaßte, steckten ein paar feindliche Eingeborene seine Hütte an, und er stürzte in das schon lichterloh brennende Haus, um sein wertvolles Manuskript zu retten. Er brachte es auch noch glücklich heraus.

Ob es nun die Hitze oder der Rauch oder der Schock dieses furchtbaren Erlebnisses war, weiß niemand sicher zu sagen; es bleibt jedenfalls bittere Wirklichkeit, daß John seitdem völlig erblindet ist. Die Ärzte hier sehen leider keinerlei Hoffnung, daß er sein Augenlicht jemals wiedererlangt.

Da er sich jetzt so weit erholt hat, daß er reisefähig ist, schicken sie ihn nach Hause zurück, um die Meinung eines Augenspezialisten für diesen Fall einzuholen.

Liebe Jennifer, mach dir lieber keine Hoffnung, weil es mit Sicherheit so aussieht, als sollte er für den Rest seines

Lebens blind sein. Ich bin so offen zu dir, Jennifer, weil ich sicher bin, daß du gern die ganze Wahrheit erfahren willst.

Ich brauche dir natürlich nicht zu sagen, daß er diese schlimme Eröffnung gefaßt aufgenommen hat. Ich versuchte, ihm mein Mitgefühl auszudrücken, merkte aber bald, daß Mitleid hier nicht nötig war.

John sagte mir, es gäbe Schlimmeres als körperliche Blindheit — aber für mich schien es nichts Schlimmeres geben zu können. Ich konnte mir nichts Schlimmeres vorstellen, als gezwungen zu sein, in ewiger Nacht und völliger Finsternis durch dieses Leben zu gehen. Schon der Gedanke daran läßt mich erschauern.

John aber sagte: ‚Es gibt Schlimmeres — die Finsternis einer Ewigkeit ohne Christus. Sie denken, ich bin blind, aber ich habe ein Licht in meinem Herzen, das mich fähig macht, die Dinge zu sehen, die ewig sind. Und darum kommt es auf das, was ich nicht sehen kann, gar nicht so sehr an.‘

Ich muß dir gestehen, daß ich nicht die geringste Ahnung hatte, was er damit meinte. Aber ich fragte ihn, ob ich denn nicht irgend etwas für ihn tun könne, da bat er mich, dir diese Botschaft zu senden: ‚Römer 8 Vers 37.‘

Das alles war für mich zu der Zeit noch ein völliges Rätsel, und ich entschloß mich, herauszufinden, was hinter dieser sonderbaren Botschaft steckte.

Ich fand eine Bibel unter den Büchern, die John mir gab, um sie für ihn durchzusehen; und als ich mich vergewissert hatte, daß niemand in der Nähe war, schlug ich sie auf. Ich las diesen Vers mehrere Male durch, bis ich seine wahre Bedeutung zu begreifen begann: ‚In alledem überwinden wir weit durch den, der uns geliebt hat.‘

Es erschien mir völlig abwegig, aber es war tatsächlich so: da lag ein Mann, der von sich behauptete, mitten in seiner Blindheit ‚weit zu überwinden‘.

Es war aber die Wahrheit. Ich wußte es. Sein Glaube hatte den Sieg davongetragen und triumphiert.

Von da an wußte ich, daß eine religiöse Bindung, die so etwas für einen Mann tun konnte, etwas Lohnendes sein müsse. In jener Nacht habe ich mich den Dingen gestellt und sie durchgefochten, Jennifer. Ich wußte: Wenn ich mein Augenlicht verloren hätte, würde ich alles verloren haben. Ich wäre wahnsinnig geworden bei dem Gedanken, nie mehr einem Menschen ins Angesicht sehen zu können, und daß ich für immer von dem Licht und der Schönheit der Welt, die mich umgibt, ausgeschlossen sein sollte.

Dann kam der Schrecken einer großen geistlichen Finsternis über mich, und ich wußte, daß John recht hatte. Es gab etwas viel Schlimmeres als physische Finsternis, und ich schreckte voller Grauen davor zurück. Es war die Finsternis des Gerichts und des Zornes Gottes, den ich als schuldiger Mensch verdient hatte.

In meiner großen Not ging ich zu John zurück, und so merkwürdig es klingen mag, Gott gebrauchte einen Blinden, um mir das Licht zu zeigen.

Ich kann dir jetzt sagen, daß ich den Herrn Jesus Christus als meinen Heiland angenommen habe und mich mit dir und John und allen, die in Christus sind, daran freue, zu wissen, daß meine Sünden vergeben und mir ewiges Leben geschenkt ist.

Wenn ich daran denke, wie ich dir damals, als du als erste von uns Christin wurdest, das Leben schwer zu machen versuchte, kann ich dich nur tief beschämt um Vergebung bitten.

Ich wußte damals nicht, was ich tat. Doch, um ganz ehrlich zu sein, ich glaube, ich versuchte damals nur mein eigenes Gewissen zu ersticken, das durch die heftige Wirkung deines veränderten Lebens und deines Zeugnisses für Christus aufgeschreckt worden war.

In den letzten Wochen habe ich viel Zeit bei John zugebracht. Er hat mir gezeigt, was es bedeutet, sein neugefundenes Heil im praktischen Leben als Christ zu bewähren. Es sind so viele Dinge, die ich in Ordnung bringen muß.

Zuallererst muß ich mich bei Vater entschuldigen. Jetzt

erst kann ich verstehen, was es ihn gekostet haben muß, sein Unrecht einzugestehen und jenes Geld zurückzuzahlen. Ich bete darum, daß ich auch so tapfer in meinem Zeugnis für Christus sein kann. Es ist mir auch klar, daß ich die vier Jahre, die ich jetzt hier draußen bin, mich von meiner Verantwortung gegenüber der Familie gedrückt habe. Ich hoffe aber, daß ich das bald — wenigstens etwas — wiedergutmachen kann. Ich habe vor, mit der nächsten Post an die Eltern zu schreiben, aber vielleicht kannst du ihnen inzwischen diesen Brief zeigen.

Ich kann noch nicht sagen, wann ich euch alle einmal wiedersehen werde. Ich hatte schon daran gedacht, mit John nach Hause zu kommen, aber er braucht mich jetzt nicht — einer der Missionare, der auf Heimaturlaub fährt, kümmert sich um ihn.

Darum habe ich mich entschlossen, vorerst noch hierzubleiben. Diese Tage auf den Inseln sind von großer Bedeutung. Ich habe mich um eine Stellung in der Verwaltung beworben, und es sieht so aus, als hätte ich damit auch Erfolg. Wenn es dazu kommt, könnte ich meinen Einfluß dahingehend geltend machen, daß die Interessen der Eingeborenen im Blick auf den christlichen Glauben wahrgenommen werden und die Missionsarbeit sich ausdehnen kann. Bei diesen Ölgeschäften ist natürlich mehr Geld zu verdienen, aber ich habe das Empfinden, auf diese Weise dem Herrn besser dienen zu können.

Nun, Jennifer, ich denke, für den einen Brief reicht es jetzt, es ist vielleicht sogar zu viel geworden, aber ich dachte, du würdest gern die ganze Geschichte hören.

John wird bald nach Hause kommen, nachdem dieser Brief dich erreicht hat. Er legt den größten Teil der Reise mit dem Flugzeug zurück. Danach kann ich mir sehr wohl denken, was ihr als Nächstes tun werdet. Darum richte ich es so ein, daß ich euch einen Scheck als Hochzeitsgeschenk für euch beide schicke. Ich dachte, ihr könntet euch davon vielleicht ein Auto kaufen — dann würde es euch viel leichter fallen, überall hinzukommen.

Es wird für dich anfangs sicher schwer sein, Jennifer, auch in diesem Unglück eine weise Absicht Gottes zu sehen, aber vielleicht tröstet dich dabei das eine, zu wissen, daß es mindestens einen gibt, der Gott für Johns Blindheit danken kann, und dieser eine ist dein dich liebender, aber unwürdiger Bruder

Rodger."

Lange Zeit starrte Jennifer auf den Brief, wie betäubt. Es war ihr, als sei nur ein einziges Wort über jede Seite dieses so engbeschriebenen Briefes geschrieben: Blind — blind — !

Nichts sonst von alledem, was sie gelesen hatte, schien Eingang in ihr erschrockenes Bewußtsein gefunden zu haben.

Blind — John war blind ... Nein, das konnte doch nicht sein. Diese Augen — diese strahlenden Augen ...

Zuweilen war es ihr gewesen, als spiegele sich sein innerstes Herz in diesen Augen. Wie oft hatten ihr diese Augen Dinge gesagt, für die es keine Worte gab.

Blind — ! Der Brief entglitt ihren zitternden Fingern und flatterte zu Boden. Dann warf sie sich mit einem herzzerreißenden Aufschrei auf ihr Bett.

„O Gott", flüsterte sie.

Ihre Augen waren blind vor Tränen, und sie konnte nicht den Sinn dieses entsetzlichen Unglücks einsehen, das sie so unversehens getroffen hatte. Dann aber wurde ihr innerer Blick wieder klar, und auf ihrem Weg, auf dem noch die Tautropfen des Kummers glitzerten, sah sie jetzt den strahlenden Glanz der Verheißungen Gottes:

„Ich bin das Licht der Welt; wer mir nachfolgt, wird nicht wandeln in der Finsternis, sondern wird das Licht des Lebens haben ..."

Johns Glaube strahlte ihr wie ein Leuchtfeuer in dieser dunklen Stunde auf. Sein Glaube war aus dem allen als Sieger triumphierend hervorgegangen. Er hatte ihr das Losungswort gesandt ... „Wer mag uns scheiden von der

Liebe Gottes? Trübsal . . . ? Nein, in alledem überwinden wir weit durch den, der uns geliebt hat."

Jennifer richtete sich auf und trocknete ihre Tränen. „Wer mag uns scheiden — ? " Niemand — nichts konnte sie jemals trennen von der Liebe Christi.

Und wer konnte sie beide jetzt noch trennen? Die Zeit des aktiven Dienstes in der Mission draußen war für John jetzt vorüber. Nichts stand ihrer Hochzeit noch im Wege. Sie würden heiraten, sobald er zurückkäme.

John brauchte sie jetzt so sehr . . . Sie konnte ihn trösten, für ihn sorgen, ihm helfen, einen neuen Wirkungskreis zu finden, in dem er sich nützlich machen konnte. Diese Rolle würde sie als John Lyntons Frau spielen. Konnte sie das? Jennifer wußte es, daß sie es konnte, in der Kraft dessen, in dessen Namen sie schon andere Siege errungen hatte.

Dann schien es Jennifer, als erhalte ihr Glaube darin eine Antwort, daß ihr ein kurzer Blick auf das letzte Muster vergönnt war, in das die Fäden ihres und Johns Lebens zusammenliefen. Alles, was dem vorausgegangen war, hatte sicher dazu dienen müssen, sie beide auf diese Stunde vorzubereiten.

Wenn sie zusammen auf das Missionsfeld hinausgegangen wären, wären sie vielleicht beide angeschlagen und hilflos zurückgekommen. Eine weise Hand hatte sie daheim zurückgehalten . . .

Jetzt konnte sie ihren Platz an seiner Seite einnehmen, mit all ihren Fähigkeiten, sein Leben hilfreich zu ergänzen. Das war eine Aufgabe, die ihr alles abverlangte, was sie an Kraft, Geduld und unermüdlicher Liebe zu geben hatte. Hatte sie dieses Geheimnis nicht gelernt, als sie ihre Mutter in ihrer Schwachheit pflegte und den Sieg über den alltäglichen, eintönigen Rhythmus des Lebens erringen durfte?

Ja, auch in all diesen Dingen durfte sie weit überwinden . . .

Es war genau eine Woche später. Jennifer stand auf dem Bahnsteig, als der Zug einfuhr. Vor zwei Jahren hatte sie den Zug abfahren sehen, der ihr den Mann davontrug, den sie so sehr liebte. Vieles war seitdem geschehen, und doch war es ihr, als sei das alles erst gestern gewesen.

Gespannt suchten ihre Augen, die Gesichter der ersten Reisenden zu erkennen, die aus dem Zug ausstiegen. Er hatte sie auf Gottes Ruf hin verlassen. Jetzt kam er zurück zu ihr, seine Aufgabe war vollendet, und er trug die Zeichen eines Mannes, der in treuer Gefolgschaft seines Meisters sein eigenes Leben nicht wertgeachtet hatte . . .

Eine hohe, schlanke Gestalt stieg jetzt aus dem Zug, den Arm gestützt auf seinen Begleiter, der ihn untergefaßt hielt; die beiden Männer blieben einen Augenblick auf der Stelle stehen. Der jüngere der beiden Männer, der eine dunkle Brille trug, hob erwartungsvoll den Kopf.

Ein leises Murmeln lief durch die kleine Schar derer, die sich zu seinem Empfang auf dem Bahnsteig versammelt hatten. Unwillkürlich wandten sich aller Blicke von ihm weg zu der einsamen Gestalt der jungen Dame, die für niemand sonst einen Blick hatte als für den Mann, der da vor ihr stand. Alle machten ihr Platz, als sie auf ihn zuging.

„John“, rief sie.

„Jennifer!“

Und im nächsten Augenblick lagen sie sich in den Armen.

34

Und dann kam Jennifers Hochzeitstag. Obwohl es nur eine Hochzeit in aller Stille sein sollte, herrschte in der Wohnung Prospektstraße Nr. 84 große Aufregung und Geschäftigkeit.

Das bewiesen besonders Mary Matthews und Frau Worthy. Tatsächlich schienen diese beiden alle Fäden und die ganze Organisation in Händen zu haben. Mary war eifrig dabei, die Tafel im Wohnzimmer für das Hochzeitsessen zu richten.

Die Trauung sollte in der kleinen Kirche, in der John seine Bekehrung erlebte und so viele gute Freunde gewonnen hatte, stattfinden.

„Glauben Sie wirklich, daß Frau Deane heute nachmittag mit in die Kirche geht? “ fragte Mary plötzlich.

Grace Worthy war eben dabei, die letzte Schale mit Rosen herzurichten, die dem Raum Farbenpracht und Duft verliehen.

Sie blickte zu Mary auf. „Ja, das glaube ich wirklich“, sagte sie mit Nachdruck. „Frau Deane ist eine tapfere Frau und ist der Meinung, daß ein Invalide auf einer Hochzeit schon genug ist — obwohl John, genau genommen, kein Invalide ist.“

„Nein, das ist er wirklich nicht“, beeilte sich Mary zu erwidern.

„Bei alledem, was er so macht — manchmal fällt es wirklich schwer zu glauben, daß er blind ist. Philip hat mir erzählt, als er neulich an der Universität zu den Studenten sprach, hätten sie ihm begeistert zugehört. Als er dann mit seiner Predigt und seinem Aufruf an sie zu Ende war, haben mehrere Studenten ihren Glauben an Christus bekannt, und zwei haben sich für die Mission zur Verfügung gestellt. Philip meint, dies sei der Anfang einer großen Erweckung an der Universität."

„Ja, John scheint ein von Gott begnadeter und begabter Redner zu sein, und ich glaube, der Herr wird ihn trotz seiner schlimmen Behinderung weiter gebrauchen. Aber", fügte sie nachdenklich hinzu, „manchmal frage ich mich wirklich, ob er nicht sein Augenlicht eines Tages wiederbekommen wird."

Mary schüttelte den Kopf. „Darüber reden sie nicht — keiner von beiden. Ich glaube, sie haben alles dem Herrn übergeben und sind gern bereit, seinen Willen anzunehmen, was auch kommen mag. Aber, Frau Worthy, haben Sie nicht bemerkt, daß das, was John körperlich verloren hat, ihm auf andere Weise erstattet worden ist? Ich meine — "

„Ja, meine Liebe, ich weiß genau, was Sie meinen." Grace Worthy drückte die Hand der Jüngeren. „Gott macht das immer so. Er läßt niemals zu, daß wir etwas — oder jemanden — verlieren, ohne uns ein größeres Maß seiner Gnade zu geben, um den Verlust wieder wettzumachen. So wird unser Leben in Wirklichkeit immer reicher — nicht ärmer, sehen Sie."

Mary Matthews wußte nichts zu sagen, was dem eben Gehörten angemessen wäre. Sie war sich darüber im klaren, diese Frau sprach aus ihrer eigenen notvollen Erfahrung, der Feuerprobe ihres Lebens heraus. Leid und schweres Erleben hatten die Hauptrolle in ihrem Leben gespielt, und trotzdem war sie ihres Gottes gewiß.

Mary fühlte sich dagegen so unerfahren und ungeprüft. Was würde die Zukunft an Freude oder Leid, an schwerem oder sieghaftem Erleben für sie und Philip noch bringen? Sie wußte es nicht, aber gestärkt durch den Glauben derer, die schon durch den Schmelztiegel der Versuchung und des Leides gegangen waren, war ihr Herz voller Frieden . . .

„Nun ja", sagte sie schließlich, „ich bin jedenfalls froh, daß Sie bei Herrn und Frau Deane wohnen werden, wenn Jennifer verheiratet ist. Das wird für Deanes sehr gut sein."

„Und auch für uns wird es gut sein — denn der kleine Bill und ich sind bisher sehr einsam gewesen. Und ich werde dann auch für Frau Deane sorgen können.“ Grace Worthy schien über diese Aussicht sehr froh zu sein.

„Später werden wir wahrscheinlich aus der Prospektstraße ausziehen — wenn wir irgendwo ein Haus bekommen können.“

Mary war überrascht. „Ich dachte doch, Sie würden sich ein Haus in den Bergen kaufen — nicht weit von der Stadt entfernt? “

„Ja, das stimmt.“ Frau Worthy lächelte und dämpfte ihre Stimme zu einem vertraulichen Flüstern, „aber das soll mein Hochzeitsgeschenk für Jennifer und John werden. Sagen Sie bitte noch niemandem etwas davon, Mary, denn das junge Paar weiß es noch nicht. Sie denken, sie würden nur für ihre Flitterwochen dorthin gehen, aber bevor sie heute abend abreisen, habe ich vor, ihnen zu sagen, daß das Haus ihnen gehört.“

„Was für ein wunderbarer Gedanke!“ Mary blickte ihre Begleiterin mit unverhohlener Bewunderung an.

„Sehen Sie, ich wollte ja, daß Herr Deane sich mit mir in das Geld teilt, aber er war absolut dagegen. Als ich dann meine Gelegenheit gekommen sah, Jennifer und John zu helfen, da wußte ich, daß er dagegen nichts einwenden konnte, und ging dann sofort daran, meinen Plan zu verwirklichen. Ach du liebe Zeit“, schloß sie plötzlich aufgeregt, „es ist ja schon spät geworden, schon fast zwei Uhr!“

„Tatsächlich!“ Mary sprang auf. „Wir dürfen zur Hochzeit auf keinen Fall zu spät kommen.“

„Wenn Sie mal nach Jennifer sehen wollen, wie sie fertig wird, dann kümmere ich mich um Frau Deane“, schlug Grace vor.

Und dieser Vorschlag wurde auch sogleich in die Tat umgesetzt.

35

Die milde Herbstsonne füllte die kleine Kirche mit ihrem warmen, goldenen Schein, als Jennifer am Arm ihres Vaters in der Tür stand. Sie war eine liebreizende Braut in ihrem schlichten, weißen Atlaskleid, das ihr die Mutter genäht hatte.

Ein blühender Orangenzweig hielt den langen, weißen Schleier, der in sanften Falten bis zu den Füßen reichte.

Es war etwas an ihr, das sie in eine andere Welt zu versetzen schien. Nicht die Schönheit ihres Gesichtes oder der Gestalt, auch nicht die Anmut ihres schlichten Äußeren waren es, sondern etwas, das von innen her kam. Die Erfahrungen der letzten Jahre hatten eine bis dahin verborgene Quelle von Kraft und Anmut bloßgelegt. Ihr jungmädchenhaftes Aussehen war zu fraulicher Würde gereift.

Ein neues Leben öffnete sich vor ihr: Jennifer Deane würde es bald nicht mehr geben, wenn sie ihr Leben als Jennifer Lynton begann.

Die Hand, die ihr Leben gestaltet hatte, bereitete sie auch zu dieser Stunde zu, zu der heiligen Verantwortung für Mann, Heim und Kinder . . .

Julia Deane, die sich schwer auf den Arm ihres Begleiters stützte, hatte große Mühe beim Aussteigen aus dem Auto und ging langsam auf die Tür der Kirche zu, wobei ihr jeder Schritt offensichtlich Schmerzen bereitete.

„Sieht sie nicht lieblich aus, Grace“, flüsterte sie, die Augen auf die anmutige Gestalt ihrer Tochter gerichtet. „Wenn doch John sie nur sehen könnte!“

Es dauerte mehrere Augenblicke, ehe Grace Worthy etwas sagen konnte.

„Vielleicht wird er eines Tages — sie doch sehen

können“, sagte sie mit Tränen in den Augen, als sie beide langsam durch den Mittelgang auf die vordere Bank zugingen.

Es schien Jennifer ein langer Weg von der Stelle, an der sie mit ihrem Vater stand, bis zum Ende des Mittelganges, wo Pastor Ransome schon auf sie wartete. Er sah noch genauso aus, wie sie ihn von früher her kannte, obgleich er jetzt durch sein ergrautes Haar und die etwas gebeugte Haltung älter wirkte als damals, als sie ihn zum ersten Mal in der Missionskirche gesehen hatte. Aber sein Gesicht schien im Laufe der Jahre noch strahlender geworden zu sein. Die Propheten des Alten Testaments mußten auch so etwas ähnliches wie Pastor Ransome an sich gehabt haben, dachte sie bei sich selbst ...

Sie sah John mit Philip an seiner Seite, aber ohne seine Hilfe, durch die Tür der Sakristei hereinkommen. John ging mit festen Schritten, die auch nicht die geringste Unsicherheit verrieten, zu dem Platz, an dem sie sich im nächsten Augenblick ihm anschließen würde.

Unwillkürlich wußte sie, daß er heimlich diese kurze Strecke viele Male zurückgelegt haben mußte, damit er an diesem großen Tag vertrauensvoll und sicher dahin gehen konnte, auch ohne etwas zu sehen. Jennifer empfand tiefes Mitleid mit ihm. Gott sei Dank, dies war das letzte Mal, daß er ohne sie gehen mußte. Von jetzt an würde sie an seiner Seite sein ...

John gab ihr ein leichtes, fast nicht wahrnehmbares Zeichen, das sie sofort verstand. Sie nahm seine Hand.

Anton Deane blieb neben ihnen stehen, während Philip einen Schritt zurücktrat.

Die Orgel verklang, und Pastor Ransome begann in seiner tiefen und freundlichen Stimme zu sprechen — „Die Ehe ist von Gott gestiftet ... “

Zeitlebens würde Jennifer sich an diesen Gottesdienst erinnern, als sie, mit gesenktem Kopf, sich gegenseitig das Ehegelöbnis wiederholten und wie sie innerlich erhoben wurde, als Pastor Ransome in seinem Gebet den Segen

Gottes auf ihren Ehebund herabflehte. „Was Gott zusammengefügt hat, das soll der Mensch nicht scheiden . . .“

Als sie dann beide Arm in Arm in die Sakristei gingen, hatte Jennifer die unaussprechliche Freude und Gewißheit im Herzen, daß sie beide eins waren und daß nicht einmal der Tod dieses Band zerreißen konnte.

36

Es war Nacht geworden. Gegen den freundlichen Hintergrund einer offenen Tür zeichneten sich die Gestalten eines jungen Mannes und einer jungen Frau ab, die zum fernen Horizont blickten.

Die lange, sanft geschwungene Linie der fernen Berge stand gegen den Himmel, der im verdämmernden Abend noch eine Spur von Blau zeigte. Alles ringsum war still und voller Frieden. Das unruhige Lärmen der Großstadt war hinter ihnen zurückgeblieben. Nicht ein Geräusch war zu hören, außer dem leisen Raunen des Windes in den Baumkronen; und die Luft trug den schwachen Duft von Kautschuk und den süßen, scharfen Geruch feuchter Erde zu ihnen herüber.

„Welch ein wunderschönes Fleckchen Erde, John!"

Er legte seinen Arm um sie. „Sage mir doch, was du sehen kannst", sagte er leise.

Es entstand eine kleine Pause, während Jennifers Augen über die Landschaft glitten, die sich vor ihnen ausbreitete.

„Ich kann nicht viel sehen, John", sagte sie plötzlich, „denn es ist dunkel. Aber es ist eine wunderbare Nacht. Die Sterne kommen gerade heraus, keine Wolke trübt den Himmel. Ich glaube, der Mond wird auch bald aufgehen; aber morgen werde ich dir dann mehr erzählen können. Am Morgen werde ich alles sehen."

Johns Gesicht war ihr sehr nahe. „Ja, Liebste", sagte er langsam, „wir werden sehen — am Morgen."

Mit der Einsicht, die aus der Liebe kommt, verstand sie, was er sagen wollte; und als sie dann das Wort nahm, war ihre Stimme nur ein Flüstern. „Wir sehen jetzt durch einen Spiegel in einem dunklen Wort, John, dann aber — "

„— von Angesicht zu Angesicht.“ Er brachte ihren Satz zu Ende, in seiner Stimme eine große Zuversicht. „Und was wird das dann für ein Tag sein, Jennifer — aber auch im Dunkeln, weißt du, kann man so vieles sehen — Dinge, die man im Licht nicht sehen kann.“

Als sie ihm ins Gesicht sah, wußte sie, daß er Dinge zu sehen bekommen hatte, die ihrem Blick verborgen waren.

„Erzähle mir davon“, bat sie leise.

Er neigte den Kopf dicht zu ihr heran. „Ich sehe zwei Herzen, die durch eine Liebe verbunden sind, die im Laufe der Jahre immer tiefer und stärker wird — eine Liebe, die gekrönt wird durch die größere Liebe dessen, den sie beide in ihrem eigenen Herzen erfahren haben.“

„Sprich bitte weiter“, flüsterte sie atemlos.

„Ich sehe ein Heim — unser Heim, ein Ort, wo Gott geehrt wird, wo unsere Kinder etwas vom Heiland Jesus Christus lernen werden. Ich sehe sie, wie sie sich an den Dingen freuen, die wir bei uns daheim entbehrten und uns doch so danach sehnten. Ich sehe sie, wie sie sich am Kaminfeuer um uns scharen, um die wunderbare Geschichte von Jesus und seiner Liebe zu hören, und mit uns zum Gebet niederknien — und ihm ihr Herz übergeben, bevor sie in die Fallgruben der Sünde geraten, die wir auf unserem Lebensweg bitter erfahren mußten. Und ich sehe, wie sie von Gott berufen werden und ihnen Dinge anvertraut werden, die wir in unseren Herzen zu tun vorhatten, so daß unsere tiefsten und sehnlichsten Hoffnungen in ihnen zur Erfüllung gelangen werden.“

„Ach John, möchte uns Gott dies alles gewähren!“ Diese Worte waren wie ein Gebet, das sich aus ihrer beider Herzen zu Gott erhob, während es zwischen ihnen ganz still wurde.

„Und was siehst du noch, John? “ fragte sie dann.

Er machte eine weit ausladende Bewegung mit der Hand. „Da ist ein Strom von Christuszeugen, der immer breiter wird, bis er fast die ganze Welt umschließt. Ich sehe, wie Philip und Mary dem Herrn Jesus in China dienen, und in den kommenden Jahren auch ihre Kinder. Ich sehe Rodger, den Gott an solchen Plätzen gebraucht, wo Männer in öffentlichen Stellungen sind, und Türen öffnen hilft, die sonst dem missionarischen Vordringen verschlossen geblieben wären. Und ich sehe den kleinen Bill, zum Manne herangewachsen, mit der Botschaft der Rettung zu den Außenposten der Zivilisation fliegen. Ich sehe unsere Eltern, wie sie mit dem Älterwerden ein stilles Zeugnis von der umwandelnden Macht des Evangeliums in ihrem eigenen Leben geben — und währenddessen geht die Arbeit, zu der Gott mich gerufen hat, immer weiter, indem mehr und mehr dieser Eingeborenen in der Lage sind, Gottes Wort in ihrer eigenen Sprache zu erhalten. Es wird nicht enden, Jennifer."

„Gott hat auf wunderbare Weise gewirkt", sagte sie mit leuchtenden Augen.

Er hielt ihre Hand fest in der seinen. „Und wenn ich daran denke, daß alles begann, als Jennifer Deane Christus als ihren Retter annahm", sagte er nachdenklich. „Ja, wenn du nicht gewesen wärest — "

„Nein, John, sag das bitte nicht", unterbrach sie ihn rasch. „All das ist nur deshalb möglich gewesen, weil der eine, dem sie vertraut hat, treu gewesen ist — das ist alles."

„Ja, Liebste, ich weiß es." Er beugte sich zu ihr hinab und küßte sie zärtlich. „Wir haben beide seine Treue erprobt, nicht wahr? "

„Ja", gab sie ihm flüsternd zur Antwort; und in dem Augenblick wußte sie, daß die Krisen, durch die sie beide hatten hindurchgehen müssen, nur Stufen auf ihrem Weg zu den Höhen der Gemeinschaft mit Gott gewesen waren. „Wenn wir ihm ganz fest vertrauen — "

„ — dann finden wir ihn auch ganz treu."

Bei diesen Worten überlief sie ein leichter Schauer, und sie erinnerte sich daran, was der Augenspezialist ihnen gesagt hatte. Es bestand nur eine winzige, schwache Hoffnung, daß sein Sehvermögen jemals wiederhergestellt würde — die Zukunft lag noch ganz im Dunkeln.

„John", flüsterte sie wieder. „Angenommen — es bleibt für dich immer so dunkel — wie jetzt? Angenommen — du mußt — für immer — so blind bleiben? "

Sie wußte schon im voraus, welche Antwort er ihr darauf geben würde, aber sie verlangte danach, die Worte aus seinem eigenen Munde zu hören. Solange er körperlich auf diese Weise behindert blieb, würde er in vielem von ihr abhängig sein, das wußte sie; aber mit einem Gefühl der Dankbarkeit mußte sie zugeben, daß er sich fest an den Unsichtbaren hielt. Das würde der Anker sein, der das kleine Schiff ihrer Ehe in jedem Sturm halten würde, der in den kommenden Jahren vielleicht über sie hereinbrach.

Sie brauchte nicht lange auf seine Antwort zu warten, und als er dann redete, waren seine Worte von der Überzeugung getragen, die aus den tiefen Erfahrungen des Herzens kommt, von der Gewißheit des Glaubens, der den tiefen Graben zwischen Zeit und Ewigkeit überspannt . . .

„Jennifer, meine Liebste", sagte er, „auch in all diesen Dingen können wir unserem treuen Gott danken, der uns geliebt und uns den Sieg gegeben hat durch unseren Herrn Jesus Christus!"

37

Der Arzt hielt einen Augenblick inne, die Hand auf der Türklinke.

„Sie verstehen doch, Frau Lynton“, sagte er langsam und mit Nachdruck, „daß selbst bei einem Erfolg der Operation nur ein Teil seines Sehvermögens wiederhergestellt werden wird? “

Die Frau, die ihm gegenüberstand, nahm ihren kleinen Sohn in die Arme, um dem Chirurgen in das nächste Zimmer zu folgen. „Das wissen wir, Herr Doktor“, sagte sie ruhig.

Er war von ihrer heiteren Gelassenheit beeindruckt.

„Wir haben getan, was wir konnten“, sagte er freundlich, „und in wenigen Minuten werden wir das Ergebnis erfahren.“

Sie traten durch die Tür, und Rodger John Lynton, sicher in den Armen seiner Mutter, blickte sich mit großen, blauen Augen fragend im Zimmer um. Es gab da so vieles, was einem Dreijährigen fremdartig und neu war, aber wo war denn Vati?

Ein großer, gewichtiger Mann beugte sich über ein Bett. Als er zur Seite trat, konnte Rodger John ein Gesicht auf dem Kissen erblicken, ein Gesicht, das er kannte . . .

„Vati!“ schrie er und warf sich in die Arme, die sich ihm entgegenstreckten.

Der kleine Junge, der sein Gesicht an der Schulter des Vaters barg, konnte die Tränen in seinen Augen nicht sehen; und hätte er sie gesehen, würde er doch noch nicht verstanden haben. Aber Jennifer, die neben dem Bett stand, sah die Tränen — und verstand sofort.

Sie sah, daß die braunen Augen vor ihr wieder von

Leben sprühten, sah in ihren leuchtenden Tiefen das Licht, das sie vor langer Zeit darin entdeckt hatte.

Und Jennifer wußte, daß der Schatten, der über ihren gemeinsamen Weg gefallen war, sich aufgelöst hatte.

Von dem Gesicht des Kindes in seinen Armen blickte John jetzt zu dem anderen Gesicht, das sich über ihn beugte, und entdeckte zum ersten Mal die große Ähnlichkeit des Kleinen mit der Frau, die er liebte.

Und Jennifer, die neben dem Bett niederkniete, segnete aus tiefstem Herzen, das vor Lob und Dank überströmte, die Hand, die sie in all diesen Dingen wohl geführt und ihnen in seinem Namen den Sieg geschenkt hatte.

240 Seiten
Ungekürzte
Taschenbuch-
Sonderausgabe
Best.-Nr. 15952

Das brausende Meer, ein vornehmes Hotel hoch oben auf der Steilküste und eine armselige Fischerkate unten am Strand bilden den Hintergrund für die spannende Erzählung um das junge Mädchen Deborah. Viel Geheimnisvolles läßt manche Frage aufbrechen: Ist der vornehme Gast, Derrick Jones, ein Ehrenmann oder ein Betrüger? Wo ist Deborahs verschollener Vater? Wer versteckt sich hinter dem Einsiedler Simon? Welche Geheimnisse aus früheren Zeiten hat Sir Gilbert zu offenbaren? Was hat es mit dem alten Andrew für eine Bewandtnis? Woher weiß er so viele Einzelheiten aus Deborahs Leben, noch ehe er sie richtig kennenlernt? All diese Menschen erleben etwas von der Not der menschlichen Leidenschaft. Zugleich aber erfahren sie, daß Gott auch auf verschlungenen Pfaden zum Ziel führen kann und daß aus der Kraft der Vergebung und Liebe auch Schwerstes im Leben tragbar wird. Diese Erzählung macht Mut. Sie ist echt und lebensnah und daher überzeugend.